Ally Trust

The Guardian Angels –

Himmlische Sehnsucht

Das Buch

Jamie und Sixt könnten ihr Leben und ihre Zweisamkeit genießen,
gäbe es nicht den altbekannten Feind, der immer noch hinter Jamie
her ist. Werden sie es schaffen den Feind endlich zu besiegen? Und
was passiert, wenn der Engelsrat Sixt für einen Regelverstoß ins
Himmelreich schicken will? Werden Jamie und Sixt sich nie
wiedersehen?

Die Autorin

Ally Trust ist in Deutschland geboren und lebt dort in einem
kleinen ruhigen Ort. Schon in der Kindheit hat sie sich
Geschichten ausgedacht und begann in ihrer Jugend mit dem
Schreiben. Seitdem schreibt sie leidenschaftlich gerne. 2011
veröffentlichte sie ihr erstes Buch. Vor ihren Büchern hat sie schon
einige Kurzgeschichten geschrieben und veröffentlicht.

Ally Trust

The Guardian Angels –

Himmlische Sehnsucht

Bibliografische Informationen der Deutschen Nationalbibliothek: Die Deutsche Nationalbibliothek verzeichnet diese Publikation in der Deutschen Nationalbibliografie; detaillierte bibliografische Daten sind im Internet über http://dnb.dnb.de abrufbar.

Impressum

Copyright: © 2016 Ally Trust
Cover und Gestaltung: © Ally Trust
Herstellung und Verlag: BoD – Books on Demand, Norderstedt
Alle Rechte vorbehalten

ISBN: 9783746014296

Kapitel 1

Ich erwachte in einem Himmelbett, welches in einem wunderschönen Hotelzimmer stand. Es war Dezember und zwei Wochen vor Weihnachten. Für ein Wochenende waren wir nach Paris gesprungen. Ja gesprungen. Der Flug hätte ziemlich lange gedauert und das hätte sich für ein Wochenende nicht gelohnt, da wir dann nur einen Tag in Paris gehabt hätten. Nun war es Samstagmorgen. Ich reckte mich und drehte mich zur Seite. Neben mir lag mein wundervoller Verlobter. Sixt hatte mir an unserem Jahrestag in Las Vegas einen Heiratsantrag gemacht gehabt und nun wollten wir am zwanzigsten April heiraten. Vorher war leider kein Termin mehr frei gewesen. Aber ich wollte auch lieber, im Frühling, wenn es wärmer war, heiraten. Meine Eltern hatten es sehr gut aufgenommen. Sie hatten sich schon gedacht, dass es bei uns nicht lange dauern würde, bis wir heirateten. Unsere Freunde wussten schon vor mir Bescheid, dass Sixt mir einen Antrag machen wollte. Sie hatten ihm beim Planen geholfen gehabt und jetzt waren Sasha und Maya Feuer und Flamme und wollten unbedingt unsere Hochzeit organisieren. Dieses wollten Sixt und ich aber selbst tun. Damit die beiden allerdings nicht traurig waren, durften sie uns helfen. Eine Kapelle, in der die Trauung stattfinden sollte, hatten wir schon und für die anschließende Feier hatten wir einen Saal gemietet. Die Einladungen waren auch schon verschickt, wobei es mich doch etwas traurig machte, dass niemand aus Sixts Familie kam. Es ging schließlich nicht. Sie wussten nicht, dass er als Schutzengel wieder auf der Erde war. Ich hätte gerne seine Eltern kennengelernt. Die Mutter, die so einen wunderbaren Jungen zur Welt gebracht hatte.

„Guten Morgen, Süße. Hast du gut geschlafen", fragte Sixt sanft.

„Ja und ich hatte einen wundervollen Traum", erwiderte ich lächelnd und erinnerte mich an den Traum.

„Um was ging es denn in dem Traum", fragte er neugierig.

„Ich saß in unserem Garten, von unserem eigenen Haus, in einer Hängematte, die zwischen zwei Kirschbäumen gespannt worden war. Es war ein herrlich warmer Sommertag und keine Wolke war am Himmel zu sehen. Die Blumen blühten, die Wiese war sommerlich grün. Es war einfach so wundervoll und du kamst mit unserem kleinen Sohn auf dem Arm aus dem Haus und hast dich zu mir in die Hängematte gesetzt."

„Das war bestimmt ein sehr schöner Traum. Wir hatten also einen Sohn?"

„Ja. Er hatte die gleichen dunkelbraunen Haare wie sein Vater und die gleichen wunderbaren Gesichtszüge", sagte ich lächelnd.

„Und wahrscheinlich die wundervollen Augen seiner Mutter", erwiderte er und strich mir sanft über die Wange. „Das hört sich wirklich nach einem schönen Traum an. Aber du weißt, solange ich noch ein Schutzengel bin, können wir leider keine eigenen Kinder bekommen", sagte er und wurde traurig.

„Ja, ich weiß. Aber der Traum war halt so schön."

„Und ich werde alles daransetzen, um ihn dir zu erfüllen. Auch wenn der Engelsrat den ersten Antrag abgelehnt hat, so habe ich ja den Zweiten schon gestellt. Ansonsten gibt es ja noch die Möglichkeit der Adoption", erwiderte er und lächelte. Ja, der Engelsrat hatte den ersten Antrag von Sixt abgelehnt gehabt. Eine richtige Begründung, warum er nicht wieder zum Mensch werden durfte, gab es nicht. Sixt gab aber nicht auf und stellte sofort einen zweiten Antrag. Bis jetzt hatten wir noch keine Antwort, aber bei dem Ersten hatte es auch einige Zeit gedauert. Man könnte es mit einem Amt vergleichen, wo man lange auf eine Bearbeitung warten musste. Natürlich hatte Sixt nicht den wahren Grund in den Antrag geschrieben, dass wir zusammen waren und er deswegen wieder ein Mensch werden wollte. Diesen Antrag hätte der Engelsrat sofort abgelehnt und hätte Sixt wegen Regelbruch ins Himmelreich geschickt. Schließlich durften Schutzengel keine Beziehung zu einem Menschen haben.

„Eigentlich ist es auch egal, solange du für immer bei mir bleibst", sagte ich.

„Das werde ich." Er zog mich an sich und küsste mich. Sofort erwiderte ich den Kuss und bat mit meiner Zunge an seinen Lippen um Einlass, den er mir sofort gewährte. Keuchend lösten wir uns voneinander.

„Wie wäre es mit Frühstück und danach schauen wir uns die Stadt an", fragte Sixt.

„Ja, das ist eine gute Idee."

„Zimmerservice?"

„Ja. Frühstück im Bett mit dir ist am schönsten." Sixt nahm das Telefon und rief bei der Rezeption an. Dort bestellte er für uns das Frühstück. Wenige Minuten später klopfte es an der Tür. Sixt öffnete sie und ein Hotelmitarbeiter kam mit einem Servierwagen herein. Bevor der Hotelmitarbeiter wieder hinausging, gab ihm Sixt noch ein Trinkgeld und kam mit dem Servierwagen zum Bett. Er legte sich wieder zu mir, nahm das Tablett und stellte es auf unsere Beine. Natürlich gab es hier in Paris Croissants zum Frühstück, die wie ich fand, sehr köstlich waren.

„Wir müssen noch Weihnachtsgeschenke kaufen", fiel mir ein. Viel Zeit hatten wir nicht mehr, denn schließlich blieben uns nur noch zwei Wochen bis Weihnachten.

„Stimmt. Wir können ja heute, wenn wir uns die Stadt ansehen, schauen, ob wir einige Weihnachtsgeschenke finden", schlug er vor.

„Ja, das wäre gut."

Nachdem wir gefrühstückt, uns gewaschen und angezogen hatten, wollten wir los. Da es kalt draußen war, hatte ich mir eine dicke Jacke angezogen. Dazu noch einen Schal und Handschuhe. „Du siehst richtig süß aus, so dick eingepackt", sagte Sixt und lächelte mein geliebtes Lächeln. „Es hat auch etwas Verführerisches, wenn ich daran denke dich auszupacken, um da heranzukommen, was darunter ist." Sixt küsste mich auf die Wange und glitt dann mit seinen Lippen weiter zu meinem Ohr.

„Wenn du so weitermachst, kommen wir heute hier nicht mehr weg", brachte ich unter einem Keuchen heraus.

„Hm, wir könnten ja auch den Tag hier im Zimmer verbringen", hauchte er an meinem Ohr.

„Da hätte ich nichts gegen, nur dann würden wir nichts von der Stadt sehen."

„Da hast du auch wieder recht. Naja vielleicht sollten wir dann das hier auf heute Abend verschieben. Wie heißt es so schön, erst die Arbeit dann das Vergnügen", sagte Sixt und ließ von mir ab.

„Ja und so sehen wir dann auch noch die Stadt. Was sollen wir den Anderen denn erzählen, wenn sie fragen, wie es war? Wir können dann kaum sagen wir hätten nur das Hotelzimmer gesehen."

„Naja Nathan und Timothy würde schon reichen, wenn wir sagen wir haben den Eiffelturm, wenn auch nur vom weiten, gesehen. Aber Sasha und Maya werden alles bis ins Detail wissen wollen."

„Ja, dann gehen wir zuerst dorthin. Was möchtest du eigentlich deinen Eltern schenken?"

„Ich wollte ihnen ein Wellness-Wochenende schenken."

„Das ist eine schöne Idee. Oder kann es sein, dass du und Leslie wieder einmal sturmfreie Bude haben wollt, damit ihr eine Party schmeißen könnt", grinste Sixt. Er wusste, dass immer wenn meine Eltern wegfuhren, meine Schwester und ich eine Party gaben, obwohl meine Mutter uns das verboten hatte. Damals hatten wir aber noch zu Hause gewohnt. Jetzt wohnte ich bei Sixt und Leslie hatte mein altes Zuhause, das Gästehaus, was auf dem Grundstück meiner Eltern stand, bekommen. Jeder hatte jetzt sein eigenes Zuhause und da brauchten wir nicht mehr bei meinen Eltern im Haus feiern.

„Daran hatte ich eigentlich nicht gedacht. Ich wollte, dass sich meine Eltern mal entspannen. Sie arbeiten doch so viel. Aber jetzt wo du es sagst. Leslie wohnt ja jetzt im Gästehaus und so wird sie bei sich eine Party geben. Das wird sie ausnutzen, da sie ja sonst nie darf", überlegte ich. Meine Mutter verbot ihr Partys im Gästehaus, außer ihre Geburtstagsparty.

„Das kann ich mir vorstellen", lachte er und führte mich durch die Parfümabteilung. Schnell fand ich auch ein gut duftendes Parfüm und kaufte es. Anschließend schauten wir weiter nach Weihnachtsgeschenken. Mit unseren Freunden hatten wir abgemachten, dass wir uns nur Kleinigkeiten schenkten. Maya und ich kamen auf diese Idee. Da jeder Schutzengel, Geld vom Engelsrat bekam und somit reich war, konnten sie auch viel Geld ausgeben, aber Maya und ich nicht. Wir hatten nur das Geld zur Verfügung, welches wir in unseren Jobs neben der Uni verdienten. Was die Pärchen sich untereinander schenkten, war egal. Damit es für die Anderen leichter war, musste jeder drei Dinge aufschreiben, was er gerne hätte. Da wir aus vier Pärchen bestanden und auch immer pärchenweise geschenkt wurde, mussten wir uns untereinander absprechen, was wer schenken würde. So hatten wir es aber leichter und wussten auch gleich, was wer haben wollte. Nathan hatte natürlich übertrieben und schrieb Dinge wie ein Haus und ein Auto auf, was er sofort wieder ändern musste. Ich hatte mir eine Liste gemacht und aufgeschrieben, wen ich was schenken wollte. Diese Liste hatte ich auch mit nach Paris und mit zum Einkaufen genommen und schaute nun ab und zu darauf, um zu sehen, was wir noch kaufen mussten. Einiges hatten wir schon in

Portland besorgt gehabt, aber Sasha und Anastasia wollten gerne etwas aus Paris haben, als sie hörten, dass wir für ein Wochenende dort wären. Für Sixt hatte ich schon ein Geschenk. Ich hatte ihm für ein Konzert von einer Rockband, die er mochte, zwei Konzertkarten gekauft. Was ich von ihm bekommen würde, wusste ich schon. Mir war mein Laptop kaputtgegangen. Brian hatte noch versucht ihn zu reparieren, aber es war nichts mehr zu machen. Brian konnte zum Glück noch meine Daten retten und hatte sie mir auf eine CD-ROM gebrannt. Bei den Daten waren viele Berichte von meinen Studienkursen gewesen, die ich noch brauchte. Deswegen war ich froh gewesen, dass er sie noch retten konnte. Mit Sixt hatte ich allerdings eine Diskussion gehabt. Ich wollte nicht, dass er soviel Geld für mich ausgab. Aber er bestand darauf mir einen neuen Laptop zu kaufen und ließ sich davon auch nicht abbringen. Ich konnte gerade noch verhindern, dass er ihn mir sofort kaufte und so hatten wir uns geeinigt, dass es ein Weihnachtsgeschenk sein würde.

„Können wir etwas trinken gehen? Ich habe so einen Durst", fragte ich, als wir schon zwei Stunden herumgelaufen waren.

„Natürlich. Ich glaube, eine Pause haben wir uns verdient. Wir haben ja so gut wie alles schon gefunden", sagte Sixt lächelnd. Wir setzten uns in ein gemütliches kleines Café. Die Tüten legten wir alle auf einen leeren Stuhl an unserem Tisch. Die Kellnerin kam und nahm unsere Bestellung auf. Sixt bestellte zwei Gläser Cola und zwei Stücke Schokoladenkuchen.

„Was brauchen wir denn noch", fragte er mich. Ich nahm die Liste heraus und schaute darauf.

„Eigentlich nur noch für uns den Wein. Dann sind wir fertig." Eigentlich mochte ich nicht so gerne Alkohol, allerdings wollte ich gerne mal französischen Wein probieren. Vielleicht schmeckte dieser mir. Das wäre ein guter Vorwand, um öfter nach Paris zu kommen, denn wenn mir der Wein schmecken würde, müsste Sixt nach Frankreich springen, um neuen zu besorgen. Ich würde dann jedes Mal mit ihm zusammen nach Frankreich springen.

„Das hört sich gut an", grinste er. Die Kellnerin kam und brachte uns die Getränke und den Kuchen.

„Möchtest du noch ein Stück", fragte mich Sixt, als ich mein Stück aufgegessen hatte. Der Kuchen hatte wirklich sehr gut geschmeckt.

„Nein. Ich bin erst einmal satt. Aber er war lecker."

„Ja, finde ich auch." Sixt schob sich gerade den letzten Bissen in den Mund und schluckte ihn herunter. Wir tranken noch aus und Sixt winkte die Kellnerin herbei, um zu bezahlen. Anschließend nahmen wir wieder unsere Tüten und gingen zu den Toilettenanlagen. Sixt wollte unsere Tüten schon einmal ins Hotelzimmer bringen, damit wir nicht so viel zu tragen hatten. Damit ihn niemand beim Springen sah, war eine Toilettenkabine der perfekte Ort, um dabei nicht gesehen zu werden. Schließlich konnte Sixt nicht einfach in der Halle des Einkaufscenters springen. Die Leute hätten ihn dabei sehen können und das durfte nicht passieren, denn die Schutzengel mussten ihre Existenz geheim halten, so war eine Regel des Engelsrates. Im Anschluss gingen wir in den nächsten Laden. Dieses war ein Weinladen und wir suchten uns noch drei französische Weine aus, die wir mit nach Hause nehmen wollten. Der letzte Laden, in den wir gingen, war ein Lebensmittelmarkt. Ich wollte noch nach typisch französischen Lebensmitteln schauen, die es bei uns zu Hause nicht gab. Am Eingang schnappte sich Sixt einen Einkaufskorb und wir gingen durch den Laden. Im Korb landeten einige Sachen, wie Käse, Wurst, Schokolade, Gebäck. Gut, dass wir auf unserem Hotelzimmer einen Kühlschrank hatten, worin wir den Käse und die Wurst verstauen konnten, bis wir wieder nach Hause sprangen. Ich schaute zwischendurch in den Korb und entdeckte noch etwas.

„Was ist das denn", fragte ich neugierig und zeigte auf eine Verpackung.

„Das ist ein Schokoladen-Fondue-Set", grinste Sixt.

„Oh, damit können wir ja dann auch Schokoladenfrüchte machen."

„Genau. Deswegen nehme ich es ja mit, um dich damit verwöhnen zu können. Möchtest du sonst noch etwas haben?"

„Nein, ich habe alles. Ich frage mich nur, wie wir das morgen alles nach Hause kriegen wollen?" Ich dachte an die Tüten, die Sixt schon ins Hotel gebracht hatte, dazu noch unser Gepäck und dann die Sachen, die wir noch kaufen würden.

„Das weiß ich auch noch nicht. Vielleicht muss ich zwei Mal springen. Dann lass uns mal zur Kasse gehen."

„Ich gehe schon einmal mit den Tüten raus", sagte ich, schnappte mir unsere Tüten mit den Weinflaschen und ging nach draußen. Ich stellte mich an das Geländer, sah nach unten ins Erdgeschoss und schaute auf die Leute, die ebenfalls ihre Weihnachtseinkäufe tätigten, wenn man sich die Zahl der Tüten ansah, die sie herumtrugen.

„Jamie, ich hätte nie gedacht, dich hier zu treffen. Was für ein Zufall." Ich drehte mich um und erschrak. Vor mir stand Tobin mein Ex-Freund und wie ich herausgefunden hatte ein gefallener Engel und lächelte mich an. Das durfte doch jetzt nicht wahr sein. Wieso tauchte er ständig in meinem Leben auf. Bis zu diesem Moment hatte ich, seit dem Kampf in Vancouver, wo er geflüchtet war, nichts mehr von ihm gehört. Darüber war ich auch sehr froh gewesen. Und nun stand er wieder vor mir.

„Lass mich in Ruhe", sagte ich.

„Aber wieso? Schau mal, wir sind hier in der Stadt der Liebe. Paris, da wo alle Verliebten hinfahren. Ich liebe dich und ich weiß, dass du mich auch noch liebst. Also lass uns doch hier eine schöne Zeit zusammen verbringen", schlug er lächelnd vor. War er jetzt total durchgeknallt? Ich war bestimmt nicht seinetwegen hier und lieben tat ich ihn schon lange nicht mehr. Die Zeit war vorbei. Wobei ich mir damals sowieso nur vorgemacht hatte, dass ich ihn lieben würde. Mit Sixt hatte ich meine große Liebe gefunden und es gab niemanden, den ich mehr liebte als ihn.

„Ich liebe dich nicht. Das habe ich dir schon mehrmals gesagt. Wenn du es nicht verstehst, kann ich auch nichts dafür. Außerdem bin ich nicht wegen dir hier. Mein Verlobter kommt gleich aus dem Laden." Das Wort Verlobter betonte ich mit Absicht.

„Ach ihr wollt heiraten? Jamie, ich habe dir doch schon mal gesagt, dass dieser Typ nichts für dich ist. Er belügt dich nur. Ich bin besser für dich", versuchte er mich zu überzeugen.

„Sixt belügt und betrügt mich nicht im Gegensatz zu dir. Er hat mir erst einmal gezeigt, was Liebe wirklich ist und nicht so wie du, der gleich mit der Nächstbesten ins Bett steigt", erwiderte ich bissig. Nun wurde er wütend und seine Augen begannen weiß zu leuchten. Jetzt wusste ich, dass ich hier besser verschwinden sollte. Nur wohin? Er würde mich doch sofort kriegen. Wo blieb Sixt nur. Panik stieg in mir auf und ich schaute mich suchend nach ihm um.

„Du weißt, dass es nur ein Ausrutscher war. Sie hat mir nichts bedeutet. Und nun kommst du mit mir mit", stieß er wütend hervor, packte mich am Arm und versuchte mich mitzuziehen. Ich wehrte mich und versuchte seine Hand abzuschütteln. Die Leute schauten uns schon verwirrt an, aber Tobin sagte etwas auf Französisch zu ihnen, was ich nicht verstand und sie gingen weiter.

Anscheinend hatte er etwas wie „Es ist alles in Ordnung" oder „Sie ist immer so" zu ihnen gesagt gehabt und sie hatten ihm geglaubt.

„Lass mich los. Ich werde nirgends mit dir hingehen", schrie ich und trat nach ihm. Tobin holte mit seiner Hand aus. Ich machte mich auf den Schlag gefasst, indem ich die Arme schützend vor meinen Kopf hob, aber er kam nicht. Stattdessen wurde sein Arm von mir weggerissen.

„Hast du nicht gehört? Du sollst sie loslassen", zischte Sixt, der nun neben mir stand.

„Sie gehört mir", schrie Tobin.

„Nein, das tut sie nicht. Du kannst froh sein, dass hier so viele Leute sind, sonst würde ich dich jetzt kalt machen." Sixt Stimme klang bedrohlich und genauso schaute er ihn an.

„Tja, wie schade. Oder sollte ich sagen Glück für dich? Denn ich würde dich fertigmachen. Du hast es in Vancouver nicht geschafft mich zu töten und würdest es auch jetzt nicht schaffen." Tobin lachte hämisch.

„Das glaubst auch nur du. In Vancouver wart ihr nur zu Feige gegen uns alleine anzutreten, deshalb habt ihr euch auch Verstärkung geholt, sonst wäre es anders ausgegangen. Frag doch mal Gregory. Ach nein, das geht ja nicht. Er ist ja tot", erwiderte Sixt bissig.

„Ja, dafür werdet ihr noch büßen. Aber genug der Plauderstunde. Gib mir jetzt Jamie." Tobin versuchte nach mir zu greifen, aber Sixt schlug seine Hand weg.

„Nein. Niemals." Ein Mann von der Security, der in dem Shoppingcenter für Sicherheit und Ordnung zuständig war, kam und fragte auf Französisch, was los sei. Zumindest nahm ich das an, denn ich konnte ja kein Französisch. Sixt erklärte dem Mann die Situation und Tobin versuchte sich zu verteidigen. Der Mann sagte etwas zu Sixt, der daraufhin meine Hand nahm und mich zu den Rolltreppen führte.

„Wir sollen gehen. Er hält Tobin so lange auf, bis wir draußen sind. Ich habe ihm erklärt, dass wir gerade gehen wollten, als Tobin kam und ärger machte", erklärte er mir.

„Und was hat Tobin dazu gesagt?"

„Er hat alles abgestritten, aber der Mann von der Security hat mir geglaubt und sorgt jetzt dafür, dass wir in Ruhe aus dem Shoppingcenter kommen." Mittlerweile waren wir im Erdgeschoss angekommen und liefen nun schnellen Schrittes aus dem Gebäude.

Draußen stand auch gleich ein Taxi, in das wir einstiegen. Sixt sprach mit dem Fahrer und dieser fuhr los. Erschöpft ließ ich mich in den Sitz fallen.

„Wie geht es dir eigentlich? Hat er dir etwas getan", fragte Sixt nun und sah mich besorgt an.

„Nein, mir geht es gut. Ich habe mich nur erschrocken, als er plötzlich neben mir stand." Erst jetzt fiel mir auf, dass Sixt gerade dem Fahrer ein Hotel genannt hatte, welches aber nicht unseres war. „Warum fahren wir jetzt zu einem anderen Hotel", fragte ich flüsternd. Ich wusste nicht, ob der Fahrer unsere Sprache verstand. „Ich will damit verhindern, dass Tobin weiß, in welchem Hotel wir sind. Es kann sein, dass er uns folgt oder vielleicht irgendwie herausbekommt, mit welchem Taxi wir gefahren sind und er den Fahrer ausfragt. Eigentlich sind die Fahrer zum Schweigen verpflichtet, was Ziele der Leute angeht oder wer ihre Fahrgäste sind, aber man weiß nie, was sie für Geld alles machen. Tobin traue ich alles zu", erklärte er mir.

Wir kamen am Ziel an und stiegen, nachdem Sixt bezahlt hatte, aus. Sixt führte mich hinter das Hotel, wo zum Glück kein Mensch war.

„So nun springen wir, zu unserem Hotel", sagte er, hielt meine Hand fest und sprang. Wir kamen in einem Wald, der hinter unserem Hotel lag, an. Hier waren wir auch aufgetaucht, als wir von Portland gesprungen waren. Es war ein kleiner Wald, der zu einem Park gehörte und abends war hier nichts mehr los. Deshalb sah uns auch niemand, als wir wieder auftauchten. Wir gingen ins Hotel und fuhren mit dem Fahrstuhl nach oben zu unserem Zimmer.

„Ich glaube, es ist besser, wir checken aus und springen heute schon nach Hause", sagte Sixt, nachdem wir in unser Zimmer gegangen waren.

„Nein. Ich möchte noch nicht nach Hause. Ich möchte mir nicht unseren kleinen schönen Urlaub von diesem Typen vermiesen lassen", entgegnete ich.

„Da hast du auch wieder recht. Ich möchte mir auch nicht unser Wochenende vermiesen lassen. Wir bleiben hier und genießen noch die restliche Zeit", lächelte er. „Wenn Gefahr bestehen sollte, können wir immer noch zurückspringen. Aber wir bleiben heute Abend im Hotel. Das ist sicherer."

„Ich möchte heute sowieso nirgendwo mehr hin", erwiderte ich, ließ mich auf die Couch fallen und stöhnte.

„Was ist los, Süße", fragte Sixt und setzte sich neben mich.

„Ich bin geschafft vom vielen Laufen und ich habe Rückenschmerzen", klagte ich.

„Oh. Ich glaube, da brauchst du eine besondere Entspannungstherapie", hauchte er an meinem Ohr und küsste meinen Nacken. Leise stöhnte ich auf. Sixt wusste genau, welche Stellen er bei mir berühren musste, um die Erregung in mir auszulösen. Er hörte nicht auf meinen Nacken zu küssen. Es fühlte sich so gut an. Leider wurden wir durch meinen knurrenden Magen unterbrochen.

„Ich glaube, da hat jemand Hunger. Lass uns erst etwas Essen und dann werde ich dich weiter verwöhnen", schlug Sixt vor, gab mir noch einen Kuss und schnappte sich die Speisekarte, die auf dem Couchtisch lag.

Nachdem wir gegessen hatten und der Hotelmitarbeiter den Servierwagen mit den Tellern abgeholt hatte, ging Sixt kurz ins Bad. Ich hörte Wasser rauschen und Sixt kam mit einem strahlenden Lächeln wieder aus dem Badezimmer.

„So nun beginnt dein persönliches Entspannungsprogramm", sagte er und kam zu mir.

„Und wie sieht das Programm aus", fragte ich und sah ihn überrascht an.

„Als Erstes gibt es ein Entspannungsbad."

„Das hört sich gut an."

„Na dann komm. Das Wasser läuft gerade ein", grinste er, nahm meine Hand und führte mich ins Badezimmer. Hier gab es eine große Badewanne, die genug Platz für zwei Personen bot.

„Kommst du mit", fragte ich erwartungsvoll.

„Natürlich. Ich muss doch aufpassen, dass du dich auch entspannst." Wir zogen uns aus und Sixt half mir in die Wanne. Er setzte sich hinter mich und ich lehnte mich an ihn an. Das Wasser war angenehm warm. Sixt strich mir sanft über die Arme, was in mir einen wohligen Schauer auslöste. Ich liebte seine Berührungen. Ich liebte es, wenn seine starken Hände mich streichelten, berührten oder auch einfach nur hielten. Bei ihm fühlte ich mich sicher, geborgen und vor allem geliebt. Ja, er liebte mich, das wusste ich. Zwar verstand ich immer noch nicht, was an mir so

Besonderes war, denn ich war nur eine ganz normale Durchschnittsfrau, aber er liebte mich, so wie ich war mit all meinen Macken und ich liebte ihn. Abgöttisch.

Wir lagen noch eine Zeit lang in der Wanne, bis das Wasser kalt wurde. Sixt half mir aus der Badewanne heraus, wickelte mich in ein großes Badetuch und trocknete erst sich und dann mich ab. Ich ging zu unserer Reisetasche und suchte mir etwas Frisches zum Anziehen heraus.

„Du brauchst dich nicht anziehen. Das würde nur stören für das, was ich vorhabe", sagte Sixt hinter mir. Ich drehte mich zu ihm um und schaute ihn fragend an. Sixt stand mit einem Handtuch um seine Hüften bekleidet da und grinste mich an. Der Anblick seines nackten Oberkörpers ließ mich schmachten. Er hatte immer noch diese anziehende Wirkung auf mich und ich hoffte, es würde auch nie vergehen. Ich hoffte wirklich, dass ich nie genug von ihm haben würde.

„Und was hast du vor", fragte ich neugierig.

„Der zweite Teil, des Entspannungsprogrammes besteht darin, dass ich dich massieren werde. Also los, leg dich auf das Bett", befahl er mir und ich tat, was er sagte. Sixt kniete sich über mich und löste das Badetuch, das ich mir um meinen Oberkörper gebunden hatte. Dann legte er seine Hände an meine Schultern und begann mich zu massieren.

„Du bist ja ganz verspannt", raunte er an meinem Ohr. Seine Hände glitten an meinem Rücken entlang. Es tat so gut. Sixt war wirklich ein Meister im Massieren. Er hätte es eigentlich auch zum Beruf machen können. Aber ich war froh, dass er es nicht tat. Die Vorstellung er würde andere Frauen massieren, gefiel mir gar nicht. Mir reichte es ja schon, wenn er von Frauen regelrecht angegafft wurde. Er sah einfach zu gut aus. Atemberaubend gut. Sixt schien die Blicke aber nie zu bemerken. Wenn ich ihn darauf ansprach, sagte er immer, dass er nur Augen für mich hätte und für niemanden anderes. Er ließ immer die anderen Frauen abblitzen, wenn ihn mal eine ansprach. Mich machte es ziemlich stolz, dass er nur mich wollte. Langsam löste sich meine Verspannung. Sixt hörte aber noch nicht auf und wo seine Hände mich berührten, kribbelte es unter meiner Haut. Ich stöhnte auf, was ihn leise lachen ließ. Nun verteilte er kleine Küsse auf meinen Körper, was mich aufkeuchen ließ.

16

„Das ist aber keine Massage", protestierte ich.

„Doch meine ganz persönliche", erwiderte er und küsste nun meine Schultern. Er strich mit seinen Lippen weiter zu meinen Nacken. Seine Hände strichen an meinen Rücken entlang. Wieder keuchte ich auf, aber Sixt ließ nicht von mir ab. Nun küsste er sich meinen Rücken hinab.

„Du machst mich wahnsinnig", stieß ich unter einem Stöhnen hervor. Ich drehte mich zu ihm um und zog seinen Kopf zu mir hoch. Sanft legten sich meine Lippen auf seine. Meine Zunge strich über seine Unterlippe und er gewährte mir sofort Einlass. Meine Hände strichen über seinen Rücken. Erkundeten jeden Zentimeter seiner Haut. Dieses entlockte ihm ein Stöhnen. Mit einer Hand löste ich das Handtuch um seine Hüften und warf es auf den Boden. Sixt löste sich von mir und glitt mit seinen Lippen nun hinunter zu meinen Brüsten, die er abwechselnd liebkoste. Ich bäumte mich stöhnend unter ihm auf und reckte ihm meinen Oberkörper entgegen. Seine Hand wanderte nun zwischen meine Beine und streichelte dort meine empfindliche Stelle. Meine Erregung stieg ins Unermessliche und ich stöhnte. Ich ließ meine Hand über seinen Bauch hinunter zu seinem besten Stück wandern umfasste ihn mit der Hand und bewegte sie auf und ab. Sixt stöhnte und krachte mit seinen Lippen auf meine, wo wir in einen leidenschaftlichen Kuss verfielen. Ich ließ von seinem Glied ab und zog ihn über mich. Er verstand sofort, was ich wollte, positionierte sich vor meinen Eingang und drang in mich ein. Ich schlang meine Beine um seine Hüften, um ihn tiefer in mir spüren zu können. Sixt bewegte sich in mir und ich passte mich seinem Rhythmus an. Immer wieder küssten wir uns und sahen uns tief in die Augen. Ich merkte, dass ich bald soweit war. Sixt schien es nicht anders zu gehen, denn er beschleunigte das Tempo und kurz darauf kamen wir beide zum Höhepunkt. Schwer atmend ließ sich Sixt auf die Seite gleiten und zog mich, nachdem er eine Decke über uns ausgebreitet hatte, in seine Arme.

„Ich liebe dich", sagte er und küsste mich auf die Stirn.

„Ich liebe dich auch."

Am nächsten Tag machten wir uns nach einem ausgiebigen Frühstück auf dem Heimweg. Sixt hatte schon unsere Einkäufe nach Hause gebracht und nun hatten wir nur noch unser Gepäck zu tragen, dass er noch nicht wegbringen konnte, da es auffällig gewesen wäre mit Gepäck zu kommen und ohne wieder zu gehen. Wir gingen zur Rezeption, um auszuchecken.

„Oh, Sie wollen schon abreisen? Das ist aber schade", sagte die Rezeptionistin. Sie schaute dabei nur Sixt an und warf verführerisch ihr langes blondes Haar über die Schulter. Sie beachtete mich gar nicht und machte vor meinen Augen meinen Verlobten an. Dieses hatte sie auch schon probiert, als wir am Freitag hier im Hotel ankamen. Was bildete sie sich eigentlich ein? Tat sie das mit jedem Mann, der ihr gefiel, auch wenn er vergeben war? Aber ich konnte es ihr nicht einmal verübeln, auch wenn ich wütend war, dass sie meinen Verlobten anmachte. Sixt sah atemberaubend gut aus und hätte als Model arbeiten können. Ihr Mitarbeiter machte soweit die Rechnung fertig und Sixt gab ihm seine Kreditkarte.

„Ja, meine Verlobte und ich werden heute wieder nach Hause fliegen", erwiderte Sixt und betonte das Wort Verlobte. Ich wusste, dass diese Frau ihm ganz schön auf die Nerven ging. Immer wenn wir am Empfang vorbeikamen, lächelte sie ihn verzückt an und richtete dabei ihre Oberweite. Die Rezeptionistin schaute erst überrascht und dann enttäuscht.

„Schade. Aber ich wünsche Ihnen einen guten Rückflug", sagte sie und warf mir noch einen bösen Blick zu, bevor sie ihm die Kreditkarte zurückgab.

„Danke", erwiderte er legte mir einen Arm um die Taille und zog mich dicht an sich. Ich lächelte die Rezeptionistin zuckersüß an und ging mit Sixt dann aus dem Hotel.

„Jetzt wird deine neue Verehrerin aber ganz schön traurig sein, wo du doch schon abreist", neckte ich ihn, als wir in ein Taxi stiegen.

„Glaube ich nicht. Sie wird sich schon dem nächsten Gast an den Hals schmeißen." Er deutete auf einen jungen Mann, der gerade mit seinem Gepäck ins Hotel hineinging.

„Da hast du recht." Das Taxi fuhr los und brachte uns zum Flughafen, was aber nur Tarnung war. In Wirklichkeit gingen wir in den angrenzenden Wald, um nach Hause zu springen. Dieses konnten wir nicht mitten im Flughafengebäude oder auf einer der Landebahnen tun, da uns jeder gesehen hätte. Mitten im Wald blieben wir stehen und schauten uns um, ob wir alleine waren. Sixt nahm mich in den Arm und sprang mit mir nach Hause, wo wir in unserem Zimmer wieder auftauchten.

„Willkommen Zuhause", lächelte er.

„Eigentlich schade. Ich wäre gerne noch etwas in Paris geblieben. Aber ohne Tobin und einer aufdringlichen Hotelmitarbeiterin." „Das wäre ich auch gerne. Wir können ja noch einmal dort hinspringen. Vielleicht im Sommer, wenn es warm ist. Oder wir könnten doch als Hochzeitsreise einen Europatrip machen. So sehen wir die anderen Länder auch", schlug er vor.

„Oh ja. Das hört sich gut an." Wir hatten uns noch nicht entschieden, wohin unsere Hochzeitsreise gehen sollte. Das Einzige, was wir wussten, war, dass die Reise in unseren Sommersemesterferien stattfinden sollte, damit wir nichts in der Uni verpassten.

„Na komm, dann lass uns mal hinuntergehen. Die Anderen warten bestimmt schon auf uns", sagte Sixt.

„Da hast du recht." Sixt nahm mich in den Arm und sprang mit mir ins Wohnzimmer.

„Oh da seid ihr ja wieder", rief Nathan.

„Und wie war es", fragte Sasha aufgeregt. Sixt setzte sich auf die Couch und zog mich auf seinen Schoß.

„Richtig schön. Wir haben viel gesehen", berichtete ich kurz.

„Ward ihr auch shoppen", fragte Sasha als Nächstes.

„Ja. In einem großen Einkaufscenter. Das wäre etwas für dich gewesen", erzählte Sixt.

„Oh Nathan, da müssen wir auch mal hin", sagte Sasha.

„Ja und wir auch", wandte sich Maya an Timothy.

„Na toll, da habt ihr uns ja etwas Tolles eingebrockt", beschwerte sich Nathan.

„Ich weiß", grinste ich.

„Naja es war nicht alles so schön. Wir haben Tobin im Einkaufscenter wiedergesehen. Er wollte Jamie zwingen mit ihm zu kommen", berichtete Sixt.

„Oh nein. Und was jetzt? Wird er wohl hier her zurückkommen", fragte Maya und ich wusste, was sie dachte. Beim letzten Mal durften wir nichts mehr alleine tun und mussten uns sogar vor den gefallenen Engeln verstecken, da sie uns töten wollten und jetzt war Tobin wieder aufgetaucht. Maya wollte genauso wenig wie ich, dass wir wieder nichts alleine machen konnten, ohne dass jemand auf uns aufpasste. Wir hassten diese „Gefangenschaft."

„Wir wissen es nicht. Aber er schien alleine gewesen zu sein. Es war auf jeden Fall nur ein Zufall, dass wir ihn getroffen haben. Er hat wohl selbst nicht damit gerechnet uns in einem anderen Land zu sehen", sagte Sixt.

„Na dann warten wir mal ab, ob er wiederkommt", erwiderte Timothy.

Kapitel 2

Am Dienstag musste ich nach der Uni arbeiten. Meine Arbeitszeiten hatten sich geändert, da ich montags, mittwochs und freitags jetzt eine längere Vorlesung hatte. So ging ich nur noch Dienstags- und Donnerstagsnachmittags von drei bis sieben Uhr dreißig arbeiten. Ja, auch die Öffnungszeiten der Boutique hatten sich geändert. Jetzt war der Laden Wochentags bis halb acht und samstags bis achtzehn Uhr geöffnet. Dafür hatte Mrs. Evans eine neue Vollzeitkraft namens Rachel und eine Aushilfskraft, die Ashley hieß, eingestellt. Beide waren sehr nett und arbeiteten, was bei früheren Angestellten in diesem Laden nicht immer der Fall gewesen war. Die Boutique lief richtig gut und die Kundschaft wurde immer mehr, sodass Mrs. Evans die Öffnungszeiten verlängert hatte. Um sich selbst etwas zu entlasten, hatte sie die beiden eingestellt. Von Tobin hatten wir nichts mehr gehört und ihn auch nicht mehr gesehen. Anscheinend war es wirklich ein Zufall gewesen, dass wir ihn in Paris getroffen hatten. Vielleicht ließ er mich endlich in Ruhe. Ich hoffte es zumindest.

„Na Jamie, wie war es in Paris", fragte Samantha.

„Es war richtig schön. Wir haben viel gesehen und einkaufen waren wir auch. Also Paris kann ich nur empfehlen."

„Das hört sich gut an. Da muss ich auch mal mit Nick hin." Nick war Samanthas neuer Freund. Sie waren seit einem Monat zusammen. Samantha hatte sich im Sommer von Stephan getrennt gehabt, nachdem sie in ihrer Beziehung nur Probleme gehabt hatten. Jetzt war sie glücklicher und das sah man ihr auch an. Sie strahlte den ganzen Tag und nichts konnte ihr die gute Laune verderben.

„Aber aufgepasst, wenn ihr in das Hotel geht, wo wir waren. Die Rezeptionistin versucht sich an jedes männliche Wesen heranzuschmeißen, egal ob die Männer vergeben sind oder nicht", warnte ich sie vor.

„Echt? Oh gut das ich das weiß. Sixt hat sich aber nicht darauf eingelassen, oder?"

„Nein. Er hat sie gar nicht richtig beachtet. Sie ging ihm auch ganz schön auf die Nerven. Und er sagt immer, dass ich die Einzige für ihn bin."

„Das merkt man auch. Er liebt nur dich. Wie laufen denn die Hochzeitsvorbereitungen? Es ist ja nicht mehr so lange hin."

„Da geht es voran. Nach Weihnachten, wenn ich freihabe, gehe ich das Kleid kaufen. Die Hochzeitstorte müssen wir noch bestellen und der Musiker muss auch noch arrangiert werden, aber das werden wir ebenfalls nach den Feiertagen regeln", sagte ich lächelnd.

„Oh das hört sich doch gut an."

„Entschuldigung Miss. Könnten Sie mir bitte helfen", fragte eine ältere Dame Samantha.

„Ja natürlich. Wie kann ich Ihnen helfen", fragte sie freundlich und ging mit der Dame weg. Ich widmete mich einen Kleiderständer und sortierte die Pullover, die daranhingen.

„Ah, da ist ja meine Verlobte", hörte ich meine Lieblingsstimme hinter mir, als ich im Lager neue Ware auspackte, und begann meinen Nacken zu küssen. Ein wohliger Schauer durchlief mich.

„Ich kann mich gar nicht auf meine Arbeit konzentrieren, wenn du das machst", keuchte ich.

„Nein", fragte er und strich mit seinen Lippen weiter zu meinem Ohr.

„Nein."

„Vielleicht bräuchtest du mal eine Pause." Sixt drehte mich zu sich um. „Ich weiß auch schon, wofür wir diese Pause nutzen könnten." Kaum hatte er das gesagt, lagen seine Lippen auch schon auf Meinen. Sofort erwiderte ich den Kuss, der immer leidenschaftlicher wurde. Ich strich mit meiner Zunge über seine Unterlippe und er gewährte mir sofort Einlass. Unsere Zungen lieferten sich ein wildes Spiel. Als wir beide keine Luft mehr bekamen, lösten wir uns wieder voneinander.

„Das war mal eine schöne Pause", sagte ich.

„Die hast du dir auch verdient", grinste er.

„Leider muss ich jetzt weiterarbeiten."

„Es ist doch nicht mehr so lange. In zwei Stunden hole ich dich doch ab und dann können wir die Pause fortsetzen", schlug Sixt grinsend vor.

„Das hört sich gut an." Sixt gab mir noch einen Kuss und
verschwand. Ich widmete mich wieder meiner Arbeit zu.

Nachdem ich die Kartons im Lager ausgepackt hatte, ging
ich mit der neuen Ware in den Laden und sortierte sie auf die
Kleiderständer. Monica betrat den Laden und kam direkt auf mich
zu. Sie ließ Sixt und mich immer noch nicht in Ruhe. Nur hatte sie
seit drei Monaten eine neue Taktik, mit der sie versuchte, Sixt und
mich auseinander zu bringen.

„Hallo Jamie", sagte sie zuckersüß.

„Was willst du", fragte ich genervt, weil ich wusste, was nun wieder
kommen würde. Und das, was es war, war mehr als lächerlich.

„Da dein Freund ..."

„Verlobter", unterbrach ich sie.

„Na gut Verlobter, dir immer wieder auftischen will, dass es nicht
sein Kind ist, werde ich dir mal die Wahrheit sagen. Im August
hatten Sixt und ich eine Affäre. Sie ging einige Wochen lang und
dabei bin ich schwanger geworden."

„Monica, du glaubst doch nicht wirklich, dass ich dir diesen
Schwachsinn abkaufe. Im August warst du mit diesem Typen
zusammen, der dich einfach im Stich gelassen hat. Sixt ist nicht der
Vater und das weiß ich. Es gab nie diese Affäre und jetzt hör auf
mir so einen Scheiß zu erzählen. Merkst du nicht, dass dir das
niemand glaubt? Jeder weiß, dass das Kind von diesem Typen ist."

Monica hatte eine kurze Beziehung mit einem Austauschstudenten
gehabt. Sie hatte überall herumgeprahlt, wie glücklich sie doch
wären und was er doch für ein toller Liebhaber wäre. Nach noch
nicht einmal einem Monat hatte er sie allerdings verlassen und war
zurück in sein Heimatland gekehrt. Ich wusste ganz genau, dass Sixt
nicht der Vater war. Erstens würde mich Sixt nie betrügen und vor
allem nicht mit Monica, da war ich mir sicher und zweitens konnte
Sixt leider keine Kinder zeugen. Also konnte er es schon einmal
nicht gewesen sein.

„Du wirst schon noch sehen. Ich sage die Wahrheit. Sixt und ich
hatten eine Affäre und daraus ist das Kind entstanden."

„In deinen Träumen vielleicht. Wir werden sehen, wenn ein
Vaterschaftstest gemacht wird, wer wirklich der Vater ist",
erwiderte ich und wendete mich einen Kleiderständer zu. Dabei
entging mir nicht Monicas erschrockener Gesichtsausdruck. Sie

hatte wahrscheinlich gar nicht daran gedacht, dass man auch einen Vaterschaftstest machen konnte.

„Ich muss jetzt gehen", sagte sie schnell und verschwand aus dem Laden.

„Was war das denn jetzt", fragte Samantha grinsend. Sie kannte Monica von ihren Shoppingtrips, wenn sie sich dann mal bei uns im Laden verirrte. Meistens versuchte sie dabei allerdings wieder einmal irgendwelche Lügen über sich und Sixt zu verbreiten, um mich eifersüchtig zu machen.

„Sie wollte mir mal wieder weißmachen, dass das Kind von Sixt ist. Nur hat sie nicht daran gedacht, dass man das mit einem Vaterschaftstest nachweisen könnte. Ich hoffe, sie lässt uns jetzt endlich damit in Ruhe."

„Sie wird sich jetzt erst einmal darüber Gedanken machen."

„Zum Glück glauben die Leute ihr diese Geschichte nicht. Sie hat das Gerücht an der Uni verbreitet, aber jeder weiß, dass Sixt mir absolut treu ist, sie schon die ganze Zeit hinter ihm her ist und sie mit einem Typen im Bett war, der sie jetzt einfach im Stich gelassen hat", sagte ich.

„Ich hätte es Sixt auch nie zugetraut, dass er dich betrügen würde. Er liebt dich wirklich sehr, das sieht man einfach."

„Und ich kann es immer noch nicht wirklich glauben, dass ich diesen wunderbaren Mann bald heiraten werde", erwiderte ich lächelnd.

„Entschuldigen Sie bitte. Haben Sie diese Bluse auch noch in der Größe sechsunddreißig", fragte mich eine Frau mittleren Alters und zeigte mir eine Bluse.

„Da werde ich doch mal nachschauen", sagte ich freundlich und ging mit der Frau zu dem Kleiderständer, wo die Blusen hingen.

Als ich endlich Feierabend hatte, erwartete mich Sixt grinsend an seinem Auto stehend. Ich ging zu ihm, fiel ihm in die Arme und gab ihm einen Kuss.

„Hi Süße, na wie war es denn noch", fragte er und hielt mir die Autotür auf.

„Es ging. Ich hatte mal wieder Besuch von Monica", seufzte ich und stieg ein. Sixt schloss die Tür und stieg auf seiner Seite ein.

„Was wollte sie dieses Mal", fragte er genervt.

„Sie wollte mir weiß machen, dass ihr beiden im August eine mehrwöchige Affäre hattet, woraus das Kind entstanden wäre", erzählte ich ihm.

„Sie lässt sich ja immer wieder etwas Neues einfallen."

„Ja, allerdings habe ich sie jetzt erst einmal geschockt. Ich habe ihr gesagt, dass man durch einen Vaterschaftstest herausfinden kann, wer der Vater ist. Daran hat sie anscheinend nicht gedacht."

„Stimmt. Nur weiß ich nicht, ob bei mir ein Vaterschaftstest überhaupt funktionieren würde, denn schließlich bin ich ja nicht mehr menschlich. Aber da ich eh nicht der Vater bin und sie es auch genau weiß, werde ich ihn auch nicht machen müssen."

„Ich hoffe nur, dass sie uns jetzt endlich einmal in Ruhe lässt."

„Das hoffe ich auch", sagte er und gab mir einen Kuss. Sixt startete den Wagen und fuhr los.

Am Samstagabend gingen wir alle auf den Weihnachtsmarkt, der in Portland jedes Jahr vor Weihnachten war. Alles war weihnachtlich geschmückt. Auch unser Haus hatten wir von innen und außen dekoriert. Nun hangen am Haus Lichterketten und im Vorgarten standen Rentiere, ein Schlitten und ein Weihnachtsmann. Im Haus selbst standen Weihnachts- und Schneemänner und andere Dekorationsgegenstände. Über der Tür zum Wohnzimmer war ein Mistelzweig aufgehängt worden. Sixt stand gerne mit mir da drunter und küsste mich so, wie es Brauch war. Eher gesagt zog er mich regelrecht oft darunter, um mich zu küssen. Ich hatte ihm schon einige Male gesagt, dass er mich auch ruhig ohne Mistelzweig küssen könnte. Das würde er sowieso zusätzlich noch tun. Wir schauten uns die verschiedenen Stände an, die auf dem Weihnachtsmarkt standen. Es gab welche, die Kerzen ausgestellt hatten oder auch Porzellanfiguren. Stände mit Schmuck und verschiedenen Accessoires und einige mit Süßigkeiten. An einem Stand kauften wir uns alle Weihnachtsmannmützen und setzten sie uns auf.

„Du siehst so niedlich aus mit der Mütze", sagte Sixt und rückte sie mir etwas zurecht.

„Danke. Du aber auch", erwiderte ich. Sanft strich er meine Wange entlang, hielt mein Kinn fest und küsste mich.

„Wie wäre es, wenn wir einen Punsch trinken gehen", schlug Brian vor.

„Ja, das hört sich gut an", sagte Maya und rieb sich ihre Hände, um sie aufgrund der Kälte warm zu bekommen. Wir gingen zu einem Getränkestand. Hier gab es verschiedene Punschsorten sowie Kakao und Kaffee.

„Was möchtest du denn? Einen Fruchtpunsch ohne Alkohol", fragte Sixt mich.

„Ja gerne."

„Ich hole dir einen." Sixt ging zusammen mit den anderen zum Stand.

„Hallo Jamie", grüßte mich Josh.

„Hi Josh. Na drehst du auch eine Runde über den Weihnachtsmarkt", fragte ich ihn.

„Ja, ich treffe mich hier mit Claire und Dave. Wir wollen uns erst den Weihnachtsmarkt ansehen und danach noch in einen Club. Komm doch mit", schlug er vor.

„Ich bin mit Sixt und den anderen hier. Vielleicht ein anderes Mal", erwiderte ich.

„Ach so. Okay, na dann viel Spaß noch. Wir sehen uns dann Montag in der Uni", sagte er und wirkte etwas enttäuscht, als er ging.

„Schon wieder diese Konkurrenz", meinte Sixt und schaute Josh mit einem bösen Blick hinterher.

„Er hat mich gefragt, ob ich nachher noch mit in den Club komme. Ich habe ihm aber gesagt, dass ich mit euch hier bin. Oder wolltet ihr mit in den Club", fragte ich ihn.

„Nein, eigentlich nicht. Ich hatte für nachher eigentlich einen gemütlichen Abend zu zweit geplant. Oder möchtest du lieber in den Club?"

„Nein, ein gemütlicher Abend zu zweit hört sich für mich viel besser an, als ein Club mit lauter Musik und vielen Leuten", grinste ich. Es war auch so. Lieber verbrachte ich die Zeit mit meinem atemberaubenden Verlobten, als in einen Club zu gehen. Vielleicht lag es daran, dass ich noch nie die große Disco-Gängerin gewesen war und lieber gemütlich mit Leuten zusammensaß und redete.

„Für mich auch. So bitte sehr die Dame. Ein alkoholfreier Früchtepunsch."

„Danke sehr der Herr", lachte ich und nahm eine der Tassen entgegen, die er mir reichte. Der Punsch war sehr heiß und ich trank sehr vorsichtig, damit ich mir nicht die Zunge daran verbrannte. Wir stellten uns an einen der Stehtische, die vor dem

Stand standen und die Anderen gesellten sich, nachdem sie sich ebenfalls einen Punsch gekauft hatten, zu uns.

„Ich möchte gleich noch einmal zu dem einen Schmuckstand. Da gab es eine schöne Kette", sagte Sasha.

„Da können wir ja gleich noch einmal hingehen", seufzte Nathan.

„Hey sagt mal, fängt das gerade an zu schneien", fragte Anastasia und streckte ihre Hand aus. Ich schaute zum Himmel. Und wirklich. Kleine Schneeflocken fielen vom Himmel.

„Cool, dann können wir morgen eine Schneeballschlacht machen", rief Nathan. Ab und zu wirkte er doch wie ein kleines Kind.

„Na das kann ja etwas werden", erwiderte ich und erinnerte mich an letztes Jahr, wo wir schon einmal eine Schneeballschlacht gemacht hatten. Es begann alles ganz harmlos. Eine typische Schneeballschlacht Mädchen gegen Jungs. Sie artete allerdings soweit aus, dass Maya einen Stein an den Kopf bekommen hatte, der versehentlich in einem Schneeball steckte und Timothy ihn nicht gesehen hatte. Ja ausgerechnet er hatte seiner Freundin einen Stein an den Kopf geworfen. Sie fuhren ins Krankenhaus und somit war unsere Schneeballschlacht zu Ende. Maya hatte zum Glück nur eine Beule am Kopf und war nicht schlimmer verletzt worden.

Nachdem wir ausgetrunken hatten, schlenderten wir noch einmal zu dem Stand, wo Sasha die Kette gesehen hatte und die sie sich natürlich auch gleich kaufte. Bei der Kette blieb es allerdings nicht. Sie zog Nathan noch zu drei weiteren Ständen, an denen sie etwas kaufte.

„Möchtest du auch noch etwas", fragte Sixt mich.

„Hm, nur noch eine Tüte gebrannte Mandeln und einen roten kandierten Apfel", erwiderte ich.

„Du kleine Zuckerschnute", grinste er und gab mir einen Kuss. Wir gingen zu dem Stand, wo ich mir die Leckereien kaufte. Anschließend gingen wir zum Wagen zurück.

„Du willst doch wohl nicht mit deinen klebrigen Händen mein Auto fahren", fragte Sasha ihren Freund, der sich gerade den Rest seiner Zuckerwatte, die er sich an einem Stand gekauft hatte, in den Mund stopfte.

„Warum denn nicht? Meine Hände sind sauber", erwiderte er und zeigte ihr seine Hände.

„Ist klar und deshalb klebt auch noch Zuckerwatte daran. Ich fahre lieber, sonst muss ich noch das Auto saubermachen", entgegnete sie und stieg auf der Fahrerseite ein.

„Frauen", seufzte Nathan und fing sich dafür einen giftigen Blick von Sasha ein. Lachend setzten Sixt und ich uns auf den Rücksitz von Sashas Wagen.

Als wir Zuhause angekommen waren, machten Sixt und ich es uns in unserem Zimmer auf der Couch gemütlich und schauten noch einen Film. Draußen schneite es dicke Flocken und verwandelte alles in eine wunderschöne Winterlandschaft. Ich packte den kandierten Apfel aus und begann ihn zu essen.

„Möchtest du auch mal probieren", fragte ich Sixt und hielt ihm den Apfel hin von dem er abbiss.

„Mhhh, der schmeckt gut, aber ich glaube, an dir schmeckt er noch viel besser", sagte er und schon lagen seine Lippen auf Meinen. Ich zog Sixt näher an mich heran und vertiefte den Kuss. Sixt nahm mir den Apfel aus der Hand und legte ihn auf die Tüte, in der er sich befunden hatte, die auf dem Tisch lag. Sofort lagen seine Lippen wieder auf Meinen. Seine Zunge bat an meinen Lippen um Einlass, den ich ihm sofort gewährte. Unsere Zungen begannen ein wildes Spiel. Meine Hände machten sich an Sixts Pullover zu schaffen und zogen ihn aus, wobei seine wundervolle muskulöse Brust zum Vorschein kam. Langsam glitt ich mit meinen Händen darüber und zeichnete die Konturen der Muskeln nach, was ihn zum Aufstöhnen brachte. Sixt begann, meinen Hals zu küssen. Seine Hände glitten zum Saum meines Shirts und zogen es mir aus. Langsam ließen wir uns auf die Couch sinken. Sixt war nun über mir und ließ seinen Blick über meinen Körper gleiten.

„Du bist wunderschön", flüsterte er und begann nun sich seinen Weg vom Schlüsselbein bis zum Dekolleté zu küssen. Ich keuchte auf. Seine Hände wanderten zu meinem Rücken und öffneten meinen BH, den er mir auszog. Nun wanderten seine Lippen zu meinen Brüsten und begannen sie zu liebkosen. Ich stöhnte und machte mich an seiner Hose zu schaffen. Sixt half mir dabei, sie ihm auszuziehen. Als Nächstes folgte sein Slip. Sixt zog mir meinen ebenfalls aus. Ich streichelte mit meiner Hand erst seinen Bauch und glitt dann tiefer, was ihn zum Stöhnen brachte. Er fuhr zärtlich mit seiner Hand über meinen Körper, streichelte meine Beine und glitt anschließend zwischen sie zu meiner heißen Mitte, wo er mich reizte. Ich stöhnte, zog ihn zu mir hoch und legte meine Lippen wieder auf seine. Ich drehte uns so, dass ich oben war. Ich brauchte ihn. Jetzt sofort. Ich setzte mich auf sein Becken und ließ ihn in mich eindringen. Langsam bewegte ich mich auf und ab und wir beide stöhnten gemeinsam auf. Ich beugte mich zu ihm herunter und küsste ihn. Seine Hände legte er auf meine Brüste und massierte sie. Sixt drehte uns plötzlich und nun lag ich unter ihm. Dabei lösten unsere Lippen sich nicht voneinander. Er begann in mich hineinzustoßen und wir stöhnten in den Mund des anderen. Es dauerte nicht lange und ich sprang über die Klippen. Sixt folgte mir kurz darauf.

„Aufstehen Süße. Es hat die ganze Nacht geschneit. Alles ist weiß draußen", weckte mich Sixt am nächsten Morgen. Verschlafen schaute ich ihn an. „Na komm. Es ist schon zehn Uhr. Nathan macht unten schon alle verrückt, weil er raus möchte und wenn du jetzt nicht aufstehst, dann kommt er hoch und weckt dich mit einem Schneeball."
„Bloß nicht", sagte ich und stand auf. Schnell zog ich mich an und ging ins Badezimmer um mich zu waschen. Ich kämmte meine Haare durch und band sie zu einem Zopf zusammen. Sixt hatte sich ebenfalls fertiggemacht und zusammen gingen wir hinunter ins Esszimmer zum Frühstücken.
„Na endlich. Da seid ihr ja. Und jetzt Beeilung, dann können wir endlich raus", rief Nathan und hüpfte aufgeregt, wie ein kleines Kind im Zimmer herum.
„Nur immer mit der Ruhe. Lass uns doch erst einmal Frühstücken", sagte ich und setzte mich an den Tisch.
„Können wir doch. Aber etwas schneller als sonst."
„Nein. Ich werde mich nicht treiben lassen", widersprach ich ihm und biss genüsslich in mein Brötchen, worauf ich Marmelade geschmiert hatte. Sixt lächelte mich zustimmend an.
„Ihr seid so gemein", maulte Nathan.
„Nein sind wir nicht. Wir wollen uns nur richtig stärken, damit wir gleich bei der Schneeballschlacht gewinnen", erwiderte ich grinsend.
„Da hat Jamie recht. Dieses Jahr gewinnen wir", stimmte Sasha mir zu.
„Das werden wir erst einmal sehen", lachte Timothy und tauschte mit Nathan und Sixt verschwörerische Blicke aus.

„Ja, das werden wir auch sehen. Wir haben schon einen Schlachtplan", sagte Maya.

Nachdem wir gefrühstückt und aufgeräumt hatten, zogen wir uns winterfest an und gingen in den Garten. Es hatte über Nacht sehr viel geschneit und der Schnee lag knöchelhoch. Als Erstes bauten die Jungs eine Schneefrau und wir Mädchen einen Schneemann. Beide wurden wirklich gut, wobei die Jungs doch etwas übertrieben hatten und der Schneefrau eine sehr große Oberweite verpasst hatten. Kaum waren wir mit dem Bauen fertig, bekam ich auch schon den ersten Schneeball ab. Er traf meine Jacke. Ich schaute, wer ihn geworfen hatte und sah einen grinsenden Nathan. Ich bückte mich und formte einen großen Ball, den ich in seine Richtung warf. Leider wich er aus und ich traf Timothy, der hinter ihm stand.
„Entschuldige, der sollte eigentlich für Nathan sein", rief ich ihm zu.
„Ist schon gut", grinste er und bewarf mich ebenfalls. Und so ging es los. Wir positionierten uns weiter im Garten und versuchten die Jungs zu treffen. Es wurde unfair, als sie anfingen zu springen. So bekam ich gar nicht mit, wie Sixt plötzlich hinter mir stand, als ich mich gerade, bückte, um einen neuen Schneeball zu formen. Kaum stand ich wieder, bewarf er mich von hinten. Wir hatten vorher abgemacht, dass wir uns keinen Schnee ins Gesicht warfen, denn es sollte nicht wieder so etwas passieren, wie es Maya im letzten Jahr passiert war, als sie den Stein ins Gesicht bekommen hatte. Ich drehte mich um und wollte mich gerade wehren, als er mir meine Arme festhielt.
„Na du wirst doch wohl nicht deinen Verlobten bewerfen wollen", fragte er und schaute mich grinsend an.
„Doch das hatte ich eigentlich vor, da mich mein Verlobter schließlich auch beworfen hat."
„Der Schneeball ist mir aus der Hand gefallen."
„Natürlich." Ich versuchte mich aus seinem Griff zu befreien, was mir allerdings nicht gelang. Ich machte einen Schritt zurück, knickte dabei allerdings mit meinem Fuß um, verlor das Gleichgewicht und landete mit dem Rücken im Schnee. Dadurch, dass Sixt mich festgehalten hatte, fiel er mit mir und landete halb auf mir.
„Ist dir etwas passiert", fragte er besorgt und glitt sofort von mir herunter.

„Ich bin nur umgeknickt, aber das geht schon wieder", versicherte ich ihm.

„Bist du dir sicher?"

„Ja. Es ist alles gut." Ich nahm etwas Schnee und steckte es ihm in den Nacken. Sixt schrie kurz auf.

„Du kleines Biest", sagte er und nahm sich etwas Schnee, was er mir ebenfalls in den Nacken stecken wollte.

„Nein, bitte. Ich bin jetzt auch ganz lieb", versuchte ich ihn davon abzuhalten.

„Sicher?"

„Ja, ganz sicher."

„Na gut. Dafür musst du mir einen Wiedergutmachungskuss geben", verlangte er. Ich zog ihn zu mir herunter und küsste ihn. Er erwiderte den Kuss, drehte uns um und zog mich auf sich. Er bat an meiner Lippe um Einlass, den ich ihm gewährte und unser Kuss vertiefte sich. Ich gab mich ihm gerade hin, als ich etwas Kaltes in meinen Nacken spürte. Sofort löste ich mich von ihm und schrie auf.

„Iiihh, das ist unfair", rief ich und griff nach hinten in meine Jacke, um den Schnee herauszuholen.

„Rache ist süß", grinste Sixt.

„Du bist so gemein", schmollte ich und drehte mich um. Sixt kam zu mir und begann meinen Nacken zu küssen.

„Wie wäre es, wenn ich es mit einem gemeinsamen Bad wiedergutmachen würde", schlug er vor. Ich zögerte etwas. So leicht wollte ich es ihm nicht machen. Er schaute mich bittend an. Eine dunkelbraune Haarsträhne fiel ihm ins Gesicht. Er sah wirklich atemberaubend gut aus und damit sogar sehr verführerisch.

„Ok. Einverstanden." Ich freute mich schon auf das gemeinsame Bad. Sixt legte seine Lippen wieder auf meine und ich vertiefte den Kuss. Ein Schneeball traf Sixt am Oberarm. Er löste sich von mir und schaute sich um, wer es gewesen war. Nathan grinste uns an.

„Warum hast du mich beworfen? Ich bin doch auf deiner Seite", fragte Sixt ihn.

„Ich wollte dich aus den Klauen dieser Frau befreien", sagte er und zeigte auf mich.

„Ich hatte aber eigentlich alles im Griff", erwiderte Sixt grinsend.

„Ja, das habe ich gesehen." Nathan schaute sich kurz um, nachdem er Timothy um Hilfe schreien gehört hatte. „Wir müssen Timothy helfen", rief er und rannte zu ihm, der von Sasha und Maya attackiert wurde.

„Tut mir leid, Süße, aber ich muss den beiden mal eben helfen", sagte Sixt und sprang zu Nathan und Timothy hinüber. Sie bewarfen nun zu dritt Sasha und Maya. Ich formte Schneebälle, nahm sie auf den Arm und lief zu den beiden.

„Hier ich habe uns Munition mitgebracht." Ich deutete auf die Schneebälle in meinen Armen.

„Danke, die können wir gut gebrauchen", entgegnete Sasha lächelnd, duckte sich kurz, um einen Schneeball auszuweichen. Sie nahm sich zwei Schneebälle und ich gab Maya auch welche. Zusammen verteidigten wir uns gegen die Jungs. Ich wich, so gut es ging, den Schneebällen aus, wobei ich trotzdem einige Male getroffen wurde. Ich wollte gerade wieder einen Schneeball ausweichen und ging einen Schritt zurück. Dabei rutschte ich aus und fiel rückwärts auf die Plane, die über dem Pool, als Schutz gespannt war. Ich schrie auf. Die Plane riss durch und ich tauchte ins eiskalte Wasser ein. Durch den Schnee, der auf der Plane gelegen hatte, hatte ich den Pool nicht gesehen. Allerdings hatte ich auch gar nicht daran gedacht, dass er auch noch im Garten war. Ich versuchte wieder aufzutauchen, aber durch die Kälte konnte ich meine Arme und Beine nicht richtig bewegen. Ich setzte all meine Kraft ein, um wieder an die Wasseroberfläche zu kommen. Schaffte es allerdings nicht, da die Kälte meine Muskeln lähmte. Ich verlor die Orientierung und wusste gar nicht mehr, wo ich hin sollte beziehungsweise wo oben und unten war. In dem Moment tauchte Sixt im Pool auf, tauchte zu mir herunter, packte meinen Arm und sprang mit mir aus dem Pool. Wir landeten auf der schneebedeckten Wiese. Ich wollte Luft schnappen, doch ich begann, durch die Menge Wasser, die ich geschluckt hatte, zu husten. Meine Beine waren taub von der Kälte und ich kippte zur Seite. Sixt fing mich auf und hielt mich fest.

„Jamic, oh mein Gott, geht es dir gut", fragte er besorgt.

„Mmmmiiirrrr iiiisst sssooooooo kkkaltt", brachte ich unter Zittern heraus.

„Komm wir springen ins Bad und stellen dich erst einmal unter die Dusche."

„Das ist keine gute Idee", sagte Timothy. „Sie muss langsam aufgewärmt werden. Also am besten die nassen Sachen auszuziehen und in Decken einwickeln."

„Okay, komm Jamie." Sixt nahm mich in den Arm und sprang mit mir zuerst in unser Badezimmer. „Du musst aus den nassen Sachen heraus", sagte er und half mir mich auszuziehen. Er legte mir ein Badetuch um und trocknete mich ab, dabei hielt er mich die ganze Zeit fest, damit ich nicht umkippte. Es klopfte an der Tür.

„Herein", rief er und wandte sich dann zu mir. „Komm setzt dich auf den Hocker, damit du mir nicht umfällst." Er führte mich zu dem Badhocker und ich setzte mich. Mir war so kalt. Ich konnte gar nicht mehr aufhören zu zittern. Ich schlang das Badetuch eng um mich, wobei mir trotzdem nicht wärmer wurde. Sasha öffnete die Tür und kam mit einem Stapel Klamotten herein.

„Hier, ich habe für Jamie etwas zum Anziehen geholt. Nathan macht gerade im Kaminofen Feuer, damit sie sich wieder aufwärmt." Ja, wir hatten seit neuesten auch einen Kaminofen im Wohnzimmer stehen. Die Wärme, die er ausstrahlte, war so schön und gemütlich und ich liebte es, mich davor zu setzen und sie zu genießen.

„Danke, kannst du ihr vielleicht noch einen Tee machen? Wir kommen dann gleich runter", fragte Sixt sie und nahm ihr die Klamotten ab.

„Natürlich. Das mache ich. Jamie, hast du irgendeinen speziellen Wunsch", wandte sie sich mir zu.

„Fffrrrüüüchhhtettteee bbbbbiiitteee", bibberte ich.

„Ich glaube, das sollte Früchtetee heißen", grinste Sixt.

„Ja, ich glaube, ich habe auch so etwas verstanden", lachte Sasha.

„Hhhöööörrt aaauufff eeuchh üüübbber mmmichh llllusstiiig zuu mmmaaccheenn".

„Tun wir doch gar nicht", sagte Sixt und kam zu mir. Er reichte mir die Sachen und ich zog mich an, was durch das Zittern allerdings erschwert wurde. Deshalb half mir Sixt dabei, damit es schneller ging. Sasha hatte mir meinen Jogginganzug, der aus einem dicken Pullover und einer gemütlichen Hose bestand und natürlich Unterwäsche und Socken herausgesucht. Ich band mir noch ein Handtuch über meine nassen Haare. Sixt hob mich trotz meines Protestes hoch und sprang mit mir ins Wohnzimmer. Dort setzte er mich auf der Couch ab.

„Ich hole nur eben ein paar Decken", sagte er und verschwand kurz. Er kam gleich mit drei Decken wieder. Die brauchte ich wahrscheinlich auch, so kalt, wie mir war. Er wickelte mich in die

Decken ein und nahm mich noch zusätzlich in seine Arme. Sasha brachte mir einen Tee und reichte mir die Tasse.

„Dddaankke", sagte ich.

„Kein Problem", lächelte sie und ging aus dem Wohnzimmer.

„Du hast mir so einen Schrecken eingejagt, als du in den Pool gefallen bist", flüsterte Sixt an meinem Ohr.

„Eeesss tttutt miiiirrr leeeiid. Dddaasss wwwoollllltttee iiicch nniiccchhht", erwiderte ich leise.

„Du brauchst dich nicht entschuldigen. Es ist doch nicht deine Schuld", sagte Sixt und gab mir einen Kuss auf meine Schläfe.

Timothy kam zu uns und reichte mir etwas. Fragend schaute ich ihn an.

„Messe bitte mal deine Temperatur. Wir müssen wissen, wie weit du unterkühlt bist. Du warst zwar nicht lange im Wasser, aber jeder Körper reagiert anders", erklärte er mir. Ich reichte ihm die Tasse mit dem Tee, die er auf dem Tisch abstellte, und nahm das Fieberthermometer, das ich unter meine Achsel steckte. Timothy nahm meinen Arm und maß den Puls.

„Also der Puls ist schon einmal normal. Atmen tust du auch normal, jetzt müssen wir nur noch die Temperatur wissen." Das Thermometer piepte und ich holte es heraus. Mit zitternder Hand reichte ich es ihm.

„Fünfunddreißig Grad", sagte Timothy, nachdem er darauf geschaut hatte.

„Müssen wir einen Arzt holen, oder ins Krankenhaus", fragte Sixt besorgt. Oh nein, kein Arzt und kein Krankenhaus. Timothy studierte doch Medizin. Das reichte doch. Ich hatte eine totale Abneigung gegen Krankenhäuser und Ärzte.

„Nein, das bekommen wir hier schon wieder hin. Es ist nicht so schlimm, dass sie ins Krankenhaus muss. Allerdings müssen wir sie beobachten und regelmäßig den Puls und die Temperatur messen. Außerdem müssen wir noch die Atmung überprüfen. Jamie, wenn du merkst, dass es dir nicht gut geht, dass sich dein Zustand verschlechtert, musst du uns sofort Bescheid sagen", wandte er sich mir zu. Ich nickte, weil ich nicht reden wollte. Es würde eh nur ein Gebibber herauskommen. Ich zog die Decke höher und kuschelte mich enger an Sixt. Timothy ging zum Kaminofen und legte noch etwas Holz hinein.

„Kkkannnnsstt dduuu mmmirrr bbiiiitttee ddeen Ttteee gggeeebbeen", fragte ich Sixt.

„Natürlich", erwiderte er, nahm die Tasse und reichte sie mir.
„Dddaannke." Der Tee war zum Glück nicht mehr so heiß und ich konnte ihn trinken.
„Geht es dir schon besser", fragte Sasha, als sie ins Wohnzimmer kam.
„Etwas. Wobei mir immer noch kalt ist", sagte ich und war froh, dass ich wieder normal sprechen konnte, ohne zu bibbern. Es war doch schon nervig gewesen.
„Das geht vorbei. Bald wird dir wieder warm", versicherte mir Timothy.
„Man ist das hier drin eine Hitze", stöhnte Nathan, der in einer Shorts und in einem T-Shirt bekleidet ins Wohnzimmer kam.
„Jamie, ist dir etwa immer noch kalt?"
„Ja, und bei deinem Anblick wird mir noch kälter, so wie du angezogen bist", sagte ich und zog mir die Decke noch höher.
„Mir ist halt warm", verteidigte er sich.
„Ich würde vorschlagen, dass wir keine Schneeballschlachten mehr veranstalten. Irgendwie arten sie immer aus", sagte Sasha.
„Wieso das denn? Schneeballschlachten machen doch Spaß", fragte Nathan verwundert.
„Weil im letzten Jahr sich Maya verletzt hatte und in diesem Jahr war es Jamie", antwortete sie.
„Aber wir können doch einfach einen Zaun um den Pool machen. So kann Jamie nicht mehr hineinfallen". Ich schaute Nathan grimmig an.
„Wir sollten tatsächlich uns etwas für den Pool einfallen lassen. Zumindest für den Winter. Wir haben ja gesehen, wie schnell jemand hineinfallen kann, weil man durch den Schnee, den Pool auch nicht sehen kann", mischte sich Timothy mit ein.
„Du meinst also wirklich einen Zaun", harkte Sixt nach.
„Ja, nur für den Winter halt, damit so etwas nicht mehr passiert."
„Ja, das sollten wir wirklich tun", stimmte Sixt ihm zu und Nathan und Sasha nickten zustimmend.
„Wie gut allerdings, dass wir vergessen haben, das Wasser aus dem Pool abzulassen, sonst wäre Jamie auf dem Boden geknallt und hätte sich höchstwahrscheinlich schlimmer verletzt, als die leichte Unterkühlung", sagte Timothy.
„Stimmt, da hast du recht. Trotzdem sollten wir das Wasser aus dem Pool lassen, bevor es einfriert und der Pool dadurch

kaputtgeht. Aber wenn dann ein Zaun um den Pool kommt, kann niemand mehr hineinfallen", überlegte Sasha.

„Das heißt doch dann, dass wir weiterhin Schneeballschlachten machen können", grinste Nathan.

„Aber erst wenn der Zaun um den Pool gebaut wurde. Vorher lieber nicht", gab Sasha nach.

Den ganzen Tag verbrachte ich in Decken eingewickelt auf der Couch. Immer wieder musste ich die Temperatur messen und Timothy überprüfte meinen Puls. Gegen Abend ging es mir wieder so gut, dass ich die Decken ablegen konnte. Meine Körpertemperatur hatte sich wieder auf sechsunddreißig Grad erhöht und mir war nicht mehr kalt. Ich ging duschen und machte mich für das Bett fertig. Als ich in unser Zimmer kam, wartete Sixt schon, im Bett liegend auf mich. Ich legte mich zu ihm und kuschelte mich in seine Arme.

„Geht es dir wirklich gut", fragte er mich besorgt.

„Ja, mir geht es wirklich wieder gut. Du brauchst dir keine Sorgen zu machen", versicherte ich ihm.

„Tu ich aber. Du weißt, ich mache mir immer um dein Wohlergehen sorgen."

„Ja, ich weiß", gähnte ich.

„Komm, lass uns schlafen. Es war heute ein anstrengender Tag und dein Körper muss sich erholen. Träum etwas Süßes", sagte Sixt und gab mir einen Kuss.

„Du auch", erwiderte ich, schloss meine Augen und schlief auch bald ein.

Es war Heilig Abend. Wir hatten alle zusammen den Weihnachtsbaum im Wohnzimmer aufgestellt und geschmückt. Die Geschenke lagen schon unter dem Baum. Nun saßen wir alle zusammen im Esszimmer und aßen zu Abend. Als wenn das Wetter es gewusst hätte, dass Schnee zu Weihnachten dazugehörte, hatte es begonnen zu schneien. Anastasia und Brian waren vorbeigekommen und Nathan und ich hatten gekocht. Es gab Truthahn, an dem wir uns das erste Mal versucht hatten, dazu Klöße und Rotkohl. Als Nachtisch hatten wir Vanillemouse und Mousse au Chocolate gemacht. Nathan tranchierte den Truthahn und verteilte die Stücke. Anschließend nahm sich jeder etwas von den Beilagen. Timothy holte eine Flasche Wein und goss jedem von uns etwas in ein Glas. Ausnahmsweise trank ich ein Glas mit.

„Na dann lasst uns anstoßen. Fröhliche Weihnachten euch allen", rief Nathan.

„Fröhliche Weihnachten", erwiderten wir zusammen und stießen an.

„Ein Lob an die beiden Köche. Das Essen schmeckt köstlich", sagte Brian und schob sich die nächste volle Gabel in den Mund.

„Ja, wir sind schon ein gutes Team. Vielleicht sollten wir ein Restaurant zusammen eröffnen", grinste mich Nathan an.

„Zusammen ist schon ein gutes Stichwort. Das heißt nämlich auch, dass wir zusammen kochen und nicht ich pass auf die Töpfe auf dem Herd auf und du rennst ins Wohnzimmer und schaust ein Footballspiel", erwiderte ich.

„Ich wollte doch nur mal kurz schauen, wie viel es stand", verteidigte er sich.

„Eine halbe Stunde lang?" Die Anderen am Tisch lachten.

„Ja, es hat so lange gedauert, bis der Sender das Ergebnis eingeblendet hat", verteidigte er sich.

„Natürlich", lachte ich. Ich musste Nathan und mich tatsächlich mal selbst loben. Wir wurden zu richtigen Meisterköchen und konnten bald mit den Sterneköchen konkurrieren, so gut schmeckte das Essen.

Als wir fertig waren, räumten wir den Tisch ab und setzten uns ins Wohnzimmer. Sasha kam mit einem Tablett, auf dem Gläser mit heißem Punsch standen. Das gehörte halt auch zu Weihnachten dazu.

„Jamie, der hier ist für dich. Du möchtest doch bestimmt einen ohne Alkohol", vermutete Sasha richtig und reichte mir ein Glas.

„Ja genau. Danke", erwiderte ich.

„Nathan, lass die Geschenke in Ruhe", rief Sasha, die sich gerade umgedreht hatte und sah, dass Nathan ein Geschenk hochhob, was unter dem Baum lag.

„Ach man. Sei doch nicht so. Nur eins, bitte", versuchte er Sasha zu überreden und sah dabei aus, wie ein kleines Kind.

„Nein. Die Geschenke gibt es erst morgen früh, wie in jedem anderen Haus auch", setzte sie sich durch. Schmollend setzte er sich auf die Couch.

„Hier sind die Weihnachtsplätzchen", sagte Maya und stellte eine Schüssel mit Plätzchen auf den Tisch. Diese hatten Maya, Sasha und ich am Nachmittag zusammen gebacken. Die Jungs griffen sofort zu, wobei mir Sixt ebenfalls einen reichte.

„Die schmecken wirklich gut", sagte Timothy und nahm sich noch einen.

„Wer hat denn dieses Plätzchen hier pink gestrichen", fragte Nathan und hielt ein Plätzchen hoch.

„Das war Sasha", lachte ich.

„Typisch. Hätte ich mir auch denken können."

„Hey, mir gefällt die Farbe. Außerdem sah der weiße Zuckerguss langweilig aus. Also habe ich pinken genommen", verteidigte sie sich.

„Okay, aber wir haben doch Weihnachten und was machen dann Tierfiguren bei den Weihnachtsplätzchen", fragte er und hielt einen Hasen hoch.

„Das ist ein Weihnachtshase", erklärte Maya. „Genauso wie der Weihnachtselefant und der Weihnachtsbär."

„Gut, dass es keine Handtaschen als Ausstechförmchen gibt, sonst hätten die Mädchen die auch noch genommen", lachte Brian.

„Du hast die Schuhförmchen vergessen", fügte Timothy hinzu.

„Ha ha, sehr witzig", erwiderte Maya.

„Was ist mit den Kleiderförmchen", fragte Nathan lachend.

„Ja, dann hätten wir anstatt Tierfiguren noch Blusen, Röcke und solche Sachen als Plätzchen dabei", mischte sich Sixt mitein und bekam dafür von mir einen Schlag auf den Arm. Lachend schaute er mich an. Ich verzog schmollend meinen Mund und drehte mich weg. Ich war nicht wirklich sauer auf ihn und er wusste das auch. Wie konnte ich auch nur auf diesen gutaussehenden, liebevollen Mann sauer sein? Da musste er schon mehr anstellen, als nur einen Scherz zu machen. Irgendwie hatten sie ja recht. Wenn es solche Förmchen gäbe, hätte Sasha sie bestimmt für die Plätzchen benutzt.

„Bist du jetzt sauer auf mich", flüsterte Sixt an meinem Ohr.

„Ja."

„Hm, wie kann ich dich da denn nur versöhnlich stimmen", fragte er und küsste meinen Nacken. Ich seufzte. Sixt wusste ganz genau, dass ich ihm nicht widerstehen konnte. Ich drehte mich zu ihm um und schon lagen unsere Lippen aufeinander.

„Hey, hier wird nicht geknutscht. Wir wollen Weihnachten feiern", rief Nathan und bewarf uns mit einem Kissen von der Couch.

„Das tun wir doch", erwiderte Sixt und warf das Kissen zurück. „Ich glaube wir verlegen dieses hier auf nachher, wenn wir alleine sind", flüsterte Sixt mir zu und gab mir noch einen Kuss.

Am nächsten Morgen wurde ich von lauter Musik aus dem Schlaf gerissen. Ich wusste erst gar nicht, was es war, bis ich Jingle Bells erkannte.

„Was ist hier los", fragte ich und schaute kurz auf die Uhr. „Wir haben doch erst sieben", murrte ich, drehte mich um und zog mir die Decke über den Kopf.

„Ich weiß es nicht. Ich gehe mal nachschauen", sagte Sixt und verschwand. Kurz darauf war die Musik aus und alles wieder ruhig. Das Bett bewegte sich und Arme schlangen sich um meinen Bauch.

„Nathan hat die Anlage in seinem Zimmer laut aufgedreht und die Tür sperrangelweit offen gehabt. Als ich unten ankam, hat Sasha sie schon ausgestellt", sagte Sixt. Ich kuschelte mich an ihn und schloss die Augen. Ich war gerade am Einschlafen, als die Musik wieder durchs Haus dröhnte.

„Das kann doch nicht wahr sein. Kann ich ihn umbringen", fragte ich leicht gereizt.

„Das kannst du gerne mal probieren. Ich werde dich nicht aufhalten", lachte Sixt leise. Die Musik wurde wieder ausgestellt und ich versuchte wieder einzuschlafen. Es ging nicht. Nun war ich wach.

„Na toll. Ich kann nicht mehr schlafen", beschwerte ich mich und drehte mich auf den Rücken.

„Naja, wo wir beide schon mal wach sind, wüsste ich etwas, was wir tun könnten", hauchte er und beugte sich über mich. Im nächsten Moment lagen seine Lippen schon auf Meinen. Ich schlang meine Arme um seinen Hals und zog ihn dichter zu mir. Unser Kuss wurde immer leidenschaftlicher und Sixt glitt mit seiner Hand unter mein Top. Seine Berührung auf meiner Haut ließ mich aufstöhnen.

„Aufstehen", hörte ich Nathan rufen und wir schreckten auseinander. Ich nahm mir mein Kopfkissen und warf es zu Nathan herüber, der vor unserem Bett stand. Es traf ihn am Kopf.

„Verschwinde", rief ich und setzte mich ein Stück auf.

„Erst wenn ihr aufsteht. Es ist Weihnachten und die Geschenke warten", sagte er freudestrahlend.

„Nathan, du kommst sofort runter und lässt die beiden schlafen", schrie Sascha.

„Zu spät. Wir sind schon wach", erwiderte Sixt.

„Na dann könnt ihr ja auch aufstehen. Wir sehen uns gleich unten", sagte Nathan, warf mir das Kissen wieder zu und ging aus dem Zimmer. Ich stöhnte und ließ mich auf mein Kissen sinken, dass ich wieder auf seinen Platz gelegt hatte.

„Wenn wir jetzt nicht aufstehen, wird er gleich wieder hier im Zimmer stehen, oder", fragte ich Sixt seufzend.

„Ja, das kann sein. Wie wäre es mit einer gemeinsamen Dusche. Soviel Zeit sollten wir noch haben", schlug er vor.

„Das hört sich gut an", erwiderte ich. Wir standen auf, nahmen uns frische Klamotten und gingen zusammen ins Bad.

„Man da seid ihr ja endlich", murrte Nathan, als wir fertig gewaschen und angezogen ins Erdgeschoss kamen.

„Wir wurden ja so früh geweckt und mussten erst einmal wach werden", entgegnete Sixt.

„Morgen ihr beiden. Es tut mir leid, dass er euch geweckt hat", sagte Sasha und schaute uns entschuldigend an.

„Ist nicht so schlimm. Aber warum ist er eigentlich so aufgeregt", fragte ich sie.

„Er bekommt die neue Spielkonsole von mir. Ich hatte sie so gut vor ihm versteckt, aber er hat sie leider gefunden und jetzt kann er es kaum erwarten mit ihr zu spielen", erklärte Sasha seufzend.

„Guten Morgen zusammen", sagte Anastasia und nach ihr tauchte Brian im Esszimmer auf. Sie wollten mit uns zusammen frühstücken und die Bescherung machen.

„Na ihr seid aber früh da", sagte Sixt grinsend.

„Ja, wir wurden leider geweckt. Plötzlich stand ein vollkommen aufgedrehter Nathan bei uns in der Wohnung und hat uns nicht eher in Ruhe gelassen, bis wir endlich aufgestanden sind", erwiderte Brian.

„So ging es uns auch", seufzte ich.

„Uns ebenfalls", sagte Maya, die gähnend mit Timothy ins Esszimmer kam. Wir setzten uns an den Tisch, den Sasha schon gedeckt hatte. Sie kam gerade mit einer Kanne Kaffee herein. Das war die Rettung am Morgen. Koffein konnte ich jetzt gut gebrauchen, damit ich wach wurde. Wir begannen zu frühstücken, wobei Nathan immer wieder versuchte uns zu drängen, weil er endlich die Geschenke auspacken wollte. Dadurch ließen wir uns erst recht Zeit und frühstückten in Ruhe zu Ende. Nachdem wir den Tisch abgeräumt und die Sachen vom Frühstück in die Küche gebracht hatten, setzten wir uns ins Wohnzimmer. Timothy schaltete die Lichter am Weihnachtsbaum an.

„Können wir dann jetzt endlich anfangen", fragte Nathan quengelig. Nathan das Kleinkind!

„Ja, können wir. Also Nathan, dann sag mal ein Gedicht auf", grinste Timothy.

„Ich kann keines", erwiderte er.

„Dann sieht es aber schlecht aus mit den Geschenken", kam es aus dem Flur. Im nächsten Moment kam der Weihnachtsmann ins Wohnzimmer hinein. Erst jetzt fiel mir auf, dass Brian gar nicht da war. Er war es also, der in dem Kostüm steckte.

„Das ist unfair", schmollte Nathan.

„So dann wollen wir mal beginnen", sagte Brian, ging zum Weihnachtsbaum und nahm sich das erste Päckchen, was unter dem Baum lag. Es war für Maya und er übergab es ihr. Als Nächstes kam Sasha an die Reihe, die ebenfalls ein Paket bekam. So ging es weiter, bis jeder seine Geschenke hatte. Anschließend packten wir die Geschenke aus. Brian hatte sich mittlerweile den Bart und die Mütze abgenommen und saß auf dem Boden.

„Danke Süße, für die Konzertkarten", sagte Sixt, als er sein Geschenk von mir geöffnet hatte, und gab mir einen Kuss.

„Ich hoffe dir gefällt das Geschenk", erwiderte ich.

„Natürlich. Ich wollte die Band schon immer mal live sehen. Aber wen soll ich bloß mitnehmen", fragte er grinsend. „Möchtest du vielleicht mit?"

„Wenn du mich mitnimmst."

„Ich könnte mir nichts Besseres vorstellen, als mit meiner wunderschönen Verlobten zum Konzert zu gehen", hauchte er an meinem Ohr und gab mir einen Kuss.

„Dann werde ich mit dir mitkommen", erwiderte ich und nahm das nächste Geschenk. Es war ein großes Paket und ich konnte mir vorstellen, was es war. Ich packte es aus und zum Vorschein kam ein Laptop.

„Danke", sagte ich strahlend und schlank meine Arme um Sixts Nacken.

„Du hättest ihn ja schon früher haben können, aber du wolltest ja nicht", erwiderte Sixt.

„Als Weihnachtsgeschenk ist er auch viel schöner", entgegnete ich und küsste ihn.

Mittags machten Sixt und ich einen schönen Schneespaziergang zu meinen Eltern, die uns zum Mittagessen eingeladen hatten. Meine Mutter hatte, wie jedes Jahr zu Weihnachten, einen Braten gemacht, der sehr gut schmeckte. Dazu gab es Salzkartoffeln und Gemüse. Zum Nachtisch gab es Vanilleeis mit heißen Kirschen. Der Nachteil an Weihnachten war eindeutig, dass man viel zu viel aß. Aber es schmeckte auch so lecker. Am Nachmittag kamen meine Verwandten zum Kaffeetrinken mit verschiedenen Kuchen und natürlich Weihnachtsplätzchen bei meinen Eltern vorbei. Anschließend machten wir auch dort eine kleine Bescherung. Meine Eltern freuten sich sehr über den Wellnessgutschein von Sixt und mir. Leslie grinste mich an. Ich wusste, sie dachte daran, dass sie eine Party schmeißen könnte, wenn meine Eltern nicht da waren. Sixt und ich bekamen von meinen Eltern eine komplette Kameraausrüstung, die wir uns zusammen von ihnen gewünscht hatten. Die Ausrüstung bestand aus einer Kamera, einer Videokamera, dazu ein Stativ und für die Geräte Aufbewahrungstaschen.

„Hm, ich hätte da schon eine Idee, was wir mit der Videokamera im Schlafzimmer machen könnten", flüsterte Sixt mir ins Ohr, als er sie sich ansah.

„Ich hatte eher daran gedacht, dass wir damit schöne Ereignisse als Erinnerung aufnehmen können. Aber von deiner Idee bin ich gar nicht mal so abgeneigt", erwiderte ich leise und die Erregung stieg in mir hoch, als ich daran dachte, was er mit der Videokamera vorhatte.

Am Abend saßen wir mit den Anderen noch zusammen im Wohnzimmer. Natürlich saß Nathan an seiner neuen Spielkonsole und spielte mit Timothy zusammen ein Autorennspiel. Brian richtete mir gerade den Laptop ein, da ich mich nicht so gut mit den Einstellungen auskannte wie er. Allerdings war er auch das Computergenie bei uns. Mein Handy klingelte und ich ging in den Flur, wo ich es auf die Kommode gelegt hatte. Ich schaute auf das Display, allerdings wurde keine Nummer angezeigt.

„Hallo", meldete ich mich.

„Hallo Jamie", antwortete mir eine sehr bekannte Stimme und ich erschrak.

„Was willst du, Tobin", fragte ich bissig. Kaum hatte ich seinen Namen ausgesprochen, stand auch schon Sixt neben mir. Ja Schutzengel hatten ein sehr gutes Gehör, was nicht immer ein Vorteil war, wenn sie etwas nicht mitbekommen sollten. In diesem Fall war ich für diese Gabe allerdings dankbar, denn ich wurde etwas ruhiger, als Sixt bei mir war. Er gab mir das Gefühl von Sicherheit.

„Ich möchte dir nur frohe Weihnachten wünschen", kam es von Tobin.

„Wie wäre es, wenn du mich endlich in Ruhe lässt", fragte ich bissig.

„Warum sollte ich? Schließlich gehörst du mir", erwiderte er.

„Ich werde nie dir gehören. Niemals. Und jetzt lass mich endlich in Ruhe", schrie ich ins Handy und legte auf.

„Was wollte er denn", fragte Sixt beunruhigt.

„Angeblich wollte er mir nur frohe Weihnachten wünschen. Das kann er sich aber sonst wohin stecken", erwiderte ich und schlank meine Arme um Sixt Hals. „Ich möchte nur, dass er mich in Ruhe mein Leben leben lässt."

„Das wirst du auch können. Wir werden ihn noch kriegen und dann wird er dich nicht mehr belästigen", versicherte mir Sixt und strich mir sanft über den Rücken.

„Das hoffe ich."

Kapitel 3

Drei Tage später fuhr ich mit meiner Mutter und Leslie ein Hochzeitkleid kaufen. Maya, Sasha und Anastasia kamen ebenfalls mit und wollten mir beim Aussuchen helfen. Zwar war die Hochzeit erst im April, aber ich hatte nur die Woche zwischen Weihnachten und Silvester frei. Danach hieß es wieder zur Uni und arbeiten gehen. Deshalb wollte ich in Ruhe nach einem Kleid schauen. Wir fuhren ins Einkaufszentrum und trafen uns im Parkhaus mit den anderen. Da wir nicht alle in ein Auto passten, mussten wir mit zwei Autos fahren. Sixt war mit meinem Vater, Nathan, Timothy und Brian unterwegs, um für ihn nach einem Anzug zu schauen. Der Laden mit den Anzügen lag allerdings nicht im Einkaufszentrum, sodass nicht die Gefahr bestand, dass wir uns treffen würden. Wobei ich nichts dagegen hatte, aber Maya und Sasha hatten diese altmodische Vorstellung, dass Sixt mein Kleid nicht vor der Hochzeit sehen durfte. Unser Weg führte uns direkt in den Brautmodenladen. Sasha stürmte gleich zum ersten Ständer und schaute sich die Brautkleider an. Ich ging ebenfalls zu einem Ständer und schaute die Kleider, die daran hingen, durch. Aber keines gefiel mir. Und so ging ich die Ständer durch. Zwischendurch zeigten mir die anderen Kleider, die ich anprobierte, aber keines sagte mir wirklich zu, bis ich mein Traumkleid fand. Es war champangerfarbend. Bis zur Taille war es enganliegend. Ab dort war es weiter geschnitten und ging bis zum Boden. Am Dekolleté führte ein etwas breiterer Saumen entlang, der über die Arme, als Träger verlief.

„Ich glaube, ich habe mein Kleid gefunden", rief ich. Im nächsten Moment standen sie alle bei mir.

„Das sieht sehr schön aus. Probiere es doch mal an", sagte meine Mutter.

„Genau und ich suche dir in der Zeit die Schuhe und die Accessoires zusammen", entgegnete Sasha und verschwand. Ich ging in die Umkleidekabine und probierte das Kleid an. Es passte

wie angegossen. Ich trat aus der Kabine. Die Anderen hielten die
Luft an, als sie mich sahen.

„Du siehst wunderschön aus", sagte Maya.

„Du wirst eine traumhafte Braut sein", kam es von meiner Mutter.

„Einfach nur wow", brachte Leslie unter Staunen heraus.

„Ziehe dazu mal diese Schuhe hier an", sagte Sasha und reichte mir
zum Kleid passende champangerfarbene Schuhe mit einem
erhöhten Absatz. Ich zog sie an. Unter dem Kleid konnte man sie
nicht sehen. Sasha steckte mir noch an der Seite von dem breiten
Saumen eine silberne Brosche an. Anschließend setzte sie mir noch
ein glitzerndes Diadem auf. Einen Schleier wollte ich nämlich nicht.

„Das ist es", kam es von Anastasia.

„Sixt wird Augen machen, wenn er dich vor dem Traualtar mit dem
Kleid sieht", sagte Leslie.

„Aber nicht, dass er gleich über dich herfällt", lachte Sasha.

„Nein, da muss er sich bis zur Hochzeitsnacht gedulden und die
kommt erst nach der Feier", grinste ich.

„Sollen wir noch weiterschauen, oder möchtest du dieses Kleid
nehmen", fragte meine Mutter.

„Nein, ich werde dieses Kleid nehmen", erwiderte ich, ging wieder
in die Kabine und zog mich um. Ich nahm das Kleid, die Schuhe
und die Accessoires und trat aus der Kabine.

„Die Schuhe und die Accessoires nehme ich auch", sagte ich und
ging zur Kasse. Ich wollte gerade bezahlen, als meine Mutter mir
zuvorkam.

„Du glaubst doch nicht, dass ich es mir nehmen lasse, das
Brautkleid von meiner Tochter zu bezahlen", sagte sie und reichte
der Verkäuferin ihre Kreditkarte.

„Wann ist denn der große Tag", fragte die Verkäuferin freundlich.

„Am zwanzigsten April", erwiderte ich lächelnd.

„Na da wünsche ich Ihnen alles Gute für Ihren großen Tag."

„Danke schön." Sie packte das Kleid in einen großen
Kleiderkarton. Diesen steckte sie in eine Tüte und reichte sie mir
zusammen mit einer weiteren Tüte, in der sich die Accessoires und
die Schuhe befanden. Wir verabschiedeten uns und verließen den
Laden. Ich schaute auf die Uhr und erschrak. Wir waren
geschlagene drei Stunden in dem Laden gewesen.

„So und nun, brauchst du noch das passende Dessous", sagte
Sasha, die mich zum nächsten Laden zog. Es war ein Dessousladen.

Kaum hatte ich den Laden betreten, schon wurden mir von Sasha auch schon, die ersten Dessoussets in die Hand gedrückt.
„Probiere sie mal an", wies sie mich an. Ich tat, was sie sagte und ging in die Umkleidekabine. Sie hatte mir farblich passende Unterwäsche ausgesucht. Die Büstenhalter waren trägerlos, damit man sie nicht unter dem Kleid sah. Ich probierte nur die Büstenhalter an, betrachtete mich im Spiegel und entschied mich für einen champangerfarbenen BH, der in der Mitte eine kleine Schleife hatte. Der passende Slip dazu hatte ebenfalls am oberen Saumen eine Schleife. Ich zog mich wieder an und ging aus der Kabine. Ich reichte Sasha, die Sets, die ich nicht nehmen wollte und ging zur Kasse. Dort bezahlte ich das Set. Sasha brachte in der Zeit die anderen Dessous wieder weg und zusammen verließen wir den Laden. Meine Mutter und die Anderen hatten draußen gewartet.
„Sollen wir jetzt vielleicht irgendwo etwas Essen gehen", fragte meine Mutter.
„Ja, das wäre gut. Ich habe nämlich Hunger", erwiderte ich. Wir gingen in ein Bistro und setzten uns an einen Tisch. Ich war froh endlich sitzen zu können. Mir taten so die Beine weh.
„Wir haben das Strumpfband vergessen. Das gehört doch zur Hochzeit dazu", schreckte Sasha auf.
„Keine Sorge. Leslie hat es gerade, wo ihr in dem Dessousladen wart, noch besorgt", beruhigte sie meine Mutter.
„Oh, das ist gut", erwiderte sie erleichtert. Wir schauten uns die Karte an und bestellten beim Kellner etwas zu Essen und zu Trinken.
„Ich wusste gar nicht, dass Brautkleidsuchen so anstrengend ist", stöhnte ich und streckte meine Beine unter dem Tisch aus.
„Ja, so ist das nun mal. Dabei kannst du froh sein, dass du so schnell ein Kleid gefunden hast. Damals als ich deinen Vater geheiratet habe, habe ich mehrere Tage nach dem passenden Kleid gesucht. Ich war fast am Verzweifeln, bis ich endlich mein Kleid gefunden hatte", erzählte meine Mutter.
„Da kann ich wirklich froh sein, dass ich gleich in dem ersten Laden eins gefunden habe. Ich hätte glaube ich auch keine Lust gehabt, von einem Laden in den nächsten zu rennen."
„Ich hätte damit keine Probleme", grinste Sasha.
„Das glaube ich. Du bist ja auch zum Shoppen gehen geboren", erwiderte ich.

46

Nachdem wir mit dem Essen fertig waren und ausgetrunken hatten, bezahlten wir und verließen das Bistro.

„Wollt ihr noch irgendwohin", fragte Anastasia.

„Ich würde gerne noch eben da vorne in den Dekoladen", sagte meine Mutter.

„Oh ja, da komm ich mit. Ich wollte noch etwas für mein Häuschen kaufen", rief Leslie.

„Ich wollte dort auch noch nach etwas schauen", kam es von Maya.

Wir gingen noch zum Dekoladen, wobei Sasha, Anastasia und ich draußen stehen blieben.

„Ich bin mal gespannt, ob die Jungs erfolgreich waren. Brian sollte sich nämlich ebenfalls einen Anzug kaufen", sagte Anastasia.

„Zum Glück ist dort kein Elektroladen in der Nähe, denn dort wäre Nathan bestimmt hineingegangen und hätte sich anstatt einen Anzug eher ein Computerspiel gekauft", entgegnete Sasha. Ja, die Jungs waren nicht nur wegen Sixt unterwegs. Auch sie selbst wollten sich für die Hochzeit schon einmal etwas zum Anziehen kaufen.

„Könntet ihr mir einen kleinen Gefallen tun", fragte ich die beiden. „Ich würde Sixt gerne zur Hochzeit ein Fotoalbum schenken mit Fotos von seiner Familie, da er sie doch nicht mehr sehen darf. Meint ihr, dass ihr welche besorgen könntet?" Ich war sehr lange am Überlegen gewesen, was ich Sixt zur Hochzeit schenken könnte. Mit einem Fotoalbum mit Familienfotos würde ich ihm die größte Freude machen.

„Das ist eine tolle Idee. Darüber wird er sich mit Sicherheit freuen. Wir schauen mal, was wir machen können", sagte Sasha.

„Danke. Das wäre wirklich toll."

„Ach sieh mal an. Na Jamie, hast du dir schon einmal ein Brautkleid für unsere Hochzeit gekauft", hörte ich eine bekannte Stimme neben mir. Ich drehte mich um und vor mir stand Tobin. Er deutete auf die Tüte, die ich in der Hand hielt, wo groß der Name des Brautmodengeschäftes draufgeschrieben stand.

„Verschwinde und lass mich endlich in Ruhe. Ich werde dich nie heiraten und lieben schon gar nicht. Versteh es endlich", knurrte ich. Sasha und Anastasia stellten sich schützend neben mich.

„Oh doch das wirst du. Du wirst zu mir zurückkommen. Dafür werde ich sorgen", sagte er und grinste mich hämisch an.

„Verzieh dich lieber, bevor wir dich töten", zischte Sasha.

„Na na na, doch nicht etwa hier vor all den Leuten. Passt lieber auf, dass ich euch nicht zuerst töte", entgegnete Tobin. „Ach Jamie, fühl dich nicht zu sicher. Ich werde dich kriegen und niemand wird mich aufhalten", wandte er sich leise mir zu und ging an uns vorbei. Ich zuckte bei seinen Worten zusammen und begann zu zittern. In dem Moment kamen meine Mutter, Maya und Leslie aus dem Laden. Sie hatten Tobin gesehen. Maya schaute mich mit schreckgeweiteten Augen an. Sie formte mit den Lippen das Wort Tobin. Ich nickte kaum merklich und sie zuckte ebenfalls zusammen. Ich musste mich zusammenreißen, damit meine Mutter und Leslie nichts mitbekamen.

„Wer war denn der Junge gerade gewesen", fragte Leslie neugierig.

„Ach das war nur einer aus meiner alten Highschool gewesen", log ich. „Können wir jetzt nach Hause? Ich bin total geschafft."

„Ja, ich habe auch keine Lust mehr", kam es von Anastasia.

„Gut, dann lasst uns nach Hause fahren", sagte meine Mutter und wir machten uns auf dem Weg zum Parkhaus.

„Ist alles in Ordnung mit dir", fragte Sasha besorgt.

„Ja, es geht schon."

„Kannst du fahren, oder soll ich es tun?"

„Nein, ich mache das schon", erwiderte ich noch etwas zittrig.

„Gut, ich fahre aber mit dir, falls er dir folgen sollte." Wir kamen an den Autos an und stiegen ein.

„Ich fahre mit Jamie mit", verkündete Sasha und stieg in mein Auto. Wir fuhren zu meinen Eltern, währenddessen Anastasia Maya nach Hause brachte. Meine Mutter nahm mein Hochzeitskleid, die Schuhe und die Accessoires mit ins Haus, damit ich sie nicht mit zu mir nach Hause nehmen musste und Sixt sie dann noch sehen würde. Auf dem Weg zu meinem Elternhaus schaute ich immer wieder in den Rückspiegel und sah mich zu allen Seiten um, ob Tobin uns folgte. Dabei tat ich es so unauffällig wie möglich, damit weder meine Mutter, noch Leslie etwas bemerkten. Ich war froh, als ich endlich an dem Haus ankam. Wir verabschiedeten uns voneinander und Leslie und meine Mutter stiegen aus dem Wagen aus. Ich startete wieder den Motor und fuhr weiter. Wieder schaute ich mich in alle Richtungen um.

„Jamie, ganz ruhig. Er folgt uns nicht", versuchte Sasha mich zu beruhigen.

„Und was ist, wenn doch? Ich möchte nicht, dass alles wieder von vorne losgeht. Ich möchte endlich in Ruhe leben können, ohne mich verstecken zu müssen, oder nur in Begleitung rausgehen zu dürfen", erwiderte ich.

„Er ist alleine. Ich glaube nicht, dass er sich bei uns blicken lässt. Aber lass uns erst einmal mit den anderen reden", sagte Sasha. Wir kamen Zuhause an und ich parkte den Wagen vor der Garage. Wir stiegen aus und gingen ins Haus. Die Anderen saßen zusammen im Wohnzimmer und Anastasia erzählte gerade mit Maya, dass Tobin im Einkaufszentrum war. Ich setzte mich neben Sixt auf die Couch, der gleich einen Arm um mich legte.

„Geht es dir gut", fragte er besorgt.

„Ja. Ich mache mir jetzt nur Sorgen, dass nun wieder alles von vorne losgehen wird."

„Also, er hat ja noch nicht wirklich etwas getan. Wir wissen ja gar nicht, ob er überhaupt etwas tun wird. Vielleicht sind es auch nur leere Drohungen", sagte Sasha.

„Aber wir müssen vorsichtig sein, gerade weil wir nicht wissen, ob er etwas tun wird", entgegnete Timothy.

„Und was heißt das jetzt genau? Wieder Gefangenschaft oder Verstecken", fragte ich in die Runde.

„Ich glaube, es reicht erst einmal aus, wenn wir nur etwas vorsichtiger sind", sagte Sixt und strich mir beruhigend über den Arm.

„Also keine Gefangenschaft und kein Versteckspiel", hakte Maya nach.

„Nein, erst einmal nicht. Allerdings müssen wir natürlich schauen, dass wir Tobin aus dem Verkehr ziehen, bevor er doch noch auf dumme Gedanken kommt", entgegnete Timothy.

„Ihr müsst also wieder auf die Suche nach ihm gehen", stellte ich fest.

„Auf die Jagd ist wohl der bessere Ausdruck dafür", lachte Nathan.

„Du freust dich schon darauf, oder", fragte ich, obwohl ich seine Antwort schon kannte.

„Natürlich. Du kennst mich doch", grinste er.

„Keine Sorge, Süße. Er ist allein und hat keine Chance gegen uns", versuchte Sixt mich zu beruhigen.

Heute war Silvester und wir wollten mit einer Party ins neue Jahr hinein feiern. Zu dieser Party hatten die Schutzengel einige ihrer Freunde und Bekannte, die ebenfalls Schutzengel waren, eingeladen. Maya und ich hatten ebenfalls einige Leute eingeladen. Bei mir waren es Samantha und ihr Freund Nick, Claire, Dave und Josh, wobei Sixt bei Letzterem nicht so erfreut über sein Kommen war. Er wollte keine Konkurrenz bei der Party haben, obwohl ich ihm versicherte, dass es gar keine gab, denn liebte nur ihn. Leslie und Greg hatte ich ebenfalls eingeladen, allerdings feierten sie mit ihren Freunden und konnten deswegen nicht zur Party kommen. In den letzten zwei Tagen waren die Schutzengel auf der Suche nach Tobin gewesen. Leider hatten sie ihn nicht gefunden.

Nun bereiteten wir alles für die Party vor. Nathan und Sasha waren einkaufen gefahren, während Maya, Timothy, Sixt und ich im Vorgarten Lampions und eine Lichterkette aufhingen. Zwar würde die Party im Haus stattfinden, doch Sasha wollte, dass auch außerhalb des Hauses geschmückt wurde. Timothy und Sixt waren im Haus und suchten eine Lichterkette, die Sasha unbedingt draußen aufgehängt haben wollte. Sie hatte uns, bevor sie zum Einkaufen gefahren war Anweisungen gegeben, wie was geschmückt werden sollte. Ich hing die Lampions an den Gartenzaun und stellte die Fackeln auf, die wir abends anzünden würden. Zum Glück war der Schnee geschmolzen und ich konnte die Fackeln in die Erde drücken. Ich steckte gerade die letzte Fackel am Ende unserer Einfahrt in den Boden, als ich plötzlich am Arm gepackt und zurückgezogen wurde.

„Du kommst mit", sagte eine bekannte Stimme an meinem Ohr und ich wusste sofort, wer hinter mir stand. Tobin! Oh nein, das konnte doch nicht sein. Ich sah mich um, aber weder Sixt noch Timothy waren zu sehen. Sie mussten immer noch im Haus sein, um nach der Lichterkette zu suchen. Sie konnten mir also nicht helfen. Tobin zog mich weiter zurück. Ich wehrte mich so gut ich konnte und klammerte mich an die Wagentür. Er durfte mich nicht in den Wagen bekommen, denn dann war ich verloren.

„Lass die Wagentür los", knurrte er und zerrte an meinen Armen. Ich versuchte mich weiterhin festzuhalten, doch Tobin war zu stark und ich ließ los.

„Hilfe! Hilfe", schrie ich so laut ich konnte und hoffte, dass mich jemand hören würde.

„Jamie", schrie Maya entsetzt, die gerade aus der Garage gekommen war und gesehen hatte, was los war.

„Maya, Hilfe", schrie ich ihr zu.

„Halt´s Maul", knurrte Tobin und schubste mich auf die Rückbank.

„Sixt, Timothy, kommt schnell. Tobin hat Jamie", hörte ich Maya rufen. Ich raffte mich vom Sitz auf, drehte mich um und griff nach dem Türöffner. Ich betätigte ihn mehrere Male, doch die Tür ließ sich nicht öffnen. Tobin hatte entweder die Kindersicherung aktiviert, damit man die Tür nicht von innen öffnen konnte, oder er hatte die Tür abgeschlossen.

„Vergiss es. Du kommst hier nicht raus", kam es von Tobin, der sich neben mich setzte und die Tür zuzog.

„Fahr los, Jacques", wies er einen großen Mann mit schwarzen kinnlangen Haaren an, der auf dem Fahrersitz saß. Panisch schaute ich zum Haus. Wo waren Sixt und Timothy? Nur Maya stand an der Haustür und schaute geschockt und nervös zum Wagen herüber. Sixt würde mich doch retten, oder? Natürlich würde er alles daransetzen, um mich zu retten. Schließlich liebte er mich und war dazu noch mein Schutzengel. Er würde nie zulassen, dass mir etwas zustieß. Aber wo war er nur? Dieser Typ, der Jacques hieß, startete den Motor. Nein, er durfte nicht losfahren. Falls die Schutzengel etwas geplant hatten, so konnten sie ihren Plan wahrscheinlich besser ausführen, wenn der Wagen stand. Ich stürzte mich nach vorne über den Fahrersitz und schlug auf den Kopf von Jacques ein. Ich wusste, dass ich ihn damit wahrscheinlich nicht ausschalten konnte, da er höchstwahrscheinlich kein Mensch und somit viel stärker war als ich. Aber so konnte ich zumindest verhindern, dass er losfuhr.

„Ah, du kleines Miststück", fluchte Jacques und versuchte meinen Schlägen auszuweichen.

„Das reicht jetzt", knurrte Tobin, packte mich an den Schultern und zerrte mich zurück auf den Rücksitz. Dabei knallte ich mit Schwung mit dem Kopf gegen die Seitenscheibe und stöhnte durch die Schmerzen auf.

„Das ist deine eigene Schuld", höhnte Tobin und wandte sich dann Jacques zu. Fahr jetzt endlich los. Wir müssen hier weg."

„Das würde ich ja gerne, aber es geht nicht", kam es von Jacques.

„Was? Wieso", fragte Tobin irritiert und sah nach vorne. „Oh scheiße", fluchte er, als er den Grund sah. Ich schaute ebenfalls nach vorne, da ich wissen wollte, was los war und sah den Grund, warum Jacques nicht losfahren konnte. Vor dem Wagen standen Timothy und Nathan.

„Ach egal, fahr los. Entweder gehen sie aus dem Weg oder sie werden halt überfahren", befahl Tobin seinem Fahrer. Nein, das

51

durfte nicht passieren. Ich wollte nicht, dass auch nur einen von meinen Freunden etwas passierte. Gerade wollte ich, trotz meines dröhnenden Kopfes, wieder auf Jacques einschlagen, um ihn am Fahren zu hindern, da wurde die Autotür auf Tobins Seite aufgerissen und er wurde aus dem Auto gezerrt. Überrascht schaute ich zu ihm und sah, dass Sixt auf ihn einschlug. Als Nächstes wurde meine Tür geöffnet und Sasha schaute hinein.

„Geht es dir gut", fragte sie besorgt.

„Mein Kopf tut mir etwas weh, aber es geht schon", erwiderte ich.

„Komm, ich bringe dich hier weg", sagte sie, fasste mich am Arm und sprang mit mir. Im Wohnzimmer tauchten wir wieder auf, wo Maya nervös auf und ab lief.

„Oh mein Gott, Jamie. Ist alles in Ordnung? Ich hatte so eine Angst, dass dich Tobin verschleppt", fragte sie und kam zu mir.

„Es geht schon", erwiderte ich.

„Setz dich erst einmal auf die Couch", sagte Sasha und ich tat es. Ich zitterte am ganzen Körper. Erst jetzt wurde mir so wirklich bewusst, was überhaupt geschehen war. Tobin hatte es fast geschafft, mich zu verschleppen. Ob Sixt mich überhaupt gefunden hätte, wusste ich nicht. Vielleicht hatte Tobin auch einen Weg gefunden, wie Sixt mich nicht mehr sehen konnte. Vielleicht hätte er dann Hilfe von dieser Dämonin Cassandra gehabt, die eine Fähigkeit besaß Schutzengel blind werden zu lassen, sodass sie ihre Schützlinge nicht mehr sehen konnten. Oder Tobin hatte gar nicht daran gedacht, dass Sixt mich sehen konnte, und hatte es einfach probiert, mich zu verschleppen.

„Dieser Mistkerl", hörte ich Nathan fluchen und im nächsten Moment kamen die Jungs ins Wohnzimmer.

„Jamie, geht es dir gut", fragte Sixt, kam direkt zu mir und nahm mich, nachdem er sich ebenfalls auf die Couch gesetzt hatte, in den Arm.

„Mir geht es soweit gut. Mein Kopf tut mir nur etwas weh", erwiderte ich.

„Was hat der Mistkerl getan", fragte Sixt nun mit zusammengebissenen Zähnen und einen wütenden Ausdruck im Gesicht.

„Er hat mich auf den Sitz gezerrt, als ich diesen Jacques am Losfahren hindern wollte und dabei bin ich mit dem Kopf gegen die Scheibe geknallt", erzählte ich.

„Das habe ich gesehen, wie du ihn am Fahren gehindert hast. Der arme Kerl wusste gar nicht, wie er sich gegen dich wehren sollte, so wie du auf ihn eingeschlagen hast", lachte Nathan.

„Timothy, kannst du dir mal Jamies Kopf ansehen", fragte Sixt ihn.

„Ja, natürlich", erwiderte Timothy und kam zu uns herüber. „Jamie, ist dir schwindelig oder übel?"

„Nein, nur der Kopf tut etwas weh. Es ist aber nicht so schlimm." Timothy tastete vorsichtig meinen Kopf ab, bis er an die Stelle kam, mit der ich gegen die Scheibe geknallt war und ich kurz vor Schmerz zusammenzuckte.

„Naja, du hast eine Beule am Kopf, aber ich glaube, ich kann eine Gehirnerschütterung ausschließen. Kühl die Beule etwas und dann sollte es besser sein. Sollte es dir allerdings schlechter gehen, dann musst du ins Krankenhaus", sagte Timothy ernst.

„Dafür werde ich schon sorgen", kam es von Sixt, der erst Timothy und dann mich ansah. „Du kannst nichts vor mir verheimlichen. Ich merke, wenn es dir nicht gut geht." Ich konnte wirklich nichts vor ihm verheimlichen. Er hatte ein Gespür dafür, wenn es mir nicht gut ging. Ob das alle Schutzengel hatten, wusste ich nicht. Vielleicht war Sixt schon immer, also auch schon als Mensch, sehr feinfühlig gewesen.

„Was ist eigentlich mit Tobin und Jacques passiert", fragte ich, nachdem mir einfiel, dass noch niemand etwas über sie gesagt hatte.

„Tobin ist leider mit dem Wagen abgehauen", berichtete Sixt.

„Und was ist mit Jacques", fragte ich Sixt verdutzt.

„Er hat sich ergeben und wir haben ihn laufen lassen. Tobin hat ihm gedroht, wenn er ihm nicht hilft und den Wagen fährt, würde er seiner kleinen Tochter etwas antun."

„Jacques hat eine Tochter? Aber wie kann das sein? Er ist doch kein Mensch, oder?" Ich hatte noch nie gehört, dass Dämonen oder gefallene Engel Kinder hätten. Konnten sie überhaupt welche zeugen beziehungsweise konnten die weiblichen Wesen denn Kinder gebären? Schutzengel konnten es auf jeden Fall nicht.

„Jacques ist ein Mensch. Deshalb konnte Tobin ihn auch beeinflussen und ihm drohen, da er stärker ist als Jacques. Dämonen und gefallene Engel können wie Schutzengel keine Kinder bekommen, aber sie können welche adoptieren", erklärte mir Sixt. „Davon abgesehen hätten wir Jacques auch gar nicht töten dürfen. Uns Schutzengeln ist es verboten, Menschen zu verletzen oder gar zu töten."

„Tobin scheint aber auch vor nichts zurückzuschrecken. Jetzt droht er sogar schon Kindern etwas anzutun, und nur weil er nicht verstehen will, dass er mich endlich in Ruhe lassen soll", sagte ich und war immer noch erschrocken darüber, dass er Jacques Tochter wehtun wollte, wenn er ihm nicht half, mich zu entführen. Wie krank musste dieser Typ sein, um soweit zu gehen nur um mich zu bekommen.

„Tobin ist halt besessen von dir", merkte Sasha an.

„Das ist schön für ihn. Trotzdem soll er mich in Ruhe lassen", erwiderte ich empört.

„Wer will Spielverderber sein", fragte Timothy in die Runde und sein Blick blieb bei Sixt hängen. Fragend schaute ich ihn an. Was meinte er damit, wer Spielverderber sein wollte?

„Was meinst du mit Spielverderber", wollte Maya von ihrem Freund wissen und kam mir mit dieser Frage zuvor. Doch bevor Timothy antworten konnte, schien ihr die Erkenntnis zu kommen und sie schaute ihn sauer an. „Warte, ich weiß, was du damit meinst und meine Antwort ist nein."

„Aber es muss sein", versuchte Timothy sie von irgendetwas zu überzeugen. Ich wusste immer noch nicht, was er damit gemeint hatte und schaute nun Sixt fragend an.

„Nachdem was heute passiert ist, sind wir der Meinung, dass es das Beste ist, wenn du und Maya nicht mehr ohne Begleitung das Haus verlasst", erklärte er mir. Gefangenschaft! Nicht schon wieder. Es war doch erst einige Monate her, dass wir nicht mehr alleine das Haus verlassen durften und uns sogar vor den gefallenen Engeln verstecken mussten. Und nun sollte es schon wieder so sein?

„Nein, nicht schon wieder. Tobin muss endlich verstehen, dass er mich in Ruhe lassen soll. Ich werde mich nicht schon wieder vor ihm verstecken."

„Er wird dich aber nicht in Ruhe lassen. Und da er nun auch Menschen beeinflusst ist es für euch noch gefährlicher alleine das Haus zu verlassen", versuchte Sixt mir zu erklären.

„Das ist alles deine Schuld", wandte sich Maya mir zu, die vorher noch mit Timothy über die „Gefangenschaft" gestritten hatte, und schaute mich wütend an. „Wegen dir darf ich nun wieder nicht das Haus alleine verlassen. Hätten wir dich nur nie kennengelernt, dann hätten wir jetzt kein Problem mit Tobin. Aber nein, Sixt musste sich ja in dich verlieben." Ich schaute Maya fassungslos an. Sie hatte zwar recht damit, dass es meine Schuld war, schließlich war

Tobin wirklich regelrecht besessen von mir und wollte mich haben, aber dass sie so gemein sein konnte und mir solche Sachen an den Kopf warf, hätte ich nie von ihr gedacht. Es tat weh, dass ausgerechnet sie so etwas zu mir sagte, denn schließlich war sie meine beste Freundin und sie hatte mir immer wieder gesagt, dass ich mir nicht die Schuld dafür geben sollte, dass auch sie nicht ohne Begleitung hinausdurfte und nun hatte sie mir doch die Schuld dafür gegeben.

„Maya", kam es von Timothy, der sie ebenfalls fassungslos ansah. „Es ist doch die Wahrheit. Sie hat uns doch Tobin regelrecht auf den Hals gehetzt und dadurch ebenfalls die gefallenen Engel. Und wenn sie nicht gewesen wäre, hätte Terina nicht Danny getötet und er wäre jetzt noch hier auf der Erde", polterte sie weiter und sah mich giftig an.

„Es reicht Maya", fuhr Sixt sie an. „Du weißt ganz genau, dass Jamie weder Schuld an der Sache mit den gefallenen Engeln hat, noch dass Tobin hinter ihr her ist. Und schon gar nicht ist sie an Dannys Tod schuld. Wie kannst du so etwas nur behaupten? Ihr seid doch Freundinnen." Tränen traten mir in die Augen. Maya hatte mit alldem, was sie gesagt hatte, recht, auch wenn Sixt das anders sah. Ich hatte sie alle in Gefahr gebracht, indem ich mich damals auf Tobin eingelassen hatte. Dadurch war Terina hinter mir her gewesen und die gefallenen Engel wurden auf die Schutzengel aufmerksam. Dannys Tod hatte ich somit auch verschuldet, weil er damals mein Schutzengel gewesen war und mich vor Terina beschützen wollte. Es gab nur eine Möglichkeit, die für alle das Beste war, auch wenn es mir sehr schwer fiel, das zu tun.

„Maya hat recht", sagte ich und stand von der Couch auf. „Ohne mich wäre Danny nicht gestorben und ihr wäret nicht ständig in Gefahr. Deshalb ist es das Beste für alle, wenn ich gehe." Ohne meine Freunde anzusehen, verließ ich das Wohnzimmer und ging zur Treppe.

„Was", fragte Sixt entsetzt. „Jamie, nein warte." Ich wusste, dass Sixt versuchen würde, mich von meinem Vorhaben abzubringen, aber es war wirklich das Beste, wenn ich ging. Ich lief die Treppe hoch, da ich meine Sachen packen wollte. Die Tränen liefen nun in Strömen meine Wangen entlang und ich schluchzte immer wieder auf.

„Das hast du sehr gut hinbekommen, Maya. Bist du jetzt zufrieden", hörte ich Sixt schreien. „Warte Jamie", rief er und im nächsten Moment tauchte er vor mir auf der Treppe auf. Ich ließ mich nicht beirren und lief an ihm vorbei die Treppe weiter hinauf zu unserem Zimmer.

„Jamie, bitte bleib stehen", flehte Sixt, der hinter mir herkam, doch ich ging einfach weiter. Wenn ich stehen geblieben wäre, hätte es passieren können, dass ich von meinem Vorhaben abgewichen wäre und das durfte nicht passieren. Schließlich war es für alle das Beste, wenn ich ging. Ich erreichte unser Zimmer und ging, nachdem ich es betreten hatte, direkt ins Ankleidezimmer. Ich holte die Reisetasche hervor und wollte gerade meine Sachen einpacken, als Sixt zu mir trat, mich an den Schultern packte und mich zu sich umdrehte.

„Jamie, bitte siehe mich an." Ich wollte nicht, denn wenn ich ihm in die Augen sehen würde, wusste ich nicht, ob ich gehen konnte. Sixt fasste mit seiner Hand mein Kinn, hob es an und zwang mich so ihn anzusehen.

„Bitte geh nicht. Ich liebe dich und brauche dich. Abgesehen davon ist es zu gefährlich für dich alleine da draußen."

„Ich muss aber gehen. Ich möchte niemanden von euch mehr in Gefahr bringen. Wenn Tobin merkt, dass ich nicht mehr bei euch wohne und auch keinen Kontakt mehr zu euch habe, dann lässt er euch in Ruhe", versuchte ich ihm zu erklären. Noch immer liefen die Tränen in Strömen meine Wangen entlang. Ich konnte einfach nicht aufhören zu weinen.

„Nein, das wird er nicht, denn er will immer noch seine Rache an uns und damit hast du nichts zu tun. Genauso wie dich an alldem, was durch ihn oder Terina passiert ist, keine Schuld trifft. Erst recht nicht an Dannys Tod. Wenn du wirklich gehst, wirst du weiterhin in Gefahr sein. Er wird alles tun, um dich zu finden und dich zu bekommen. Und was ist mit uns? Willst du unsere Liebe einfach so aufgeben?" Oh, jetzt hatte er mich. Natürlich wollte ich unsere Liebe nicht aufgeben, aber was sollte ich denn anderes tun?

„Nein, natürlich will ich das nicht. Ich liebe dich über alles auf der Welt und genau deshalb muss ich gehen, damit dir nichts passiert", schluchzte ich.

„Nein, das musst du nicht. Aber wenn du unbedingt gehen willst, dann komme ich mit dir mit."

„Was? Aber das ist zu gefährlich für dich."

„Nein, ist es nicht. Süße, ich liebe dich. Auch wenn es sich egoistisch anhört, aber ich kann nicht mehr ohne dich leben und ich werde überall mit dir hingehen", sagte er und schaute mir dabei tief in Augen.

„Ich möchte aber nicht, dass du dich zwischen mir und deinen Freunden entscheiden musst."

„Das werde ich auch nicht. Sie müssen akzeptieren, dass du das Wichtigste in meinem Leben bist und das werden sie auch." Es klopfte an die Zimmertür. Sixt ließ mich los und verließ das Ankleidezimmer um die Tür zu öffnen. Ich wandte mich wieder der Reisetasche zu. Was sollte ich jetzt nur tun? Ich wollte Sixt nicht von seinen Freunden trennen, aber wenn ich ginge, würde er mitkommen. Und gehen musste ich. Zwischen Maya und mir würde kein normales Verhältnis mehr zustande kommen, wenn ich bleiben würde. Sie würde mir wahrscheinlich immer vorhalten, dass ich Schuld an allem hätte. Ich wusste auch nicht, wie die anderen es sahen. Waren sie der gleichen Meinung wie Maya? Und was würden sie sagen, wenn Sixt mit mir gehen würde? Einerseits wollte ich nicht, dass er mitkam, denn ich wollte ihn nicht in Gefahr bringen, falls Tobin mich aufspüren würde, aber andererseits wollte ich auch nicht ohne ihn leben. Ich liebte ihn wirklich sehr und ich wollte ihn nie verlieren.

„Was willst du", hörte ich Sixt wütend fragen.

„Ich möchte mich bei Jamie entschuldigen. Es tut mir leid, was ich gesagt habe", kam es von Maya.

„Das fällt dir früh ein. Jamie will wegen dir weg und ich werde mit ihr gehen."

„Was? Nein, bitte bleibt hier. Ich habe es doch nicht so gemeint", flehte Maya.

„Das musst du Jamie sagen. Sie ist im Ankleidezimmer und will ihre Sachen packen."

„Was? Jamie, nein bitte bleib hier", rief sie und kam ins Zimmer gelaufen. „Bitte geh nicht. Es tut mir so wahnsinnig leid. Ich war so wütend, weil wir wieder eingesperrt sind. Aber ich war nicht wütend auf dich. Trotzdem hätte ich so etwas nie sagen dürfen. Es tut mir wirklich so leid. Ich weiß selbst nicht, warum ich dir die Schuld an allem gegeben habe. Das wollte ich nicht. Du kannst für all das, was passiert ist, nichts. Bitte verzeih mir. Bitte", schluchzte sie. Ich brauchte gar nicht lange zu überlegen. Ich glaubte ihr, dass sie es nicht so gemeint hatte. Schließlich konnte es schon mal vorkommen, dass man etwas sagte, was man nicht so meinte, wenn man wütend war.

„Ich verzeihe dir", sagte ich und wandte mich ihr zu.

„Was? Wirklich? Oh danke", rief sie und warf sich mir um den Hals. Ich erwiderte die Umarmung und schlang meine Arme um sie.

„Ich hatte so eine Angst, denn ich dachte, ich hätte meine beste Freundin verloren", schluchzte sie.

„Das habe ich auch gedacht." Auch ich schluchzte und war einfach nur froh meine beste Freundin nicht verloren zu haben.

„Bleibt ihr jetzt hier", fragte Maya und löste sich aus meinen Armen. „Bitte geht nicht. Niemand möchte, dass ihr geht und ich erst recht nicht." Natürlich wollte ich nicht gehen. Das Schutzengelhaus war schließlich mein Zuhause. Ich schaute kurz zu Sixt herüber. Er stand am Türrahmen gelehnt und sah erleichtert aus.

„Süße, das ist deine Entscheidung. Wenn du gehen möchtest, dann werde ich mit dir gehen, genauso werde ich aber auch mit dir hierbleiben", sagte Sixt. Ich wusste, ihm wäre es lieber im Haus der Schutzengel bei seinen Freunden, in seinem Zuhause zu bleiben und ich wollte ebenfalls hier nicht weg, schließlich waren seine Freunde auch meine. Noch die Besten, die es auf der Welt oder auch im Himmelreich geben konnte.

„Ich will hier gar nicht weg", erwiderte ich.

„Das heißt, ihr bleibt hier", fragte Maya hoffnungsvoll.

„Ja, wir bleiben hier", sagte ich und lächelte sie an.

„Oh, das ist so toll", rief sie freudestrahlend und fiel mir wieder um den Hals. „Das muss ich sofort den anderen erzählen. Sie sind sauer auf mich wegen dem, was ich zu dir gesagt habe. Es tut mir wirklich so leid und ich bin sehr froh, dass du mir verziehen hast." Sie löste sich von mir und sah mich an. Ihr Blick war fragend, als ob sie eine Bestätigung von mir wollte, dass ich ihr wirklich verziehen hatte. Aber so war es.

„Natürlich habe ich dir verziehen. Ich weiß, dass du es nicht so gemeint hast", nahm ich ihr die Zweifel.

„Das heißt, die Party findet heute Abend statt", hörte ich Sasha sagen. Maya und ich drehten uns um und sahen, dass die anderen Schutzengel ebenfalls an der Tür standen.

„Das wäre schön. Aber ist eine Party denn nicht zu gefährlich jetzt, wo Tobin wieder in der Stadt ist? Und was ist mit unserer Gefangenschaft", fragt ich.

„Also solange ihr im Haus bleibt, dürfte keine Gefahr für euch während der Party bestehen, schließlich sind genug Schutzengel heute Abend da, die auf euch beiden aufpassen. In der nächsten Zeit allerdings werdet ihr beiden nicht mehr alleine das Haus verlassen, bis wir Tobin geschnappt haben", kam es von Timothy. Maya und ich schauten uns an und nickten einander zu.

„Wenn es unbedingt sein muss", murrte ich und war damit ganz und gar nicht einverstanden.

„Es muss leider sein, Süße", sagte Sixt, kam zu mir und nahm mich in den Arm. „Wir werden ihn finden und dann habt ihr eure Freiheit wieder und könnt in Frieden leben. Seht es aber doch mal positiv. Es ist Winter, es ist kalt und da geht man doch sowieso nicht so gerne raus."

„Außer für eine Schneeballschlacht", grinste Nathan.

„Na gut für die schon", lachte Sixt.

„Na, wenn jetzt alles geklärt ist, können wir mit den Vorbereitungen für die Party weitermachen. Es gibt noch viel zu tun", drängte Sasha. „Los jetzt. Ich brauche unten jede helfende Hand."

„Ist ja schon gut. Wir kommen ja schon", kam es von Nathan leicht genervt und verschwand.

„Und was ist mit euch beiden", wandte sich Sasha an Sixt und mich, als alle anderen gegangen waren.

„Wir kommen gleich nach", entgegnete Sixt.

„Gut, dann bis gleich. Und Jamie, ich finde es schön, dass ihr nicht geht. Ich hatte schon Angst, ich würde meine beste Freundin nicht mehr sehen."

„Die Angst hatte ich auch, aber so schnell wirst du mich nicht los."

„Das will ich auch gar nicht", erwiderte sie und verschwand.

„Geht es dir gut? Ist wirklich alles in Ordnung? Wir können auch gehen, wenn du möchtest", fragte Sixt besorgt, schaute mich an und wischte mit der Hand die letzten Tränen aus meinem Gesicht.

„Nein, mir geht es gut und wir bleiben hier."

„Dann ist gut. Süße, lass dir bitte nie wieder einreden, dass du Schuld an den Taten von Tobin, den gefallenen Engeln oder Terina bist, okay? Dich trifft an alldem keine Schuld", sagte Sixt und sah mir dabei tief in die Augen. Ich nickte zur Bestätigung, zog seinen Kopf zu mir herunter und küsste ihn.

„Ich liebe dich", wisperte ich, als ich mich kurz von ihm löste.

„Ich liebe dich auch, Süße", erwiderte er und legte seine Lippen wieder auf meine.

Kapitel 4

„Süße, bist du soweit? Die Gäste kommen gleich", fragte Sixt, der vor der geschlossenen Badezimmertür stand. Wir waren mit den Vorbereitungen für die Silvesterparty pünktlich fertig geworden und nun zogen sich alle für die Feier um.

„Ja, ich bin soweit", rief ich, legte noch einen Spritzer von meinem Lieblingsparfüm auf und öffnete die Badezimmertür.

„Wow! Süße, du siehst wunderschön aus", kam es von Sixt, als ich aus dem Badezimmer kam. Ich trug ein rotes knielanges Kleid mit langen Ärmeln. Dazu trug ich dunkelgraue Absatzschuhe, die nicht zu hoch waren, damit ich darauf laufen konnte, ohne Gefahr laufen zu müssen umzuknicken. Meine braunen langen Haare, die mir mittlerweile bis über die Schulterblätter reichten, ließ ich offen. „Da muss ich gleich während der Party richtig aufpassen, dass dich mir niemand wegnimmt."

„Da musst du keine Angst haben. Ich gehöre nur dir", versicherte ich ihm und gab ihm einen Kuss.

„Das höre ich gerne. Wollen wir", fragte er.

„Ja. Sasha wartet bestimmt schon auf uns." Sixt nahm mich in den Arm und sprang mit mir ins Erdgeschoss. Im Flur tauchten wir wieder auf. Für die Party hatten wir im Erdgeschoss etwas umgeräumt und alles war feierlich geschmückt. Im Wohnzimmer war die Couch zur Seite gerückt worden, damit man Platz zum Tanzen hatte und ein DJ-Pult stand in einer Ecke. Im Esszimmer hatten wir ein kaltes Buffet aufgebaut, welches Nathan und ich am Nachmittag zusammen vorbereitet hatten. Vor dem Fahrstuhl im Flur hatten wir eine Bar aufgebaut, die bis zur Treppe reichte, damit niemand der Gäste in den Fahrstuhl stieg oder die Treppe in die oberen Etagen hinaufstieg. Dort hatte niemand etwas zu suchen, da es unsere privaten Räume waren. Davon abgesehen fand die Party im Erdgeschoss und nicht im ganzen Haus statt.

„Da seid ihr ja endlich. Die Gäste kommen gleich", sagte Sasha und lief aufgeregt hin und her. „Nathan warum sind die Lampen draußen noch nicht eingeschaltet und die Musik läuft auch noch nicht."

„Immer mit der Ruhe", versuchte Nathan sie zu beruhigen. Er verließ das Haus und kam kurze Zeit später wieder hinein. „Die Lichterkette ist eingeschaltet und die Fackeln brennen auch", verkündete er und schloss die Tür hinter sich.

„Und was ist mit der Musik", fragte Sasha.

„Ich bin ja schon auf dem Weg", erwiderte Nathan leicht genervt und ging ins Wohnzimmer. Im nächsten Augenblick wurde die Anlage eingeschaltet und laute Musik dröhnte uns aus dem Wohnzimmer entgegen.

„Zufrieden", fragte Nathan, der neben Sasha auftauchte.

„Ja, das bin ich. Jetzt fehlen nur noch die Gäste. Wo bleiben sie nur? Ich habe doch sieben Uhr auf die Einladungen geschrieben." Kaum hatte sie das gesagt, klingelte es auch schon an der Haustür.

„Ah, da sind sie ja."

Die Party war im vollen Gange. Unsere Gäste und wir natürlich selbst auch, hatten eine Menge Spaß und feierten ausgiebig.

„Gefällt dir die Party", fragte Sixt mich, als wir gerade eng umschlungen zu einem ruhigen Lied tanzten.

„Ja, es ist eine tolle Party", erwiderte ich.

„Hey ihr beiden, kennt ihr vielleicht diesen Typen, der an der Terrassentür steht", fragte Sasha, die mit Maya und Timothy zu uns gekommen war, und deutete in Richtung, wo dieser Typ stand. Sixt und ich drehten uns gleichzeitig um und schauten zu ihm herüber. Mir kam der Typ nicht bekannt vor. Er stand mit verschränkten Armen an der Tür und ließ seinen Blick durch den Raum schweifen.

„Nein, ich kenne ihn nicht. Wieso? Was ist mit ihm", wollte ich wissen und wandte mich wieder den anderen zu. Auch Sixt schien den großen schlaksigen Mann mit blonden kurzen Haaren nicht zu kennen, denn er schüttelte verneinend den Kopf, als auch er sich wieder zu uns zurückdrehte.

„Wir kennen ihn auch nicht und niemand von uns hat ihn eingeladen", sagte Timothy und schaute den Unbekannten skeptisch an.

„Er benimmt sich auch so seltsam. Die ganze Zeit steht er an der gleichen Stelle, schaut sich um und spricht mit niemandem. Es hat ihn aber auch niemand von uns hereingelassen", kam es von Maya. „Und habt ihr herausgefunden, wer der geheimnisvolle Fremde ist", fragte Nathan, der mit Jesse zu uns gekommen war. Jesse war der Schutzengel von Leslie. Er war zwar schon lange mit Sixt befreundet, aber ich hatte ihn erst auf Anastasias Geburtstagsparty im September richtig kennengelernt und war ganz überrascht gewesen, als er mir dort seinen Freund Bradley vorgestellt hatte. Ja, Jesse war homosexuell. So etwas gab es auch bei Schutzengeln. Warum denn auch nicht? Mir war es egal. Jeder Mensch oder auch Wesen sollte selbst entscheiden, ob er eine Frau oder einen Mann liebte oder vielleicht auch beide Geschlechter. Ich musste zugeben, dass Jesse wirklich gut aussah und die Frauen mussten ganz enttäuscht sein, wenn sie erfuhren, dass er auf Männer stand.

„Nein, leider nicht. Die beiden kennen ihn auch nicht", antwortete Sasha.

„Wenn ihn von uns niemand kennt und ihn dadurch auch niemand eingeladen hat, wäre die Frage, was er hier macht", überlegte Timothy.

„Glaubt ihr, dass er einer von Tobins Handlangern ist oder von ihm beeinflusst wurde", fragte Maya und schaute kurz zu dem Unbekannten herüber.

„Das könnte sein. Da er anscheinend alleine hier ist und keiner von uns ihn kennt, ist es nicht auszuschließen, dass er von Tobin geschickt wurde", entgegnete Sasha.

„Oder es ist Tobin selbst. Schließlich kann er seine Gestalt verändern", gab ich zu bedenken und mir lief es bei dem Gedanken, dass wenn er es wirklich war, er nur wenige Meter von mir entfernt stand, eiskalt den Rücken hinunter.

„Da hast du recht. Daran habe ich noch gar nicht gedacht", sagte Maya.

„Wenn es einer seiner Handlanger oder er es wirklich selbst ist, dann ist doch wohl klar, warum er hier ist. Er wird versuchen Jamie zu entführen", kam es von Sixt, der mich zu sich zog und schützend einen Arm um mich legte. Panik stieg in mir hoch. Wer weiß, welche Anweisung dieser Typ bekommen hatte, was er tun sollte, um mich aus dem Haus zu schaffen, oder wenn es wirklich Tobin war, was er tun würde. Schließlich waren alle unsere Freunde auf dieser Party und ich wollte nicht, dass irgendjemand von ihnen etwas passierte. Ich war froh, dass weder Leslie noch meine Eltern hier waren. Natürlich hätte ich gerne mit ihnen zusammen ins neue Jahr gefeiert, denn ich liebte meine Familie, aber in diesem Moment war ich wirklich froh darüber, dass sie nicht da waren, denn so waren sie in Sicherheit.

„Keine Angst, Süße. Dir wird nichts passieren. Ich werde nicht zulassen, dass er dir etwas tut", versuchte Sixt mich zu beruhigen und zog mich noch dichter an sich.

„Also ich kann ja mal zu ihm herübergehen und versuchen ihn in ein Gespräch zu verwickeln. Vielleicht bekomme ich etwas heraus, wer er ist", schlug Jesse vor.

„Ein Versuch wäre es wert", überlegte Timothy.

„Du willst also einen anderen Mann ansprechen", fragte Bradley gespielt eifersüchtig, der sich zu uns gesellt hatte und lachte. Auch Bradley war der Frauenwelt verloren gegangen. Ich hatte schon einige Male beobachten können, wie Frauen ihn schmachtend hinterhergesehen hatten, wenn wir zusammen unterwegs gewesen waren. Bradley war um die ein Meter fünfundachtzig groß, dunkelhäutig, hatte schwarze kurze Haare und einen durchtrainierten Körper.

„Ja, er sieht doch gut aus. Wenn ich Glück habe, ist es sogar Tobin. Du weißt doch, ich stehe auf durchgeknallte Typen", lachte Jesse.

„Ja, das weiß ich", grinste Bradley. „Na dann viel Glück."

„Danke. Ich hoffe, es wird ein angenehmes Gespräch, denn so wie der Typ guckt scheint er nicht gerade gut gelaunt zu sein", erwiderte Jesse, drehte sich um und ging zu dem Unbekannten herüber. Ich schaute ihm hinterher und beobachtete ihn, wie er den Unbekannten ansprach. Leider konnte ich durch die laute Musik nicht verstehen, was sie sagten. Kurz darauf kam er zusammen mit dem Unbekannten wieder zu uns. Die Panik in mir stieg und ich drückte mich eng an Sixt. Warum brachte Jesse diesen Typen mit? Was wäre, wenn es Tobin wäre?

„Ganz ruhig, Süße. Jesse würde nie etwas tun, was dich in Gefahr bringen würde. Also schließe ich daraus, dass der Typ harmlos ist, sonst würde Jesse ihn nicht mitbringen", beruhigte mich Sixt.

„Hey Leute, darf ich vorstellen? Das ist Alan", rief Jesse über die Musik hinweg und wandte sich dann an Alan um uns der Reihe nach vorzustellen. „Alan ist mit Monica hier, aber sie ist gleich nach der Ankunft verschwunden und meinte vorher zu ihm, dass sie sofort wieder da wäre."

„Das ist jetzt zwei Stunden her. Ich wollte eigentlich gehen, aber da hat Jesse mich angesprochen", fügte Alan hinzu.

„Moment, Monica", hakte ich nach und hoffte mich verhört zu haben. Monica hatten wir nämlich nicht eingeladen und das aus gutem Grund. Ich wusste, sie würde nur Ärger machen. Allerdings fragte ich mich, von wem sie von der Party erfahren hatte. Niemand von unseren Gästen wollte und hatte Kontakt mit Monica. Auch Josh, Claire und Dave nicht.

„Ja, sie hat mich zu dieser Party eingeladen", bestätigte Alan.

„Nichts gegen dich, aber Monica war zu dieser Party gar nicht eingeladen. Ich glaube, ich weiß auch, wo sie gerade ist", sagte Sixt wütend und ich hatte die gleiche Vermutung. Sie musste in unserem Zimmer sein. Wahrscheinlich lag sie dort wieder in Unterwäsche auf der Couch, um Sixt anzumachen. Das Gleiche hatte sie schon an meinem Geburtstag probiert, wo sie ebenfalls uneingeladen bei uns aufgetaucht war.

„Wir erledigen das schon", sagte Sasha und ging mit Nathan zusammen aus dem Raum. Auch die beiden wussten, wo sie Monica zu suchen hatten.

„Ich sage es dir ungern, aber Monica hat dich nur zum Vorwand eingeladen, um auf die Party zu kommen. Sie dachte wahrscheinlich, sie dürfte eher mitfeiern, wenn sie eine Begleitung mitbringen würde und wenn sie nicht ins Haus gekommen wäre, hätte sie wohl mit dir gefeiert. Aber in Wahrheit ist sie hinter Sixt her und lässt keine Möglichkeit aus sich an ihn heranzumachen", erklärte ich Alan.

„Was? Das gibt es doch nicht", entgegnete er fassungslos.

„Doch leider. Aber du kannst gerne hierbleiben und mit uns ins neue Jahr feiern. Monica wird gleich sowieso schlechte Laune haben, wenn sie von Nathan und Sasha rausgeworfen wird", lud Sixt ihn freundlich ein.

„Ja genau, komm wir stellen dir die Leute vor", kam es von Bradley, legte Alan freundschaftlich einen Arm um die Schulter und ging mit ihm gefolgt von Jesse zu einer Gruppe von Leuten, die am anderen Ende des Raumes standen. Im nächsten Moment hörten wir im Flur Geschrei. Sixt und ich gingen gefolgt von Maya und Timothy aus dem Wohnzimmer, um zu sehen, was im Flur los war. Ich war unglaublich erleichtert, dass sich alles aufgeklärt hatte und Alan weder in Wirklichkeit Tobin noch einer seiner Handlanger war. Alan hatte die Wahrheit gesagt, dass er mit Monica auf der

Party war, denn sie wurde gerade von Sasha und Nathan aus dem Haus befördert. Sie schrie und wehrte sich, doch die beiden hielten sie so fest, dass sie sich nicht aus ihrem Griff befreien konnte.

„Und du bleibst draußen", rief Sasha, als sie Monica aus dem Haus befördert hatten, warf ihr ihre Schuhe hinterher und schloss die Tür.

„Unglaublich diese Frau", sagte Sasha und kam kopfschüttelnd zu uns. „Wir haben sie bei euch im Zimmer erwischt, wie sie mal wieder in Unterwäsche auf eurer Couch lag."

„Unfassbar. Wie oft muss ich dieser Frau noch sagen, dass sie mich endlich in Ruhe lassen soll. Wie ist sie eigentlich ins Haus gekommen und wie hat sie es geschafft nach oben zu gelangen, wenn doch der Barkeeper die Aufgabe hat aufzupassen, dass niemand in die obere Etage geht", fragte Sixt. Ja wir hatten für den Abend einen Barkeeper organisiert, damit niemand von uns an der Bar stehen musste.

„Sie muss sich hochgeschlichen haben. Wahrscheinlich hat sie einen Moment abgepasst, als es an der Bar voll war und der Barkeeper zu beschäftigt war, um darauf zu achten, ob jemand die Treppe hochging."

„Das nächste Mal besorgen wir uns Türsteher und jeder bekommt ein Foto von Monica in die Hand gedrückt, damit sie wissen, wie sie aussieht und sie nicht hereinlassen", sagte ich bissig und ärgerte mich immer noch über diese Frau. Diese Dreistigkeit einfach auf eine Party zu gehen, auf der sie nicht eingeladen war und dann wieder halb nackt in unserem Zimmer auf der Couch zu liegen, auf Sixt zu warten, weil sie dachte, sie könnte sich dadurch an ihn heranschmeißen. Alan tat mir leid. Er dachte, Monica wollte mit ihm ausgehen und dabei wurde er nur von ihr benutzt.

„Wie lange wollte sie eigentlich im Zimmer warten? Dachte sie die Party ist um null Uhr vorbei und dann gehe ich alleine ohne Jamie ins Zimmer", fragte Sixt.

„Da kannst du mal sehen, wie dumm diese Frau ist", erwiderte Sasha.

„Ich möchte mal wissen, was sie getan hätte, wenn du mit Jamie ins Zimmer gekommen wärst und ihr gerade rumgemacht hättet", grinste Nathan.

„Sie hätte wahrscheinlich noch mitgemacht", antwortete ich bissig. Das konnte ich mir gut vorstellen. Monica wäre so dreist gewesen und hätte vielleicht noch einen Dreier vorgeschlagen. Aber das hätte sie vergessen können. Ich hätte Sixt nicht geteilt. Weder mit ihr noch mit irgendjemanden anderes. Er gehörte nur mir.

„Hey Leute, es ist gleich soweit. Wir sollten uns mal um den Sekt kümmern", kam es von Maya. Ich schaute auf die Uhr und erschrak. Wir hatten schon zehn vor zwölf. Nur noch ein paar Minuten und das neue Jahr würde beginnen. Wie schnell die Zeit doch vergangen war.

„Ich sage, dem Barkeeper Bescheid, dass er den Sekt einschütten soll", sagte Sasha und ging zur Bar. Kurz darauf kam sie schon mit den ersten Sektgläsern zurück und verteilte sie an die Gäste, die sich nach und nach im Flur versammelten. Nachdem jeder ein Sektglas in der Hand hielt, waren es nur noch wenige Sekunden.

„10, 9, 8, 7, 6, 5, 4, 3, 2, 1. Frohes neues Jahr", riefen wir alle zusammen und stießen an.

„Frohes neues Jahr, Süße", sagte Sixt und zog mich zu sich.

„Dir auch ein frohes neues Jahr", erwiderte ich, zog seinen Kopf zu mir herunter und küsste ihn.

„Hier wird nicht herumgeknutscht. Los wir müssen draußen die Raketen zünden", rief Nathan, als wir gerade den Kuss vertiefen wollten, und zog Sixt von mir weg.

„Ist ja gut. Ich komme doch schon mit", erwiderte Sixt leicht genervt und sah mich entschuldigend an.

„Geh ruhig. Ich möchte schließlich ein Feuerwerk sehen", sagte ich, ging zur Garderobe, wo ich meine Jacke holte und zog sie mir an, denn schließlich war es draußen mit drei Grad sehr kalt. Maya und Sasha folgten mir aus dem Haus und wir stellten uns vor die Garage, um uns in Ruhe das Feuerwerk anzusehen.

„Hey frohes neues Jahr", riefen Brian und Anastasia und gesellten sich zu uns.

„Frohes neues Jahr", erwiderten wir wie aus einem Mund.

„Ich habe uns etwas mitgebracht", sagte Anastasia und verteilte an jedem von uns eine XXL-Wunderkerzen, mit denen wir einige Zeit beschäftigt sein würden. Unsere Jungs standen in der Auffahrt und zündeten Raketen an. Ich schaute hinauf zum Himmel und betrachtete die einzelnen aufsteigenden Raketen.

Um drei Uhr lagen wir endlich im Bett. Ich war ganz schön geschafft, aber es war eine sehr schöne Party gewesen.

„Es war eine tolle Party", gähnte ich und kuschelte mich eng an Sixt heran.

„Das fand ich auch. Hm, eigentlich wollte ich mit dir noch eine kleine Privatparty feiern, aber du scheinst müde zu sein.

„Für eine Privatparty bin ich noch topfit", grinste ich.

„Na dann lass uns feiern", hauchte Sixt an meinem Ohr, glitt mit seinen Lippen meine Wange entlang und legte sie anschließend auf meinen Mund um mich in einen langen Kuss zu verwickeln.

Das neue Jahr begann soweit gut bis auf die Tatsache, dass Maya und ich Hausarrest hatten und nirgendwo alleine hingehen durften. In den vergangenen Tagen hatten wir nichts mehr von Tobin gehört und ich war auch sehr froh darüber. Die Uni begann wieder nach den kurzen Ferien, die wir gehabt hatten und nun saßen Sasha und ich in der ersten Vorlesung am Montagmorgen.
-Hey Süße, ich vermisse dich-, schrieb mir Sixt per SMS. Wir schrieben uns immer noch während der Kurse. Wie gut, dass ich in meinem Handyvertrag eine SMS-Flatrate hatte. So kosteten die vielen SMS nichts, die ich ihm schickte.
-Ich vermisse dich auch. Ich wäre jetzt viel lieber mit dir Zuhause, als hier in der Vorlesung zu sitzen-.
-Das wäre ich auch. Dafür gehört der Nachmittag nur uns alleine-, schrieb Sixt mir zurück.
-Dann habe ich etwas, worauf ich mich freuen kann-.

„Ich wünschte, Nathan würde mir auch mal während des Unterrichtes schreiben", seufzte Sasha leise.

„Sag es ihm doch mal", schlug ich ihr vor.

„Das habe ich schon getan. Aber er tut es trotzdem nicht", erwiderte sie frustriert. In dem Moment blinkte ihr Handy, welches sie auf dem Tisch liegen hatte, auf. Sie schaute darauf und lächelte.

„Er hat mir gerade geschrieben, wie sehr er mich vermisst", flüsterte sie und schien überglücklich zu sein.

„Na siehst du, als ob er uns gerade belauscht hätte."

„Warte", sagte sie plötzlich und schaute sich um. „Nein, er ist nicht hier. Das wäre jetzt auch etwas gewesen." Es war nicht das erste Mal, dass uns die Jungs bei Gesprächen über sie belauscht hatten. Es war schon einige Male vorgekommen und es war mir immer wieder sehr peinlich gewesen, dass sie uns dabei erwischt hatten, wie wir über sie geredet hatten. Dabei waren es immer nur gute Sachen gewesen, über die wir gesprochen hatten. Ich hätte auch nicht gewusst, was ich über Sixt hätte Schlechtes sagen sollen. Es gab gar nichts, worüber ich mich über ihn hätte beschweren können. Klar er war sehr fürsorglich, immer um mein Wohlergehen besorg und achtete sehr darauf, dass ich auch etwas Nahrhaftes zu mir nahm. Aber ich fand es auch sehr süß, wie er sich um mich kümmerte. So einen Mann wünschte sich doch jede Frau. Die Vorlesung war zu Ende und Sasha und ich verließen, nachdem wir unsere Sachen gepackt hatten, den Saal.

„Ich muss kurz zur Toilette", sagte ich, als wir zu unserem nächsten Kurs gehen wollten und wir an den Toiletten vorbeikamen.

„Ist gut. Ich warte hier auf dich", erwiderte Sasha. Ich ging in die Damentoilette und nahm gleich die erste Kabine. Als ich fertig war, ging ich zum Waschbecken und wusch mir die Hände.

„Hallo", sagte eine Stimme hinter mir, als ich mir gerade die Hände mit Papiertüchern abtrocknete und erschrak. Ich dachte, ich wäre alleine im Raum, denn ich hatte niemand hereinkommen hören. Erschrocken drehte ich mich herum und sah eine junge Frau mit blonden kurzen Haaren, die mich anlächelte.

„Oh hallo", grüßte ich zurück und warf die Papiertücher in den Mülleimer.

„Ich wollte dich nicht erschrecken. Ich bin neu hier an der Uni. Mein Name ist Julie", stellte sie sich vor.

„Ich bin Jamie", erwiderte ich.

„Ich weiß", grinste sie und ließ ihre Augen weiß aufleuchten. Ich erschrak.

„Wer bist du wirklich", wollte ich von ihr wissen und Panik kam in mir hoch, denn ich hatte eine schreckliche Vorahnung.

„Das weißt du ganz genau", sagte nun eine mir allzu bekannte Stimme und im nächsten Moment verwandelte sich die Frau in Tobin. Ich überlegte nicht lange. Tobin stand direkt vor der Tür und so konnte ich nicht aus dem Toilettenraum hinaus. Ich lief zu den Kabinen und bog gleich in die Erste ein. Ich wollte mich darin einschließen und per Handy Hilfe rufen. Ich war gerade dabei die Tür zu schließen, als Tobin diese mit Wucht aufstieß.

„Oh nein, du wirst dich nicht einschließen, sondern jetzt mit mir kommen", sagte er und zog mich aus der Kabine heraus.

„Hilfe", schrie ich so laut ich konnte und hoffte, dass Sasha mich hörte. „Hilfe."

„Halt deine Schnauze", knurrte Tobin und verpasste mir eine Ohrfeige. Durch die Wucht des Schlages verlor ich mein Gleichgewicht und knallte auf den Boden. Unglücklicherweise fiel ich dabei auf meinen linken Arm und ich stöhnte auf, als ein

Schmerz dadurch schoss. Nun passierten zwei Dinge gleichzeitig. Tobin öffnete das Fenster. Wollte er etwa mit mir durch dieses flüchten? Wusste er, dass wir im zweiten Stock waren? Gleichzeitig wurde die Tür aufgerissen und Sasha stürmte in den Toilettenraum. „Was ist hier …" Weiter sprach sie nicht, denn sie sah genau, was los war. In dem Moment tauchte Sixt im Toilettenraum auf und ging gleich mit einem wutentbrannten Gesicht auf Tobin los.

„Ich weiß nicht, wie oft ich dir gesagt habe, dass du Jamie in Ruhe lassen sollst", zischte er und verpasste Tobin einen Schlag ins Gesicht.

„Sie gehört mir", knurrte Tobin und wollte Sixt ebenfalls einen Schlag verpassen, doch dieser wich ihm aus.

„Sasha, schaff Jamie hier raus", wies Sixt sie an.

„Komm Jamie, wir verschwinden", sagte Sasha und half mir hoch.

„Nein, sie wird hierbleiben und mit mir kommen", rief Tobin wütend und wollte gerade nach mir greifen, als Sixt ihm in den Magen schlug, Tobin keuchte und krümmte sich.

„Oh, was ist denn hier los? Jungs dürfen nicht in die Mädchentoilette", hörten wir eine Stimme hinter uns sagen. Wir drehten uns um und sahen zwei jüngere Studentinnen, die gerade in den Toilettenraum gekommen waren.

„Ist der Typ jetzt etwa aus dem Fenster gesprungen", fragte die eine Studentin entsetzt. Schnell drehten wir uns wieder zu Tobin um, aber er war verschwunden. Anscheinend war er wirklich aus dem Fenster gesprungen. Die beiden Studentinnen drängten sich an uns vorbei und schauten aus dem Fenster.

„Er ist nicht mehr da", sagte die andere Studentin verwundert.

„Das kann doch gar nicht sein. Wir sind in der zweiten Etage. Er hätte sich doch bei dem Sprung verletzen müssen", entgegnete die andere.

„Lasst uns hier verschwinden", kam es von Sixt, legte einen Arm um meine Schulter und wir verließen den Raum. „Hat er dir etwas getan? Tut dir etwas weh", fragte er besorgt, als wir im Gang standen.

„Mein Arm tut mir weh. Er hat mich geschlagen und dabei bin ich auf den Arm gefallen", sagte ich und verzog das Gesicht, als ich ihn hochhob.

„Timothy soll ihn sich gleich mal ansehen. Lasst uns jetzt erst einmal nach Hause", schlug Sixt vor.

„Aber ich habe doch noch Vorlesungen", wandte ich ein.

„Das ist egal. Du wirst jetzt nicht in die Vorlesung gehen, wenn Tobin hier noch auf dem Unigelände ist. Wer weiß, was er noch geplant hat", erwiderte er, schaute sich kurz um, ob auch niemand ihn sehen konnte und sprang mit mir nach Hause. Im Wohnzimmer tauchten wir wieder auf. Sasha folgte uns gleich darauf.

„Setz dich erst einmal, Süße. Du bist kreidebleich im Gesicht." Sixt führte mich zur Couch und ich setzte mich hin. Ich zitterte am ganzen Körper. Fast hätte es Tobin geschafft mich wegzuschleppen. Wie gut, dass Sasha vor dem Toilettenraum gestanden hatte und dass Sixt sehen konnte, dass ich in Gefahr war, sonst wäre ich nun in Tobins Gewalt. Timothy, Nathan und Maya tauchten im Wohnzimmer auf.

„Was ist passiert", fragte Timothy und schaute uns an.

„Tobin ist Jamie in der Damentoilette aufgelauert und wollte dort mit ihr zusammen abhauen. Anscheinend wollte er aus dem Fenster mit ihr flüchten. Ich hatte ihn eigentlich schon am Boden, als zwei Studentinnen hereinkamen und uns abgelenkt haben. Er ist dann aus dem Fenster geflüchtet. Durch die beiden Studentinnen konnten wir allerdings nicht hinter ihm her", berichtete Sixt ihnen.

„Das darf doch nicht wahr sein. Jetzt sind wir noch nicht einmal mehr in der Uni vor ihm sicher", kam es von Maya.

„Dürfen wir denn jetzt nicht mehr in die Uni", fragte ich Sixt.

„Naja, verbieten können wir es euch nicht. Aber ihr werdet nirgendwo mehr alleine hingehen. Auch nicht, wenn ihr auf die Toilette müsst", erwiderte Sixt.

„Dann haben wir ein Problem. Sollte ich zwischen zwei Kursen auf die Toilette müssen, kann ich wohl kaum Nathan oder Timothy mitnehmen", wandte Maya ein.

„Auf die Mädchentoilette will ich sowieso nicht. Da wird mir zu viel getratscht", sagte Nathan.

„Dann sagst du mir oder Anastasia Bescheid und einer von uns geht dann mit dir mit. Es ist doch auch nur solange, bis wir Tobin endlich haben", entgegnete Sasha.

„Sag mal Sasha, wie ist Tobin eigentlich in die Damentoilette gekommen? Du standest doch davor und hättest ihn eigentlich sehen müssen", wollte Sixt von ihr wissen.

„Ich weiß es nicht. Er ist nicht an mir vorbeigekommen. Nur ein Mädchen ging nach Jamie in die Damentoilette", antwortete sie.

„Das war Tobin. Er hat sich in ein Mädchen namens Julie verwandelt und erzählte mir, dass er beziehungsweise sie neu an der Uni wäre. Anschließend hat er sich zurückverwandelt", erklärte ich ihnen.

„Kannst du dir bitte mal Jamies Arm ansehen? Sie hat sich bei dem Vorfall verletzt", bat er Timothy.

„Ja natürlich", erwiderte dieser und kam zu mir. „Wie ist das passiert", wollte er wissen.

„Tobin hat mich geschlagen und durch die Wucht bin ich gefallen. Mein Arm war dabei allerdings im Weg."

„Tut dir deine Wange auch weh", fragte Timothy und tastete sie vorsichtig ab.

„Ein wenig. Aber es ist nicht so schlimm. Der Arm ist schlimmer."

„Es scheint auch nichts gebrochen zu sein. Allerdings wird es einen Bluterguss geben."

„Oh nein, ich will keine blaue Wange haben", seufzte ich.

„Dagegen wirst du wohl nichts machen können. Jetzt zeig mir mal deinen Arm", sagte Timothy. „Kannst du ihn bewegen?" Ich hob den Arm leicht an und schrie auf.

„Ich glaube, ihr solltet ins Krankenhaus fahren. Es kann sein, dass der Arm gebrochen ist. Ihr solltet die Wange vorsichtshalber mitröntgen lassen, falls dort doch etwas ist."

„Ich will aber nicht ins Krankenhaus", murrte ich.

„Aber es muss sein. Der Arm muss geröntgt werden", versuchte Timothy mich zu überzeugen.

„Na komm, Süße. Lass uns eben fahren", sagte Sixt und stand von der Couch auf. Seufzend stand ich ebenfalls auf und verließ mit ihm das Haus. Wir fuhren mit meinem Wagen ins Krankenhaus, da Sixts Auto noch immer auf dem Universitätsparkplatz stand. Am Krankenhaus angekommen parkte Sixt den Wagen auf dem Parkplatz und führte mich in die Notaufnahme. Zum Glück war es nicht voll und ich kam gleich dran. Mein Arm und auch mein Kopf wurden zuerst geröntgt und im Anschluss konnte ich gleich in ein Behandlungszimmer durchgehen.

„Guten Tag Miss Miller. Mein Name ist Brandon. Ich habe mir bereits die Röntgenbilder angesehen. Sie haben Glück gehabt. Der Arm ist nicht gebrochen und ihr Wangenknochen ist auch ganz. Wie ist das denn passiert", wollte der Arzt wissen.

„Ich bin gestürzt und dabei auf meinen Arm gefallen. Meine Wange hat bei dem Sturz auch etwas abbekommen", sagte ich.

„Oh da müssen Sie aber ganz unglücklich gefallen sein", stellte Dr. Brandon fest.

„Ja leider." Er schaute mich skeptisch an.

„Also ihr Arm ist geprellt. Sie bekommen gleich einen Salbenverband und dann sollte es in einer Woche wieder gut sein. Sie sollten den Arm auch in den nächsten Tagen schonen. Sie haben zudem noch einen Bluterguss an der Wange, der sich blau färben wird."

„Das habe ich mir schon gedacht", erwiderte ich. „Hauptsache es ist nichts gebrochen."

„Nein, da kann ich Sie beruhigen. Die Krankenschwester wird gleich zu Ihnen kommen und den Verband anlegen. Ich wünsche Ihnen alles Gute", verabschiedete sich Dr. Brandon und verließ den Raum.

„Täusche ich mich oder hat er mir nicht geglaubt, dass ich gefallen bin", fragte ich Sixt.

„Mir kam es auch so vor. Vermutlich hat er gedacht, dass ich dich geschlagen habe."

„Um Gottes Willen. Das hast du doch gar nicht. Wie kann er nur so etwas denken", fragte ich empört.

„Er wird wahrscheinlich öfter von Frauen hören, dass sie gestürzt sind. Nur werden einige dabei sein, die nicht die Wahrheit sagen, aus Angst Ärger von dem Täter, in den meisten Fällen der Freund oder der Ehemann, zu bekommen oder einfach aus Scham darüber, dass ihnen so etwas passiert. Aber ich würde dich niemals schlagen. Nie im Leben."

„Das weiß ich", versicherte ich ihm, zog ihn zu mir und küsste ihn. Die Krankenschwester kam in den Raum und legte mir einen Salbenverband an. Anschließend gab sie mir noch ein Rezept für eine kühlende Salbe und ein zusammengefaltetes Blatt Papier. Ich fragte mich, was dort wohl draufstehen würde, allerdings wollte ich erst einmal aus dem Krankenhaus heraus. Ich stand von der Behandlungsliege auf und wir verließen das Krankenhaus. Wir gingen zu meinem Wagen und stiegen ein. Dort faltete ich den Zettel auseinander und traute meinen Augen nicht. Darauf stand eine Seelsorgennummer für Frauen, die häusliche Gewalt erfuhren.

„Der Arzt hat wirklich geglaubt, dass du mich schlägst", sagte ich und reichte Sixt fassungslos den Zettel.

„Reg dich nicht auf, Süße. Du weißt, wie es wirklich war und das ist das Wichtigste", beruhigte mich Sixt, faltete den Zettel wieder zusammen und warf ihn auf den Rücksitz. „Abgesehen davon will er wahrscheinlich nur den Frauen helfen, die wirklich häusliche Gewalt erfahren und das ist doch gut."

„Da hast du recht. Es ist wirklich schlimm, dass es häusliche Gewalt überhaupt gibt", stimmte ich ihm zu.

„Komm lass, uns nach Hause fahren."

Eine Woche später holte mich Sixt Dienstagabend von der Arbeit ab. Wir waren bei meinen Eltern zum Essen eingeladen. Mein Arm war wieder in Ordnung und ich hatte keine Schmerzen mehr. Sixt hatte sehr darauf geachtet, dass ich meinen Arm schonte. Meine Wange war zum Glück auch nicht mehr blau und der Bluterguss war verschwunden. So brauchte ich ihn nicht mehr überschminken. Sixt parkte seinen Wagen vor dem Haus meiner Eltern und wir stiegen aus. Wir gingen zur Tür und ich klingelte.

„Hallo ihr beiden, kommt herein", sagte meine Mutter freudig, als sie uns die Tür öffnete.

„Hi Mom", begrüßte ich sie und umarmte sie kurz.

„Hallo Nelli", grüßte Sixt meine Mutter.

„Geht doch schon einmal ins Esszimmer. Das Essen ist gleich fertig", sagte sie und ging in die Küche. Im Esszimmer saßen schon Leslie, Greg und mein Vater, die wir begrüßten und uns zu ihnen an den Tisch setzten.

„Lasst mich raten, ihr wollt bestimmt Limo trinken", meinte mein Vater.

„Ja, genau", kam es von mir. Mein Vater ging in die Küche und kam kurz darauf mit zwei Gläsern Limonade zurück, die er Sixt und mir reichte. Meine Mutter brachte das Essen und stellte es auf den Tisch. Es gab Schnitzel mit Bratkartoffel und Gemüse.

„Wie läuft es bei euch in der Uni", fragte meine Mutter, während wir am Essen waren.

„Gut. Allerdings legen die Dozenten gleich im neuen Jahr los und nächste Woche schreiben wir eine Klausur", sagte ich.

„Ja, bei mir ist es auch so, kam es von Sixt.

„Jamie, weißt du was? Greg wird zu mir ziehen", rief Leslie freudig und hüpfte auf ihrem Stuhl auf und ab.

„Weißt du eigentlich, was du dir damit antust", fragte ich ihn lachend.

„Doch, ich glaube schon. Eure Eltern haben mir ja schon angeboten, wenn es mir zu viel wird, in Leslies altes Zimmer zu ziehen", erwiderte er grinsend.

„Hey, das ist unfair. So schlimm bin ich doch überhaupt nicht", protestierte sie.

„Wann ziehst du denn um", fragte Sixt.

„Dieses Wochenende, wenn Leslie es endlich mal schafft, mir ein bisschen Platz für meine Sachen freizuräumen", entgegnete er.

„Ja, das werde ich doch auch noch. Ich habe doch bis Samstag noch Zeit", erwiderte sie.

„Wenn wir euch beim Umzug helfen sollen, dann sagt Bescheid", bot Sixt ihnen an.

„Ja das werden wir, aber so viele Sachen habe ich gar nicht und meine Familie wollte uns ebenfalls helfen", erklärte Greg.

„Ach, bevor ich es vergesse", begann meine Mutter. „Euer Vater und ich werden dieses Wochenende nach Seattle zu einem Bowlingturnier fahren. Deswegen können wir euch auch leider nicht beim Umzug helfen", sagte meine Mutter und sah meine Schwester und ihren Freund entschuldigend an.

„Das macht doch nichts, Mom. Wir schaffen das schon. Genießt ihr mal euren Kurzurlaub und gewinnt das Turnier", tat meine Schwester ab.

„Genau und falls sie wirklich Hilfe brauchen, sind wir doch auch noch da", meinte ich.

„Gut, dann wisst ihr schon einmal Bescheid, dass wir nicht da sind. So ich werde mal den Nachtisch holen", sagte sie, da wir mit dem Essen fertig waren, und stand auf. Ich half ihr die Teller und die Schüsseln in die Küche zu bringen. Ich setzte mich wieder an den Tisch und meine Mutter folgte mir mit einer großen Packung Eis. Sie stellte die Packung auf den Tisch und portionierte jedem eine große Kugel in ein Schälchen. Während wir den Nachtisch aßen, unterhielten wir uns weiter über Neuigkeiten, die es in der letzten Zeit gegeben hatte.

„Danke für das Essen Mom. Es war sehr gut", sagte ich, als Sixt und ich nach Hause fahren wollten.

„Ja, vielen Dank. Es war wie immer sehr lecker", kam es von Sixt.

„Danke. Das höre ich gerne. Kommt gut nach Hause ihr beiden."

„Das werden wir. Gute Nacht", versicherte ihr Sixt.

„Gute Nacht Mom, gute Nacht Dad", entgegnete ich und verließ mit Sixt das Haus.

„Gute Nacht ihr beiden", riefen sie zurück. Wir stiegen in Sixts Wagen, und nachdem er den Wagen gestartet hatte, fuhren wir los.

Kapitel 5

„Können wir los", fragte mich Sixt am Samstag. Heute
Abend fand das Konzert der Band Undying Shoes statt, für das ich
Sixt zu Weihnachten Karten geschenkt hatte. Ich mochte die Band
ebenfalls und hörte gerne ihre Musik.
„Ja, ich bin soweit", antwortete ich, zog meine Jacke an und steckte
mein Handy in die Tasche.
„Na dann lass uns fahren", sagte Sixt und öffnete die Haustür. „Wir
sind dann weg", rief er den anderen zu und verließ mit mir
zusammen das Haus.
„Viel Spaß", rief Sasha uns noch hinterher, bevor ich die Haustür
hinter mir schloss. Wir gingen zu Sixts Wagen und stiegen ein. Er
startete den Motor und fuhr los. Das Konzert würde hier in
Portland stattfinden und so hatten wir keinen langen Anfahrtsweg.
Wir hätten natürlich auch dorthin springen können, aber es war zu
risikoreich, dass uns jemand sah, wenn wir wieder auftauchten. Auf
einem Konzert waren schließlich viele Menschen und die Halle
befand sich mitten in der Stadt. Wir kamen an der Halle an, in der
das Konzert stattfand und Sixt parkte den Wagen in einer
Seitenstraße am Straßenrand. Wir stiegen aus und machten uns auf
den Weg zur Halle.
„Es dauert noch etwas, bis wir in die Halle können. Wollen wir
vorher noch etwas essen", fragte Sixt und deutete auf einen
Imbissstand, der vor der Halle auf der anderen Straßenseite stand.
„Ja, das hört sich gut an", sagte ich und wie auf Kommando
begann mein Magen zu knurren.
„Ich glaube, dein Magen freut sich auch schon darauf etwas zu
Essen zu bekommen", schmunzelte Sixt. „Was möchtest du denn
haben?"
„Ich nehme einen Hotdog."
„Okay, dann hole ich dir einen." Wir gingen zu dem Stand und Sixt
kaufte für sich und mich jeweils einen Hotdog. Wir stellten uns an
die Seite des Imbissstandes und aßen erst einmal in Ruhe.

„Lust auf ein T-Shirt da vorne ist ein Fanartikelstand", fragte mich Sixt.

„Ja ein T-Shirt wäre toll", erwiderte ich.

„Dann lass uns doch mal schauen gehen, was sie dort für eine Auswahl haben", sagte Sixt, legte einen Arm um meine Taille und zusammen gingen wir zu dem Fanartikelstand hinüber, der sich neben der Halle befand. Ich besah mir die Auswahl an T-Shirts und entschied mich für eines, auf der die Band abgebildet war. Sixt suchte sich eines aus mit dem Bandschriftzug auf der Vorderseite und den Tourdaten auf der Rückseite. Als wir die T-Shirts bezahlt hatten, war die Halle geöffnet und wir konnten hineingehen. Als Erstes gaben wir unsere Jacken bei der Garderobe ab, damit wir sie nicht mit in die Halle nehmen mussten. Anschließend zogen wir uns die T-Shirts über die Pullover an. Während ich auf die Toilette ging, besorgte Sixt für uns Getränke. Wir trafen uns vor dem Halleneingang und gingen zusammen hinein.

„Möchtest du an der Seite stehen oder in die erste Reihe. Dort sind noch Plätze frei", fragte mich Sixt.

„Wenn es dir nichts ausmacht, würde ich lieber an der Seite stehen. Ich weiß nicht, wie die Leute vorne vielleicht an die Bühne drängen. So etwas ist nichts für mich."

„Dann stellen wir uns an die Seite", sagte Sixt.

„Aber nur, wenn du möchtest. Wir können sonst auch in die erste Reihe gehen. Du darfst es dir aussuchen, da ich dir die Karten geschenkt habe", wandte ich ein.

„Mir ist auch die Seite lieber. Da haben wir mehr platz und es gibt dort kein Gedränge." Wir gingen weiter nach vorne in Richtung der Bühne und stellten uns an die Seite. Sixt reichte mir einen Becher mit Cola und ich trank erst einmal einen Schluck. Die Halle füllte sich und die Menschen drängten sich vor die Bühne. Ich war froh, dass ich nicht dort drinstand. Ich hätte mit hoher Wahrscheinlichkeit Kreislaufprobleme durch die Enge bekommen und die Sanitäter hätten mich aus der Menge ziehen müssen. Ich trank meinen Becher aus und stellte ihn auf den Boden an die Wand. Das Licht ging aus und ein Donnern ertönte. Sixt stellte sich hinter mich und legte seine Arme um meinen Bauch. Mit einem lauten Knall ging es los und die Band kam auf die Bühne. Undying Shoes bestanden aus fünf Männern die Rockmusik machten. Sie hatten richtig rockig, aber auch ruhige Lieder. Nach dem ersten Lied wurden wir von der Band begrüßt und mussten uns auch gleich mit einer Laola-Welle sportlich betätigen, bevor es mit dem nächsten Lied weiterging. Als ein ruhiges Lied von ihnen kam, wurden Feuerzeuge hochgehalten und im Takt der Musik geschwenkt. Es sah wunderschön aus. Sixt beugte sich zu mir herunter und gab mir einen Kuss auf das Haar.

„Ich liebe dich", flüsterte er mir ins Ohr.

„Ich liebe dich auch", flüsterte ich zurück und drehte meinen Kopf seitlich, sodass ich ihn sehen konnte. Sixt drehte mich ganz zu sich herum, legte seine Lippen auf meine und küsste mich. Sofort erwiderte ich diesen Kuss und vertiefte ihn. Kurz bevor das Lied zu Ende war, lösten wir uns wieder voneinander. Ich drehte mich wieder zur Bühne und kuschelte mich in Sixt Arme. Die Band spielte ungefähr zwei Stunden und musste zusätzlich noch eine Zugabe geben.

„Hat dir das Konzert gefallen", fragte ich Sixt, als wir die Halle verließen.

„Ja, es war ein tolles Konzert und es war auch ein sehr schöner Abend, da ich ihn mit meiner wunderschönen Verlobten verbringen konnte."

„Und ich mit meinem atemberaubenden Verlobten." Arm in Arm machten wir uns auf den Weg zu Sixts Wagen. Wir wollten gerade einsteigen, als ich von hinten an den Schultern gepackt und zurückgezogen wurde. Ich schrie auf.

„Jamie", rief Sixt entsetzt und kam zu mir. „Lass sie los", knurrte er denjenigen an, der mich festhielt.

„Das geht nicht. Ich habe einen Auftrag und den muss ich erfüllen. Ich soll sie zu meinem Auftraggeber bringen", sagte dieser Typ. Ich versuchte mich aus seinem Griff zu befreien, aber er hielt mich weiterhin fest.

„Wer ist dein Auftraggeber", fragte Sixt wütend.

„Darüber darf ich nicht sprechen", kam es von dem Typen.

„Das brauchst du auch nicht, denn ich kann mir schon denken, wer es ist. Und jetzt lass sie los." Ich wusste auch, wer dieser besagte Auftraggeber war. Es konnte doch nur Tobin sein. Niemand anderes war im Moment hinter mir her. Aber Tobin durfte mich einfach nicht bekommen. Ich trat diesem Typen mit all meiner Kraft gegen sein Bein, doch dieser lachte darüber nur. Ich schaute zu Sixt, der kurz davor war diesen Typen anzugreifen. In Gedanken fragte ich ihn, ob ich es tun sollte und Sixt nickte unmerklich, als ob er meine Gedanken erraten hatte. Ich holte mit dem Bein aus und trat dem Typen zwischen die Beine. Das hatte mir schon einige Male geholfen und genau wie meine damaligen Angreifer ließ auch der Typ mich los und krümmte sich vor Schmerzen. Ich nutzte meine Chance und lief zu Sixt herüber.

„Lass uns hier verschwinden", sagte er, nahm mich in den Arm und wollte gerade mit mir springen, als der Typ plötzlich ausholte und Sixt einen Schlag ins Gesicht verpasste. Durch die Wucht wurden wir beide zu Boden gerissen und ich ratschte mit meiner Hand am Bordstein entlang. Ein Schmerz zog durch meine Hand und ich stöhnte auf.

„Jamie", rief Sixt besorgt und wollte mir gerade hochhelfen, als er den nächsten Schlag von diesem Typen ausweichen musste. Ich setzte mich auf und besah mir meine Hand. Ich hatte mir bei dem Sturz die Handinnenfläche aufgeschrammt und Blut quoll heraus. Ich sah zu Sixt herüber, der nun mit diesem Typen kämpfte. Sixt verpasste ihm einige Schläge, die ihn zu Boden brachte. Nach einem Tritt gegen den Kopf schien der Typ bewusstlos zu sein, denn Sixt ließ von ihm ab und kam zu mir.

„Geht es dir gut", fragte er und die Besorgnis stand ihm ins Gesicht geschrieben, wobei er auch ganz schön lädiert aussah. Sixt hatte eine Platzwunde über dem Auge und seine Wange sah geschwollen aus.

„Ja, es geht schon", sagte ich und erschrak, als ich vier Männer sah, die sich um uns versammelten. „Oh Mist", brachte ich nur heraus und Panik stieg in mir auf.

„Was ist …", fragte Sixt, aber weiter kam er nicht, denn er drehte sich um und schaute zu den Männern. Im nächsten Moment stöhnte er auf und wurde von mir weggezogen. Erschrocken schaute ich zu ihm und sah, dass er in einer Eisenkette gefangen worden war, die von einem von Tobins Handlangern festgehalten wurde. Diese Eisenkette kam direkt aus der Hölle und nahm den Schutzengeln ihre Fähigkeiten, solange sie mit der Kette in Berührung kamen. Zusätzlich versetzte sie den Schutzengeln Stromschläge, sodass jede Bewegung ihnen Schmerzen verursachte.

„Sixt", rief ich entsetzt und versuchte ihn aus der Kette zu befreien, doch der Typ hielt die Kette so fest, dass ich ihn nicht befreien konnte.

„Jamie, hau ab und hol Hilfe", brachte Sixt unter Schmerzen heraus.

„Nein, ich lass dich hier nicht alleine."

„Ach schau mal einer an, wen wir da haben", grinste Tobin hämisch, der nun zwischen den Männern stand.

„Lass uns in Ruhe", zischte ich.

„Erst wenn du zu mir zurückkommst."

„Niemals."

„Das werden wir noch sehen", kam es von Tobin, der sich an seine Handlanger wandte. „Schnappt sie euch und bringt sie zu mir. Den Typen könnt ihr umbringen." Oh mein Gott, was sollten wir jetzt nur tun? Sixt würde nicht gegen vier Männer alleine ankommen und vor allem nicht, wenn er in der Eisenkette gefangen war. Panisch schaute ich mich um. Niemand war da, der uns hätte helfen können.

„Jamie, jetzt. Hau ab und hol Hilfe. Ruf Nathan an", wies mich Sixt an. Ich wusste nicht, was ich tun sollte. Wenn ich Sixt alleine ließ, konnte es sein, dass er von Tobins Handlanger getötet werden würde. Wenn ich allerdings hierblieb, würde ich Sixt auch nicht helfen. Ich kam gegen diese Männer ebenfalls nicht an. Sie waren wesentlich stärker als ich und somit war ich Sixt keine Hilfe. Abgesehen davon würden sie mich zu Tobin bringen und das wollte ich ganz und gar nicht, denn dann war ich verloren.

„Jamie, los jetzt", knurrte Sixt und ich sah, dass die Männer auf uns zu kamen. Ich stand vom Boden auf und lief los. Das Auto konnte ich nicht nehmen, da Sixt den Autoschlüssel hatte und ich keine Zeit hatte ihn aus seiner Hosentasche zu holen.

„Los, hinter her und schnappt sie euch. Sie darf euch nicht entkommen", wies Tobin seine Leute an. Ich drehte mich gar nicht erst um und rannte die Straße entlang. Sie durften mich nicht bekommen. Ich holte das Handy aus der Tasche und wählte Nathans Nummer. Ich rannte immer weiter und bog in eine andere Straße ein. Hinter mir hörte ich schnelle Schritte und legte an Tempo zu. Ich hielt das Handy fest am Ohr und ließ es lange klingeln, aber es ging niemand dran. So ein Mist. Ich legte auf und wählte Timothys Nummer. Aber auch er ging nach längerem Klingeln nicht dran. Ich versuchte noch einmal Nathan zu erreichen. Verdammt noch mal einer von ihnen musste einfach an sein Handy gehen. Ich bog schnell in eine andere Straße ein. Ich drehte mich kurz um und sah, dass zwei von Tobins Handlangern mich verfolgten. Panik kam in mir auf. Ich musste es schaffen ihnen zu entkommen und vor allem musste ich für Sixt Hilfe holen.

Er durfte nicht sterben. Ich lief zu einem Friedhof. Es war stockdunkel, da die Lampen ausgeschaltet waren. Das war gut, denn so konnte ich mich vor diesen Typen verstecken. Nathan ging wieder nicht an sein Handy dran. Wo war er denn nur, dass er sein Handy nicht klingeln hörte. Ich stolperte und knallte auf den Weg. Ich keuchte auf, als ein Schmerz durch mein Knie zog. Schnell stand ich wieder auf, denn die Typen waren mir bereits dicht auf den Fersen. Mein Knie schmerzte beim Laufen, aber das musste ich nun aushalten. Ich musste hier schnellstmöglich weg. Ich rief Sasha an und hoffte, dass sie zumindest an ihr Handy gehen würde.

„Jamie", sagte Sasha, als sie an ihr Handy heranging.

„Wir brauchen Hilfe. Tobin hat uns angegriffen. Sixt ist in einer Eisenkette gefangen. Ich kann Nathan und Timothy nicht erreichen. Sie müssen ihm helfen", rief ich und Tränen rannen mir an den Wangen entlang.

„Jamie, ganz ruhig. Nathan, Brian und Timothy sind schon längst bei Sixt und helfen ihm. Wir haben gesehen, dass ihr in Gefahr seid. Ich habe Jesse und Bradley ebenfalls dorthin geschickt. Wo bist du", wollte sie wissen.

„Ich bin auf dem Friedhof in der Nähe der Halle. Sixt hat mich weggeschickt, dass ich Hilfe hole. Ich werde allerdings von zwei von Tobins Handlangern verfolgt", keuchte ich, denn langsam ging mir vom Laufen die Puste aus und mein Knie schmerzte bei jeder Bewegung. Ich bog schnell in einen anderen Weg ein und lief dann quer über die Wiese, auf der die Grabsteine standen. Es war schon sehr unheimlich spätabends im stockdunklen über einen Friedhof zu laufen, aber mir blieb nicht viel anderes übrig, wenn ich diesen Typen entkommen wollte. Ich war froh, dass Sixt Hilfe hatte. Ich hoffte nur, dass Nathan und die anderen nicht zu spät gekommen waren und Sixt schon getötet wurde. Das würde ich nicht verkraften.

„Jamie, bist du noch da", fragte Sasha und ich hörte ihre Besorgnis.

„Ja bin ich. Warte kurz." Ich lief auf die Gruften zu. Dahinter konnte ich mich sicherlich gut verstecken. Ich lief die Reihen der Gruften hindurch und bog in eine Reihe ab. Ich blieb kurz stehen, um zu verschnaufen.

„Wo ist sie", hörte ich einen von den Männern fragen.

„Ich weiß es nicht. Wir müssen den Friedhof absuchen. Tobin will dieses Mädchen haben", antwortete der andere. Ich hörte, wie sie den Weg entlangliefen, den ich gerade gekommen war. Ich ging einige Schritte rückwärts weiter in die Dunkelheit hinein, damit sie mich nicht sahen. Dabei stieß ich gegen etwas, was sich wie ein Oberkörper anfühlte. Ich schrie leise auf und drehte mich ruckartig um.

„Psst Jamie, ich bin es Brian. Sixt hat mich geschickt. Er hat mir gesagt, wo du bist. Ich soll dich nach Hause bringen", flüsterte er.

„Jamie, Jamie", hörte ich Sasha am Handy rufen.

„Ich bin hier. Brian ist da", sagte ich und im nächsten Moment fasste mich Brian am Arm und sprang mit mir. Es war gerade noch rechtzeitig, denn ich sah die beiden Typen, wie sie auf uns zu gerannt kamen. Wir tauchten im Wohnzimmer des Schutzengelhauses wieder auf.

„Jamie, um Gottes Willen, geht es dir gut", fragte Sasha gleich, als sie uns sah, kam zu mir und umarmte mich.

„Ja es geht schon", keuchte ich immer noch. Ich hatte schon lange keinen Sport mehr gemacht und das hatte sich beim Laufen bemerkbar gemacht. Ich drückte auf mein Handy und beendete das Telefongespräch. Nun brauchte ich ja nicht mehr mit ihr telefonieren, denn sie stand schließlich vor mir. Ich zitterte am ganzen Körper vor Aufregung und Angst.

„Wie geht es Sixt", wollte ich von Brian wissen und löste mich aus Sashas Armen.

„Ihm geht es gut. Wir sind rechtzeitig bei ihm angekommen, bevor die Typen ihm etwas tun konnten. Er war gerade mit einem Dämon am Kämpfen, als er mich zu dir geschickt hat."

„Jamie, du bist ja verletzt. Komm setz dich erst einmal", sagte Maya geschockt und führte mich zur Couch. Ich hatte mir nicht nur die Hand aufgeschrammt, sondern bei dem Sturz am Friedhof auch noch das Knie aufgeschlagen. Die Hose war dabei eingerissen und man konnte die Wunde, die am Bluten war, gut sehen. Ich zog erst einmal meine Jacke aus, die von dem Sturz dreckig war. Am Nachmittag hatte es geregnet gehabt und anscheinend war ich im nassen Dreck gelandet. Zumindest sahen so meine Hose und die Jacke aus.

„Komm, ich nehme dir die Jacke ab. Ich glaube, sie kommt erst einmal in die Wäsche", meinte Sasha und ich reichte ihr die Jacke, mit der sie gleich verschwand. Wahrscheinlich brachte sie die Jacke in den Keller zur Wäsche.

„Hier, trink erst einmal etwas", sagte Maya und reichte mir ein Glas Wasser, welches sie mir aus der Küche geholt hatte.

„Danke", erwiderte ich und nahm das Glas mit zitternder Hand. Ich trank einen Schluck und stellte das Glas auf den Wohnzimmertisch. Ich machte mir Sorgen, wo Sixt blieb, wie es ihm ging, ob er verletzt war.

„Jamie", hörte ich seine Stimme. Im nächsten Moment tauchte er im Wohnzimmer mit den anderen auf und kam zu mir. Er setzte sich zu mir auf die Couch und zog mich in seine Arme. „Geht es dir gut", fragte er.

„Ja und dir? Bist du verletzt? Ich hatte so eine Angst um dich", schluchzte ich und drückte mich fest an ihn.

„Mir geht es gut, Süße. Es ist alles gut", versuchte er mich zu beruhigen, doch die Tränen liefen immer weiter. Fast hätte ich Sixt heute verloren. Ich hätte ihn dann nie wiedergesehen.

„Sie hat einen Schock", sagte Timothy und kam zu uns. „Ihr wird jetzt erst klar, was überhaupt passiert ist. Es war aber auch wirklich haarscharf."

„Ich weiß. Danke, dass ihr mir geholfen habt. Ich habe nicht damit gerechnet, dass Tobin uns auflauern könnte. Ich dachte, dass wir, falls er auftauchen würde, schnell verschwinden könnten", sagte Sixt.

„Dieser Feigling. Lässt seine Handlanger gegen uns kämpfen und verschwindet klammheimlich", knurrte Nathan.

„Danke Brian, dass du Jamie hier hergebracht hast", bedankte sich Sixt bei ihm. „Ich wollte die ganze Zeit selbst zu ihr, aber dieser Dämon war sehr hartnäckig und griff mich immer wieder an, als ich springen wollte", bedankte sich Sixt bei ihm.

„Das habe ich doch gerne gemacht. Es war auch gerade rechtzeitig, weil Tobins Handlanger auf uns zukamen, als wir gesprungen sind." Noch immer liefen bei mir die Tränen. Ich konnte einfach nicht aufhören. Sixt strich mir immer wieder beruhigen über das Haar und hielt mich mit dem anderen Arm ganz fest.

„Ich schau mir jetzt mal Jamies Verletzungen an", sagte Timothy und kniete sich vor mich hin „Sasha, kannst du mir bitte mal den Erste-Hilfe-Koffer holen", bat er sie.

„Ja mache ich", sagte sie und verschwand. Kurz darauf kam sie mit dem Koffer wieder und stellten ihn neben Timothy auf den Boden.

„Danke." Er wandte sich mir zu. „Jamie, hast du noch andere Verletzungen", sprach er mich an. Ich streckte ihm meinen Arm entgegen, damit er sich meine Hand ansehen konnte. Er nahm einen Tupfer und kippte etwas von dem Desinfektionsmittel darauf. „Das wird jetzt etwas wehtun, aber es muss sein", warnte mich Timothy vor und säuberte vorsichtig mit dem Tupfer die Wunde. Ich zischte und verzog schmerzlich das Gesicht, als das Desinfektionsmittel an die Wunde kam. „Die Wunde sieht gar nicht so schlimm aus. Ich lege dir gleich einen Verband an. Morgen sollte es besser sein." Timothy nahm einen frischen Tupfer aus dem Koffer und legte ihn auf die Wunde. Anschließend wickelte er mir einen Verband um die Hand. „So fertig. Jetzt zu deinem Knie. Entweder ziehst du die Hose aus, oder ich muss sie aufreißen, um an die Wunde heranzukommen", ließ er mir die Wahl.

„Zerreis die Hose. Sie ist sowieso schon kaputt", erwiderte ich, denn ich wollte nicht vor den anderen meine Hose auszuziehen und hier nur in einem Slip auf der Couch sitzen. Langsam beruhigte ich mich wieder und setzte mich auf. Ich wischte mir die Tränen aus dem Gesicht und sah Timothy dabei zu, wie er meine schöne recht neue Hose zerriss, um an die Wunde heranzukommen.

„Wie ist das passiert", wollte er wissen.

„Ich bin auf dem Friedhof gefallen und dabei habe ich mir das Knie aufgeschlagen. Das mit der Hand ist schon vorher passiert, als einer dieser Typen Sixt und mich angegriffen hat. Dabei bin ich am Bordstein mit der Hand entlanggeschrammt."

„Bist du über einen Toten gestolpert, der gerade Ausgang hatte", lachte Nathan.

„Nein, das bin ich nicht", erwiderte ich und sah ihn mit einem bösen Blick an.

„Da hast du dir wirklich ein tolles Versteck ausgesucht", grinste er.

„Freiwillig wäre ich im Dunkeln nicht auf den Friedhof gegangen aber ich hatte zwei hartnäckige Verfolger abzuschütteln." Timothy säuberte auch diese Wunde mit Desinfektionsmittel und klebte anschließend ein großes Pflaster darauf.

„Muss ich noch irgendwelche Wunden versorgen", fragte Timothy, als er fertig war.

„Also bei mir nicht. Die Wunde am Auge ist schon am Verheilen", entgegnete Sixt und wandte sich dann mir zu. „Hast du dich sonst noch irgendwo verletzt? Tut dir etwas weh", wollte er besorgt wissen.

„Nur die rechte Seite am Oberschenkel tut etwas weh, aber es ist nicht so schlimm. Das wird nur einen blauen Fleck geben", tat ich es ab.

„Ja, den habe ich gerade schon gesehen, wo ich dein Knie versorgt habe. Es ist wirklich nur ein Bluterguss und sollte in ein paar Tagen abgeheilt sein", sagte Timothy.

„Mir geht es auch gut", kam es von Nathan grinsend.

„Ja du konntest auch mal wieder Dämonen erledigen", entgegnete Sasha.

„Das macht doch auch Spaß", grinste er.

„Nun wissen wir schon mal, dass Tobin Helfer hat. Das heißt, dass wir nun noch besser aufpassen müssen, wenn wir alleine mit den beiden unterwegs sind", sagte Timothy und deutete dabei auf Maya und mich.

„Oder wir sollten Tobin schnellstens erledigen", wandte Nathan ein.

„Das würde mir besser gefallen", sagte ich.

„Dann würde ich vorschlagen, dass wir uns morgen auf die Suche nach ihm machen sollten", schlug Sixt vor.

„Ja, das sollten wir tun. So komm Maya, lass uns ins Bett gehen", sagte Timothy.

„Ich glaube, wir sollten auch langsam ins Bett gehen. Es war ein langer Tag", wandte sich Sixt an mich. Wir standen von der Couch auf, wobei Sixt mich auf seine Arme nahm, da ich immer noch am Zittern war. „Danke noch einmal für eure Hilfe", bedankte er sich noch einmal bei den anderen.

„Nicht dafür. Wir sind froh, dass wir es rechtzeitig gesehen haben, was bei euch los war", sagte Nathan. „Es hätten nur noch ein paar Dämonen mehr sein können", grinste er.

„Mir haben die Vier schon gereicht", entgegnete Timothy. „So wir gehen jetzt ins Bett. Gute Nacht", verabschiedete er sich und verschwand mit Maya.

„Ja wir auch. Gute Nacht", sagte Sixt und sprang mit mir in unser Zimmer. Dort stellte er mich im Wohnbereich auf den Boden. „Ich nehme an, du möchtest dich erst noch waschen."

„Ja. Ich habe überall noch Dreck von meinem Sturz an mir kleben."

„Ich bin so froh, dass dir nichts Schlimmeres passiert ist. Ich hatte dich die ganze Zeit über im Blick, als du weggelaufen bist, und wollte die ganze Zeit zu dir kommen, um dich in Sicherheit zu bringen. Aber ich wurde immer wieder von diesem Dämon angegriffen, und wenn ich gesprungen wäre, hätte ich ihn wahrscheinlich mitgenommen, weil er mich die ganze Zeit berührt hat. Das wäre dann auch nicht hilfreich gewesen."

„Da hast du recht. Ich bin nur so froh, dass dir nichts passiert ist. Ich hatte die ganze Zeit über so eine Angst und habe versucht, Nathan und Timothy zu erreichen. Sasha hat mir dann gesagt, dass sie schon bei dir sind."

„Es tut mir so leid, dass ich dich angeknurrt habe, dass du abhauen sollst, aber ich wollte dich in Sicherheit wissen", entschuldigte sich Sixt.

„Nein, es ist schon gut. Anders wäre ich wahrscheinlich gar nicht gegangen, weil ich eigentlich gar nicht weg von dir wollte. Ich hatte Angst, wenn ich gehen würde, dass ich dich nicht mehr wiedersehe", gestand ich ihm und Tränen bildeten sich in meinen Augen, als ich daran dachte, was gewesen wäre, wenn Tobin Sixt umgebracht hätte.

„Süße, es ist nichts passiert. Ich bin hier und werde auch bei dir bleiben", versicherte er mir und gab mir einen langen Kuss auf den Mund. „Ich liebe dich", sagte er, als er sich von mir löste.

„Ich liebe dich auch."

„Komm, lass uns für das Bett fertigmachen gehen und dann schlafen gehen", schlug Sixt vor. Wir gingen ins Bad und wuschen uns. Anschließend zogen wir uns um und legten uns ins Bett. Ich kuschelte mich ganz eng an Sixt heran, der seine Arme um mich geschlungen hatte.

„Gute Nacht meine Süße. Schlaf gut."

„Gute Nacht."

Am nächsten Morgen wurde ich mit zärtlichen Küssen auf meinem Gesicht geweckt. Ich öffnete die Augen und blickte in die eisblauen Augen meines Verlobten.

„Guten Morgen, meine Prinzessin. Frühstück ist fertig", sagte er lächelnd und deutete auf das Tablett, welches er am Fußende abgestellt hatte.

„Guten Morgen. Frühstück im Bett", fragte ich freudig und reckte mich.

„Ja, ich dachte mir, das haben wir schon lange nicht mehr getan."

„Da hast du recht. Außerdem liebe ich es mit dir im Bett zu frühstücken."

„Ich liebe es auch mit meiner wunderschönen Verlobten im Bett zu frühstücken. Rutsch mal ein Stück, damit ich mich zu dir setzen kann." Ich setzte mich auf und machte Sixt platz. Er holte das Tablett, setzte sich neben mich und stellte es auf unsere Beine ab. Sixt hatte mal wieder an alles gedacht. Brötchen, Marmelade, Wurst und Käse sowie zwei Tassen Kaffee und zwei Gläser mit Orangensaft. Ich nahm mir ein Brötchen, schnitt es auf und bestrich es mit Marmelade. Ich biss etwas von dem Brötchen ab und lehnte mich an Sixt an.

„Wann wollt ihr denn heute auf die Suche nach Tobin gehen", fragte ich ihn.

„Wir wollen heute Mittag los. Wir werden höchstwahrscheinlich bis heute Abend weg sein. Es tut mir leid, dass ich dich dann heute den ganzen Tag alleine lasse", entschuldigte er sich.

„Du brauchst dich dafür nicht entschuldigen. Ich weiß doch, dass es notwendig ist. Abgesehen davon werden wir ganz viel Zeit haben, wenn Tobin endlich erledigt ist und ich bin euch so dankbar, dass ihr dieses für mich tut, denn ich alleine würde es nie schaffen gegen ihn anzukommen."

„Das tun wir doch gerne. Abgesehen davon will Tobin auch Rache an uns nehmen, also ist es mehr als verständlich, wenn wir ihn erledigen. Aber du hast recht, wenn er endlich wieder in der Hölle ist, haben wir ganz viel Zeit für uns."

Nachdem wir zu Ende gefrühstückt hatten, wuschen wir uns und zogen uns an. Sixt nahm mich in den Arm und sprang mit mir ins Erdgeschoss, wo die anderen im Wohnzimmer saßen.

„Maya, Jamie, wir haben eine tolle Idee", rief Sasha aufgeregt, die mit Anastasia im Wohnzimmer auftauchte.

„Und welche ist das", fragte ich neugierig.

„Während die Jungs auf der Suche nach Tobin sind, werden wir vier nach Los Angeles springen und auf die Modemesse gehen. Wir haben gerade gesehen, dass sie dieses Wochenende ist. Abgesehen davon brauchen wir dort nicht befürchten, dass Tobin uns auflauert, denn so schnell kommt er nicht nach Los Angeles", sprudelte es nur so aus Sasha heraus und ihre Augen strahlten regelrecht dabei. Natürlich, es ging ja auch um Mode.

„Oh das ist toll", freute sich Maya. Ich freute mich ebenfalls. Endlich kam ich mal wieder aus dem Haus und sah mal etwas anderes. Noch dazu kam ich mal nach Los Angeles. Dort war ich noch nie gewesen.

„Geht ihr mal Tobin und Dämonen jagen. Wir springen zur Modemesse", wandte ich mich an Sixt und grinste.

„Ich glaube, da ist mir das Dämonenjagen lieber", erwiderte er und lächelte mich an.

„Und wie sieht es mit der Sicherheit aus? Was ist, wenn ihr dort doch auf Tobin treffen solltet, schließlich wissen wir nicht, wo er sich aufhält? Was macht ihr, wenn die beiden von Dämonen beeinflusst werden", fragte Timothy, dem es anscheinend gar nicht gefiel, dass seine Freundin an einem Ort wollte, wo sehr viele Menschen sein würden und es für Tobin eine Leichtigkeit wäre uns aufzulauern. Er machte sich halt um Maya Sorgen.

„Du brauchst dir keine Sorgen machen. Wir haben schon alles gut durchdacht. Die beiden werden wir nicht aus den Augen lassen, und falls uns Tobin dort auflauern sollte, was ich mir nicht vorstellen kann, weil er gar nicht weiß, dass wir dort sind, werden wir dort schnellstmöglich verschwinden. Genauso werden wir darauf achten, dass sie von keinen Dämon beeinflusst werden", versicherte ihm Sasha.

„Na gut, aber wenn etwas sein sollte, kommt ihr sofort zurück", sagte er.

„Ja natürlich", entgegnete Anastasia.

„Oh das ist so toll. Ich gehe mich umziehen", rief Maya, die von der Couch aufsprang und die Treppe regelrecht hinaufrannte.

„Wann wollen wir denn los", fragte ich.

„Sobald ihr fertig seid, würde ich sagen. Umso eher wir da sind, desto eher kann ich shoppen", grinste Sasha.

„Das war mir klar. Wie viele Schränke können wir denn kaufen, wenn du vollbepackt wiederkommst", fragte Nathan und verdrehte die Augen.

„Soviel werde ich schon nicht kaufen", verteidigte sie sich.

„Das werden wir ja sehen", erwiderte Nathan.

„Ich gehe mal nach oben mich umziehen", rief ich und machte mich auf den Weg nach oben.

„Warte", sagte Sixt, nahm mich in den Arm und sprang mit mir in unser Zimmer. „So ging es schneller."

„Da hast du recht. Danke. Hast du etwas dagegen, wenn ich mit den anderen nach Los Angeles springe", fragte ich ihn.

„Nein, geht ihr ruhig zur Modemesse und genießt den Tag. Du bist ja schon durch Tobin so eingeschränkt. Ich glaube im Übrigen auch nicht, dass er euch in Los Angeles auflauern wird. Woher soll er auch wissen, dass ihr da seid. So muss ich mir keine Sorgen machen, dass er in der Zeit wo wir ihn suchen, hier auftauchen und euch etwas antun könnte."

„Ich habe aber schon ein schlechtes Gewissen. Ihr sucht schließlich Tobin meinetwegen und ich mache mir in einer anderen Stadt einen schönen Tag", sagte ich.

„Du brauchst gar kein schlechtes Gewissen deswegen zu haben. Tobin will nicht nur dich, sondern sich auch an uns rächen. Deswegen wollen wir ihn gleich doppelt erledigen. Mach dir einfach einen schönen Tag in Los Angeles."

Na gut", erwiderte ich und suchte mir etwas zum Anziehen, denn schließlich konnte ich nicht im Jogginganzug zu einer Modemesse gehen. Ich suchte mir eine Bluse und eine schwarze Hose heraus und zog mich um. Anschließend machte ich mich im Bad schnell fertig.

„Hier Jamie, nimm die und kauf dir etwas Schönes", sagte Sixt und reichte mir seine Kreditkarte, als ich mein Handy in die Tasche packte.

„Bist du dir sicher", fragte ich nach.

„Ja natürlich. Du weißt doch, ich habe genug Geld und das teile ich gerne mit dir. Und nun los. Sasha und Anastasia warten sicherlich schon." Er nahm mich in den Arm und sprang mit mir ins Erdgeschoss, wo die beiden schon ungeduldig im Flur standen. Ich zog meine Jacke an und ging zu ihnen.

„Ich bin fertig", sagte ich grinsend.

„Ich auch", rief Maya und kam die Treppe herunter.

„Viel Spaß. Bis heute Abend", sagte Sixt.

„Danke", erwiderte ich und gab ihm einen Kuss. „Pass auf dich auf."

„Immer", grinste er.

„Dann lasst uns mal los. Bis später", sagte Sasha, nahm meine Hand und sprang. Hinter einer Halle tauchten wir wieder auf. Kurz nach uns trafen auch Anastasia und Maya ein.

„Wo sind wir", fragte ich und schaute mich um.

„In Los Angeles. Dort in der Halle findet die Modemesse statt", antwortete Sasha und ihre Augen strahlten. Los kommt. Lasst uns shoppen", rief sie und wir gingen los. Wir kauften uns an der Kasse Karten und gingen in die Halle, die voll von Menschen waren. Sasha hakte sich bei mir unter, wahrscheinlich eine kleine Sicherheitsmaßnahme, falls uns Dämonen beeinflussen wollten, denn ich sah, dass sich Anastasia bei Maya untergehakt hatte. Der Einfluss von Dämonen funktionierte nicht, wenn ein Mensch von einem Schutzengel berührt wurde. Ich wollte aber nicht daran denken, denn ich wollte einfach mal diesen Nachmittag genießen. Wir gingen von einem Stand zum anderen und schauten uns die neue Mode an. Auf dieser Modemesse gab es nicht nur Anziehsachen, sondern auch Schuhe, Accessoires und Taschen. Ein Paradies für Frauen und erst recht für Sasha und Anastasia, die aus dem Kaufen nicht mehr herauskamen. Im Gegensatz zu den beiden hatten Maya und ich nur jeweils drei Tüten. Ich hatte mir zwei Oberteile, ein Kleid, eine Hose und eine neue Handtasche gekauft. Das war wirklich nicht viel im Gegensatz zu den beiden. Auch Sixt Kreditkarte lebte noch, denn ich hatte darauf geachtet, dass die Sachen nicht so teuer waren. Ich war kein Mensch, der unbedingt die teuersten Marken brauchte. Mir gefielen auch No-Name-Sachen sehr gut. Zwischendurch schrieb ich Sixt immer mal wieder per SMS, dass es uns gut ging, damit er sich keine Sorgen machte. Maya wurde mindestens drei Mal von einem besorgten Timothy angerufen, dem sie versicherten musste, das alles in Ordnung war. Am liebsten wäre er mit auf die Modemesse gekommen, um auf sie aufzupassen. Seine Besorgnis konnte ich nicht so ganz verstehen, denn schließlich konnte er Maya sehen, wenn sie in Gefahr wäre. Zum Schluss schauten wir uns noch eine Modenschau an, auf der die neuesten Trends verschiedener Designer präsentiert wurden. Bei manchen Kleidungsstücken fragte ich mich allerdings, wer so etwas tragen sollte, denn alltagstauglich waren sie ganz und gar nicht.

„So dann lasst uns mal wieder zurückspringen"; sagte Sasha, als wir die Halle verließen. Wir gingen wieder hinter die Halle, wo keine Menschen waren, denn sie sollten uns nicht beim Springen sehen. Ich nahm Sasha einige Tüten ab, damit sie mit mir springen konnte. „Da sind wir wieder", rief sie, als wir im Flur des Schutzengelhauses wieder auftauchten. Sofort kamen die Jungs zu uns und Sixt machte große Augen, als er all die Tüten sah, die ich in den Händen hielt. „Das sind nicht alles meine. Mir gehören nur drei Stück davon", erklärte ich ihm schnell und gab Sasha ihre Tüten zurück. „Wenn doch, wäre es auch nicht schlimm. Mich hätte es nur gewundert, wenn du in einen Kaufrausch verfallen wärest", grinste er.

„Habt ihr denn noch Kleidungsstücke auf der Modemesse gelassen oder sind jetzt alle hier", fragte Brian lachend, als er Sasha und Anastasia mit den ganzen Tüten sah.

„Nein, es ist noch genug da für die anderen Leute", erwiderte Sasha.

„Aber ihr habt mindestens die Hälfte", kam es von Nathan.

„Wie war es denn", fragte Sixt, der zu mir gekommen war und mich in den Arm genommen hatte.

„Es war toll. Wir haben uns alle Stände und verschiedene Modelabels angeschaut und zum Schluss gab es noch eine Modenschau. Ich hätte mir allerdings noch gerne die Stadt angesehen."

„Das können wir doch noch tun. Wir haben dafür alle Zeit der Welt", sagte er und gab mir einen Kuss.

„Da hast du recht. Habt ihr Tobin gefunden", fragte ich.

„Ja, das haben wir. Allerdings ist er abgehauen. Dafür hat er jetzt einige Helfer weniger", grinste Nathan.

„Ihn werden wir auch noch kriegen", versicherte mir Sixt.

„Das hoffe ich."

„Wie wäre es, wenn wir etwas zu essen bestellen. Ich nehme an, dass ihr Frauen vor lauter Mode noch nichts gegessen habt", schlug Nathan vor.

„Da hast du recht. Wir sind einfach nicht dazu gekommen", erwiderte Sasha.

„Das glaube ich. Gut, dann werde ich mal Pizza bestellen gehen."

„Und du zeigst mir mal, was du Schönes gekauft hast. Komm lass uns kurz hochgehen", sagte Sixt, nahm mich in den Arm und sprang mit mir in unser Zimmer.

„Hier, die brauche ich nicht mehr." Ich reichte Sixt, nachdem wir in unserem Zimmer angekommen waren, seine Kreditkarte zurück.

„Nein, behalte sie, falls du sie mal brauchst", entgegnete Sixt.

„Aber dann hast du keine Karte mehr", wandte ich ein.

„Doch ich habe noch eine andere. So und jetzt muss ich mal schauen, was du so eingekauft hast", grinste er und schnappte sich die Tüten.

Es war ein schöner Februartag. Zwar war es kalt draußen, aber die Wintersonne schien und der Himmel war wolkenlos. Deshalb hatten Sixt und ich uns zu einem Waldspaziergang entschlossen. Da Tobin immer noch nicht erledigt war, wollten wir unseren Spaziergang allerdings in einer anderen Stadt machen, denn wir wollten nicht, dass er uns wieder mit seinen Handlangern auflauerte. Wir wollten gerade aufbrechen, als es an der Haustür klingelte.

„Warte, ich gehe schon", sagte ich zu Sixt, der auf der Treppe saß, sich die Schuhe zuband und gerade aufstehen wollte, um die Tür zu öffnen. Ich ging zur Haustür und öffnete sie.

„Guten Tag. Entschuldigen Sie bitte für die Störung", sagte eine Frau mittleren Alters, die vor der Tür stand. Sie war etwa ein Meter sechzig groß, schlank und hatte dunkelbraune gelockte Haare.

„Was möchten Sie", fragte ich freundlich.

„Ja, wissen Sie, das hört sich jetzt vielleicht etwas seltsam an. Mein Name ist Diane Johnson." Hinter mir hörte ich einen erstickten Laut. Ich drehte mich um, aber Sixt war verschwunden. Er musste sich unsichtbar gemacht haben. Aber warum? Ich drehte mich wieder zu der Frau vor der Tür um und nun wusste ich, warum Sixt verschwunden war. Ich erschrak innerlich, als ich erkannte, wer diese Frau war. Alleine der Name hätte mir etwas sagen müssen. Diane Johnson. Das war der Name von Sixts Mutter. Sie hatte die gleichen Gesichtszüge wie Sixt und die Haarfarbe hatte er auch von ihr geerbt.

„Mein Sohn ist vor über fünf Jahren bei einem Autounfall ums Leben gekommen. Zumindest habe ich es immer geglaubt. Letzte Woche stand ein junger Mann bei uns vor der Haustür. Er sagte, er wäre ein Freund von Sixt und erzählte mir, dass mein Sohn am Leben wäre. Er hätte seinen Tod nur vorgetäuscht und würde nun hier in Portland unter dem Namen Summers leben. Dieser Freund hat mir diese Adresse gegeben. Und nun möchte ich mich einfach nur vergewissern, ob dieser Sixt Summers wirklich mein Sohn ist. Ich hätte so viele Fragen an ihn. Warum er seinen Tod vorgetäuscht hat? Warum er abgehauen ist? Ich möchte doch nur den Grund dafür wissen, warum er das getan hat. Wissen Sie, sein Wagen ist einen Abhang hinuntergestürzt und in Flammen aufgegangen. Seine Leiche war soweit verbrannt, dass man ihn nicht mehr identifizieren konnte. Jetzt habe ich Zweifel, ob wir überhaupt unseren Sohn beerdigt haben. Vielleicht hatte er seinen Wagen verliehen und jemand anderes ist bei diesem Unfall ums Leben gekommen. Aber warum ist er dann abgehauen? Ist Sixt Summers denn Zuhause? Kann ich mit ihm sprechen? Bitte, ich muss wissen, ob er mein totgeglaubter Sohn ist." Mir brach das

Herz. Mrs. Johnson tat mir unheimlich leid. So sehr ich auch wollte, ich durfte ihr nicht sagen, dass ihr Sohn am Leben war und in diesem Haus wohnte. Sie durfte nicht wissen, dass Sixt ein Schutzengel war. Der Engelsrat hatte seine Regeln und daran musste sich ein Schutzengel halten, sonst müsste er ins Himmelreich und dürfte nicht mehr auf der Erde leben. Gut Sixt hatte eine der Regeln gebrochen und war mit mir zusammen, obwohl eine Beziehung zu einem Menschen verboten war. Trotzdem war ich der Meinung, dass der Engelsrat vielleicht ein Auge zudrücken würde, wenn sie von unserer Beziehung erfahren würden. Anders wäre es aber, wenn sie herausfinden würden, dass Sixt mit seiner Mutter gesprochen hätte. Sixt müsste dann höchstwahrscheinlich sofort ins Himmelreich und das würde heißen, dass ich ihn erst wiedersehen würde, wenn ich starb und das wollte ich nicht. Allerdings würde ich ihm auch nicht im Weg stehen, wenn er wirklich mit seiner Mutter hätte sprechen wollen, denn schließlich wollte ich, dass er glücklich war. Und wenn es sein Wunsch wäre, mit seiner Mutter zu sprechen würde ich ihm diesen nicht verwehren.

„Sag meiner Mutter bitte nicht, dass ich lebe und hier wohne", flüsterte Sixt mir ins Ohr.

„Es tut mir sehr leid, aber hier wohnt kein Sixt Summers. Ich heiße mit Nachnamen Summers. Da muss sich dieser Freund geirrt haben", sagte ich und tat somit, was Sixt wollte.

„Oh, dann wird er sich wirklich geirrt haben oder er hat mir die falsche Adresse gegeben. Es tut mir sehr leid, dass ich Sie gestört habe", erwiderte Mrs. Johnson. Man sah ihr die Enttäuschung an und Tränen bildeten sich in ihren Augen. Sie tat mir so leid. Sie hatte die Hoffnung gehabt, dass ihr Sohn noch leben würde.

„Möchten Sie vielleicht hereinkommen? Ich mache Ihnen einen Tee", schlug ich ihr vor, denn ich wollte gerne Sixts Mutter kennenlernen. Ich würde sonst nie wieder die Chance dazu bekommen mit ihr zu reden. Außerdem wollte ich sie etwas trösten.

„Aber nur, wenn ich Sie nicht störe."

„Nein, das tun Sie nicht", erwiderte ich und ließ Sixts Mutter ins Haus. Ich führte sie in die Küche, wo sie sich am Tresen an der Kochinsel auf einen Hocker setzte.

„Wissen Sie, mein Mann hat versucht es mir auszureden hier her zu kommen. Ich sollte mir keine Hoffnung machen. Unser Sohn wäre tot und wäre nicht der Junge, der hier leben sollte, so wie der

Freund von ihm behaupten würde. Ich würde nur enttäuscht sein, wenn ich hier herkäme und der Wahrheit ins Auge sehen müsste, dass unser Sohn nicht hier ist. Er hat recht gehabt", erzählte Mrs. Johnson traurig, während ich den Tee zubereitete. „Mein Mann war allerdings der Meinung, dass dieser junge Mann, der uns erzählt hat, dass Sixt am Leben sei, gar nicht zu Sixt Freunden gehörte. Und ich bin derselben Meinung. Wir kennen Sixts Freunde. Aber diesen jungen Mann haben wir noch nie gesehen gehabt. Er meinte, er wäre ein Schulfreund von Sixt gewesen, aber im Highschooljahrbuch von unserem Sohn haben wir ihn nicht gefunden."

„Vielleicht sah er in der Highschool noch anders aus, oder er hatte zwischenzeitlich die Schule gewechselt. Hat er Ihnen denn seinen Namen genannt", fragt ich sie, ging zum Tresen und stellte die beiden Teetassen darauf ab, bevor ich mich ebenfalls auf einen der Hocker setzte.

„Danke", sagte sie und deutete mit der Hand auf die Tasse. „Er hat sich uns nur mit dem Namen Tobin vorgestellt und hat keinen Nachnamen genannt." Ich verschluckte mich an meinen Tee und hustete. Tobin war bei den Johnsons gewesen und hatte erzählt, dass Sixt noch am Leben war?

„Oh, geht es Ihnen gut", fragte Mrs. Johnson und riss mich aus meinen Gedanken.

„Ja, alles gut. Ich habe mich nur verschluckt. Aber es geht schon wieder", versicherte ich ihr. „Es tut mir wirklich sehr leid. Sie müssen sehr enttäuscht sein, dass es ein Irrtum ist und ihr Sohn nicht hier ist."

„Ach wissen Sie", begann Mrs. Johnson und erzählte mir zuerst von dem schrecklichen Unfall ihres Sohnes und anschließend erfuhr ich noch einiges über Sixt und seine Familie. Einiges wusste ich natürlich schon, da Sixt es mir erzählt hatte, aber das sagte ich ihr natürlich nicht und ließ mir auch nichts anmerken, denn sie hätte wissen wollen, woher ich es wusste und das konnte ich ihr nicht sagen. Ich fand es sehr interessant mehr über Sixt und seine Familie zu erfahren und hörte ihr gespannt zu. Ich nahm an, dass es Mrs. Johnson gut tat mit einer fremden Person über diesen schlimmen Unfall und dem Verlust ihres Sohnes reden zu können. Vielleicht half es ihr ein wenig über diesen großen Verlust und der Enttäuschung hinwegzukommen.

„Oh, es ist ja schon so spät", sagte Mrs. Johnson, nachdem sie auf ihre Armbanduhr geschaut hatte. „Ich werde mich so langsam mal wieder auf den Weg zum Hotel machen. Mein Mann müsste gleich von seinem Geschäftstermin zurückkommen und dann wollen wir uns noch die Stadt ansehen, bevor es morgen wieder nach Hause geht." Mrs. Johnson hatte mir zuvor schon erzählt gehabt, dass ihr Mann aufgrund einer Geschäftsreise in Portland war und sie die Chance genutzt hatte mitzukommen, um herauszufinden, ob ihr Sohn wirklich noch am Leben war. „Vielen Dank für den Tee und dass Sie mir zugehört haben. Es tat wirklich mal gut mit jemand Fremdes zu reden. Ich hoffe, ich habe Ihnen jetzt nicht die Zeit gestohlen."

„Nein, das haben Sie nicht. Ich hoffe, es hat Ihnen etwas geholfen über die Enttäuschung hinwegzukommen."

„Ja, das hat es", sagte Mrs. Johnson lächelnd, stand auf und ich begleitete sie zur Haustür. „Vielen Dank noch einmal für Ihre Gastfreundschaft, und dass Sie mir zugehört haben", bedankte sich Mrs. Johnson.

„Sie brauchen sich nicht zu bedanken. Das habe ich gerne getan", erwiderte ich. „Ich wünsche Ihnen alles Gute und noch einen schönen Aufenthalt in Portland."

„Danke sehr. Ihnen wünsche ich auch alles Gute und noch einmal vielen Dank für alles", sagte sie und verließ das Haus. Ich schloss die Tür, drehte mich um und wollte gerade nach Sixt suchen, als ich ihn auf der Treppe sitzen sah. Sein Kopf war gesenkt und er hatte seine Arme auf seinen Knien verschränkt. Ich ging zu ihm herüber und setzte mich neben ihn.

„Hey", sagte ich leise und legte meine Hand auf seinen Arm. Sixt drehte seinen Kopf in meine Richtung und ich erschrak. Tränen liefen seine Wangen entlang. Ich hatte ihn noch nie weinen gesehen. Es musste ihn sehr mitgenommen haben seine Mutter wiederzusehen.

„Komm her." Ich zog ihn zu mir und schlang meine Arme um ihn. Sixt schmiegte sich dicht an mich und legte seinen Kopf auf meine Schulter. Er tat mir so leid. Da sah er seine Mutter nach fünf Jahren wieder und durfte weder mit ihr sprechen, noch sie in die Arme schließen. Er durfte sich ihr ja gar nicht erst zeigen.

„Danke, dass du dich um meine Mutter gekümmert hast", bedankte sich Sixt, löste sich aus meinen Armen und wischte sich die Tränen aus dem Gesicht.

„Das war doch selbstverständlich. Es tut mir so leid, dass du dich deiner Mutter weder zeigen noch mit ihr reden durftest."

„Es ist schon gut. So sind leider die Regeln", seufzte Sixt.

„Ja, leider. Es tut mir aber auch für deine Mutter so leid, dass sie mit Hoffnungen hier herkam und ich sie enttäuschen musste. Und das alles nur, weil Tobin ihr erzählt hat, dass du noch am Leben wärst. Ich kann es immer noch nicht glauben, dass er das getan hat. Ich frage mich nur warum?"

„Er wollte höchstwahrscheinlich damit bezwecken, dass der Engelsrat denkt, ich hätte Kontakt zu meiner Mutter gehabt", sagte Sixt.

„Oh mein Gott. Das heißt, wenn der Engelsrat herausbekommt, dass deine Mutter hier gewesen ist und nach dir gefragt hat, dass sie denken werden du hättest dich ihr gezeigt und mit ihr geredet. Wahrscheinlich denken sie auch, dass du sie kontaktiert hast und ihr gesagt hast, wo du wohnst. Sie werden dich dafür ins Himmelreich verbannen", entgegnete ich panisch.

„Ganz ruhig, Süße. Sie werden es nicht herausbekommen. Die Schutzengel meiner Familie habe ich, nachdem Tobin in Kanada entkommen konnte, vorgewarnt, dass es sein könnte, dass er bei meiner Familie einmal auftauchen könnte. Ich musste schließlich damit rechnen, dass er alles versuchen wird, mich aus dem Weg zu räumen, damit er bei dir freie Bahn hat. Und das hat er nun getan, indem er meiner Mutter erzählt hat, dass ich noch lebe und ihr die Adresse gegeben hat. Er wollte damit bezwecken, dass der Engelsrat mich ins Himmelsreich schickt, damit wir nicht mehr zusammen sein können. Aber wie gesagt, die Schutzengel meiner Familie sind vorgewarnt wegen Tobin und sie werden dem Engelsrat von dem Besuch meiner Mutter nichts verraten. Das hat mir vorhin auch Sally, der Schutzengel meiner Mutter, versichert. Mit ihr hatte ich mich, während du mit meiner Mutter in der Küche warst, unterhalten. Sie sagte mir auch, dass ich mir um meine Familie keine Sorgen machen brauche, da sie gut auf sie aufpassen, damit Tobin ihnen nichts tun kann." Stimmt daran hatte ich noch gar nicht gedacht. Tobin konnte versuchen Sixts Familie etwas zu tun und Sixt könnte nichts dagegen tun, weil er sich seiner Familie nicht nähern durfte.

„Aber selbst wenn der Engelsrat von dem Vorfall etwas mitbekommt, so können die Schutzengel meiner Familie bezeugen, dass Tobin dafür verantwortlich ist. Und Sally will ihnen sagen, dass ich mich meiner Mutter weder gezeigt noch mit ihr gesprochen habe. Das hat sie mir vorhin versprochen", sagte Sixt. „Ich hoffe nur, dass sie das auch glauben werden. Ich will dich nicht verlieren."

„Das wirst du auch nicht, Süße. Das verspreche ich dir." Sixt beugte sich zu mir und gab mir einen süßen Kuss auf meine Lippen. „Danke noch mal, dass du dich um meine Mutter gekümmert hast."

„Das habe ich doch gerne gemacht. Naja etwas Gutes hatte es ja. Ich habe deine Mutter kennengelernt, was ich sonst nie gekonnt hätte. Sie ist sehr nett und herzensgut."

„Ja, das ist sie wirklich."

Kapitel 6

Ich erwachte am nächsten Morgen. Es war Sonntag und ich war froh, dass ich ausschlafen konnte. Am Abend zuvor war es spät geworden, da Sixt mir noch, nachdem wir den anderen von dem Vorfall mit Sixts Mutter berichtet hatten, mehr über seine Familie erzählt hatte. Ich reckte mich und drehte mich auf die Seite, um zu sehen, ob Sixt noch schlief. Aber seine Bettseite war leer. Verwundert setzte ich mich auf. Schon lange war ich nicht mehr alleine im Bett aufgewacht. Sixt war immer bei mir gewesen, wenn ich wach geworden war. Ich stand vom Bett auf, ging die Treppe der Empore hinunter in den Wohnraum und suchte Sixt. Aber er war weder im Wohnraum noch im Bad oder im Ankleidezimmer. Sogar auf dem Balkon hatte ich geschaut. Doch auch dort war er nicht. Ich nahm an, dass er im Erdgeschoss bei den anderen war, und beschloss mich für den Tag fertigzumachen.

Nachdem ich mich gewaschen und angezogen hatte, ging ich die Treppe hinunter ins Erdgeschoss. Ich ging ins Esszimmer, wo die anderen schon den Tisch für das Frühstück gedeckt hatten. „Guten Morgen. Habt ihr Sixt gesehen", fragte ich sie, da er nicht, wie ich eigentlich angenommen hatte, bei ihnen im Esszimmer war. Aber ich bekam nur ein Kopfschütteln von den anderen zur Antwort.
„Vielleicht ist er nur mal kurz weg etwas besorgen", sagte Sasha.
„Hast du ihn denn schon versucht anzurufen?"
„Nein, bis jetzt noch nicht. Aber das werde ich jetzt mal tun", erwiderte ich, holte mein Handy aus der Hosentasche und wählte Sixts Handynummer. Ich wartete kurz und legte dann seufzend wieder auf. Sixts Handy war ausgeschaltet. Seltsam, denn Sixt schaltete eigentlich nie sein Handy aus.
„Und", fragte Maya, als ich mich an den Esstisch setzte und das Handy neben mir auf den Tisch legte.
„Sixts Handy ist ausgeschaltet."
„Vielleicht ist der Akku vom Handy leer", mutmaßte Sasha.

„Er wird sich schon melden. Lasst uns jetzt frühstücken. Ich habe Hunger", mischte Nathan sich ein und schnappte sich gleich zwei Brötchen aus dem Korb, der auf dem Tisch stand.

Mittags war Sixt immer noch nicht aufgetaucht. Langsam machte ich mir Sorgen, ob ihm etwas passiert sein könnte. Ich hatte schon Anastasia und Brian angerufen, aber sie hatten ihn nicht gesehen. Auch bei Jesse war er nicht. Ich hatte ihn noch einige Male versucht auf seinem Handy zu erreichen, aber es war weiterhin ausgeschaltet. Nun saß ich bei uns im Zimmer auf der Couch und lernte für die Uni. Na gut, ich versuchte zu lernen, denn ich konnte mich einfach nicht konzentrieren. Immer wieder schweiften meine Gedanken zu Sixt. Wo war er nur? Es klopfte an der Tür.

„Herein", rief ich, aber anstatt sich die Tür öffnete, tauchten Nathan und Sasha neben der Couch auf.

„Jamie, wir müssen dir etwas sagen", begann Sasha, setzte sich zu mir auf die Couch und anhand ihres Gesichtsausdruckes wusste ich, dass es nichts Gutes sein konnte, was sie mir sagen wollten. Aber was war los? Hatte es etwas mit Sixt zu tun? War ihm etwas passiert? Panik kam in mir auf.

„Wir wissen, wo Sixt ist", sagte Nathan und setzte sich auf die Couchlehne.

„Wo ist er denn? Geht es ihm gut? Ist ihm etwas passiert? Oh mein Gott, ist er verletzt", fragte ich panisch.

„Nein, ihm geht es gut. Er wurde vom Engelsrat in den Himmel gerufen", versuchte Sasha mich zu beruhigen.

„Und wann kommt er zurück", wollte ich nun wissen und war etwas beruhigter, dass Sixt nichts zugestoßen war. Trotzdem hatte ich ein ungutes Gefühl im Bauch, dass etwas nicht stimmte, und hatte Angst vor Sashas Antwort. Sasha schaute zu Nathan herüber und er nickte ihr zu, bevor er sich an mich wandte.

„Jamie, der Engelsrat will Sixt ins Himmelreich schicken."

„Was? Aber warum", fragte ich entsetzt.

„Sie denken, dass Sixt sich seiner Mutter gezeigt und mit ihr geredet hat, als sie hier war", beantwortete Sasha meine Frage.

„Aber das stimmt doch gar nicht. Er hat sich weder seiner Mutter gezeigt, noch hat er mit ihr geredet", erwiderte ich.

„Das wissen wir. Aber der Engelsrat scheint ihm nicht zu glauben", kam es von Nathan.

„Woher wisst ihr eigentlich, dass Sixt bei ihnen ist, oder ist er schon im Himmelreich", fragte ich.

„Der Engelsrat hat es uns mitgeteilt. Nathan und ich sollen nun erst einmal auf dich aufpassen bis geklärt ist, was mit Sixt geschehen soll. Im Moment sitzt er in einer Gefängniszelle, nur dass es im Himmelreich eher ein großes Luxuszimmer mit eigenem Bad ist. Nächste Woche Sonntag findet die Verhandlung statt und dann wird darüber entschieden, ob Sixt wieder auf die Erde zurückdarf, oder ob er ins Himmelreich muss", erklärte Nathan mir.

„Wir werden am Sonntag auch bei der Verhandlung dabei sein und Sixt helfen", sagte Sasha.

„Dann komme ich mit. Sixt hat nur zwei Zeugen, die bestätigen können, dass er sich weder seiner Mutter gezeigt, noch mit ihr gesprochen hat. Ich bin die eine Zeugin und Sally, der Schutzengel von Sixts Mutter ist die andere. Sie war zu dem Zeitpunkt doch auch hier und hat mit Sixt gesprochen. Sie hat ihm sogar versprochen für ihn beim Engelsrat auszusagen, wenn sie es ihm nicht glauben sollten. Und falls sie ihr auch nicht glauben, so kann ich es immer noch bezeugen."

„Das geht leider nicht. Menschen dürfen nicht in den Himmel zumindest nicht, wenn sie noch leben. Der Engelsrat verbietet, dass wir einen Menschen mitnehmen", sagte Nathan und schaute mich entschuldigend an.

„Aber … aber ich muss in den Himmel. Ich bin Sixts einzige Chance", sagte ich und Tränen stiegen mir in die Augen. „Wenn ich nicht für ihn aussage und der Engelsrat Sixt und Sally nicht glaubt, dann muss Sixt ins Himmelreich und ich sehe ihn erst wieder, wenn ich sterbe." Ein Schluchzer entrang sich mir und die Tränen liefen nun meine Wangen entlang. Es war genau das passiert, was ich befürchtet hatte. Der Engelsrat nahm an, dass Sixt Kontakt zu seiner Mutter hatte, und wollte ihn nun im Himmel behalten. Ich würde ihn also wirklich erst wiedersehen, wenn ich sterben würde, wenn Sixt und die anderen es nicht schafften, den Engelsrat von seiner Unschuld zu überzeugen.

„Hey, komm her", sagte Sasha und nahm mich in den Arm. „Wir bringen ihn wieder zurück. Du wirst sehen, es wird alles gut."

„Und was ist, wenn nicht? Was ist, wenn sie ihm und euch nicht glauben", schluchzte ich.

„Das werden sie. Wir werden für ihn aussagen und dann müssen sie ihm einfach glauben", versuchte Sasha mich zu beruhigen.

„Und wie? Ihr wart doch gar nicht hier, als seine Mutter vor der Tür stand."

„Na und. Das weiß der Engelsrat doch nicht. Du musst mit uns nur alles genau durchgehen, wie es abgelaufen ist und mit Sally sprechen wir uns auch ab", kam es von Nathan grinsend.

„Mach dir keine Sorgen. Nächste Woche ist Sixt wieder bei dir", machte Sasha mir Mut.

„Das hoffe ich."

„Jamie, Sixt hat mich gebeten ihm ein paar Sachen zum Anziehen zu bringen. Kannst du ihm welche heraussuchen und in eine Reisetasche packen", bat mich Nathan.

„Ja, natürlich. Dann werde ich ihm auch gleich ein Foto von uns beiden mit einpacken, dann hat er eine Erinnerung an mich."

„Lass das mit dem Foto lieber sein. Falls der Engelsrat dieses findet und auffliegt, dass ihr beiden eine Beziehung habt, könnten die Karten wirklich schlecht für ihn stehen, wieder auf die Erde zu dürfen. Du weißt doch, dass eine Schutzengel-Mensch-Beziehung verboten ist und wir wollen den Engelsrat doch nicht noch drauf stoßen, dass Sixt eine Regel gebrochen hat", sagte Nathan.

„Oh. Nein, das wollen wir auf gar keinen Fall", entgegnete ich.

„Sixt hat die beste Erinnerung an dich, da er dich weiterhin sehen kann", meinte Sasha.

„Er hat seine Schutzengelfähigkeiten also noch." Das war keine Frage von mir, sondern eher eine Feststellung.

„Ja, die hat er noch."

„Gut, dann werde ich ihm mal ein paar Sachen zusammenpacken", sagte ich, stand von der Couch auf und ging ins Ankleidezimmer.

Den nächsten Tag hätte ich am liebsten im Bett verbracht genauso wie den Rest der Woche. Ich hatte die Nacht kaum geschlafen, weil ich mir wahnsinnige Sorgen um Sixt gemacht hatte. Wie sollte ich nur die Woche ohne ihn überstehen? Was wäre, wenn der Engelsrat entschied, ihn nicht wieder zurück auf die Erde zu lassen? Ich müsste mein Leben ohne ihn weiterleben. Aber könnte ich das? Ich liebte ihn so sehr und ein Leben ohne ihn wäre für mich kein Leben mehr.

„Jamie, du musst etwas essen", holte Sasha mich aus meinen Gedanken. Wir saßen alle zusammen in der Mensa an unserem

Stammtisch. Naja alle außer Sixt. Sein Platz neben mir war leer. Wenn es nach mir gegangen wäre, würde ich nun Zuhause sein und wäre gar nicht erst zur Uni gegangen. Aber Sasha und Nathan hatten mich regelrecht dazu gezwungen mitzukommen. Dabei kamen sie mit dem Argument, dass Sixt es nicht gefallen würde, wenn ich seinetwegen in der Uni etwas verpassen würde, wie die Klausur, die wir am Morgen geschrieben hatten. Dabei hätte ich sie beinahe in den Sand gesetzt. Ich hatte, nachdem ich erfahren hatte, wo Sixt war, nicht mehr weitergelernt. Ich konnte mich einfach nicht mehr auf den Lernstoff konzentrieren. Zum Glück hatte Sasha mir geholfen und mir die Antworten zugeflüstert.

„Ich habe keinen Hunger", sagte ich und schob das Tablett, welches vor mir auf dem Tisch stand und auf dem sich ein Käsebaguette befand, ein Stück von mir weg.

„Das wird Sixt nicht gefallen, wenn er davon erfährt", grinste Nathan.

„Ich weiß", erwiderte ich. Sixt war sehr darauf bedacht, dass ich regelmäßig aß. Wir hatten schon einige Diskussionen aufgrund meines Essverhaltens gehabt. „Warum dauert es eigentlich so lange bis zu der Verhandlung? Kann sie nicht früher stattfinden?" Diese Fragen hatte ich mir in den letzten Stunden oft gestellt. Warum dauerte es eine Woche, bis die Verhandlung stattfand. Umso eher die Verhandlung war, desto eher würde Sixt zurückkommen. Zumindest hoffte ich das.

„Elias, einer der drei Engelsratsmitglieder, hätte viel zu tun und deswegen wurde der Termin auf Sonntag gelegt", beantwortete Sasha mir meine Fragen.

„Müssen denn alle drei Mitglieder bei dieser Verhandlung dabei sein? So könnte sie doch eher stattfinden und Sixt könnte eher nach Hause kommen", wollte ich wissen.

„Nein, bei den Verhandlungen müssen alle drei Ratsmitglieder anwesend sein, damit keiner von ihnen bei einer Entscheidung übergangen wird", erklärte Timothy mir.

„Ach so. Schade", sagte ich enttäuscht und der kleine Hoffnungsschimmer, den ich gehabt hatte, Sixt vielleicht doch eher wieder bei mir zu haben verschwand.

„Hey, Kopf hoch. Du wirst sehen, ehe du dich versiehst, ist die Woche vergangen und Sixt kommt zurück", versuchte Sasha mir Mut zu machen.

103

„Ich hoffe, dass er zurückkommt und nicht ins Himmelreich geschickt wird", seufzte ich.

„Das wird er nicht. Der Engelsrat hat gar keinen Grund ihn dorthin zu schicken. Sie werden ihm glauben, dass er keinen Kontakt zu seiner Mutter hatte und ihn wieder auf die Erde schicken", sagte Sasha zuversichtlich. Ich konnte nur hoffen, dass sie recht behielt.

„Woher wusste der Engelsrat eigentlich, dass Sixts Mutter bei uns gewesen war", wollte ich wissen.

„Das wissen wir auch nicht. Der Engelsrat hat uns dazu nichts gesagt."

„Wissen sie denn, dass Tobin es war, der Sixts Mutter erzählt hat, dass ihr Sohn noch leben würde", fragte ich.

„Ja, das hat Sixt ihnen gesagt. Trotzdem glauben sie, dass Sixt diese Situation genutzt hat, um Kontakt zu seiner Mutter zu haben."

„So wie ihr vom Engelsrat berichtet, weiß ich jetzt schon, dass ich diese Herren nicht leiden kann und wenn ich ihnen mal gegenüberstehen würde, müsste ich aufpassen, dass ich nichts Falsches sage", murrte ich.

„Sie sind hart aber fair", sagte Timothy.

„Hart sind sie. Fair aber auf keinen Fall, sonst würden sie Sixt nicht im Himmel festhalten", erwiderte ich.

„Sie werden ihn gehen lassen. Du wirst sehen. So und jetzt komm, unser nächster Kurs fängt gleich an", sagte Sasha und stand auf. Ich hatte eigentlich gar keine Lust zu dem Kurs zu gehen. Ich stand trotzdem auf, da ich wusste, dass Sasha mich sonst dorthin schleifen würde. Mit ihr zusammen brachte ich mein Tablett weg und ging zu unserem Kursraum.

„Ist Sixt heute gar nicht da", fragte Monica, als wir gerade in den Kursraum gingen. Die hatte mir gerade noch gefehlt.

„Nein, er muss heute etwas erledigen. Ich darf es ja eigentlich nicht sagen, aber es ist eine Überraschung für Jamie, die sie zur Hochzeit bekommen soll", flüsterte Sasha ihr zu, aber so laut, dass ich es verstehen konnte. Ich musste grinsen, dass Sasha unsere Hochzeit mit Absicht erwähnte, um Monica zu ärgern.

„Ach so. Naja, ob Jamie überhaupt in ein Brautkleid passen wird, wenn sie so weiter isst. Sie hat ganz schön zugenommen", sagte sie und ging an uns vorbei. Sie war so ein gehässiges Miststück. Ja, ich hatte etwas zugenommen, aber es waren nur drei Kilo und sehen konnte man sie nicht. Ich war allerdings auch mit meiner Figur zufrieden und würde jetzt nicht, durch ihren Kommentar zum Magermodell werden.

„Lass dich nicht ärgern. Du bist nicht dick. Soll sie erst mal abwarten, denn wenn ihre Schwangerschaft weiter fortschreitet, wird sie in ihre Sachen nicht mehr hereinpassen."

„Aber ob ich das Brautkleid überhaupt brauche, ist doch die Frage. Wenn Sixt nicht zurückkommt, wird es auch keine Hochzeit geben."

„Sixt wird zurückkommen und ihr werdet auch heiraten. So und nun lass uns in den Saal gehen. Der Professor kommt gerade und die Vorlesung wird gleich beginnen", drängte Sasha und zog mich mit in den Saal.

Am nächsten Tag stand ich nachmittags im Laden. Ich versuchte mir meine schlechte Laune nicht anmerken zu lassen. Ich hatte gar keine Lust zu arbeiten und hätte mich lieber Zuhause in meinem Zimmer verkrochen. Doch ich musste arbeiten gehen.

„Hallo Jamie", grüßte mich Sasha, die in den Laden gekommen war. Sie war eigentlich da, um auf mich aufzupassen, allerdings verbannt sie es wieder einmal mit einem Shoppingausflug im Laden.

„Hallo Sasha. Was kann ich für dich tun", tat ich überrascht, als wenn ich gar nicht damit gerechnet hätte, dass sie in die Boutique zum Shoppen kam.

„Ich bräuchte mal wieder ein neues Outfit. Ich habe Zuhause nichts mehr zum Anziehen", sagte sie und ging auch gleich zu dem ersten Kleiderständer.

„Nein, nur nicht", kam es von Nathan leise, der unsichtbar bis Sasha kam, um ihn abzulösen, auf mich aufgepasst hatte.

„Habe ich auch nicht. Du kannst jetzt gehen. Ich passe jetzt auf", zischte sie leise.

„Ich bin gespannt, mit wie vielen Tüten du nachher nach Hause kommst. Ich bin dann mal weg. Bis später", sagte Nathan.

„Endlich. So jetzt kann ich in Ruhe shoppen. Also was habt ihr denn an neuer Mode?"

„Wir haben letzte Woche erst eine neue Kollektion hereinbekommen. Da ist bestimmt etwas für dich dabei, was dir gefallen wird", sagte ich und führte sie zuerst zu dem Tisch, worauf neue Shirts lagen.

„Die sehen sehr gut aus. Meinst du, das Grüne würde mir stehen", fragte sie und hielt sich ein grünes Shirt an.

„Ich würde sagen, es steht dir."

„Ich probiere es gleich mal an und das Orangenfarbene nehme ich auch mit", sagte sie. Wir gingen zu der Umkleidekabine, wo Sasha in eine hineinging. Einige Minuten später kam sie wieder aus der Kabine und präsentierte sich in dem grünen Shirt.

„Das steht dir sehr gut."

„Danke. Ich glaube, das nehme ich auch. Ich probiere aber eben noch das orangene an." Sie ging wieder in die Kabine, um sich umzuziehen. Kurz darauf zeigte sie mir auch das orangene Shirt, welches ihr ebenfalls sehr gut stand.

„Ich bräuchte dazu jetzt noch eine neue Hose."

„Na dann schauen wir doch mal." Sasha zog sich schnell um und trat aus der Kabine. Wir gingen zu einem Regal mit verschiedenen Jeanshosen und suchten nach einer passenden Farbe und Größe.

„Die hier sieht gut aus und passt zu den beiden Shirts", sagte sie und ging wieder in die Anprobe. Nach einigen Minuten kam sie wieder heraus und zeigte mir die Jeans, die sie anhatte.

„Die Jeans steht dir. Die solltest du nehmen."

„Ja, das werde ich auch", sagte sie und verschwand wieder in der Kabine. Als sie wieder herauskam, nahm ich ihr die Hose ab, damit sie die Hände freihatte, falls sie sich noch etwas anschauen wollte. Ich kannte Sasha und ich wusste, dass sie noch nicht fertig war. Als Nächstes schaute sie sich die Blusen an, probierte auch von denen eine an und trat anschließend wieder in ihren Klamotten aus der Kabine.

„So jetzt habe ich alles", verkündete sie und wir gingen zur Kasse. Ich tippte alles in die Kasse ein und sie bezahlte. „Ich komme gleich wieder unsichtbar zu dir. Ich bringe nur schnell die Tüte ins Auto", flüsterte sie mir zu, als ich ihr die Einkaufstüte reichte.

„Ja ist gut. Bis gleich." Ich schaute auf die Uhr. Zweieinhalb Stunden hatte ich nun Sasha beraten. So verging zumindest die Zeit. Die restliche Zeit bis zum Feierabend verbrachte ich damit, eine Mutter mit ihren zwei Kindern im Teenageralter zu beraten. Die Mutter hatte es mit ihrer Tochter und ihrem Jungen nicht leicht, die zu allem, was die Mutter ihnen an Kleidung zeigte, Nein sagten. Die Tochter suchte sich einen viel zu kurzen Rock aus und diskutierte lautstark mit ihrer Mutter im Laden darüber, dass sie ihn in der Schule anziehen wollte. Sasha lachte leise, als sie mitbekam, wie ich die Augen bei dieser Diskussion verdrehte. Sie wollte ebenfalls ein bauchfreies Shirt haben, welches wir, da es noch kein Sommer war, noch nicht im Programm hatten. Sie kam auf die Idee ein Shirt, welches sie sich ausgesucht hatte, einfach bauchfrei zu schneiden. Auch darüber wurde eine lautstarke Diskussion geführt. Bei dem Jungen war es nicht anders. Er wollte eine Jeans, die er auf Halbmast tragen konnte. Und wieder gab es eine Diskussion darüber, dass er eine Hose bekommen sollte, die er auch normal tragen sollte. Mir war es schon etwas peinlich, denn die anderen Kunden schauten die ganze Zeit zu uns herüber. Ich war wirklich froh, als die Familie endlich fertig war und ich mit ihnen zusammen zur Kasse ging. Die Mutter bezahlte die Sachen, welche die Töchter sich ausgesucht hatten und ich packte sie in eine Tüte.

„Auf Wiedersehen", verabschiedete sich die Frau und verließ mit ihren beiden Kindern die Boutique.

„Jamie, du kannst jetzt Feierabend machen", sagte Mrs. Evans. Ich schaute auf die Uhr und sah, dass es kurz vor halb acht war.

„Ich glaube, nach dieser Familie brauche ich den Feierabend auch", lachte ich.

„Den hast du dir wirklich verdient. Die Mutter tat mir aber schon leid mit zwei Teenagern."

„Ich wäre schon bei der ersten Diskussion mit ihnen wieder aus dem Laden gegangen. Den Stress hätte ich mir nicht angetan", sagte ich.

„Nein, ich auch nicht. Das hat es bei meinen beiden Kindern auch nicht gegeben." Ich ging in den Aufenthaltsraum, zog meine Jacke an, nahm meine Tasche und ging wieder zurück in den Laden.

„Tschüss, bis Donnerstag", verabschiedete ich mich.

„Tschüss Jamie", erwiderte Mrs. Evans und ich verließ den Laden. Ich setzte mich in mein Auto, wo Sasha schon auf mich wartete, die mit mir nach Hause fuhr.

Zwei Tage später saß ich abends nach der Arbeit bei meinen Eltern am Esstisch zum Essen. Die letzten Tage waren schrecklich gewesen. Ich war es nicht gewöhnt, dass Sixt nicht bei mir war und ich vermisste ihn schrecklich.

„Wo ist Sixt eigentlich", fragte mich Leslie, die mit ihrem Freund Greg ebenfalls zum Essen bei meinen Eltern war.

„Er ist auf einer Studienreise in England", erwiderte ich. Diese Lüge hatte ich auch meinen Eltern erzählt. Schließlich konnte ich ihnen die Wahrheit nicht sagen.

„Cool, da möchte ich auch mal hin. Wie lange bleibt er denn dort", wollte sie nun wissen.

„Drei Wochen", log ich und stocherte in meinem Essen herum. Meine Mutter hatte Lasagne gemacht. Sie schmeckte wie immer sehr gut. Trotzdem hatte ich keinen allzu großen Hunger. Nathan hatte mich einen Tag zuvor beim Abendessen gezwungen etwas zu essen. Er hatte mir gedroht mich zu füttern, wenn ich nicht mindestens die Hälfte vom Essen, welches sich auf dem Teller befand, aß. Ich tat es gezwungener Maßen, weil ich nicht von ihm gefüttert werden wollte.

„Die erste Woche ist doch schon fast um. Du wirst sehen, die nächsten zwei Wochen werden auch schnell vergehen und dann kommt Sixt zurück", sagte meine Mutter und streichelte aufmunternd über meinen Arm. Ich hatte mit Absicht gesagt, dass Sixt drei Wochen weg wäre, falls er doch nicht am Sonntag nach Hause käme und es noch eine Verhandlung geben würde, damit es nicht auffiel, dass er nicht da wäre. Allerdings hoffte ich, dass Sixt am Sonntag wiederkam. In dem Fall würde ich mir eine glaubwürdige Ausrede einfallen lassen, warum er schon wieder von seiner Studienreise zurück wäre. Eigentlich war es egal gewesen, ob ich eine oder drei Wochen gesagt hatte. Ich hatte meine Familie mal wieder belügen müssen und so etwas mochte ich gar nicht. Aber mir blieb nichts anderes übrig, weil sie die Wahrheit nicht erfahren durften.

„Genieße doch einfach die männerfreie Zeit. Weißt du was? Ich komme nächste Woche zu dir und wir machen einen Mädchen-/Schwesternnachmittag", schlug Leslie mir enthusiastisch vor und hüpfte aufgeregt auf dem Stuhl hin und her.

„Ja, das können wir gerne machen", erwiderte ich.

„Oh, das wird so toll. Ich sage dir dann noch Bescheid, wann ich kann. Oder warte, wie wäre es am Mittwoch? Da habe ich nichts vor", fragte sie.

„Mittwoch wäre gut", stimmte ich zu.

Nach dem Essen schrieb ich Sasha eine SMS, dass ich nach Hause fahren würde. Sie würde unsichtbar in meinem Wagen auf mich warten. Die Schutzengel hatten Tobin noch nicht geschnappt und so blieben die Sicherheitsmaßnahmen bestehen. Allerdings hatte sich Tobin in den letzten Wochen nicht mehr blicken lassen. Niemand hatte ihn gesehen und er ließ mich im Moment in Ruhe. Die Schutzengel trauten dem Ganzen nicht und niemand von ihnen glaubte, dass Tobin sein Interesse an mir verloren hatte und mich nun in Ruhe lassen würde. Ich selbst glaubte auch nicht daran.

Sonntag! Der Tag der Verhandlung. Endlich war es soweit und ich hoffte so sehr, dass Sixt nach Hause kommen konnte.
„Ich möchte mitkommen", sagte ich zu Sasha, als sie mit Nathan und Timothy im Flur stand und kurz vor dem Aufbruch war.
„Das geht leider nicht. Du weißt doch, der Engelsrat erlaubt keine Menschen im Himmel", erwiderte sie.
„Bitte, ich muss mit. Ich muss für Sixt aussagen. Bitte", flehte ich sie an.
„Es tut mir leid, Jamie. Aber es geht wirklich nicht. Außerdem können wir nicht riskieren, dass der Engelsrat von eurer Beziehung Wind bekommt und das würde passieren, wenn du mitkämst. Sie würden denken, dass ihr zusammen wärt, was ihr ja auch seid, aber das wissen sie ja nicht. Aber es sehe für Sixt gar nicht gut aus, und ob er dann zurück auf die Erde dürfte, ist eher fraglich, weil wie du weißt, ist es den Schutzengeln verboten Beziehungen mit Menschen einzugehen."
„Ja, ich weiß", murrte ich.
„Siehst du", sagte Sasha, schaute mich mit einem entschuldigenden Blick an und verschwand mit den anderen. Ich war wütend und auch ein klein wenig enttäuscht darüber, dass sie mich nicht mitgenommen hatten. Ich wollte Sixt doch mit meiner Aussage helfen. Wer wusste schon, ob der Engelsrat den Schutzengeln überhaupt glauben würde. Natürlich wollte ich nicht, dass sie meinetwegen vom Engelsrat Ärger bekamen. Ich hätte die Schuld einfach auf mich genommen. Mich hätten sie nicht bestrafen können, denn ich war kein Schutzengel und diente ihnen nicht. Aber andererseits hatte Sasha recht. Der Engelsrat durfte nicht wissen, dass Sixt mit mir zusammen war, da eine Schutzengel-Mensch-Beziehung verboten war.
„Hey Jamie, mach dir keine Sorgen. Die Verhandlung wird gut ausgehen und sie werden Sixt mit nach Hause bringen", sagte Anastasia, die aus dem Wohnzimmer in den Flur gekommen war, und legte mir einen Arm um die Schulter. Sie und Brian passten auf

Maya und mich auf, solange die anderen bei der Verhandlung waren.

„Und was ist, wenn nicht? Was ist, wenn der Engelsrat Sixt nicht glaubt? Wenn Sixt im Himmel bleiben muss, dann werde ich ihn erst wiedersehen, wenn ich sterbe", erwiderte ich und Tränen bildeten sich in meinen Augen. Ich hatte schon darüber nachgedacht, was ich tun würde, wenn Sixt ins Himmelreich musste. Ohne ihn leben, konnte ich nicht, denn schließlich war er zu meinem Leben geworden. Aber konnte ich mich selbst umbringen? Würde ich mich so etwas überhaupt trauen? Ich wusste es nicht. Würde Sixt auf mich warten, wenn ich mein Leben bis zum Schluss zu Ende leben würde? Würde er mich dann überhaupt noch wollen, wenn ich alt und schrumpelig wäre? Na gut nach dem Tod durfte man sein Aussehen etwas verändern, indem man einige Jahre jünger werden würde. Aber was wäre, wenn Sixt im Himmelreich jemand anderes kennenlernen und sich in sie verlieben würde? Oh mein Gott, was wäre, wenn er mich vergessen würde?

„Die anderen werden schon alles tun, damit Sixt freigesprochen wird und wieder auf die Erde darf", riss mich Anastasia aus meinen Gedanken. „Komm, Maya und Brian wollen Billard spielen. Lass uns mitspielen. Das wird dich etwas ablenken", schlug sie vor. Ich konnte im Moment sowieso nichts tun und damit die Wartezeit, bis die Schutzengel zurückkamen, schnell verging, stimmte ich zu.

„Wir sind wieder da." Als ich Sashas Stimme aus dem Wohnzimmer hörte, ließ ich sofort den Billardqueue fallen und lief zu ihr.

„Wo ist er", fragte ich sie und schaute mich um. Aber ich konnte Sixt weder im Wohnzimmer noch im Flur entdecken. Waren sie etwa ohne Sixt zurückgekehrt? Hatte er die Verhandlung verloren und musste nun ins Himmelreich?

„Setz dich bitte. Wir müssen mit dir reden", sagte Sasha und führte mich zur Couch, auf die wir uns setzten.

„Was ist los? Wo ist Sixt", fragte ich und blickte mich noch einmal um in der Hoffnung, dass er doch noch aufgetaucht war. Aber er war nirgends zu sehen.

„Wir konnten Sixt leider noch nicht mitbringen", kam es von Timothy, der mich entschuldigend ansah.

„Aber warum denn nicht", wollte ich wissen und Angst stieg in mir auf, dass Sixt ins Himmelreich geschickt wurde und er nicht mehr zurückkam.

„Der Engelsrat hat zwar eingesehen, dass Sixt unschuldig ist und keinen Kontakt zu seiner Mutter hatte, aber sie haben herausgefunden, dass er mit einem Menschen eine Beziehung führt, also mit dir. Somit hat er eine Regel gebrochen", erklärte Sasha mir.

„Und was heißt das jetzt? Muss ... muss er jetzt ins ... Himmelreich", fragte ich mit einem dicken Kloß im Hals und Tränen sammelten sich in meinen Augen. Ich hatte so sehr gehofft, dass Sixt nach Hause kommen würde und nun würde ich ihn nicht mehr wiedersehen.

„Wenn es nach dem Engelsrat gehen würde, dann müsste Sixt ins Himmelreich", sagte Nathan.

„Nein", schrie ich und sprang von der Couch auf. „Nein, dass dürfen sie nicht tun. Sie dürfen ihn nicht ins Himmelreich schicken, denn dann sehe ich ihn doch nie wieder." Ich schluchzte auf und nun liefen die Tränen in Strömen meine Wangen entlang.

„Hey Kleine, sie werden ihn nicht ins Himmelreich schicken", versuchte Nathan mich zu beruhigen und nahm mich in den Arm.

„Woher weißt du das", fragt ich und schaute zu ihm auf.

„Sixt hat dem Engelsrat einen Deal vorgeschlagen."

„Und wie sieht dieser Deal aus?"

„Versprich mir erst, dass du jetzt nicht ausflippst und mir bis zum Ende zuhörst", kam es von Nathan. Was sollte das denn jetzt? Warum sollte ich ausflippen? Mir schwante nichts Gutes.

„Ja, ich verspreche es und nun erzähl schon", drängte ich und löste mich aus seinen Armen.

„Also der Deal sieht folgendermaßen aus. Sixt darf wieder als Schutzengel zurück auf die Erde und dafür beendet er eure Beziehung."

„Er tut was", fragte ich entsetzt nach. Er wollte wirklich unsere Beziehung beenden, damit er zurück auf die Erde durfte? Ich dachte, er würde mich lieben. Aber wenn es der einzige Weg war, wieder auf die Erde zu dürfen, dann musste er es wohl tun. Ich wollte, dass Sixt glücklich war und das wäre er eher hier auf der Erde bei seinen Freunden, als im Himmelreich. Trotzdem würde es mir das Herz brechen, wenn Sixt die Beziehung beenden würde.

„Du hast mir versprochen bis zum Ende zuzuhören", ermahnte mich Nathan.

„Ist ja schon gut", erwiderte ich.

„Gut. Also, er schlug dem Engelsrat vor, dass er die Beziehung mit dir beendet und wieder auf die Erde dürfte. Sie sollten doch eine Ausnahme machen, da er damals mitgeholfen hat, den Engelspräsidenten vor Tobin, Luzia und Gregory zu beschützen. Wenn wir nicht gewesen wären, hätten sie den Engelspräsidenten gestürzt, wie du weißt. Deswegen will Tobin ja immer noch Rache an uns nehmen, da er dadurch zum gefallenen Engel wurde. Begeistert sind sie zwar nicht von dem Deal, aber sie mussten zustimmen, dass er mit uns zusammen den Engelspräsidenten beschützt hatte und weil sie ihn wegen des Kontaktes zu seiner Mutter zu Unrecht beschuldigt haben, wollen sie es sich überlegen, obwohl Elias nicht dafür ist. Er wollte Sixt sofort ins Himmelreich schicken. Allerdings braucht er dafür die Zustimmung der anderen beiden und die möchten es sich überlegen. Die Verhandlung beziehungsweise die Urteilsverkündung haben sie für Sonntag in zwei Wochen angesetzt. So und nun kommt das Wichtigste an der Sache. In Wirklichkeit wird Sixt die Beziehung mit dir nicht beenden. Er liebt dich dafür zu sehr und würde so etwas nie tun. Allerdings müsst ihr eure Beziehung dann für das Erste geheim halten, wobei ich nicht glaube, dass der Engelsrat extra auf die Erde kommen wird, um zu kontrollieren, ob Sixt sich auch an den Deal hält. Vielleicht in der ersten Zeit, aber danach nicht mehr. Sie haben zu viel zu tun, als Sixt zu kontrollieren", erklärte mir Nathan.

„Das heißt, Sixt wird nicht mit mir Schluss machen und kann wieder auf die Erde zurück", hakte ich nach.

„Nein, er wird nicht mit dir Schluss machen und ja er kann wieder zurückkommen, wenn der Engelsrat dem Deal zustimmt", erwiderte Nathan.

„Warum dauert es denn noch zwei Wochen bis zu der Entscheidung", wollte ich wissen, denn ich fragte mich, warum der Engelsrat so lange für eine Entscheidung bräuchte.

„Das ist Elias Schuld. Aus irgendeinem Grund will er anscheinend nicht, dass Sixt zurück auf die Erde kommt, und hat den Termin so lange hinausgezögert. Agron hatte zwar auch erst etwas gegen den Deal, aber ihn konnte Sixt mit dem Argument, dass er dem Engelspräsidenten geholfen hatte, zumindest überzeugen, dass er es sich überlegt", erklärte Timothy.

„Würde Sixt denn mein Schutzengel bleiben?"

„Das ist auch noch nicht entschieden. Aber wenn er nicht mehr dein Schutzengel sein darf, habe ich dem Engelsrat angeboten mit Sixt den Schützling zu tauschen. So hast du keinen fremden Schutzengel. Ich hoffe, du hättest nichts dagegen", sagte Sasha. „Nein, natürlich nicht. Du kannst gerne mein Schutzengel werden. Ich hätte auch lieber jemanden aus meinem Freundeskreis als Schutzengel, wenn Sixt es nicht mehr sein darf, als jemand Fremdes, wo vielleicht noch die Gefahr bestehen könnte, dass er Sixt und mich beim Engelsrat verrät. Euch vertraue ich, dass ihr es nicht tun würdet", entgegnete ich.

„Das freut mich zu hören. Mich würde aber mal interessieren, woher der Engelsrat überhaupt von eurer Beziehung weiß", erwiderte Sasha.

„Das frage ich mich auch. Elias hat nur gesagt, dass ihm zu Ohren gekommen ist, dass Sixt eine Beziehung zu einem Menschen hat. Auf die Frage, wer es ihm denn gesagt hat, hat er nur gesagt, dass es egal sei", kam es von Timothy.

„Mir fallen da gleich zwei Leute ein, die Sixt und mich auseinanderbringen wollen", sagte ich. Da musste ich gar nicht groß überlegen. „Erstens Monica, aber sie weiß nicht, dass Sixt ein Schutzengel ist, und könnte es so auch nicht dem Engelsrat verraten. Allerdings glaube ich nicht, dass sie uns verraten hätte, denn sie will Sixt, und wenn er ins Himmelreich müsste, hätte sie nichts davon. Der Zweite ist Tobin. Bei ihm kann ich es mir sehr gut vorstellen, denn so hätte er Sixt aus dem Weg geräumt, um an mich heranzukommen. Er war es ja auch, der Sixts Mutter erzählt hatte, dass ihr Sohn noch leben würde. Nur deshalb kam sie ja bei uns vorbei und Tobin dachte, wenn der Engelsrat davon erfährt, würden sie Sixt ins Himmelreich schicken."

„Dann wäre nur die Frage, wie er es dem Engelsrat verraten hat, denn er kann nicht mehr in den Himmel", überlegte Timothy.

„Vielleicht hat er unter den Schutzengeln noch einen Vertrauten, der es dem Engelsrat mitgeteilt hat", sagte Anastasia.

„Das kann ich herausfinden", sagte ich und hatte schon einen Plan. „Du wirst dich nicht mit Tobin treffen", wandte sich Sasha mit ernster Miene an mich. So ein Mist. Sie hatte meinen Plan gleich durchschaut. Ich hatte mir überlegt mich mit ihm an einem gut besuchten Ort zu treffen und zu versuchen durch ihn herauszubekommen, wie er Sixt und mich verraten hatte. So wie ich ihn kannte, hätte er es mir gerne und mit einem fetten siegessicheren Grinsen im Gesicht erzählt.

„Warum denn nicht? Das Treffen würde an einem gut besuchten Ort stattfinden. So könnte er mir nichts tun", erklärte ich ihr.

„Das ist zu gefährlich. Wahrscheinlich würde er versuchen dich von dem Ort wegzulocken, sodass er dich verschleppen könnte. Nathan und ich passen zwar im Moment auf dich auf, aber wir können dich nicht sehen, wenn du in Gefahr bist oder wo du dich befindest, weil wir nicht deine offiziellen Schutzengel sind. Er wird auch nicht alleine kommen, da er hinter dem Treffen eine Falle vermuten wird. Wenn wir ebenfalls vor Ort wären, was natürlich der Fall wäre, denn du würdest nicht alleine zu dem Treffen gehen, könnte es passieren, dass wir von seinen Begleitern abgelenkt werden, sei es durch einen Kampf oder welchen Plan sich Tobin auch immer überlegen würde und wir könnten dich nicht beschützen", sagte Sasha.

„Ach so. Ich wusste nicht, dass ihr mich nicht sehen könnt. Aber irgendwie müssen wir doch versuchen herauszubekommen, ob er es war, der uns verraten hat", seufzte ich enttäuscht darüber, dass mein Plan nicht funktionieren würde, denn ich hatte wirklich angenommen, dass sie mich sehen konnten, wenn ich in Gefahr wäre und mich so retten würden.

„Wir werden uns etwas überlegen, wie wir es herausbekommen können. Ich soll dir übrigens noch von Sixt ausrichten, dass er dich liebt und das die Hochzeit auf jeden Fall stattfinden wird", sagte Sasha und umarmte mich. „Du wirst sehen, alles wird gut."

„Das hoffe ich", erwiderte ich.

Kapitel 7

Am Montagabend saß ich alleine in meinem Zimmer auf der Couch und zappte durch die Fernsehkanäle. Chocolate und Paulchen, dessen Käfig Tag und Nacht offen war, damit sie jederzeit herauskonnten, sprangen vergnügt im Zimmer herum. Noch immer war den Schutzengeln nichts eingefallen, wie sie herausbekommen konnten, ob Tobin etwas mit dem Verrat zu tun hatte. Mein Handy klingelte. Ich nahm es vom Tisch und schaute auf das Display. Es zeigte nur -Unbekannter Anruf- an.

„Ja", meldete ich mich.

„Hallo Jamie", schnurrte eine mir allzu bekannte Stimme. Tobin! Na der kam mir gerade recht.

„Was willst du? Reicht es nicht, dass Sixt deinetwegen im Himmel ist", polterte ich los. Oh, ich war so wütend.

„Das ist genau das, was ich will", sagte er und ich hörte sein hämisches Grinsen aus seiner Stimme heraus.

„Wie hast du das gemacht? Wie hast du uns an den Engelsrat verraten und woher wussten sie, dass Sixts Mutter bei uns war, die du zu uns geschickt hast?"

„Ach weißt du Schätzchen, mit ein bisschen familiärer Hilfe geht alles. Und nun zu deiner Frage. Was ich will, ist doch ganz klar. Ich will dich!"

„Vergiss es. Du wirst mich nie bekommen", zischte ich.

„Das werden wir noch sehen. Jetzt wo Sixt aus dem Weg ist, habe ich doch freie Bahn und du wirst zu mir zurückkommen", sagte er selbstsicher.

„Das werde ich nie im Leben und auch nicht darüber hinaus. Außerdem wer sagt denn, dass Sixt nicht doch wieder auf die Erde darf", fragte ich, war aber sehr darauf bedacht ihm nicht Sixts Plan zu verraten. Ich wollte schließlich nicht, dass Tobin den Plan verriet und Sixt nicht mehr zurückdurfte.

„Mach dir keine Hoffnungen, Jamie. Dein Sixt wird nicht zurückkommen. Dafür habe ich gesorgt."

„Wie meinst du das, du hast dafür gesorgt? Und was für eine familiäre Hilfe hattest du? Wer ist deine familiäre Hilfe", wollte ich von ihm wissen.

„Komm freiwillig zu mir und ich erzähle es dir."

„Das hättest du wohl gerne. Vergiss es. Ich werde nicht zu dir kommen."

„Dann werde ich dich eben holen kommen."

„Versuch es doch", provozierte ich ihn.

„Oh das werde ich auch. Du kannst deinen Beschützern sagen, dass sie nicht immer bei dir sein können. Und dann gehörst du mir."

„Ich werde nie dir gehören und jetzt lass mich endlich in Ruhe", knurrte ich und legte auf. Naja ein Gutes hatte dieses Gespräch. Ich wusste nun, dass Tobin uns beim Engelsrat verraten hatte und Hilfe hatte. Wer auch immer diese familiäre Hilfe war. Aber das würde ich noch herausfinden. Ich stand von der Couch auf und ging hinunter ins Erdgeschoss, wo ich die anderen ins Wohnzimmer rief.

„Was ist los", fragte Sasha neugierig, als sie sich zu mir auf die Couch setzte. Die anderen waren ebenfalls im Wohnzimmer eingetroffen und nahmen auf der Couch platz.

„Ich habe Neuigkeiten, was Tobin und seinem Helfer betrifft. Er hat mich gerade mal wieder angerufen, und nachdem ich ihn gefragt habe, wie er es schaffen will, dass Sixt ins Himmelreich muss, sagte er, dass er familiäre Hilfe hätte, die dafür sorgen würde, dass er nicht mehr auf die Erde zurückdarf. Wer es genau ist, wollte er mir nur verraten, wenn ich zu ihm zurückgehe, was ich auf keinen Fall tun werde", berichtete ich ihnen.

„Das ist interessant. Familiäre Hilfe! Wer kann das nur sein", überlegte Timothy.

„Vielleicht ein Mitglied des Engelrates", mutmaßte ich.

„Das glaube ich nicht. Der Engelrat hat ihn damals aus dem Himmel verbannt. Wenn es wirklich einer von ihnen wäre, hätte derjenige doch alles dafür getan, dass Tobin nicht verbannt worden wäre. Auszuschließen ist es natürlich nicht, wäre nur die Frage, warum er dann zur Verbannung zugestimmt hat", sagte Sasha.

„Vielleicht hatte er keine Wahl. Die anderen Mitglieder durften doch nicht wissen, dass er mit Tobin verwandt ist", entgegnete ich.

„Da hast du auch wieder recht. Auf jeden Fall kann uns diese Information schon einmal helfen Sixt zurückzuholen. Jetzt wäre es aber noch hilfreich zu wissen, wer es ist und inwiefern er mit Tobin verwandt ist", sagte Sasha.

„Wir können Tobin aber auch erledigen und dann brauch der Verwandte ihm keinen Gefallen mehr zu tun und kann Sixt wieder auf die Erde lassen", schlug Nathan grinsend vor.

„Die Variante gefällt mir natürlich noch am besten. So habe ich meine Ruhe, Sixt ist wieder Zuhause und Maya und ich haben unsere Freiheit wieder", kam es von mir.

„Na dann lasst uns mal auf die Suche gehen", rief Nathan und sprang von der Couch auf.

Am Mittwochnachmittag kam Leslie zu unserem Mädchen-/Schwesternnachmittag vorbei. Meine Recherchen zu Tobins Helfer hatte noch nichts ergeben. Ich hatte Jesse, Bradley und Brian gefragt aber sie konnten mir leider nicht helfen. Selbst Anastasia, die Tobins Schutzengel zu der Zeit, als er sich in Matt verwandelt hatte, gewesen war, hatte ihn nie über seine Familie sprechen hören, oder mitbekommen, dass er sich mit einem Familienmitglied getroffen hatte. Es war damals ganz schön seltsam gewesen, dass sie von einem gefallenen Engel der Schutzengel gewesen war. Die anderen hatten es als ein Fehler vom Engelsrat abgetan. Aber war es wirklich ein Fehler gewesen, oder hatte der Verwandte etwas damit zu tun und wollte damit vertuschen, dass Tobin wieder auf der Erde war? Dann hatte er bestimmt auch etwas damit zu tun gehabt, dass Tobin, Luzia und Gregory aus der Hölle geflohen waren. Ich hatte schon überlegt, ob Tobin mir früher mal etwas über seine Familie erzählt hatte, als wir noch zusammen waren. Aber er war mir immer ausgewichen, als ich auf seine Familie zu sprechen kam. Er hatte immer gesagt, dass seine Eltern tot wären und er keine Geschwister hätte. Mehr hatte ich nicht aus ihm herausbekommen. Auch die anderen hatten noch nichts herausgefunden, wer es sein könnte. Den Abend zuvor hatten sie Tobin bei ihrer Suche leider nicht gefunden.

„Hey Jamie, ich habe einige DVDs für unseren Mädchennachmittag mitgebracht, die wir gucken können. Keine Angst, es sind keine Liebesfilme. Ich weiß doch, dass du die nicht so gerne schaust. Ich habe Komödien mitgebracht, damit die dich etwas von Sixt ablenken und deine Laune etwas aufheitern", sagte Leslie, als sie, nachdem ich ihr die Haustür geöffnet hatte, ins Haus kam.

„Das hört sich gut an und dazu gibt es Popcorn."

„Natürlich. Das gehört zum DVD schauen dazu."

„Na dann auf in die Küche", erwiderte ich. Wir gingen in die Küche, wo ich eine Popcornpackung aus dem Schrank nahm und sie in die Mikrowelle legte.

„Wie läuft es in der Uni", fragte ich meine Schwester und schaltete die Mikrowelle ein.

„Gut. Bis jetzt ist der Lernstoff einfach. Zumindest fällt es mir leicht."

„Na das hört sich doch gut an. Und wie kommst du mit den anderen Studenten klar?"

„Soweit gut. Es sind nette Leute dabei und mit einigen habe ich mich schon angefreundet. Kennst du eigentlich den neuen Professor, der seit dem Sommer an der Uni ist? Mr. Garcia heißt er und er ist ein richtig heißer Schnuckel. Ich habe einen Kurs bei ihm und muss mich richtig anstrengen dem Unterricht zu folgen, um ihn nicht die ganze Zeit anzusehen", grinste Leslie.

„Ich glaube, ich habe ihn schon mal gesehen. Naja nur halb, denn er war von Studentinnen umgeben, die ihn anschmachteten. Hat er ein südländisches Aussehen und schwarze gelockte Haare?"

„Ja genau das ist er und sein Körper müsstest du erst einmal sehen", schwärmte Leslie.

„Und was ist mit Greg", fragt ich schmunzelnd.

„Na er ist meine Nummer eins, da kommt auch ein Mr. Garcia nicht heran. Ein bisschen schwärmen wird ja wohl noch erlaubt sein. Aber davon abgesehen hat Mr. Garcia eine Freundin. Sie hat ihn letzte Woche von der Uni abgeholt und ich habe gesehen, wie sie sich geküsst haben."

„Oh da werden aber einige Studentinnen enttäuscht sein", grinste ich.

„Das glaube ich auch." Die Mikrowelle piepte, als Zeichen das sie fertig war und ich nahm die Popcorntüte heraus. Ich schüttete das noch sehr warme Popcorn in eine Schüssel. Aus dem Kühlschrank nahm ich noch eine Flasche Cola und holte zwei Gläser aus dem Schrank. Leslie schnappte sich die Popcornschüssel und zusammen gingen wir zum Fahrstuhl.

„Oh Popcorn", rief Nathan, der gerade mit Brian aus dem Wohnzimmer kam.

„Das ist für uns", entgegnete Leslie und hielt die Schüssel von ihm weg, als er sich etwas von dem Popcorn greifen wollte.

„Wir wollten sowieso gerade etwas Sport treiben. Da können wir Popcorn nicht gebrauchen. Wir sind im Fitnessraum, wenn etwas sein sollte", sagte Brian und schob Nathan zu den Treppen. Die beiden würden heute auf mich aufpassen. Timothy war mit Maya bei ihren Eltern und Sasha und Anastasia waren unterwegs um etwas über Tobin und seine Familie herauszubekommen. Ich hoffte wirklich, dass sie etwas herausfanden, was Sixt bei der Verhandlung helfen könnte, damit er wieder zurück auf die Erde durfte. Wir stiegen in den Fahrstuhl ein und fuhren nach oben. Bei meinem Zimmer angekommen öffnete ich die Tür und seufzte, als ich hineinging. Es war leer. Etwas beziehungsweise jemand fehlte. Und Sixt fehlte mir wahnsinnig. Von Tag zu Tag, wo er nicht da war, fehlte er mir mehr. Tagsüber war es nicht so schlimm, da ich mit der Uni und der Arbeit doch etwas Ablenkung hatte. Am Schlimmsten allerdings war es in der Nacht. Ich hatte, seitdem Sixt weg war, keine Nacht mehr durchgeschlafen. Immer wieder wachte ich auf und die Tränen liefen, wenn ich merkte, dass Sixt nicht da war. Albträume hatte ich zusätzlich noch. Wobei es immer der gleiche Traum war. Ich träumte, wie Sixt von mir weggezogen wurde und in einem weißen Licht verschwand. Jedes Mal wachte ich schreiend davon auf.

„Du vermisst ihn sehr", sagte Leslie, die nach mir den Raum betreten hatte.

„Ja, das tue ich. Er meldet sich zwar jeden Tag, aber trotzdem wäre es mir lieber, wenn er hier bei mir wäre." Und schon wieder hatte ich meine Schwester belogen. Sixt meldete sich überhaupt nicht. Das konnte er auch gar nicht im Himmel.

„Das glaube ich dir. Mir würde Greg auch fehlen, wenn er so lange weg wäre. Aber schau mal, es sind doch nur noch eineinhalb Wochen. Dann ist er doch wieder da und die Zeit wird sehr schnell vergehen. Und jetzt lenk ich dich etwas ab. Also los, leg den ersten Film ein." Sie reichte mir die DVDs, die sie mitgebracht hatte, und ließ sich, nachdem sie die Popcornschüssel auf den Tisch gestellt hatte, auf die Couch fallen. Ich stellte die Flasche und die Gläser auf den Tisch, legte die DVD in den Player und startete, nachdem ich mich neben meine Schwester auf die Couch gesetzt hatte, den Film.

Es war ein guter Film gewesen, obwohl ich wirklich Mühe hatte, mich darauf zu konzentrieren. Immer wieder wollten meine Gedanken zu Sixt abschweifen.

„Der Film war wirklich gut, aber bevor wir den nächsten schauen, muss ich erst einmal für kleine Mädchen", lachte Leslie, stand auf und ging ins Bad. Ich schaltete den Film aus, holte ihn aus dem Player und legte den nächsten ein.

„Jamie, du wirst es nicht glauben", rief Sasha, die mit Anastasia im Zimmer auftauchte. Zum Glück war Leslie im Bad und hatte nicht mitbekommen, dass die beiden ins Zimmer gesprungen waren.

„Wir haben etwas über … ‚‚ fuhr Sasha fort, aber weiter kam sie nicht, denn sie wurde von Leslie unterbrochen.

„Wie habt ihr das gemacht? Wie konntet ihr aus dem nichts hier auftauchen und jetzt erzählt mir nicht ich hätte es mir eingebildet. Ich habe es genau gesehen", sagte sie. Erschrocken drehten sich Sasha und Anastasia zu ihr um. Oh mein Gott. Leslie hatte die beiden also doch beim Springen gesehen. Was sollten wir nun tun? Sie würde es uns nicht glauben, dass die beiden durch die Tür gekommen waren.

„Leslie, setz dich bitte. Ich erkläre es dir", sagte ich und wandte mich dann an Sasha und Anastasia. „Uns bleibt nichts anderes übrig. Sie hat euch gesehen." So war es auch. Lügen war zwecklos und ehrlich gesagt wollte ich meine Schwester auch nicht mehr anlügen. Ich mochte es doch sowieso nicht zu lügen. Leslie kam zur Couch und setzte sich neben mich, wobei sie mich gespannt, aber auch etwas verwirrt ansah. Sasha und Anastasia setzten sich ebenfalls zu uns. Ich überlegte kurz, wie ich anfangen sollte, ihr von den Schutzengeln zu erzählen.

„Weißt du noch, wo ich dir von dem Abend erzählt habe, an dem ich beinahe angefahren worden wäre und Sixt an der Straße gesehen hatte? Da hast du zu mir gesagt, dass ich einen guten Schutzengel hatte. Naja du hattest recht. Es ist zwar schwer zu glauben, aber Sasha und Anastasia sind Schutzengel."

„Sie sind was", hakte Leslie ungläubig nach und ich konnte ihre Reaktion verstehen. Ich wollte es damals auch nicht so recht glauben.

„Sie sind Schutzengel."

„Das glaube ich nicht. Ihr wollt mich doch verarschen", rief Leslie empört.

„Nein, das wollen wir nicht. Jamie hat recht. Wir sind wirklich Schutzengel", versicherte Sasha ihr.

„Dann beweist es", forderte Leslie die beiden auf.

„In Ordnung, aber erst einmal musst du einiges über Schutzengel wissen", sagte Anastasia und begann ihr alles über Schutzengel zu erzählen, bevor sie ihr die Schutzengelfähigkeiten zeigte.

„Das ist ja so cool", rief Leslie, nachdem ihr Anastasia alles erzählt und gezeigt hatte.

„Du darfst aber niemanden davon erzählen. Auch Greg oder Mom und Dad nicht", wies ich sie an.

„Wieso nicht", wollte Leslie wissen.

„Weil Menschen eigentlich nicht wissen sollen, dass es Schutzengel gibt. Es ist eine Regel des Engelsrates und die beiden haben sie eigentlich gebrochen, als sie dir alles erzählt und dir ihre Fähigkeiten gezeigt haben. Sie würden Ärger bekommen und zur Strafe müssten sie wahrscheinlich ins Himmelreich und dürften nicht mehr auf die Erde zurückkommen", erklärte ich ihr.

„Oh, dann werde ich es niemanden erzählen. Versprochen. Ich möchte ja nicht, dass ihr meinetwegen Ärger bekommt. Aber abgesehen davon wird es mir sowieso niemand glauben. Für mich war es ja schon schwer zu glauben und ohne eure Beweise würde ich immer noch glauben, dass ihr mich verarschen wollt", erwiderte Leslie. „Sind alle anderen, die in diesem Haus wohnen, auch Schutzengel?"

„Ja, alle außer Jamie und Maya. Brian ist auch ein Schutzengel", beantwortete Anastasia ihre Frage.

„Ist Sixt denn wirklich auf einer Studienfahrt", wollte Leslie nun wissen.

„Nein, ist er nicht", seufzte ich und erzählte ihr nun, was vorgefallen war. Dabei erklärte ich ihr auch, wer Tobin war, denn sie kannte ihn ja nur als Matt mit einem anderen Aussehen.

„Ich habe schon immer gewusst, dass dieser Matt oder Tobin oder wie er sich auch immer nennt, ein Dreckskerl ist. Den werde ich mir mal vornehmen", schnaubte Leslie.

„Nein, das wirst du nicht. Tobin ist gefährlich", befahl ich ihr.

„Wer weiß, was er dann tun wird. Vielleicht entführt er dich oder tut dir etwas an, um so an mich heranzukommen. Ich bin ja schon froh, dass er es noch nicht getan hat. Aber du könntest ihn mit deiner Aktion auf so eine Idee bringen."

„Oh", entkam es Leslie nur und sie schaute etwas erschrocken in die Runde.

„Du brauchst keine Angst zu haben. Auf dich, eure Familie und auf Greg wird gut aufgepasst. Eure Schutzengel sind in Alarmbereitschaft", beruhigte Sasha meine Schwester.

„Was wolltest du mir eigentlich erzählen, als ihr hier ins Zimmer gesprungen seid", fragte ich sie.

„Ach stimmt ja. Also wir haben herausgefunden, wer die familiäre Hilfe von Tobin ist. Und zwar ist Elias, Tobins Bruder", sagte Sasha.

„Was? Das darf doch nicht wahr sein. Wie habt ihr das herausgefunden", wollte ich wissen und war über diese Information mehr als überrascht. Damit hatte ich nicht gerechnet, dass ausgerechnet ein Engelsratmitglied Tobins Bruder war.

„Wir hatten Tobin an der Boutique, in der du arbeitest, gesehen und sind ihm dann gefolgt. Im Gewerbegebiet hat er sich dann mit Elias getroffen. Wir haben uns versteckt, denn schließlich kann Elias uns auch sehen, wenn wir unsichtbar sind, da er ja ebenfalls ein Engel ist, und haben sie belauscht. Das Gespräch handelte darum, dass Elias Sixt ins Himmelsreich schicken muss, damit Tobin freie Bahn bei dir hat. Aus dem Gespräch hörte man heraus, dass die beiden Brüder sind, da Tobin sich nach ihrer Mutter erkundigt hat, die im Himmelreich lebt und er hat ihn auch mehrmals Bruder genannt und ihn daran erinnert, dass er sein Bruder ist. Sowie Tobin sagte, schuldete Elias ihm noch einen Gefallen, da er ihn damals zusammen mit den anderen Engelsratmitgliedern aus dem Himmel verbannt hat. Dieser Gefallen ist anscheinend, dass Elias Sixt mit allen Mitteln im Himmel behalten soll", berichtete Sasha weiter.

„Das ist echt unglaublich. Aber jetzt verstehe ich auch, warum Elias die Verhandlungstermine soweit hinausgezögert hat und er gegen die Überlegung war Sixt doch wieder auf die Erde zu lassen. Er will damit Tobin schon einmal eine Chance geben an mich heranzukommen. Aber noch hat er außer einem Anruf nichts versucht", sagte ich.

„Noch nicht! Ich habe allerdings das Gefühl, dass er irgendetwas plant, sonst wäre er heute auch nicht an der Boutique gewesen", vermutete Sasha.

„Aber ich kann morgen trotzdem arbeiten gehen", hakte ich nach, denn ich vermutete, dass sie es mir wegen Tobin wieder versuchen würden zu verbieten.

„Besser wäre es, wenn du nicht gehst, aber ich weiß doch, dass du es dir nicht verbieten lässt. Wir werden schon auf dich aufpassen", kam es von Anastasia.

„Und was machen wir mit der Information? Kann sie Sixt irgendwie helfen wieder auf die Erde zurück zu dürfen", fragte ich.

„Wir schauen mal. Interessant ist diese Information auf jeden Fall. Agron und Isidor wird es sicherlich interessieren, wer Elias ist und was er getan hat. Da können wir bestimmt den Freispruch für Sixt heraushandeln", sagte Sasha zuversichtlich. „Wo sind denn die Jungs? Wir müssen ihnen die Neuigkeit ebenfalls erzählen."

„Sie sind im Fitnessraum", erwiderte ich.

„Gut, dann wollen wir doch mal sehen, ob sie auch wirklich trainieren. Bis später ihr beiden", grinste Sasha und verschwand zusammen mit Anastasia.

„Wahnsinn", entkam es Leslie, die fasziniert zu der Stelle sah, wo die beiden zuvor noch gesessen hatten.

„Leslie, es tut mir leid, dass ich dich einige Male anlügen musste. Ich wollte es nie, aber ich musste es tun, um das Geheimnis der Schutzengel zu bewahren", entschuldigte ich mich bei ihr.

„Es ist schon gut. Ich kann es verstehen, dass du es getan hast", lächelte sie verstehend. Ich war froh, dass meine Schwester nicht sauer auf mich war und vor allem, dass ich jetzt ihr gegenüber nicht mehr lügen musste, denn schließlich wusste sie jetzt über die Schutzengel Bescheid.

„Ich nehme an, dass du den anderen Film jetzt nicht sehen möchtest", grinste ich, denn ich kannte meine Schwester und wusste, dass ich nun mit Fragen bombardiert werden würde.

„Nein, ich möchte lieber noch mehr über die Schutzengel erfahren. Also, wie ist es mit einem Schutzengel zusammen zu sein? Wie hast du erfahren, dass Sixt ein Schutzengel ist", legte Leslie mit ihren Fragen los.

Leslie blieb noch zum Abendessen. Nathan hatte Chili con Carne mit Reis gekocht. Dazu gab es einen Salat. Jesse und Bradley waren vorbeigekommen und aßen mit uns mit.

„Leslie, darf ich dir vorstellen? Das ist Jesse dein Schutzengel", sagte ich, als wir uns an den Esszimmertisch setzten, wo die beiden bereits saßen.

„Wirklich? Oh wie cool", rief sie und reichte ihm die Hand. „Hallo, schön dich kennenzulernen." Jesse nahm ihre Hand und schüttelte sie kurz.

„Du weißt von uns Schutzengeln", fragte er etwas verwirrt.

„Ja, sie hat Anastasia und Sasha vorhin beim Springen gesehen und dann haben wir ihr alles erzählt", erklärte ich ihm.

„Ach so. Ich habe mich gerade etwas gewundert."

„Und du bist mein Schutzengel? Das ist wirklich cool. Wie ist es denn so auf mich aufzupassen? Bist du immer bei mir", löcherte sie ihn mit Fragen.

„Leslie Luft holen", lachte ich, denn meine Schwester redete oft so schnell, wenn sie aufgeregt war, dass sie vergaß zu atmen.

Zumindest dachte man das, wenn man sie reden hörte.

„Jamie, du musst etwas essen", ermahnte mich Sasha, wie jeden Tag seitdem Sixt weg war.

„Ich habe keinen Hunger. Außerdem habe ich doch heute Mittag etwas in der Mensa gegessen."

„Das habe ich gesehen. Ein halbes Baguette. Viel war das ja nicht und zum Frühstück nur eine Banane", entgegnete Sasha.

„Du hörst dich an wie Sixt", sagte ich.

„Ich bin auch im Moment für dich verantwortlich und ich habe von Sixt den Auftrag dafür zu sorgen, dass du genug isst", konterte sie.

„Ich habe aber wirklich keinen Hunger."

„Na komm schon. Wenigstens ein bisschen", versuchte Sasha mich zu überreden. Ich seufzte und schob mir eine Gabel mit Reis in den Mund.

Zu Sashas Zufriedenheit hatte ich den Teller leer gegessen, auch wenn ich mich wirklich zwingen musste, da ich absolut keinen Hunger hatte.

„Bitte denk daran, dass du niemanden von den Schutzengeln und den anderen Wesen erzählen darfst. Es ist sehr wichtig", erinnerte ich Leslie, als ich sie zur Haustür begleitete.

„Nein, das werde ich nicht. Versprochen. Das ist unser Geheimnis", versicherte sie mir.

„Ja genau, unser Geheimnis", lächelte ich und erinnerte mich an früher, wo wir noch Kinder waren und uns auch immer Geheimnisse geschworen hatten.

„Aber ein Cooles", grinste sie und wurde dann ernst.

„Mach dir keine Sorgen. Sixt wird zu dir zurückkommen. Da bin ich mir sicher. So ich muss jetzt los. Greg wollte gleich noch zu mir nach Hause kommen. Tschüss Schwesterherz und Kopf hoch. Alles wird gut."

„Danke. Fahr vorsichtig."

„Ja, mache ich. Tschüss", sagte sie und ging zu ihrem Wagen, der in der Auffahrt stand.

„Tschüss." Ich winkte ihr zu und wartete, bis sie in ihrem Wagen eingestiegen und anschließend losgefahren war, bevor ich die Haustür schloss.

„Mach dir keine Sorgen. Jesse ist bei ihr und passt auf, dass sie sicher nach Hause kommt", versicherte mir Sasha, die im Flur stand.

„Das hoffe ich. So und nun weiß meine Schwester über euch Bescheid." Wir gingen zu den anderen ins Wohnzimmer, die auf der Couch saßen.

„Und wer ist daran schuld? Die beiden Frauen", grinste Nathan, der aus der Küche ins Wohnzimmer kam.

„Hey, ich habe nicht mehr daran gedacht, dass Leslie bei Jamie zu Besuch ist", wehrte sich Sasha.

„Ich auch nicht", kam es von Anastasia.

„Jetzt brauche ich wenigstens Leslie nicht mehr anzulügen. Ihr könnt Leslie aber vertrauen. Sie wird es niemanden erzählen", sagte ich.

„So schätze ich Leslie auch ein. Sie ist zwar sehr aufgeweckt und redet viel aber ich glaube bei ihr sind Geheimnisse sicher", entgegnete Sasha.

„So ist es auch. Ich konnte früher schon und kann es heute immer noch Leslie alles anvertrauen und weiß, dass sie es niemals weitererzählen würde", bestätigte ich Sashas Einschätzung meiner Schwester gegenüber. „So ich werde mal nach oben gehen."

„Oh, eigentlich dachte ich wir gehen zusammen in den Fitnessraum", sagte Sasha.

„Muss das sein", fragte ich, denn ich hatte eigentlich gar keine Lust Sport zu machen.

„Ja, das muss sein. Los umziehen und dann geht es los", befahl sie.

125

„Soll das ein Ablenkungsprogramm sein", fragte ich.
„Ja genau. Ablenkung wird dir guttun und jetzt los."

Am nächsten Tag ging es mir gar nicht gut. Ich hatte Muskelkater am ganzen Körper, da Sasha mich regelrecht an die Geräte getrieben hatte. Gut, ich musste zugeben, dass ich den Sport etwas vernachlässigt hatte. Aber ich wusste nicht, dass ein Mensch so viele Muskeln besaß, die mir anscheinend alle wehtaten. Dazu kamen wahnsinnige Kopfschmerzen und ich blieb im Bett. Ich war nicht so oft krank, deswegen konnte ich es mir leisten mal einen Tag weder zur Uni noch zur Arbeit zu gehen. Sasha war ebenfalls Zuhause geblieben, um auf mich aufzupassen. Ich hatte ein schlechtes Gewissen, dass sie meinetwegen nicht zur Uni gehen konnte, aber sie sagte, dass es ihr nichts ausmachen würde und sie auch Zuhause lernen könnte.

Ich lag am Nachmittag gerade auf der Couch und war froh, dass endlich die Schmerztablette wirkte, die meine Kopfschmerzen linderte, als es an der Tür klopfte.
„Herein", rief ich. Im nächsten Moment öffnete sich die Tür und Sasha kam gefolgt von Nathan und Timothy ins Zimmer.
„Na was machen deine Kopfschmerzen", fragte Timothy und setzte sich auf die Couch, als ich mich aufgesetzt hatte.
„So langsam wird es besser, Herr Doktor", lachte ich.
„Der Herr Doktor sagt dir jetzt auch, dass du etwas essen sollst. Wie ich hörte, hast du heute außer einer Schale Müsli noch nichts gegessen", sagte Timothy ernst.
„Ich habe aber keinen Hunger", erwiderte ich mal wieder und war die Diskussionen über das Essen langsam leid.
„Du musst aber etwas essen. Schmerztabletten auf leeren Magen sind nicht gut. Sie können Magenprobleme verursachen", wies Timothy mich darauf hin. Das wusste ich, aber trotzdem hatte ich keinen Hunger und wollte nichts essen.
„Das wird sie heute Abend auch", grinste Nathan. Oh nein, er würde mich wieder zum Essen zwingen.
„Jamie, ich hatte recht. Tobin hatte etwas geplant. Wir waren gerade an der Boutique, um zu schauen, ob Tobin auftauchen würde. Er kam auch, allerdings nicht alleine. Er hatte drei Dämonen dabei. Einer saß im Wagen, ein anderer hatte sich vor die Boutique positioniert und ein weiterer stand im Hinterhof.

Anscheinend wollten sie dich abfangen, falls du versucht hättest, vor Tobin zu flüchten", berichtete mir Sasha mit besorgter Miene. „Was? Oh mein Gott. Er hatte bestimmt vor, mich aus dem Laden zu schleppen. Er hätte jemanden im Laden verletzten können, wenn mir jemand versucht hätte zu helfen. Oder hat er jemand verletzt", fragte ich schockiert.

„Nein, keine Sorge. Er hat nur nach dir gefragt, und als Mrs. Evans ihm sagte, dass du nicht da wärst, ist er gegangen. Allerdings hat er den Laden noch zwei Stunden beobachtet, falls du doch da gewesen oder noch gekommen wärst. Er hat sogar die Hintertür vom Lager aufgebrochen, um nachzusehen, ob du dich dort versteckst", sagte Sasha.

„Also haben die Kopfschmerzen doch etwas Gutes, sonst wäre ich heute arbeiten gewesen", überlegte ich.

„Ja, in diesem Fall schon", kam es von Timothy.

„Und wie geht es jetzt weiter? Meint ihr, er wird noch einmal am Laden auftauchen", fragte ich.

„Das wissen wir nicht. Wir wollen heute Abend uns auf die Suche nach Tobin machen. Vielleicht kriegen wir raus, was er als Nächstes vorhat oder wir bekommen die Gelegenheit ihn zu erledigen", antwortete Timothy.

„Genau und da wir dafür Kraft brauchen, werde ich jetzt das Abendessen vorbereiten", grinste Nathan und verschwand.

„Jamie, das Essen ist fertig. Kommst du runter", fragte Nathan Samstagabend, nachdem er in meinem Zimmer aufgetaucht war. Mir ging es nicht gut. Zwar waren die Kopfschmerzen und der Muskelkater weg, aber Sixt fehlte mir so unheimlich und ich wusste nicht, wie ich die Tage noch überstehen sollte, bis er zurückkam. Wenn er überhaupt zurückkam. Die anderen waren zwar sehr zuversichtlich und machten mir Mut, dass bei der Entscheidungsverkündung alles gutgehen würde und Sixt zurück auf die Erde käme. Aber ich glaubte daran nicht so recht. Die Entscheidung lag schließlich beim Engelsrat. Elias war Tobins Bruder und er würde alles daransetzen, um Sixt im Himmel zu behalten, damit sein Bruder freie Bahn hätte, um mich zu bekommen. Ob Elias eigentlich wusste, dass Tobin mich verschleppen wollte? Wusste er, dass ich seinen Bruder gar nicht liebte und ich nur wollte, dass er mich in Ruhe ließ, oder was hatte Tobin ihm über mich erzählt? Die Schutzengel wollten zwar den

Engelsrat über die Brüder und ihr Abkommen in Kenntnis setzen, aber ob sie deshalb Sixt wieder zurück auf die Erde ließen, wäre dann doch die Frage. Genauso fragte ich mich, ob sie ihm seine Lüge abkaufen würden, dass er mich verlassen würde, oder ob sie seinen Plan durchschauen würden.

„Ich möchte nichts essen. Ich habe keinen Hunger", erwiderte ich wie jeden Abend.

„Das ist schade, denn dann kann ich dir den hier nicht geben", sagte Nathan und hielt einen Umschlag hoch.

„Was ist das", fragte ich verwundert und deutete mit einer Hand auf den Umschlag.

„Das ist ein Brief von Sixt für dich. Den darf ich dir aber nur geben, wenn du etwas isst. So hat Sixt es mir aufgetragen."

„Der ist von Sixt? Aber wie …? Warst du bei ihm? Hast du ihn gesehen? Wie geht es ihm", sprudelten die Fragen nur so aus mir heraus.

„Ja, ich habe ihn vorhin im Himmel besucht. Es geht ihm den Umständen entsprechend gut. Wobei er dich sehr vermisst und endlich wieder nach Hause möchte. Den Brief soll ich dir geben, aber nur unter der Voraussetzung, dass du etwas isst. Ihm gefällt es gar nicht, wie dünn du geworden bist."

„Wie? Woher weiß er das?"

„Er hat noch seine Schutzengelfähigkeit, dass er dich sehen kann. Der Engelsrat hat ihm erst einmal nur seine Springfähigkeit genommen, damit er nicht abhauen kann."

„Oh, stimmt er sieht ja alles, was ich tue", entkam es mir.

„Ja, genau. Und es gefällt ihm gar nicht, dass du dich so hängen lässt und vor allem kaum noch etwas isst", erwiderte Nathan.

„Das glaube ich. Kann ich den Brief jetzt schon haben", fragte ich, obwohl ich die Antwort schon kannte.

„Nein, ich habe die ausdrückliche Anweisung dir den Brief erst nach dem Essen zu geben. Also los, komm mit nach unten. Ich habe dein Leibgericht gemacht. Es gibt Spaghetti Bolognese."

„Na gut. Anders bekomme ich den Brief doch eh nicht", seufzte ich und stand von der Couch auf.

„Genau", grinste Nathan, legte einen Arm um meine Schulter und sprang mit mir ins Esszimmer.

„Ich bin fertig", sagte ich, nachdem ich die letzten Spaghettis von meinem Teller gegessen hatte.

„Na ich glaube, wir müssen dich jetzt immer mit Briefen von Sixt bestechen, damit du isst", lachte Nathan.

„Apropos Brief. Bekomme ich ihn jetzt", fragte ich ungeduldig.

„Ja, jetzt darfst du ihn haben", erwiderte Nathan und gab mir den Umschlag. Ehrfürchtig aber doch neugierig, was in dem Brief stand betrachtete ich den Umschlag. *„An Jamie, die Liebe meines Daseins"* stand vorne auf den Umschlag in Sixts wundervoller Handschrift geschrieben.

„Wenn ich ihm auch einen Brief schreiben würde, würdest du ihm den dann bringen", fragte ich Nathan.

„Normalerweise schon. Sixt würde sich auch sehr über einen Brief von dir freuen, aber es ist in eurem Fall etwas riskant. Falls der Engelsrat den Brief von dir bei Sixt finden würde, könnten sie glauben, dass er es mit dem Deal nicht ernst meint und seine Abmachung sich von dir zu trennen nicht einhält. Den Brief für dich hat er auch erst geschrieben, als ich da war, damit ihn vorher niemand findet", sagte Nathan.

„Ach so." Traurig sah ich den Briefumschlag an. Ich hätte Sixt so gerne zurückgeschrieben. Aber Nathan hatte recht. Wenn Sixts Plan funktionieren sollte, durfte der Engelsrat keinen Verdacht schöpfen und das würde er, wenn der Brief gefunden werden würde.

„Jamie, ich habe eine Idee", kam es von Sasha und ich schaute zu ihr. „Sixt kann dich sehen. Der Engelsrat nicht. Also wieso antwortest du Sixt nicht mit kleinen Botschaften, die du ihm zukommen lässt?"

„Du meinst so etwas wie etwas auf Blättern schreiben", hakte ich nach.

„Ja genau. Er kann sie dann lesen und für euch ist es nicht so riskant vom Engelsrat erwischt zu werden."

„Stimmt. Da hast du recht. Danke für den Tipp. Das werde ich tun. Ich helfe euch noch eben beim Abräumen des Tisches und dann gehe ich hoch."

„Geh ruhig nach oben. Du willst doch sicher wissen, was Sixt dir geschrieben hat", sagte Sasha und lächelte mich an.

„Danke. Ja, ich bin ganz gespannt, was in dem Brief steht. Ich bin dann oben in meinem Zimmer", erwiderte ich und verließ das Esszimmer. Ich fuhr mit dem Aufzug nach oben und setzte mich, nachdem ich in mein Zimmer gegangen war, auf die Couch. Mein Zimmer! Im Moment war es leider nur mein Zimmer und ich erwischte mich immer wieder selbst dabei, wie ich es so nannte. Es kam einfach automatisch. Andererseits hörte es sich ja schon komisch an, wenn ich unseres gesagt hätte, obwohl ich alleine zurzeit darin wohnte. Trotzdem wäre mir das Wort unseres wesentlich lieber gewesen. Aufgeregt und gespannt darauf, was in dem Brief stand, öffnete ich den Umschlag. Ich holte das zusammengefaltete Blatt heraus, entfaltete es und begann zu lesen.

Hallo meine Süße!

Es tut mir so leid, was passiert ist. Ich wollte dich nicht alleine lassen. Ich verspreche dir, dass ich alles tun werde, um wieder zu dir zurück auf die Erde zu kommen. Sicherlich hast du schon von meinem Vorschlag dem Engelsrat gegenüber gehört, dass ich mich von dir trennen werde, wenn ich dafür wieder auf die Erde zurückkann. Mach dir bitte keine Gedanken darüber. Du weißt, dass ich dich über alles Liebe und ich mich nie von dir trennen würde. Das alles ist nur ein Plan, damit ich zurückdarf und ich hoffe, dass der Engelsrat mir diese Lüge abkaufen wird.
Süße, du fehlst mir so sehr und es ist unerträglich für mich zu sehen, wie du leidest. Tu mir bitte einen Gefallen und iss etwas. Du bist so dünn geworden. Wenn ich wieder bei dir bin, werde ich erst einmal dafür sorgen, dass du deine geregelten Mahlzeiten zu dir nimmst. Bitte lächel auch mal wieder. Du weißt, ich liebe dein Lächeln und ich kann es nicht sehen, wenn du so traurig bist. Ich verspreche dir, es wird alles gut werden. In einer Woche sehen wir uns wieder, werden unser Leben wieder zu zweit genießen und heiraten.
Ich liebe dich und denk daran: Ich sehe alles!
Bis bald, Süße und Kopf hoch. Es wird alles gut.

Dein dich immer liebender Sixt

Die Tränen liefen meinen Wangen entlang, als ich den Brief gelesen und anschließend neben mir auf die Couch gelegt hatte. Er fehlte mir so sehr und es tat gut etwas von ihm zu hören beziehungsweise zu lesen. Sixt war, wie auch die anderen Schutzengel sehr zuversichtlich, dass alles gut gehen würde und der Engelsrat ihn wieder auf die Erde zurückließ. Ich musste allerdings schmunzeln, als Sixt mir mit den geregelten Mahlzeiten drohte. Ich musste dabei an die unzähligen Diskussionen denken, die wir geführt hatten. Ich musste zugeben, dass meine Laune durch den Brief etwas besser geworden war. Vielleicht lag es aber auch daran, dass ich es kaum erwarten konnte, ihm etwas zurückzuschreiben. Ich stand auf, holte mir Blätter und einen Stift und schrieb „*Ich liebe dich und vermisse dich auch*" darauf. Ich wusste nicht, inwieweit Sixt es lesen konnte oder, ob er den Ort oder mich heranzoomen konnte. Deshalb schrieb ich jedes Wort auf ein extra Blatt und legte sie nebeneinander auf den Tisch. Ich fand es sehr schade, dass ich ihm keinen Brief schreiben konnte, aber ich wollte auch nicht das Risiko eingehen, dass der Engelsrat ihn bei Sixt fand. Es klopfte an die Tür.

„Herein", rief ich und im nächsten Augenblick stand Sasha im Zimmer.

„Ich wollte nur mal fragen, ob alles in Ordnung ist", fragte sie und sah mich besorgt an.

„Ja, alles ist gut."

„Na dann bin ich beruhigt. Oh, wie ich sehe, hast du Sixt schon eine Nachricht geschrieben", grinste sie und deutete auf die Zettel, die auf dem Tisch lagen.

„Ja, ich hoffe nur, Sixt kann es lesen. Ich weiß ja nicht, ob er das Bild heranzoomen kann oder so etwas."

„Doch, das kann er. Du könntest ihm also auch einen Brief schreiben und ihn auf den Tisch legen. Er kann ihn dann lesen."

„Wirklich? Oh dann werde ich das gleich mal tun."

„Und ich werde ihm Bescheid sagen, dass du ihm auf einen anderen Weg zurückschreibst. Ich wollte jetzt gleich mal kurz zu ihm."

„Kannst du mich nicht mitnehmen", fragte ich und schaute sie hoffnungsvoll an.

„Das geht leider nicht. Ich würde es sofort tun, wenn es nicht zu gefährlich wäre, dass der Engelsrat dich sieht."

„Und wenn ich mich verkleide?"

„Jamie, wir können das Risiko einfach nicht eingehen. Wenn Schutzengel-Mensch-Beziehungen erlaubt wären und Sixt aus einem anderen Grund im Himmel festgehalten werden würde, dann würde ich dich sofort mit dahin schmuggeln. Aber so ist unser Plan in Gefahr, wenn sie uns erwischen." Sie schaute mich entschuldigend an. Ich seufzte.

„Du hast recht. Ich möchte lieber, dass der Plan funktioniert und Sixt wieder auf die Erde zurückkommt. Dann werde ich ihm einen langen Brief schreiben. Du kannst ihn schon einmal vorwarnen, dass er sehr viel zu lesen bekommt", erwiderte ich.

„Das werde ich ihm ausrichten", lachte sie. „Soll ich ihm noch etwas sagen?"

131

„Ja, und zwar soll er zusehen, dass er nächsten Sonntag wieder hier ist, sonst trete ich in den Hungerstreik", grinste ich.

„Oh, das wird für ihn ein guter Ansporn sein", grinste Sasha zurück. Das glaubte ich auch, denn er wollte immer, dass ich meine geregelten Mahlzeiten zu mir nahm, also sollte er sich anstrengen, dass er wieder zurück auf die Erde durfte, wenn er nicht wollte, dass ich in den Hungerstreik trat. „Sag ihm bitte noch, dass ich ihn über alles liebe."

„Das werde ich. Viel Spaß beim Schreiben."

„Danke", sagte ich und sie verschwand. Ich nahm mir wieder die Blätter und den Stift, machte es mir auf der Couch bequem und begann Sixt einen langen Brief zu schreiben. Ich schrieb ihm alle Neuigkeiten und auch davon, dass wir herausgefunden hatten, wer uns verraten hatte und wer Tobins Bruder war. Das würde Sixt bestimmt ebenfalls interessieren. Nachdem ich den Brief fertig hatte, legte ich jedes Blatt nach der Reihenfolge auf den Tisch. Natürlich hatte ich immer nur eine Seite beschrieben, denn wenden konnte Sixt das Blatt ja nicht. Anschließend machte ich mich für das Bett fertig und legte mich hin. Ich hatte im Wohnbereich das Licht angelassen, da ich nicht wusste, ob Sixt den Brief im Dunkeln lesen konnte. Naja eine Nacht würde es auch mit eingeschaltetem Licht gehen. Ich nahm das Bild von Sixt, welches auf meinem Nachttisch stand und schaute es mir an.

„Gute Nacht. Schlaf gut", sagte ich leise, gab dem Bild einen Kuss und legte es auf Sixts Kopfkissen. Ich schaltete die Nachttischlampe aus und es dauerte nicht lange, bis ich einschlief.

Kapitel 8

Am Montagmittag erwartete Sasha und mich eine Überraschung, als wir von der Uni nach Hause kamen. Ein junger Mann Mitte zwanzig stand vor unserer Haustür. Er war etwa ein Meter neunzig groß, schlank, hatte hellbraune kurze lockige Haare und was mich überraschte, als er uns ansah, er hatte eisblaue Augen. War er etwa ein Schutzengel? Alle Schutzengel hatten eisblaue Augen. Aber was wollte er hier? Sasha schien ihn nicht zu kennen, denn sie schaute ihn fragend an, sowie auch die anderen, die gerade am Haus angekommen und aus den Autos gestiegen waren.

„Hallo, können wir dir helfen", fragte Sasha den Unbekannten.

„Ähm ja. Ich bin Sebastian und hier in diesem Haus soll ein Zimmer frei sein, in das ich einziehen soll", antwortete er. Wie bitte? Hier sollte ein Zimmer frei sein? Sollte er etwa in Sixts und mein Zimmer ziehen? Das hieße doch, dass Sixt nie wieder auf die Erde zurückkommen würde. Nein, das durfte einfach nicht sein.

„Hat der Engelsrat dich hier hergeschickt", fragte Timothy.

„Ja, das hat er."

„Gut, also dann herzlich willkommen. Wir müssen wegen des Zimmers gleich mal schauen. Wir haben noch zwei Zimmer frei, aber die Frauen haben sie im Moment als Ankleidezimmer in Gebrauch. Also wer von euch gibt das Zimmer freiwillig ab", fragte Nathan grinsend an Maya und Sasha gewandt.

„Jetzt warte erst einmal ab. Es heißt nicht, dass er wegen Sixt hier ist. Wir haben doch noch das freie Zimmer von Danny und das weiß der Engelsrat", beruhigte mich Sasha, als wir ins Haus gingen.

„Ich stelle dir jetzt erst einmal alle vor", sagte Nathan zu dem Neuen. „Also das sind Timothy, Maya, meine Freundin Sasha." Als er das sagte, schaute er Sasha mit viel Liebe in seinen Augen an, aber in seiner Stimme klang eine kleine Warnung an Sebastian mit. Oh war da etwa jemand besitzergreifend und wollte sein Revier markieren? „Das ist Jamie und ich bin Nathan", fuhr er fort.

„Bist du schon lange ein Schutzengel", wollte Timothy von Sebastian wissen.

„Nein. Ich bin vor einer Woche bei einem Autounfall gestorben. Der Engelsrat hat mich dann vor die Wahl gestellt und ich habe mich dazu entschlossen ein Schutzengel zu werden", erwiderte Sebastian.

„Oh, das mit dem Unfall ist schrecklich, aber als Schutzengel kannst du so wieder auf der Erde leben. Wen hast du denn als Schützling bekommen, oder wurde dir noch keiner zugewiesen", fragte Sasha neugierig, allerdings mit einem kleinen Seitenblick zu mir. Wahrscheinlich wollte sie mir mit seiner Antwort beweisen, dass er nicht mein Schutzengel war und Sixt zurückkommen würde.

„Mein Schützling heißt Jamie Miller und sie soll hier in Portland leben", antwortete Sebastian. Ich keuchte auf. Ich hatte es geahnt, dass er meinetwegen hier war. Aber das durfte nicht sein. Das hieße doch, dass Sixt nie wieder zurückkommen würde.

„Nein! Nein, das darf nicht wahr sein. Nein", schrie ich, sackte auf die Knie und Tränen liefen mir in Strömen über die Wangen.

„Komm her", sagte Maya, kniete sich zu mir auf den Boden und nahm mich in den Arm.

„Was ist denn los", hörte ich Sebastian verdutzt fragen.

„Darf ich dir deinen Schützling vorstellen? Das ist Jamie Miller", seufzte Nathan.

„Aber wie kann das sein? Ich dachte, es dürften nur Schutzengel in diesem Haus wohnen? Und sollten Schutzengel sich nicht von Menschen fernhalten und sich denen nicht zu erkennen geben", fragte Sebastian verwirrt.

„Komm mit. Wir erklären es dir", sagte Timothy zu ihm und führte ihn ins Wohnzimmer.

„Und wir gehen jetzt erst einmal in dein Zimmer", kam es von Sasha, die mich am Arm packte und mir hoch half. Sie fasste Maya am Arm und sprang mit uns nach oben. In meinem Zimmer kamen wir an und die beiden führten mich zur Couch, auf die wir uns setzten.

„Er wird nicht mehr zurückkommen. Ich werde ihn nie wiedersehen", schluchzte ich und mein Herz zog sich schmerzlich zusammen.

„Natürlich wird er wiederkommen. Wir werden am Sonntag nicht eher gehen, bis Sixt mitkommen darf. Wahrscheinlich hast du nur einen neuen Schutzengel bekommen, weil sie Sixts Angebot sich von dir zu trennen angenommen haben, aber nicht wollen, dass er weiterhin dein Schutzengel ist", versuchte mich Sasha zu beruhigen.

„Nein, das glaube ich nicht. Ihre Entscheidung ist gefallen. Sie werden Sixt nicht zurück auf die Erde lassen. Wie soll ich nur ohne ihn leben? Das kann ich nicht."

„Das wirst du auch nicht. Sixt wird zurückkommen. Da bin ich mir sicher", sagte Maya und strich mir tröstend mit einer Hand über den Rücken.

„Warum seid ihr so zuversichtlich? Wahrscheinlich wird es dem Engelsrat egal sein, dass einer von ihnen der Bruder von Tobin ist. Sie werden eher darauf beharren, dass Sixt eine ihrer Regeln gebrochen hat, indem er mit mir, also einem Menschen, zusammen ist. Sie werden ihn nicht zurücklassen und deswegen haben sie mir einen neuen Schutzengel geschickt. Nur deswegen", schluchzte ich und war mir sicher, dass ich Sixt nie wiedersehen würde.

„Ach Jamie, komm her", sagte Sasha und nahm mich in den Arm. „Es wird alles gut werden. Wir holen Sixt zurück. Das verspreche ich dir."

„Versprich bitte nichts. Ich muss der Realität ins Auge sehen. Er wird nicht wiederkommen." Ich löste mich aus Sashas Umarmung. „Ich muss das Zimmer räumen. Es ist ja jetzt schließlich Sebastians Zimmer. Wo sollen denn Sixt Sachen hin? Darf er sie mit ins Himmelreich nehmen? Und ich muss mir ja auch etwas Neues suchen. Wo soll ich denn nur hin", fragte ich mehr mich selbst, denn es war mir gerade erst klargeworden, dass ich ausziehen musste. Ich war nur wegen Sixt hier eingezogen, und da das Haus dem Engelsrat gehörte und es den Schutzengeln zur Verfügung gestellt wurde, hatte ich nun, da Sixt hier nicht mehr wohnen würde und ich war fest davon überzeugt, dass er nicht zurückkam, kein Recht mehr in diesem Haus zu wohnen. Aber wo sollte ich denn hin? In mein altes Häuschen konnte ich nicht mehr zurück, da Leslie dort wohnte. Klar, ich hätte zu meinen Eltern gekonnt, sie hätten mich bestimmt auch wiederaufgenommen. Wahrscheinlich müsste ich auch erst einmal zu ihnen, bis ich eine Wohnung gefunden hätte. Allerdings wollte ich sie nicht der Gefahr aussetzen, dass Tobin dort auftauchen würde, wenn er herausfand, dass ich nicht mehr im Schutzengelhaus wohnte. Er war zu allem fähig und ich hatte Angst, dass er ihnen etwas antat. Die Angst hatte ich ja so schon, da musste ich ihn ja nicht noch auf irgendwelche Ideen bringen. Meine Eltern müsste ich allerdings mal wieder eine Lüge auftischen. Ich konnte ihnen nicht die Wahrheit erzählen, wo Sixt war. Also würde ich ihnen sagen, dass wir uns getrennt hätten. Einen passenden Grund musste ich mir noch überlegen. Es versetzte mir einen unerträglichen Stich ins Herz, als ich daran dachte, dass ich Sixt nie wiedersehen würde. Zumindest fürs Erste. Selbst wenn ich irgendwann sterben würde und sterben mussten alle Menschen einmal, dann wäre es noch die Frage, ob ich Sixt im Himmelreich wiedersehen würde. Das Himmelreich war bestimmt sehr groß und so wie mir Sixt einmal davon erzählt hatte, war es wie eine riesige Stadt aufgebaut. Und wer sagte denn, dass Sixt mich dann überhaupt noch wollte. Vielleicht verliebte er sich ja auch in eine andere Frau.

„Du musst nirgends hin. Du bleibst hier in diesem Zimmer wohnen und auch Sixts Sachen brauchst du nicht wegpacken, denn er wird wiederkommen", riss Sasha mich aus meinen Gedanken.

„Aber Sebastian braucht doch das Zimmer."

„Nein, wir finden ein anderes Zimmer für ihn. Du bleibst hier."

„Genau. Ich werde mein Ankleidezimmer räumen. Das kann Sebastian dann haben", kam es von Maya.

„Wirklich? Ich hätte ihm sonst mein Zimmer gegeben. Das nutze ich ja auch nur als Ankleidezimmer", entgegnete Sasha.

„Nein, ich gebe das Zimmer ab. Es gehörte ja nicht mir. Ich musste sowieso damit rechnen, dass der Engelsrat dieses Zimmer irgendwann wieder einem anderen Schutzengel zuteilen würde. Schließlich wissen sie, dass Dannys altes Zimmer frei ist", erklärte Maya. „Ich bräuchte nur Hilfe beim Umräumen."

„Wir helfen dir dabei. Weißt du was, wenn du möchtest, teile ich mit dir mein Ankleidezimmer. So hast du dann trotzdem eines, auch wenn du dann eine Etage herunterlaufen musst", schlug Sasha ihr vor.

„Echt? Das wäre klasse", freute sich Maya.

„Ja natürlich. Wir müssen dort dann auch nur etwas umräumen, aber das wird ja kein Problem sein", sagte Sasha und wandte sich dann an mich. „Und du legst dich jetzt erst einmal hin. Ein bisschen Schlaf wird dir guttun." Sie stand zusammen mit Maya von der Couch auf und deutete mir an mich hinzulegen. Eigentlich wollte ich mich gar nicht hinlegen, aber ich hatte auch keine Lust mit Sasha zu diskutieren und das würde ich, wenn ich mich nicht auf die Couch legen würde. Also tat ich, was sie sagte. Maya legte eine Decke über mich.

„Wenn ihr nichts dagegen habt, fange ich schon einmal mit dem Räumen an", sagte Maya.

„Nein, mach nur. Ich bleibe hier bei Jamie."

„Und was machst du in der Zeit, wo ich schlafen soll", wollte ich von Sasha wissen, denn ich wollte nicht, dass sie ihre Zeit für mich verschwendete und sich womöglich langweilte.

„Ich werde in der Zeit etwas lesen", erwiderte sie und schnappte sich eine Zeitschrift, die auf dem Tisch lag. „Und du machst jetzt deine Augen zu und schläfst etwas", befal sie mir. Ich tat zwar, was sie sagte, aber ich würde nicht schlafen. Ich konnte einfach nicht schlafen und gab mich meinen Gedanken hin.

„Wie geht es ihr", hörte ich Nathan nach einer gefühlten Ewigkeit fragen. Ich wusste nicht, wie spät es war, aber ich lag schon eine ganze Weile auf der Couch. Ich hatte mich auf die Seite mit dem Gesicht zur Couchlehne gedreht und die Decke bis zum Kopf gezogen. So hatte Sasha meine Tränen nicht gesehen, die ich immer wieder vergossen hatte, als ich an Sixt dachte. Ich stellte mich schlafend und versuchte ruhig zu atmen, was nicht einfach war, wenn ich ein Schluchzen unterdrücken musste.

„Scht, sie schläft", sagte Sasha leise und im nächsten Moment hörte ich die beiden am anderen Ende des Raumes flüstern.

„Sie ist der Meinung, dass Sixt nicht mehr zurückkommt, und wollte sogar ausziehen, weil sie denkt, dass sie hier nicht mehr wohnen darf und Sebastian das Zimmer zusteht", erzählte Sasha ihm die Kurzform.

„Natürlich kommt Sixt zurück. Da werde ich am Sonntag auch alles für tun. Wie sie wollte ausziehen? Das kann sie vergessen. Sie bleibt hier wohnen."

„Das habe ich ihr auch gesagt. Maya will Sebastian ihr Ankleidezimmer abgeben und ist schon dabei es auszuräumen. Dabei will ich ihr auch gleich helfen."

„Ja, ich weiß. Timothy und Sebastian helfen ihr gerade", sagte Nathan.

„Habt ihr Sebastian alles erklärt", fragte Sasha.

„Ja und er hat auch geschworen, dass er niemanden etwas erzählt, was in diesem Haus vorgeht und vor allem nichts über die Schutzengel-Mensch-Partnerschaften."

„Das ist gut. Ich hoffe, wir können ihm auch vertrauen", sagte Sasha.

„Das hoffe ich auch. Er hat uns etwas sehr Interessantes erzählt. Weißt du, wer ihn zu uns geschickt und Jamie als Schützling zugewiesen hat?"

„Nein, wer", fragte Sasha und ich konnte die Neugierde in ihrer Stimme hören, wobei ich ebenfalls neugierig war und wissen wollte, wer derjenige war, der Sebastian mir zugewiesen hatte.

„Elias! Anscheinend hat er es alleine entschieden, denn so wie Sebastian erzählte wurde er zum Engelsrat gerufen, aber nur Elias war im Saal und hat ihm gesagt, wer sein Schützling ist und wo er einziehen soll." Was? Elias hatte Sebastian mir als Schutzengel zugewiesen ohne das die anderen Ratsmitglieder es mitentschieden hatten? Das konnte doch nicht wahr sein. Ich musste mich sehr zusammenreißen keinen Ton von mir zu geben, denn Sasha und Nathan sollten nicht mitbekommen, dass ich wach war und sie belauscht hatte.

„Das gibt es doch nicht", kam es von Sasha.

„Doch. Elias ist im Zugzwang. Er muss doch Sixt irgendwie im Himmel behalten, denn genau das hat er Tobin versprochen. Für uns kommt aber sein Alleingang gerade recht. Das können wir gegen den Engelsrat verwenden falls sie Sixt nicht zurücklassen", sagte Nathan.

„Da hast du recht."

„Nathan, kannst du bitte mal herunterkommen? Wir brauchen deine Hilfe beim Kleiderschrank", hörte ich Timothy fragen.

„Ja natürlich."

„Ich komme mit und helfe euch. Lassen wir Jamie mal in Ruhe schlafen. Das wird ihr guttun", sagte Sasha. Wenn sie wüssten, dass ich gar nicht schlief. Mir kam es allerdings sehr gelegen, dass sie das Zimmer verließen und ich alleine war. Ich hatte mir einen Plan zurechtgelegt, in der Zeit, in der ich mich schlafend gestellt hatte und bei der Ausführung konnte ich niemanden gebrauchen, denn ich wusste, dass Sasha und die anderen mich versuchen würden, von meinem Vorhaben abzubringen. Genau das durfte nicht passieren, sonst würde ich Sixt nicht mehr wiedersehen. Auch die neue Erkenntnis, dass Elias alleine entschieden hatte, dass Sebastian mein Schutzengel wurde, änderte nichts an meinem Plan. Wer sagte denn, dass sie Sixt deswegen zurück auf die Erde lassen würden. Vielleicht hatte Elias es zuvor schon mit den anderen abgesprochen und es Sebastian alleine verkündet, weil die anderen Engelsratmitglieder keine Zeit hatten. Ich wartete noch einen

Moment ab, bevor ich von der Couch aufstand, um ganz sicher zu sein, dass die anderen auch gegangen waren. Anschließend ging ich leise ins Bad und schloss die Tür, schließlich hatten Schutzengel ein gutes Gehör und ich wollte nicht, dass sie mitbekamen, dass ich wach war. Ich öffnete die Schublade des Badezimmerschrankes und fand auch gleich, was ich brauchte. Ich hoffte nur, dass es auch funktionieren würde. Ich setzte mich auf den Boden, lehnte mich mit dem Rücken gegen die Wand und besah mir den Gegenstand in meiner Hand. Würde ich damit tief genug kommen, sodass es funktionierte und ich Sixt endlich wiedersehen konnte? Im Zimmer hatte ich nur eine stumpfe Schere und die Messer befanden sich unten in der Küche. Die anderen würden es mitbekommen, wenn ich hinunter in die Küche gehen würde. Und wie sollte ich erklären, was ich mit dem Messer vorhatte? Sie würden es sofort wissen und mich an meinem Vorhaben hindern. Ich musste es einfach mit dem Rasierer probieren. Das war meine einzige Chance. Wer wusste schon, wann ich das nächste Mal alleine sein würde? Ich wollte es aber auch in diesem Moment tun. Ich wollte zu Sixt und das so schnell wie möglich. Tränen liefen meine Wangen entlang, als ich an die Menschen dachte, denen ich wehtun würde, wenn ich ging. Meine Familie und Freunde würden vor Trauer und Schmerz leiden. Zumindest nahm ich an, dass jemand um mich trauern würde. Ich wusste es ja nicht. Ich konnte nicht anders, denn ich konnte und wollte nicht ohne Sixt leben, und wenn er nicht zu mir auf die Erde kommen konnte, dann musste ich halt zu ihm in den Himmel.

„Bald bin ich bei dir", flüsterte ich und holte einmal tief Luft, bevor ich den Rasierer an mein Handgelenk ansetzte. Ich machte einen Schnitt und sah gleich darauf die ersten Blutstropfen. Aber es reichte noch nicht. Ich hatte nur die Haut angeritzt.

„Jamie, bist du wahnsinnig? Sasha, Hilfe", rief Sebastian, der gerade im Bad aufgetaucht war, als ich mit dem Rasierer zum zweiten Schnitt ansetzen wollte. Erschrocken hielt ich inne und schaute ihn an. So ein Mist, ich hatte ganz vergessen, dass er jetzt mein Schutzengel war und sehen konnte, wenn ich mich in Gefahr begab. Gleich darauf tauchte Sasha im Badezimmer auf. Sie brauchte gar nicht fragen, was los war, denn als sie mich auf dem Boden mit dem Rasierer in der Hand sitzen sah, war ihr klar, warum Sebastian sie gerufen hatte. Er war zwar mein Schutzengel, aber er schien mit dieser Situation etwas überfordert zu sein und ahnte schon, dass ich auf ihn nicht hören würde, wenn er mir sagen würde, dass ich den Rasierer weglegen sollte.

„Jamie, was tust du da? Bist du wahnsinnig? Leg sofort den Rasierer weg", rief Sasha aufgebracht aber zugleich auch erschrocken, darüber was ich vorhatte.

„Nein, lasst mich. Ich will zu Sixt und das ist der einzige Weg, wie ich ihn wiedersehen kann", schluchzte ich. „Sixt wird nicht zurückkommen. Der Engelsrat wird ihn nicht wieder auf die Erde lassen."

„Doch Jamie, dass werden sie. Komm, lass bitte den Rasierer los", sagte Sasha und kam auf mich zu.

„Nein, das werde ich nicht. Lasst mich. Bitte geht. Ich will zu Sixt", erwiderte ich und setzte den Rasierer wieder an mein Handgelenk an.

„Jamie, tu das nicht. Lass es sein", hörte ich Sasha flehen und sah im Augenwinkel, wie sie sich vor mir hinkniete und die Hand ausstreckte, um mich von meinem Vorhaben abzuhalten. In dem Moment wurde mein Arm zur Seite gezogen.

„Hey Kleine, komm lass den Rasierer los", sagte Nathan, der neben mir aufgetaucht war. Er war es gewesen, der meinen Arm weggezogen hatte und nun versuchte er meine Hand zu öffnen, in der ich den Rasierer festhielt. Ich ließ es zu, denn ich wusste, dass ich keine Chance hatte, mein Vorhaben zu Ende zu bringen. Ich schluchzte auf und öffnete meine Hand. Nathan nahm den Rasierer und warf ihn in die Badewanne, damit ich nicht mehr an ihn herankam.

„Ach Kleine, was machst du nur für Sachen", fragte Nathan und zog mich in seine Arme. Schluchzend ließ ich es zu und die Tränen liefen in Strömen an meinen Wangen entlang.

„Kannst du bitte Timothy holen? Er ist unser Mediziner und er soll sich Jamies Arm, ansehen", bat Sasha Sebastian.

„Ja natürlich", erwiderte dieser und verschwand. Kurz darauf stand er mit Timothy und Maya wieder im Badezimmer.

„Ich habe schon gehört, was du gemacht hast. Lass mich mal deinen Arm sehen", sagte Timothy, der sich zu mir kniete. Ich löste mich aus Nathans Armen und hielt Timothy meinen Arm hin. Er besah sich die Wunde, die ich mir mit dem Rasierer zugefügt hatte, genau, bevor er mich mit ernstem Blick anschaute.

„Du hast Glück gehabt. Du hast dir nur die Haut angeritzt. Es hat auch schon aufgehört zu bluten", sagte er und wandte sich dann an Sasha. „Kannst du mir bitte mal ein Pflaster geben?"

„Im Schrank", kam es leise von mir und ich deutete auf den Badezimmerschrank. Sie holte die Pflasterpackung aus dem Schrank und reichte sie Timothy, der ein Pflaster herausnahm und es auf die Wunde klebte.

„Tu das nie wieder. Das war eine ganz dumme Idee von dir. Du hast nur dieses eine Leben und das solltest du genießen. Sixt würde nicht wollen, dass du dein Leben für ihn wegwirfst", wies mich Timothy zurecht. Nun schämte ich mich dafür, dass ich auf so eine dumme Idee gekommen war. Timothy hatte recht. Jeder Mensch hatte nur ein Leben und man sollte es nicht einfach so wegwerfen. Klar man konnte zwar als Schutzengel zurück auf die Erde, aber man bekam sein Leben dadurch nicht zurück und musste alles aufgeben, was man vor dem Tod hatte inklusive Familie und Freunde. Sixt war einmal sehr wütend gewesen, als ich gesagt hatte, dass ich ebenfalls ein Schutzengel werden könnte, wenn der Engelsrat ihm nicht erlauben, würde wieder ein Mensch zu werden und ich musste ihm versprechen nie mein Leben vorzeitig zu beenden. Nun hatte ich mein Versprechen gebrochen und es doch versucht.

„Es tut mir leid", sagte ich leise und betrachtete das Pflaster an meinem Handgelenk.

„Ja, das sollte es auch. Weder Mensch noch Wesen ist es wert, dass du dein Leben einfach so wegwirfst", sagte Timothy wütend und wandte sich dann an Maya. „Das Gleiche gilt auch für dich." Ich konnte Timothy verstehen, dass er wütend war. Weder er noch die anderen Schutzengel hatten eine Wahl gehabt. Ihnen wurde das Leben durch Unfälle, Krankheiten oder Ermordung genommen und damit auch ihre Familien und Freunde. Natürlich hatten sie dadurch ihre großen Lieben gefunden, Timothy und Maya oder auch Sasha und Nathan. Aber vielleicht hätte sie das Schicksal auch, wenn sie nicht gestorben wären und ihr Leben noch gehabt hätten, zusammengeführt.

„Es war wirklich dumm von dir so etwas zu tun. Versprich mir, dass du so etwas nie wieder tust", sagte Sasha mit einem tadelnden aber auch erschrockenen Blick und in ihren Augen glitzerten Tränen. Ich schämte mich so sehr für meine Tat. Ich hatte doch nicht gewollt, dass jemand meinetwegen weinte und litt.

„Ich verspreche es", schluchzte ich und Tränen liefen wieder meine Wangen entlang, weil ich es nicht ertragen konnte, Sasha so aufgelöst zu sehen. Sofort umarmte sie mich und schluchzte ebenfalls.

„Ich verspreche dir, wir werden alles tun, damit Sixt wieder nach Hause kommt. Wir werden am Sonntag nicht ohne ihn aus dem Himmel zurückkommen", sagte sie, nachdem sie sich wieder beruhigt hatte, und löste sich von mir.

„Natürlich holen wir Sixt nach Hause zurück, und wenn wir uns dafür mit dem Engelsrat anlegen müssen", kam es von Nathan mit einem kampflustigen Ausdruck im Gesicht.

„Aber nicht, dass ihr deswegen auch im Himmel bleiben müsst, wenn ihr euch gegen den Rat auflehnt", sagte ich, denn ich kannte Sixt. Er würde nicht wollen, dass die Schutzengel für ihn bestraft wurden, wenn sie sich mit dem Rat anlegen würden.

„Das wird schon nicht passieren. So nun lasst uns unten mal weitermachen, damit Sebastian in sein neues Zimmer einziehen kann", entgegnete Nathan und sah mich dann mit strengem Blick an. „Und du kommst mit. Nicht dass du wieder auf eine dumme Idee kommst."

„Das werde ich nicht. Versprochen", erwiderte ich und stand vom Boden auf.

„Gut. Aber trotzdem werde ich den Rasierer mitnehmen. Sicher ist sicher."

„Aber ich brauche ihn doch für meine Körperpflege", protestierte ich.

„Das hättest du dir vorher überlegen sollen. Dann musst du jetzt wohl auf Kaltwachs umsteigen. Damit kannst du wenigstens nichts anstellen", erwiderte Nathan.

„Woher kennst du denn Kaltwachs", fragte Sasha verwundert.

„Bei drei Frauen im Haus lernt man so einiges", grinste er. „Ach Jamie, ich muss allerdings noch etwas tun, was dir gar nicht gefallen wird. Ich muss es Sixt sagen, was du versucht hast, wenn ich ihn nachher besuchen gehe."

„Nein, bitte nicht. Du weißt, dass er sich aufregen wird", versuchte ich Nathan von seinem Vorhaben abzubringen.

„Ja, das weiß ich. Aber ich bin nicht so gut darin Sachen zu verheimlichen und Sixt würde es merken, wenn ich es versuchen würde. Abgesehen davon würde er es wahrscheinlich früher oder später erfahren. Bis Sonntag wird deine Wunde noch nicht komplett verschwunden sein. Aber du hast ja noch ein paar Tage Zeit, bis das Donnerwetter kommt. Außerdem glaube ich, dass die Wiedersehensfreude größer sein wird, als der Ärger den du bekommen wirst. So und nun lasst uns weitermachen."

„Sebastian, kann ich kurz mit dir reden", fragte ich ihn am Abend. Ich wollte mich bei ihm noch einmal für meine dumme Tat entschuldigen. Es war sein erster Tag als mein Schutzengel und er musste seinen Schützling gleich von einem Selbstmordversuch abbringen.

„Ja natürlich. Wollen wir ins Wohnzimmer gehen?"

„Ja, dann haben wir etwas Ruhe", erwiderte ich und ging mit ihm zusammen ins Wohnzimmer, wo wir uns auf die Couch setzten.

„Ich wollte mich bei dir entschuldigen. Du bist gerade erst mein Schutzengel geworden und gleich an deinem ersten Tag musstest du mich von so einer dummen Idee abhalten. Es tut mir wirklich leid, dass ich dir den Anfang so schwer gemacht habe. Du denkst bestimmt, dass ich ein schwieriger Schützling bin, wenn ich schon auf solche Ideen komme, aber eigentlich bin ich es nicht."

„Das glaube ich auch nicht. Du brauchst dich dafür nicht zu entschuldigen. Ich kann dich sogar verstehen, dass du auf so eine Idee gekommen bist", sagte Sebastian und ich schaute ihn verwundert an. „Du liebst Sixt sehr und du würdest alles tun, um ihn wiederzusehen. So geht es mir mit Sophie. Sie ist die Liebe meines Lebens und sie fehlt mir wirklich sehr. Ich vermisse sie jeden Tag. Leider darf ich sie nicht mehr wiedersehen. Der Engelsrat hat es mir verboten. Es ist ja eine der Regeln, die man als Schutzengel einhalten muss, dass man die Familie und Freunde nicht wiedersehen darf. Aber selbst im Himmelreich hätte ich sie nur aus der Ferne sehen können und das hätte ich nicht ertragen. Sie nur zu sehen, nicht mit ihr reden oder sie zu berühren, hätte mir nicht gereicht. Ich hoffe nur, dass Sophie nicht auf so eine dumme Idee kommt, sich umzubringen, um bei mir sein zu können und ihr Leben ohne mich weiterlebt. Und du darfst so etwas auch nie wieder versuchen."

„Nein, das werde ich auch nicht mehr. Versprochen."

„Dann ist es gut. Wie wäre es, wenn wir diesen Vorfall vergessen und noch einmal ganz von vorne anfangen", schlug Sebastian lächelnd vor.

143

„Das hört sich gut an", sagte ich und war erleichtert, dass Sebastian nicht dachte, er hätte einen verrückten Schützling bekommen, der jeden Tag auf eine andere Idee kam, sich selbst zu schaden.

„Gut. Hallo ich bin Sebastian, dein Schutzengel", grinste er und streckte mir seine Hand entgegen. Ich nahm seine Hand und schüttelte sie kurz.

„Hallo Sebastian, es freut mich, dich kennenzulernen. Ich bin Jamie, dein Schützling", erwiderte ich lächelnd.

„Ah da bist du ja, Jamie", hörte ich Nathan hinter mir sagen und drehte mich zu ihm um. „Ich habe hier etwas für dich." Er reichte mir einen Umschlag.

„Ein Brief von Sixt", fragte ich hoffnungsvoll.

„Ja genau. Ich war gerade bei ihm. Er wusste gar nicht, dass er als Schutzengel von dir abgezogen wurde. Er hat sich nur gewundert, warum er dich nicht mehr sehen kann", erwiderte Nathan.

„Also ist er noch nicht im Himmelreich."

„Nein, ist er nicht und am Sonntag ist der Entscheidungstermin. Also alles wie gehabt. Du brauchst dir keine Sorgen machen." Gott sei Dank. Ich hatte schon befürchtet, dass Sixt im Himmelreich wäre und der Entscheidungstermin abgesagt wurde. Somit hätte Sixt keine Chance mehr gehabt, zurück auf die Erde zu kommen.

„Hast du es ihm erzählt", fragte ich und deutete auf mein Handgelenk.

„Ja, das habe ich. Wie du dir vorstellen kannst, war er nicht gerade erfreut über deine Tat. Aber das wird er dir sicherlich im Brief geschrieben haben, denn das hatte er zumindest vor und ich musste noch etwas im Himmel warten, bis er ihn fertig hatte."

„Oh. Darf ich den Brief oben in meinem Zimmer lesen oder muss ich hier unten bleiben", fragte ich, denn ich war seit dem Vorfall am Nachmittag nicht mehr alleine gewesen.

„Ja, ich glaube, das wird in Ordnung gehen. Aber denk daran, wir bekommen alles mit. Also stell nichts an", sagte er streng und ich fühlte mich, wie ein kleines Kind was von seinem Vater Anweisungen bekam.

„Nein, mache ich schon nicht." Ich stand von der Couch auf, lief zum Fahrstuhl und fuhr mit ihm nach oben. Dort angekommen ging ich in mein Zimmer und setzte mich auf die Couch. Ich war gespannt, was Sixt geschrieben hatte, wobei ich mir schon vorstellen konnte, dass er sehr wütend auf mich wegen der Tat war.

Ich öffnete den Umschlag, holte das Blatt heraus und begann zu lesen.

Hallo meine Süße!

Ich habe gerade erfahren, was du getan hast. Du kannst dir sicherlich vorstellen, wie wütend ich bin. Bist du eigentlich wahnsinnig? Wie konntest du nur auf so eine dumme Idee kommen? Du hast mir versprochen gehabt, egal was passiert, dir nie vorzeitig das Leben zu nehmen. Zum Glück haben dich die anderen noch rechtzeitig davon abgehalten.
Süße, versprich mir, dass du so etwas nie wieder tust. Ich werde alles dafür tun, um wieder zu dir nach Hause zu kommen. Aber sollte es nicht funktionieren, musst du dein Leben ohne mich weiterleben und glücklich werden. Ich werde im Himmelreich auf dich warten. Egal wie lange es dauert. Aber du sollst dein Leben erst einmal leben und genießen.
Ich liebe dich und vermisse dich so wahnsinnig. Ich kann es kaum erwarten, dich endlich wieder in meinen Armen zu halten. Auch wenn du der Meinung bist, dass der Engelsrat mich ins Himmelreich schickt, so werde ich doch alles tun, um zu dir zurückzukommen. Mit den neuesten Informationen, die wir haben, dürfte es überhaupt kein Problem sein. Sie müssen mich einfach zurücklassen. Also gewöhn dich nicht zu sehr daran, das Bett für dich alleine zu haben, denn ich bin bald wieder bei dir.
Schade, dass ich im Moment nicht mehr dein Schutzengel bin. Ich hätte gerne einen weiteren Brief von dir gelesen. Übrigens Süße, du hättest das Licht nicht extra angeschaltet lassen müssen. Ich kann auch im Dunkeln lesen!
Tu mir einen Gefallen und mache es deinem neuen Schutzengel nicht so schwer. Das heißt: Stell bitte nichts mehr an!
Ich liebe dich über alles.
Dein Sixt

Oh Sixt musste sehr wütend gewesen sein. Einerseits war es gut, dass er nicht da war. Das hätte ein Donnerwetter gegeben. Er hätte mir die Hölle für meine Tat heißgemacht. Aber andererseits hätte ich es auch gar nicht getan, wenn er bei mir gewesen wäre. Ich konnte mir bei seiner Bemerkung mit dem Licht richtig sein Grinsen vorstellen. Wie sehr er mir doch fehlte. Es war wirklich schade, dass er mich nicht mehr sehen konnte, denn dann hätte ich ihm zurückschreiben können. Seufzend legte ich den Brief auf den Tisch, als es an der Tür klopfte. Ich stand auf, ging zur Tür und war sehr irritiert, als ich Sasha und Maya in ihren Schlafsachen und mit

Decken und Kissen in ihren Armen davorstehen sah, als ich sie öffnete.

„Hi Jamie, wir wollen mit dir eine Übernachtungsparty machen", sagte Sasha fröhlich und betrat gefolgt von Maya das Zimmer.

„Eine Übernachtungsparty oder wollt ihr auf mich aufpassen, damit ich nichts Dummes tue", hakte ich nach.

„Nein, wir wollen wirklich eine Übernachtungsparty machen", versicherte mir Maya. Einerseits war ich skeptisch, ob Maya wirklich die Wahrheit sagte, andererseits war ich froh, so wunderbare Freundinnen zu haben, die anstatt bei ihren Liebsten zu schlafen mir stattdessen Gesellschaft zu leisten. Vielleicht konnte ich so besser schlafen und würde einmal eine Nacht keine Albträume von Sixt haben, wie er mich verließ und nie wieder zurückkäme.

„Und was sagen eure Männer dazu, dass ihr nicht bei ihnen schlaft", fragte ich.

„Sie haben nichts dagegen. Außerdem werden sie auch mal eine Nacht ohne uns schlafen können", grinste Sasha.

„Na dann ist gut. Ich möchte schließlich nicht, dass die Jungs meinetwegen nicht schlafen können, weil ihr nicht da seid."

„Ach Nathan kann auch ohne mich schlafen und so habe ich mal eine Nacht Ruhe vor seinem Geschnarche", lachte Sasha.

„Ich schnarche nicht", verteidigte sich Nathan, der im Zimmer auftauchte.

„Was machst du denn hier", fragte Sasha überrascht.

„Ich wollte mir nur einen Gutenacht-Kuss abholen", grinste er.

„Ach so. Na den bekommst du", lachte Sasha und gab ihm einen Kuss. „So und nun Marsch ins Bett."

„Gute Nacht ihr drei. Viel Spaß bei eurer Übernachtungsparty", sagte Nathan und verschwand.

„Gute Nacht", riefen wir drei ihm lachend hinterher.

Kapitel 9

Dienstagmittag klingelte mein Handy. Ich hatte gerade meine letzte Vorlesung für diesen Tag hinter mich gebracht und wollte mich gerade auf den Weg zur Boutique machen. Ich holte das Handy aus der Tasche und war ganz überrascht, als ich die Nummer von Mrs. Evans auf meinem Handydisplay sah.

„Miller", meldete ich mich, als ich ans Handy ging.

„Hallo Jamie, hier ist Mrs. Evans. Oh Jamie, es ist etwas Furchtbares passiert. Die Boutique, der Laden, er ist vollkommen ausgebrannt", sprach sie aufgeregt drauf los.

„Was? Aber wie kann das sein? Ist jemandem etwas passiert", wollte ich von ihr wissen.

„Nein, keine Sorge. Es ist heute Nacht passiert und über dem Laden befinden sich nur Büros. Da war zu der Zeit niemand mehr, so wie die Polizei mir sagte. Ich weiß auch nicht genau, wie es passieren konnte, aber die Polizei sagte mir, dass die Notausgangstür vom Lager, die in den Hinterhof führt, offen gewesen ist. Es würde nach Brandstiftung aussehen."

„Das ist unglaublich. Wer tut nur so etwas? Kann ich Ihnen irgendwie helfen", fragte ich sie und konnte es immer noch nicht glauben, dass der Laden ausgebrannt war. Brandstiftung! Konnte es sein, dass Tobin etwas damit zu tun hatte? Aber warum sollte er den Laden abbrennen lassen wollen? Das würde ihm doch erst recht nichts bringen, denn wenn ich Zuhause wäre, würde er doch noch schlechter an mich herankommen, als im Laden.

„Nein, das brauchst du nicht. Im Moment kann selbst ich nichts tun. Die Polizei ermittelt jetzt und die Spurensicherung ist im Laden. Aber ich muss dir leider mitteilen, dass du erst einmal nicht arbeiten kommen brauchst. Das heißt auch, dass ich dir keinen Lohn zahlen kann, da du ja auf Stundenbasis arbeitest und dementsprechend nach Stunden bezahlt wirst. Ich muss auch erst einmal sehen, ob es sich finanziell lohnt den Laden wieder neu zu eröffnen. Die Kosten für die Ware und die Renovierung werden sehr hoch sein."

„Das kann ich verstehen. Wenn ich Ihnen trotzdem helfen kann, dann sagen Sie einfach Bescheid", sagte ich.

„Das werde ich. Es tut mir so leid, dass du jetzt erst einmal ohne Job dastehst."

„Das muss es nicht. Ich komme schon zurecht. Es tut mir leid, was mit dem Laden passiert ist, denn jetzt haben Sie den Ärger und den finanziellen Schaden", sagte ich und hoffte, dass es nicht Tobin gewesen war, der den Laden angezündet hatte, denn dann wäre es auch meine Schuld. Tobin hätte es schließlich nur meinetwegen getan. Meine Freunde würden es anders sehen und mir sagen, dass ich daran keine Schuld hätte, aber trotzdem hätte ich Schuldgefühle.

„Ja, das stimmt. Ich werde mich jetzt erst einmal mit meiner Versicherung in Verbindung setzen und dann schauen, wie weit die Polizei mit den Ermittlungen ist", erwiderte Mrs. Evans. Wir verabschiedeten uns und ich legte auf.

„Was ist denn los", fragte Sasha, die neben mir am Auto auf dem Universitätsparkplatz stand.

„Ich bin arbeitslos. Die Boutique ist heute Nacht komplett ausgebrannt. Die Polizei meint, es wäre Brandstiftung gewesen", erzählte ich ihr.

„Oh mein Gott. Das gibt es doch nicht."

„Meinst du, Tobin hat etwas damit zu tun", wollte ich von ihr wissen.

„Ich weiß es nicht. Aber aus welchem Grund sollte er das tun? Im Laden wäre er besser an dich herangekommen, als Zuhause."

„Das habe ich mir auch schon überlegt. Ich weiß es nicht. Naja jetzt habe ich den Nachmittag frei. Das heißt aber auch, dass ich erst einmal kein Geld habe", seufzte ich. Natürlich hatte ich noch Gespartes, aber das würde auch nicht auf längere Sicht halten, also musste ich mir einen neuen Job suchen.

„Doch hast du", grinste Sasha.

„Wie?"

„Na Sixt hat ein volles Konto bei der Bank und du glaubst doch wohl nicht, dass er dich ohne Geld dastehen lässt."

„Aber ich komme doch an das Konto nicht heran."

„Sixt hat dir für den Fall, dass etwas passieren würde, wie im Moment, dass er im Himmel ist, ein Konto bei der Bank eröffnet, wo genug Geld für dich drauf ist, damit du sorglos leben kannst.

Du brauchst dir deswegen überhaupt keine Sorgen machen",
erklärte sie mir.

„Davon hat er mir gar nichts erzählt", sagte ich überrascht.

„Das hat er mir und Nathan auch erst gestern Abend gesagt, wo
wir ihn besucht haben. Er sagte auch, dass es nur für den Notfall
gedacht wäre, also falls er wie jetzt im Himmel ist oder ins
Himmelsreich müsste, damit du versorgt wärst. Naja der Notfall ist
da und du brauchst Geld."

„Er hat also schon vermutet, dass es irgendwann passieren könnte,
dass er ins Himmelreich müsste", mutmaßte ich.

„Nein, das hat er nicht. Er wollte nur vorsorgen, falls etwas
passieren würde. Du kennst doch Sixt. Er ist so fürsorglich und
macht sich besonders um dein Wohl sorgen."

„Ja, da hast du recht. Also bin ich dann jetzt reich", grinste ich.

„Ja so kann man es nennen", lachte Sasha. „Komm, lass uns nach
Hause fahren."

Am Abend spielte ich gegen Sebastian eine Runde Billard.
Er war an diesem Abend mein Aufpasser, da Timothy mit Maya bei
ihren Eltern war und somit Sasha und Anastasia mit den Jungs auf
die Suche nach Tobin gegangen waren.

„Gewonnen", rief ich, als ich die schwarze Kugel in das richtige
Loch auf dem Billardtisch versenkt hatte.

„Ich will eine Revanche", entgegnete Sebastian.

„Die kannst du haben", erwiderte ich und sammelte alle Kugeln
wieder ein. Ich baute das Spiel wieder auf und ließ Sebastian
anfangen.

„Möchtest du mir deine Geschichte erzählen, wie du zum
Schutzengel geworden bist", fragte ich ihn, während wir spielten.

„Gerne, wenn es dich nicht erschreckt."

„Nein, das tut es schon nicht", versicherte ich ihm und versenkte
die erste Kugel. Ich suchte mir, während Sebastian zu erzählen
begann, die nächste Kugel aus und stieß mit dem Billardqueue die
weiße Kugel an.

„Na gut. Also ich wohnte vor meinem Tod in Deutschland in Köln
mit meiner Freundin Sophie zusammen. Ich arbeitete in einer
Firma im Einkauf. Ich war abends nach der Arbeit auf dem
Heimweg, als ich auf der Autobahn in einen Stau geraten bin. Ich
habe mich richtig verhalten und habe die Warnblicker eingeschaltet,
um die nach mir folgenden Autos zu warnen. Ich weiß nicht, ob

der Lkw-Fahrer die Warnblinker nicht gesehen hat, oder ob er abgelenkt war, denn er fuhr direkt auf das Stauende, also auf mich zu. Ich sah ihn im Rückspiegel und konnte nirgendwohin ausweichen. Der Lkw fuhr auf mich drauf und schob mich noch in den vor mir stehenden Lkw hinein. Mein Auto wurde zusammengequetscht und ich starb in dem Wrack. Noch bevor der Krankenwagen kam, war ich schon tot. Ich weiß nicht, ob du von dem Unfall gehört hast. Es hat auf jeden Fall in der Zeitung gestanden und in den Nachrichten im Fernsehen wurde auch darüber berichtet."

„Stimmt, davon habe ich in den Nachrichten im Fernsehen gesehen. Es muss ein sehr großer und schwerer Unfall gewesen sein."

„Ja das war es auch. Der LKW hat sich auf der Autobahn quer gestellt. Dabei ist sein Anhänger umgekippt und auf zwei Autos gefallen. Einige nachfolgende Wagen haben den Stau zu spät gesehen und sind in den Lkw gekracht. Ich war nicht der Einzige, der bei diesem Unfall gestorben ist", sagte Sebastian.

„Das ist wirklich schrecklich."

„Ja, das ist es. Aber jetzt bin ich hier und ich bin froh eine zweite Chance hier auf der Erde bekommen zu haben, auch wenn es mir noch sehr schwer fällt, meine Familie und vor allem Sophie nicht wiedersehen zu dürfen. Dafür habe ich nette Leute kennengelernt und einen tollen Schützling, der mir zum Glück nicht so viele Probleme macht", grinste er.

„Das kann ich aber ganz leicht ändern", lachte ich.

„Nein, lass das mal lieber. Sixt wird mich lynchen, wenn er wiederkommt und du verletzt bist", erwiderte er grinsend.

„Wenn er wiederkommt", sagte ich.

„Er wird wiederkommen. Schau mal, ihr habt doch schon so viele wichtige Informationen, die euch helfen können, Sixt wieder auf die Erde zurückzuholen. So und jetzt lass uns weiterspielen. Ich möchte schließlich eine Revanche."

Am Mittwochnachmittag ging ich mit Anastasia und Sasha ins Einkaufszentrum zum Shoppen. Die beiden wollten mich damit etwas von meinen Gedanken zu Sixt ablenken. Ich hatte eigentlich gar keine Lust shoppen zu gehen, aber ich ging den beiden zuliebe mit, da sie sich soviel Mühe gaben mich abzulenken und zu beschäftigen, dass ich gar keine Zeit hatte, ständig an Sixt zu denken und mir Gedanken darüber zu machen ob und wann ich ihn wiedersehen würde. Am Abend hingegen, wenn ich alleine war, dachte ich viel darüber nach und es endete damit, dass ich mich vor Kummer und Sorgen in den Schlaf weinte. So würde es diesen Abend sicherlich wieder sein. Abgesehen davon verging die Zeit beim Shoppen sehr schnell und genau das wollte ich, denn ich konnte es nicht erwarten, bis es Sonntag und somit der Verhandlungs- beziehungsweise Entscheidungstermin war. Ich hoffte so sehr, dass Sixt wieder nach Hause durfte. Am Abend zuvor hatten die Schutzengel leider keinen Erfolg und hatten Tobin nicht ausfindig machen können. Langsam wurde es wirklich Zeit, denn ich wollte endlich mein Leben zurückhaben und mich wieder frei bewegen können. Das ging allerdings nur, wenn Tobin erledigt war.

„Ich gehe kurz zur Toilette", sagte ich zu den beiden, als wir in einem Café saßen und eine kleine Shoppingpause machten. „Soll ich mitkommen", fragte Sasha, denn Tobin war noch nicht geschnappt und so gab es immer noch die Sicherheitsmaßnahmen der Schutzengel. Er konnte schließlich überall lauern.
„Nein, das brauchst du nicht. Die Toiletten sind ja gleich dort im Gang. Ich glaube nicht, dass Tobin sich dort versteckt hat und auf mich wartet. Er hätte doch durch das Café gemusst und wir hätten es gesehen, wenn er hier hereingekommen wäre. Selbst wenn er sich in jemand anderes verwandelt hätte, es kam niemand ins Café, seitdem wir hier sind", erwiderte ich und stand auf.
„Da hast du recht. Wenn etwas sein sollte, dann schrei", entgegnete Sasha.
„Ja, das werde ich." Ich ging zur Toilette, um mich zu erleichtern. Als ich damit fertig war, ging ich den Gang zurück zum Café und kam an der Notfalltür vorbei, die geöffnet war. Die Tür führte in den Hinterhof, wo sich eine Frau und ein Mann gegenüberstanden. Sie waren auf dem Weg zur Toilette noch nicht da gewesen. Es sah so aus, als ob sie sich stritten. Ich schaute mir die beiden im Vorbeigehen etwas genauer an. Die Frau war groß und schlank. Ihre Haare waren schwarz und reichten ihr bis zur Hüfte. Der Mann war ein Stück größer als sie, sah sportlich aus und hatte braune gelockte Haare, die er kinnlang trug.
„Elias, ich habe keine Lust mehr mich nur heimlich mit dir zu treffen. Und dann müssen wir uns auch noch verstecken", sagte die

Frau in einem genervten Ton. Elias? Hieß so nicht Tobins Bruder? Doch natürlich. Das war bestimmt nur ein Zufall, dass dieser Mann genauso wie ein Mitglied des Engelsrates hieß. Den Namen gab es schließlich öfters.

„Ich weiß, mein Schatz. Aber im Moment geht es nicht anders. Du weißt, dass ich Tobin diesen Gefallen tun muss." Stop! Tobin? Ich war schon an der Tür vorbeigegangen, als ich diesen Namen hörte. Tobin! Sollte dieser Mann etwa doch Tobins Bruder Elias sein? Ich stellte mich neben die Tür an die Wand, um die beiden belauschen zu können.

„Ich habe ihn damals verbannt. Meinetwegen ist er zum gefallenen Engel geworden", hörte ich den Mann sagen. Treffer. Es war wirklich Elias, das Engelsratsmitglied, der im Hinterhof mit einer Frau stritt. Das Gespräch musste ich einfach weiterhin belauschen, denn vielleicht bekam ich dadurch wichtige Informationen, die Sixt helfen konnten.

„Aber du hattest doch keine andere Wahl", sagte die Frau.

„Das stimmt. Trotzdem ist er mein Bruder und ich hätte zu ihm stehen müssen", erwiderte Elias.

„Das ist ja alles schön und gut, aber wie lange soll das Ganze denn noch dauern? Ich habe dir auch einen Gefallen getan, als ich deinen Bruder und seine Freunde aus der Hölle befreit habe und alles, was ich von dir als Gegenleistung möchte, ist von dir so geliebt zu werden, wie ich es auch verdiene und eine normale Beziehung mit dir zu führen, ohne mich verstecken zu müssen", kam es von der Frau.

„Ich weiß, Cassandra. Ich liebe dich und du weißt, dass du die Frau meines Daseins bist. Ich bin dir unendlich dankbar dafür, dass du meinen Bruder befreit hast. Es dauert wirklich nicht mehr lange. Wenn der Schutzengel erst einmal im Himmelreich ist und mein Bruder seine Auserwählte für sich hat, können wir unsere Beziehung öffentlich machen. Habe bitte noch ein bisschen Geduld", bat er sie. Ich stand erschrocken da. Die Auserwählte, die er erwähnt hatte, war ich und er ging wirklich davon aus, dass Sixt ins Himmelreich kam. Wahrscheinlich würde er auch alles dafür tun. Etwas überrascht war ich allerdings, als ich den Namen der Frau gehört hatte. Cassandra die Dämonin! Sie hatte also damals Tobin, Gregory und Luzia aus der Hölle befreit. Das würde die Schutzengel sicher sehr interessieren.

„Ach hier bist du. Wir haben uns schon Sorgen gemacht, weil du nicht zurückgekommen bist", sagte Sasha, als sie in den Gang kam und mich neben der Notausgangstür stehen sah.

„Psst", flüsterte ich und deutete mit der Hand Richtung Tür. Sasha schaute mich fragend an, blieb aber still. Ich lauschte, da ich wissen wollte, ob Cassandra und Elias noch etwas Interessantes sagten, aber es war nichts zu hören. Vorsichtig schaute ich durch die Tür nach draußen. Die beiden waren verschwunden.

„Ich muss euch gleich etwas sehr Interessantes erzählen", sagte ich und zog Sasha am Arm zurück ins Café zu unserem Tisch.

„Was ist denn los", fragte Sasha etwas irritiert und auch Anastasia sah mich fragend an.

„Wisst ihr, wer gerade im Hinterhof stand und gestritten hat", fragte ich die beiden.

„Nein, nun erzähl schon", drängte mich Sasha.

„Elias und seine Freundin Cassandra."

„Du meinst … Nein, das gibt es doch nicht", kam es von Anastasia.

„Doch genauso ist es."

„Lasst uns nach Hause fahren und dann erzählst du uns alles in Ruhe. Hier sind zu viele Ohren, die es nicht mitbekommen müssen", schlug Sasha vor. Sie hatte recht. Im Café konnte man sich nicht in Ruhe unterhalten. Die Menschen sollten eben nicht mitbekommen, worüber wir sprachen. Außerdem wären sie ziemlich verwirrt, wenn sie Worte wie Engelsrat oder Dämonin hören würden. Aber so mussten wir auch nicht befürchten von anderen Wesen belauscht zu werden, die Elias oder Cassandra warnen könnten, dass wir ihr Gespräch mitbekommen hatten. Elias würde vielleicht Vorkehrungen treffen oder sogar Sixt gleich ins Himmelsreich schicken. Das durfte nicht passieren. Die Schutzengel brauchten am Sonntag den Überraschungsmoment, wenn sie den anderen beiden Engelsratsmitgliedern die Informationen gaben.

Ich saß mit den Schutzengeln und Maya im Wohnzimmer und berichtete ihnen von dem Gespräch zwischen Elias und Cassandra.

„Das ist wirklich unfassbar", sagte Maya, als ich mit meiner Erzählung endete.

„Also hat Cassandra den gefallenen Engeln geholfen aus der Hölle zu entkommen", kam es von Brian.

„So etwas hatten wir schon vermutet", entgegnete Timothy.

„Und sie ist mit Elias zusammen. Das sind sehr interessante Informationen. Die können wir am Sonntag gut gebrauchen, um Sixt wieder nach Hause zu holen", sagte Anastasia.

„Stimmt. Agron und Isidor werden sicherlich nichts von der Liebschaft zwischen Elias und Cassandra wissen. Das wird sie sehr interessieren, was Elias so treibt", sagte Sasha.

„Das glaube ich auch", grinste Nathan und wandte sich dann mir zu. „Jamie, bald ist die ruhige Zeit vorbei und du wirst Sixt wieder am Hals haben. Also genieße noch die paar Tage ohne ihn."

„Und was ist, wenn sie ihn trotzdem nicht gehen lassen? Elias wird alles tun, damit Sixt ins Himmelreich muss, da er seinem Bruder diesen Gefallen schuldet. Vielleicht interessiert es Agron und Isidor auch gar nicht, was Elias tut", sagte ich skeptisch.

„Das glaube ich nicht. Auch Engelratsmitglieder haben Regeln an die sie sich halten müssen. Zum Beispiel dürfen sie zwar eine Beziehung führen, aber nur mit Engeln. Mit Menschen oder anderen Wesen ist ihnen eine Beziehung verboten. Also so wie es uns Schutzengeln eigentlich verboten ist. Natürlich dürfen sie auch keine Abkommen jeglicher Art mit anderen Wesen haben. Und so etwas hat Elias mit Tobin. Sollte es Agron und Isidor wirklich egal sein, was Elias tut, so können wir uns immer noch an den Engelspräsidenten wenden. Und ihm werden Elias Taten nicht egal sein", erklärte mir Sasha.

„Wieso hat sich Sixt denn nicht schon längst an den Engelspräsidenten gewandt? Schließlich wird er zu Unrecht vom Engelsrat im Himmel festgehalten", fragte ich.

„So einfach ist es leider nicht. Es geht ja nicht mehr um den Vorfall mit Sixts Mutter. Sixt hat eine Regel gebrochen. Er ist mit dir, also mit einem Menschen zusammen. Deshalb halten sie ihn im Himmel fest. Der Engelspräsident würde dem Engelsrat zustimmen, dass er richtig gehandelt hat. Nun allerdings mit diesen neuen Informationen können wir mit dem Engelsrat verhandeln, dass Sixt im Gegenzug zu den Informationen wieder nach Hause darf. Wenn nicht dann werden wir es beim Engelspräsidenten versuchen. Und wir werden Sixt wieder nach Hause holen. Versprochen", beantwortete mir Timothy meine Frage.

„Das hoffe ich."

„Natürlich holen wir ihn nach Hause und jetzt komm mit in die Küche. Ich brauche Hilfe beim Kochen des Abendessens", sagte Nathan lächelnd.

„Na hat dich Sixt jetzt endgültig verlassen? Das wurde ja auch Zeit. Ihr habt sowieso nicht zusammengepasst. Er ist ein Adonis und du bist nur ein hässliches kleines Mädchen", spottete Monica Donnerstagmittag, als ich mit den anderen in der Mensa an unserem Stammtisch saß.

„Monica, halt einfach deine Schnauze", knurrte ich. Ich hatte ihre Beleidigungen so satt. Seitdem Sixt nicht da war, durfte ich mir fast jeden Tag von ihr anhören, wie hässlich ich wäre, und dass sie besser zu Sixt passen würde.

„Und was ist, wenn nicht? Willst du mir dann eine reinhauen, oder was", fragte sie provozierend.

„Ja, das werde ich", erwiderte ich wütend und wollte gerade aufstehen.

„Jamie, komm lass es sein. Sie ist es echt nicht wert, dass du dir deine Hände an ihr schmutzig machst", hielt mich Sasha zurück.

„Ach muss dein Babysitter dich zurückhalten", provozierte Monica weiter.

„Monica, es ist besser, wenn du verschwindest, bevor du gleich eine auf dein hässliches Mundwerk bekommst und ich werde weder Sasha noch Jamie davon abhalten", mischte sich Nathan ein, als er sah, dass Sasha ihre Hände zu Fäusten ballte und Monica wütend mit den Augen fixierte. Sie hatte nicht nur mich in der letzten Zeit zur Weißglut gebracht. Auch die anderen waren mehr als nur genervt von ihr.

„Ist ja schon gut. Ich wollte eigentlich nur wissen, ob ihr Sixt gesehen habt. Ich muss mit ihm sprechen."

„Weswegen musst du ihn denn sprechen", wollte Timothy wissen.

„Das geht euch nichts an", erwiderte sie hochnäsig.

„Na gut. Aber du wirst noch etwas warten müssen, bis er wiederkommt. Sixt ist in Orlando in Florida wegen einer Familiensache", log Timothy.

„Oh wie lange wird er denn noch dort sein", fragte sie.

„Ich glaube, er wollte Ende nächster Woche wiederkommen", antwortete ihr Timothy und ich sah, dass er sich das Lachen verkneifen musste.

„Okay, ich muss dann auch mal gehen", sagte sie plötzlich sehr schnell und rannte regelrecht aus der Mensa.

„Das war wirklich gut, Timothy. Ich wette, sie bucht sich jetzt einen Flug und fliegt nach Orlando um Sixt dort zu suchen", lachte Nathan.

„Da kann sie aber lange suchen", fiel Timothy in sein Lachen mitein.

„Ich hoffe, das Miststück bleibt in Florida", knurrte ich immer noch wütend darüber, was Monica mir dieses Mal an den Kopf geworfen hatte.

„Ganz ruhig, Jamie. Sie ist es echt nicht wert, dass du dich über sie aufregst", versuchte mich Maya zu beruhigen.

„Du hast recht. Selbst Bill und Emma haben es mittlerweile eingesehen, was Monica doch für ein gehässiger Mensch ist und haben sich von ihr abgewandt. Mit ihrem Verhalten hat sie nun auch ihre letzten Freunde vertrieben. Wie arm diese Person doch ist, dass sie mit ihrem Verhalten ihre Freunde vergrault", sagte ich und beruhigte mich allmählich.

„Leute, wir müssen langsam los. Die Pause ist vorbei", kam es von Maya und stand auf. Wir erhoben uns ebenfalls von unseren Stühlen, brachten unsere Tabletts weg und gingen zu unseren Kursen. Sasha und ich mussten dieses Mal eine der mittleren Sitzreihen des Saales nehmen, da wir spät dran waren und der Raum schon gut gefüllt war. Zum Glück saß Monica auf der anderen Seite des Saales, so brauchte ich sie wenigstens nicht ertragen. Ich sah allerdings, dass sie wild auf ihrem Handy herumtippte. Ob sie wohl wirklich einen Flug buchte? Ich grinste bei der Vorstellung, wie sie nach Orlando flog, um dort Sixt zu suchen. Mr. Parker kam und begann mit der Vorlesung. Allerdings schweiften meine Gedanken wieder zu Sixt ab, so wie es auch in den letzten zwei Wochen der Fall gewesen war. Noch drei Tage bis zur Entscheidung des Engelsrates. Ich hatte das Gefühl, als ob es noch ewig bis dahin dauern würde und die Zeit einfach nicht vergehen wollte. Wenn mich jemand gefragt hätte, worüber Mr. Parker, der Finanzwesen unterrichtete, in der Vorlesung gesprochen hatte, so hätte ich es ihm nicht sagen können. Ich machte mir zwar vom Unterricht Notizen, aber meine Gedanken schweiften die ganze Zeit zu Sixt ab. Ich versuchte mich doch zu konzentrieren, aber ich konnte es einfach nicht. Sixt fehlte mir so sehr und ich hoffte wirklich, dass er am Sonntag endlich wieder nach Hause kommen durfte. Ich wusste wirklich nicht, wie ich sonst ohne ihn weiterleben sollte.

„Wie wäre es, wenn wir heute einen Mädchenabend machen? Wir könnten doch ins Kino gehen", fragte Sasha leise.

„Ja, das können wir gerne tun, aber bitte keinen Liebesfilm", flüsterte ich.

„Nein, kein Liebesfilm. Wir haben die Auswahl zwischen einer Komödie und einem Actionfilm. Ich frage dann mal Maya und Anastasia, ob sie mitkommen möchten. Fragst du dann deine Schwester?"

„Ja, ich werde ihr gleich eine SMS schreiben. Sie wird bestimmt mitkommen", erwiderte ich und holte mein Handy aus der Tasche. Ich wollte gerade meiner Schwester eine SMS schreiben, als die Türen zum Hörsaal aufgerissen wurden und Rauchbomben hereinflogen.

„Was ist denn hier los", rief Mr. Parker erschrocken. „Alle sofort raus hier", wies er uns an, als der Rauch sich im Saal ausbreitete. Im nächsten Moment ertönte auch schon der Feueralarm, der anscheinend durch den Rauch ausgelöst worden war. Panik brach bei den Studenten aus und jeder versuchte so schnell wie möglich aus dem Saal zu kommen.

„Los Jamie, wir müssen hier raus", sagte Sasha und zog mich vom Stuhl hoch. Ich schnappte mir meine Tasche und versuchte mit ihr Schritt zu halten, als sie mich Richtung Ausgang zog. Der Rauch hatte sich im ganzen Saal verteilt. Ich konnte nur schwer atmen und hustete, während Sasha und ich uns einen Weg aus dem Saal bahnten. Auf dem Flur war die Hölle los. Auch dort war alles voller Rauch und die Studenten rannten panisch und schreiend aus dem Gebäude. Ich wurde von hinten geschubst, verlor das Gleichgewicht und fiel vorne über auf den Boden.

„Aua", rief ich und versuchte mich aufzuraffen. Das würde blaue Flecken an den Knien geben.

„Jamie, wo bist du", fragte Sasha laut, um gegen das Geschrei der Leute anzukommen.

„Ich bin hier", erwiderte ich und wollte gerade aufstehen, als ich ein Knie eines Studenten in die Seite bekam. „Uff", machte ich und hielt mir mit der Hand die schmerzenden Rippen.

„Du kommst jetzt mit mir mit", sagte eine männliche Stimme, hob mich wieder auf die Beine und behielt eine Hand auf meiner Schulter.

„Nein, das werde ich nicht", erwiderte ich, aber ich konnte mich nicht gegen diese Kraft wehren. Meine Beine gingen wie von alleine mit diesem Typen in die entgegengesetzte Richtung, als ich eigentlich gehen wollte, mit. Ich versuchte mich gegen diese Fähigkeit von diesem Dämon, zu wehren, doch es ging nicht. „Hilfe", rief ich so laut ich konnte, denn ich wusste nicht, was ich anderes hätte tun können. Meine Beine hörten nicht mehr auf mich und ich wusste, wohin mich dieser Dämon bringen würde. Diese Fähigkeit wurde von Dämonen eingesetzt, um die Kontrolle über den Menschen zu bekommen. Sie konnten es allerdings nur so lange, wie sie einen Menschen berührten. Ich bekam Panik, denn ich wollte nicht zu Tobin gebracht werden. „Sasha, hilf mir", schrie ich wieder.

„Ich habe dich", hörte ich eine bekannte Stimme hinter mir sagen und im nächsten Moment bekam der Dämon neben mir einen Schlag ins Gesicht, der durch die Wucht zu Boden ging und mich losließ. Sofort hatte ich wieder die Kontrolle über meinen Körper. „Danke", rief ich.

„Kein Problem. Komm wir müssen hier raus", erwiderte Sebastian. Ich brauchte gar nicht fragen, warum er in der Uni war, da er doch gar nicht studierte. Er hatte gesehen, dass ich in Gefahr war, so wie es Schutzengel nun mal konnten. Er dirigierte mich aus dem Gebäude, wobei er mich das ein oder andere Mal festhalten musste, damit ich nicht über Gegenstände fiel, die auf dem Boden lagen. Draußen herrschte das Chaos. Selbst dort war überall Rauch und die Leute liefen kreuz und quer, um aus dem Rauch herauszukommen, oder schrien Namen von Freunden oder Bekannten. Sebastian führte mich zu den Parkplätzen bis zu Sashas Wagen. Ich hörte die Sirenen von Feuerwehrwagen und sah, wie sie im nächsten Moment auf dem Universitätsparkplatz hielten. Sofort sprangen Feuerwehrmänner aus den Wagen und versuchten die Situation einzuschätzen. Ich fragte mich, was hier eigentlich los war. Woher kamen diese Rauchbomben und wer hatte sie im Gebäude und draußen auf dem Gelände gezündet?

„Geht es dir gut", fragte Sebastian.

„Ja, soweit schon. Wo sind denn die anderen?"

„Sie werden bestimmt irgendwo an der Seite stehen und gleich zu uns kommen. Sasha wollte sie suchen gehen."

„Und Leslie? Oh mein Gott, Leslie ist bestimmt noch im Gebäude. Ich muss sie suchen gehen", rief ich und Panik kam in mir hoch.

„Nein, du kannst da jetzt nicht rein. Der Rauch ist nicht gesund."

„Stimmt. Außerdem ist Jesse bei ihr. Sie stehen auf der anderen Seite des Gebäudes", sagte Bradley, der gerade zu uns gekommen war.

„Geht es ihr gut", wollte ich von Bradley wissen.

„Ja, ihr geht es gut. Du brauchst dir keine Sorgen zu machen", versicherte er mir.

„Oh, na wen haben wir denn da? Hallo Jamie", hörte ich eine Stimme hinter mir und es lief mir eiskalt den Rücken hinunter. Vorsichtig drehte ich mich um und sah Tobin, der nur wenige Meter von mir entfernt stand.

„Was willst du, Tobin? Lass mich in Ruhe", erwiderte ich.

„Na was will ich wohl oder eher gesagt wen", grinste er hämisch. Natürlich wusste ich, wen er wollte. Mich! Aber das konnte er vergessen. Ich würde niemals zu ihm zurückgehen.

„Vergiss es", zischte ich.

„Ach Jamie, sieh es endlich ein. Dein Freund .,"

„Verlobter", fiel ich ihm ins Wort.

„Gut dann eben Verlobter. Er wird nicht mehr aus dem Himmel zurückkommen. Ich bin sowieso die bessere Partie für dich. Du wirst bei mir ein schönes Leben haben. Also komm freiwillig zu mir, sonst muss ich dich holen."

„Niemals", erwiderte ich.

„Gut, du hast es nicht anders gewollt", sagte Tobin und wollte gerade mit seiner Hand nach mir greifen, als Sebastian sich zwischen uns stellte.

„Lass sie in Ruhe", knurrte er und sah Tobin wütend an.

„Wer bist du denn? Ach lass mich raten. Du bist Jamies neuer Beschützer, richtig? Dir wurde bestimmt erzählt, dass ich der böse Ex-Freund bin, aber das ist eine Lüge. Dieser Sixt hat Jamie beeinflusst, dass sie mich verlassen hat. Ich habe ihr nie etwas getan und jetzt wo er fort ist, versuche ich sie halt zurückzubekommen, denn ich liebe sie", log Tobin.

„Das stimmt doch überhaupt nicht. Sixt hat mich nicht beeinflusst. Ich habe schon lange, bevor ich ihn kannte, mit dir Schluss gemacht und das hatte so seine Gründe. Einer davon hieß Terina, falls du dich erinnerst", schrie ich ihn an.

„Siehst du, wieder so eine Lüge, die Jamie eingeredet wurde, damit sie sich von mir trennt. Ich bin ihr nie fremdgegangen", log Tobin weiter.

„Und ob du das bist und mir wurde nichts eingeredet", rief ich empört, doch Tobin schien mich zu ignorieren, denn er schaute nur Sebastian an.

„Komm Kumpel, mach den Weg frei. Ich möchte Jamie hier wegbringen und in Ruhe mit ihr reden."

„Nein, das wirst du nicht. Ich glaube, es ist besser, wenn du hier verschwindest", sagte Sebastian und ich war froh, dass er Tobins Lüge nicht geglaubt hatte.

„Wie du willst. Dann werde ich sie mir eben auf einen anderen Weg holen. Du hast es nicht anders gewollt", grinste Tobin hämisch, schnippte einmal mit den Fingern und hinter ihm erschienen vier große muskelbepackte Männer. Das mussten seine Handlanger sein, die bei ihm waren.

„Bring Jamie hier weg", hörte ich Nathan hinter mir mit zusammengebissenen Zähnen sagen. Als ich mich umdrehte, sah ich ihn zusammen mit Sasha, Brian und Timothy neben Bradley stehen. Er musste sie zur Hilfe geholt haben, als Tobin hier aufgetaucht war. Sebastian packte mich am Arm und sprang mit mir nach Hause, wo wir im Wohnzimmer wieder auftauchten. Zum Glück standen die Schutzengel so um uns herum, dass niemand uns gesehen hatte, wie wir gesprungen waren. Die Leute waren auch der Grund gewesen, warum Sasha nicht mit mir aus dem Gebäude springen konnte. Sie hätten uns dabei sehen können und das durfte nicht passieren. Wie hätte man es ihnen erklären sollen, dass wir plötzlich vor ihren Augen verschwunden waren. Die Wahrheit hätten wir schließlich nicht erzählen können. Es hätte an der Uni sofort die Runde gemacht, dass es Schutzengel gab. Man konnte halt nicht jedem Menschen trauen. Für die Schutzengel wäre es schlecht gewesen, denn sie hätten Ärger mit dem Engelsrat deswegen bekommen. Anastasia musste Maya nach Hause gebracht haben, denn die beiden saßen auf der Couch und schauten zu uns, als wir auftauchten.

„Geht es dir gut", fragte mich Maya besorgt.

„Ja, es geht mir gut. Und dir", wollte ich von ihr wissen.

„Alles gut." Im nächsten Moment tauchten die anderen Schutzengel im Wohnzimmer auf.

„Ihr seid schon da? Was ist passiert", wollte ich von ihnen wissen.

„Tobin ist, nachdem ihr verschwunden seid, abgehauen. Er hat seine Handlanger auf uns gehetzt und ist selbst in der Menschenmenge verschwunden", erzählte Timothy.

„Habt ihr denn die Handlanger erledigt", fragte Maya.

„Leider nein. Es hätte zu viel Aufsehen erregt, wenn wir sie mitten auf dem Parkplatz getötet hätten. Aber ein paar Schläge haben sie eingesteckt", grinste Nathan.

„Es ist gar nicht mal so schlecht, dass du im Moment nicht arbeitest. So müssen wir nicht in der Boutique auf dich aufpassen. Bei Tobin weiß man nie, was er als Nächstes plant und wenn er mit seinen Handlangern in die Boutique kommen würde, wäre es für uns ganz schlecht dich zu beschützen, denn wir könnten nicht einfach so auftauchen, wenn wir unsichtbar wären", überlegte Sasha.

„Da hast du recht. Außerdem möchte ich nicht, dass euch oder den Angestellten etwas passiert", erwiderte ich. „Mit unserem Mädchenabend wird es dann wohl auch nichts. Ins Kino zu gehen wäre dann auch zu gefährlich, gerade weil Tobin seine Handlanger wohl dabei hätte, wenn er uns auflauern würde."

„Aber wir können doch hier Zuhause einen Mädchenabend machen. Ich hole DVDs aus der Videothek. Wie wäre es damit", schlug Sasha vor.

„Ja, das hört sich gut an", stimmte ich zu. „Seid ihr dabei", wandte ich mich an Maya und Anastasia.

„Ja, auf jeden Fall", kam es von den beiden.

„Und wir werden dann heute Abend auf die Jagd gehen", grinste Nathan.

„Leute, ich muss euch etwas erzählen", rief Anastasia, als sie am Abend mit Brian im Wohnzimmer auftauchte. „Monica hat wirklich einen Flug nach Orlando gebucht. Sie ist gerade auf dem Weg zum Flughafen."

„Was das gibt es doch nicht. Woher weißt du das", wollte ich von ihr wissen.

„Brian hat gesehen, wie sie Zuhause am Computer einen Last-minute-Flug gebucht hat. Sie hat ihre Sachen gepackt, hat ihren Eltern nur erzählt, dass sie eine Woche nach Florida fliegen würde, um Urlaub zu machen und ist dann mit einem Taxi zum Flughafen gefahren. Wir haben sie vorhin verfolgt und geschaut, ob sie wirklich in den Flieger steigt. Sie hat es wirklich getan und ist nun auf dem Weg nach Orlando."

„Ich habe meine Wette gewonnen", lachte Nathan. „Man ist diese Frau dumm. Jetzt wird sie ganz Orlando nach Sixt absuchen, der aber gar nicht da ist."

„Schade, dass wir hier gerade mit Tobin zu tun haben. Ich würde so gerne nach Orlando fliegen und Mäuschen spielen, um zu sehen, wie sie dort Sixt sucht", kicherte Sasha.

„Ach so ein paar Minuten lassen sich bestimmt mal einplanen", grinste Nathan. „Wisst ihr, in welchem Hotel sie ist", wandte er sich an Anastasia und Brian.

„Ja, sie ist im Sematto Hotel", antwortete Brian.

„Na dann werden wir sie dort doch mal besuchen", erwiderte Nathan.

„Jetzt habe nicht nur ich einen Stalker, sondern Sixt ebenso. Eigentlich könnten sich doch Monica und Tobin zusammentun. Sie sind beide durchgedreht und passen gut zusammen", überlegte ich.

„Da hast du recht. Vielleicht sollten wir die beiden einmal miteinander bekannt machen. Monica kennt Tobin schließlich nur als Matt und mit einem anderen aussehen", schlug Sasha vor.

„Jamie, wenn du Glück hast verliebt sich Tobin dann auch in Monica und er lässt dich in Ruhe", kam es von Maya.

„Soviel Glück werde ich allerdings nicht haben. Monica hat sich damals schon versucht an Tobin beziehungsweise zu der Zeit war er noch Matt, heranzumachen, nachdem ich mich von ihm getrennt hatte. Er hat sie eiskalt abblitzen lassen", erzählte ich.

„Ich habe eine Idee. Wir setzen Monica einfach eine Pappmaske mit Jamies Bild vor ihr Gesicht und Tobin bekommt eine Maske mit Sixts Bild darauf. Und schon haben die beiden, was sie wollen", rief Nathan lachend.

„Das können wir gerne mal probieren. Aber mir ist es doch lieber, wenn ihr Tobin endlich erledigt und ich meine Ruhe habe", sagte ich.

„Na gut, dann werden wir ihn gleich suchen gehen. Sebastian kommst du mit oder möchtest du lieber mit den Frauen einen Mädchenabend machen", fragte ihn Nathan grinsend.

„Ich komme lieber mit euch mit Tobin suchen. Auf Frauengespräche habe ich nicht wirklich Lust."

„Ach warum denn nicht? Wir frisieren uns auch gegenseitig und lackieren uns die Nägel", lachte Sasha.

„Du hast die Gesichtsmasken mit Quark und Gurkenscheiben vergessen", merkte ich grinsend an.

„Genau aus diesen Gründen gehe ich lieber Tobin suchen",
entgegnete Sebastian.

„Schade. Wir hätten gerne unsere neuen Beautyprodukte an dir
ausprobiert. Überleg es dir doch noch mal", lachte ich.

„Nathan, wann wollten wir noch mal los, um uns auf die Suche zu
machen", fragte Sebastian und wurde nervös.

„Jetzt", erwiderte dieser.

„Tut mir leid Mädels, aber ich muss los", verabschiedete sich
Sebastian und verschwand mit den Jungs.

„Feigling", lachte Sasha. „Na los, holt das Popcorn, die Chips und
die Cola heraus und lasst uns den ersten Film gucken."

Kapitel 10

Ich schreckte Freitagnacht aus dem Schlaf und saß schwer atmend im Bett. Es war mal wieder ein Albtraum gewesen. Ich hatte geträumt, dass ich mit Sixt an meinem Lieblingsort an den Klippen am Meer gewesen war. Wir hatten einen schönen Nachmittag dort verbracht und unsere Zweisamkeit genossen. Alles war so wie früher gewesen, bevor Sixt in den Himmel gerufen wurde. Plötzlich hatte sich die Szene geändert. Es war stockdunkel geworden und ich konnte nichts sehen. Ein grelles Licht tauchte vor mir auf und blendete mich.

„Ich muss gehen", hörte ich Sixt neben mir sagen.

„Wohin", fragte ich verwundert und drehte mich zu ihm.

„Der Himmel ruft nach mir. Ich muss gehen."

„Nein, nein bitte bleib hier", flehte ich ihn an und wollte nach seinem Arm fassen, aber ich griff immer wieder durch den Arm hindurch, so als ob Sixt in einer Geistergestalt wäre.

„Das geht leider nicht. Der Engelsrat hat mir befohlen in den Himmel zu kommen und ich muss gehorchen."

„Nein, das musst du nicht. Bitte bleib bei mir. Ich brauche dich doch."

„Es tut mir leid, Süße. Aber es muss sein. Denk immer daran, ich liebe dich", sagte er und ging ins Licht.

„Nein, bleib hier. Bitte! Ich liebe dich doch auch", rief ich doch es war zu spät. Sixt war bereits im Licht verschwunden. Ich wollte ihm hinterher, doch der Lichtschein verschwand vor meinen Augen und ich blieb im Stockdunkeln zurück.

„Nein", schrie ich verzweifelt und wachte auf. Nun saß ich im Bett und versuchte mich zu beruhigen. Dabei ließ ich meinen Blick schweifen und erschrak, als ich an der Treppe von der Empore eine Gestalt im weißen Licht leuchten sah. Es musste ein Schutzengel sein, denn nur sie konnten sich in gleisendes Licht verwandeln. Sixt war damals, bevor wir zusammengekommen waren, einige Male in dieser Gestalt in meinem Schlafzimmer erschienen. Sixt! Konnte es wirklich sein? Aber warum sollte er in dieser Gestalt hier erscheinen und warum stand er einfach nur so da, anstatt zu mir zu kommen? „Sixt", fragte ich hoffnungsvoll.

„Nein, ich bin nicht Sixt. Entschuldige, dass ich mitten in der Nacht in deinem Zimmer auftauche und dich erschreckt habe, aber nur so kann ich in Ruhe mit dir reden", sagte das Wesen und verwandelte sich in seine menschliche Gestalt. Ich schaltete die Lampe auf dem Nachttisch an, da es nun wieder dunkel im Zimmer war. Vor dem Bett stand nun ein großer, schlaksiger Mann mit rötlichen kurzen Haaren. Vom Alter her hätte ich ihn auf Ende zwanzig geschätzt.

„Wer bist du und warum möchtest du mit mir reden", fragte ich ihn.

„Ich bin Henri. Ich weiß, was der Engelsrat getan hat und das dein Freund Sixt im Himmel festgehalten wird. Ich habe einige wichtige Informationen für dich, die du vielleicht gebrauchen kannst, um deinen Freund auf die Erde zurückzuholen", erklärte er mir.

„Aber warum kannst du mir diese Informationen denn nicht am Tag mitteilen und musst in der Nacht kommen?"

„Weil ich etwas getan habe, worauf ich nicht stolz bin. Wenn es ein Schutzengel erfährt, würde es für mich die Verbannung in die Hölle bedeuten", erklärte er mir.

„Und warum möchtest du mir diese Informationen erzählen, wenn du befürchten musst, verbannt zu werden?" Ich verstand ihn nicht. Warum tauchte er nachts in meinem Zimmer auf und wollte mir etwas erzählen, wofür er aus dem Himmel verbannt werden könnte?

„Diese Informationen werden Sixt helfen wieder zu dir zurückzukommen. Ich möchte euch beiden helfen, weil Sixt mir vor zwei Jahren geholfen hat."

„Wobei hat er dir geholfen?"

„Du bist ganz schön neugierig."

„Das darf ich auch sein, wenn du nachts bei mir im Zimmer auftauchst", erwiderte ich.

„Das ist eine längere Geschichte", seufzte er.

„Ich habe Zeit."

„Also gut. Meine Freundin Lisa hat damals einen Fehler begannen. Sie hat sich ihrer Schwester gezeigt, obwohl sie es als Schutzengel nicht durfte. Der Sohn ihrer Schwester ist an einer schweren Krankheit gestorben. Lisa wollte ihr nur Trost spenden und ihr sagen, dass es ihrem Sohn im Himmelreich gut ginge. Der Engelsrat hat es erfahren und Lisa musste zur Strafe sofort ins Himmelreich. Ich habe alles versucht den Engelsrat umzustimmen und sie gebeten ihr noch eine Chance zu geben. Aber sie ließen sich nicht umstimmen. Das war vor drei Jahren."

„Das ist schrecklich. Ich verstehe nicht, warum der Engelsrat nicht mal eine Ausnahme machen kann, schließlich wollte sie doch nur ihrer Schwester helfen."

„Das interessiert den Engelsrat leider nicht", sagte Henri traurig. „Naja nun aber zu der Sache, die euch helfen wird, dass Sixt wieder zurück auf die Erde kommt. Isidor hatte mir, nachdem Lisa ins Himmelreich musste, einen Deal vorgeschlagen. Er wollte, dass ich die Schutzengel ausspioniere und ihm alles berichte, was mir auffiel. Ganz besonders wollte er wissen, ob ein Schutzengel eine Beziehung zu einem Menschen hatte. Dazu musst du wissen, dass Isidor es gewesen ist, der vor Jahren das Gesetz erlassen hat, dass Schutzengel keine Beziehungen zu Menschen haben dürften. Er wurde vor Jahren von einer Frau sehr verletzt. Sie war ein Mensch und seine große Liebe. Er hat alles für sie getan, sie auf Händen getragen und ihr jeden Wunsch erfüllt. Allerdings hat sie ihn nur belogen, betrogen und ausgenutzt. Daraufhin hat er nach der Trennung das Gesetz erlassen. Es war mehr aus Frust über das, was er erlebt hatte. Doch er hält bis heute noch an diesem Gesetz fest, auch wenn die Schutzengel sich nicht unbedingt daranhalten. Wie ihr beide", sagte er.

„Hast du uns auch ausspioniert", wollte ich von ihm wissen. „Nein, das habe ich nicht. Zu der Zeit, wo Sixt dich kennengelernt hat, habe ich keinen Schutzengel mehr ausspioniert. Ich habe es auch nur getan, weil Isidor mir zugesichert hat, dass Lisa dafür wieder auf die Erde dürfte. Sonst hätte ich es nie getan. Ich hatte die ganze Zeit über auch ein schlechtes Gewissen, weil ich einige Schutzengel ausspioniert hatte. Ich wollte es eigentlich nicht. Ich bin niemand, der jemanden verrät. Ich hatte es wirklich nur wegen Lisa getan. Ich wollte sie doch einfach nur zurück. Sie einfach nur wieder in die Arme schließen. Isidor hat mich immer wieder hingehalten. Er ließ Lisa nicht auf die Erde zurück, obwohl wir ein Abkommen hatten. Immer wieder fand er neue Ausreden, warum er sie noch nicht aus dem Himmelreich lassen konnte, sei es, dass ich noch nicht genug Informationen über die Schutzengel gesammelt hatte oder dass er den richtigen Moment erst abwarten müsste, dass er sie wieder auf die Erde lassen könnte. Vor zwei Jahren hatte es mir gereicht. Ich war so wütend auf Isidor, weil er mich mal wieder hinhielt. Ich wollte Lisa schließlich selbst aus dem Himmelreich holen. Diese Tat hätte für mich die Verbannung bedeutet und ich hätte Lisa nie wiedergesehen. Sixt war an diesem Tag beim Engelsrat gewesen und hat durch Zufall mitbekommen, was ich vorhatte. Er hat mich von diesem Vorhaben abgebracht und auf mich eingeredet, dass ich es nicht tun soll. Naja er hatte recht, denn wenn ich verbannt werden würde, könnte ich Lisa nie wiedersehen. So habe ich doch noch eine Chance sie wiederzusehen, wenn ich sterbe und ins Himmelreich komme. Das ist aber noch nicht alles. Ich habe noch eine Information, die Agron betrifft."

„Und welche ist das? Kann sie uns auch helfen Sixt auf die Erde zurückzuholen", fragte ich.

„Ja, das wird sie. Und zwar ist Danny nicht gestorben, weil er dich beschützen wollte. Er musste sterben, weil Agron Terina den Auftrag dazu erteilt hat."

„Was? Woher weißt du das", wollte ich nun wissen.

„Ich habe damals, wo ich die Schutzengel ausspioniert habe, das Gespräch zwischen Agron und Terina auf der Erde mitbekommen, indem es um den Auftrag zum Mord ging. Anscheinend hatte Agron damals eine Freundin namens Cynthia, die ein Mensch war. Sie hatte sich von ihm getrennt, weil sie sich in Danny verliebt hatte. Agron kam damit nicht zurecht und fasste den Plan Danny umbringen zu lassen, damit dieser ins Himmelreich kam. Er dachte, dass sich Cynthia wieder für ihn entscheiden würde, da sie Danny erst wiedersehen konnte, wenn sie starb. Cynthia hatte aber keine Gefühle mehr für Agron. Sie liebte Danny immer noch. Sie starb einem Monat später bei einem Autounfall und entschied sich, statt ein Schutzengel zu werden, im Himmelreich zu bleiben. So konnte sie wieder mit Danny zusammen sein", erzählte Henri mir.

„Das ist unfassbar. Nur weil Agron Liebeskummer hatte, musste Danny sterben. Ich kann es nicht glauben. Oh warte mal. Diese Informationen könnten den Engelsrat stürzen", fiel mir ein.

„Ja, das kann passieren", erwiderte Henri.

„Das ist es, was du willst, oder", hakte ich nach.

„Es wird Zeit, dass sich im Engelsrat etwas verändert. Sie können sich nicht alles erlauben, nur weil sie der Meinung sind, dass sie höher stehen, als die Schutzengel. Wenn Eoghan, also der

Engelspräsident, von ihren Taten erfährt, wird er sie aus dem Engelsrat schmeißen."

„Aber für dich kann es die Verbannung bedeuten. Isidor wird auf jeden Fall wissen, wer uns diese Informationen gegeben hat. Er hat dich schließlich zu seinem Spion gemacht."

„Das könnte passieren. Aber ich habe die Hoffnung, dass Eoghan Gnade walten lässt, da ich diese Informationen gegeben habe."

„Ich muss den anderen die Informationen mitteilen, damit sie diese bei der Verhandlung benutzen können. Was mache ich, wenn sie mich fragen, woher ich sie habe", fragte ich.

„Sag ihnen erst mal nicht, dass du sie von mir hast. Wenn sie dich fragen, sagst du einfach, dass du es nicht sagen darfst. Aber du könntest diese Informationen auch selbst dem Engelsrat beziehungsweise dem Engelspräsidenten mitteilen."

„Wie denn? Die Schutzengel nehmen mich nicht mit in den Himmel. Das habe ich bei der letzten Verhandlung auch schon versucht."

„Na da werden wir schon eine Lösung finden", grinste Henri.

Sonntag! Endlich war es soweit. Der Tag der Entscheidung. Ich war sehr nervös und hoffte, dass alles gut gehen würde und Sixt wieder auf die Erde dürfte.

„Bitte nehmt mich mit", flehte ich Sasha an, obwohl ich wusste, dass sie es nicht tun würden. Aber ein Versuch war es wert.

„Du weißt, dass es leider nicht geht. Aber ich verspreche dir, wir werden mit Sixt zurückkommen."

„Das hoffe ich." Sasha und die anderen verschwanden vor meinen Augen und sprangen in den Himmel. Jesse und Bradley waren gekommen um in der Zeit, während die anderen bei der Verhandlung waren mit Sebastian auf Maya und mich aufzupassen.

„Ich gehe in mein Zimmer. Ich muss für die Uni lernen", sagte ich zu ihnen und fuhr mit dem Fahrstuhl hoch zu meinem Zimmer. Dort angekommen ging ich schnellen Schrittes ins Zimmer und schloss die Tür hinter mir.

„Sie sind weg", sagte ich zu Henri, der bereits auf mich wartete.

„Das ist gut. Können wir dann los", fragte er.

„Ja. Ich hoffe nur, dass unser Plan auch funktionieren wird", erwiderte ich.

„Das wird er. Da bin ich mir sicher", versicherte er mir. Da ich wusste, dass die Schutzengel mich nicht mit in den Himmel nehmen würden, hatten Henri und ich ausgemacht, dass er mich dorthin bringen würde. Henri nahm meinen Arm und sprang mit mir in den Himmel. Wir kamen in einem großen Raum an und ich staunte nicht schlecht. Die Wände und der Fußboden des Raumes waren mit Marmor verkleidet. Es musste eine Art Eingangshalle sein von der aus einige Türen, die aus dunklem Holz waren, abgingen. Neben den Türen standen rote Sesselgruppen mit kleinen Tischen.

„Du musst durch diese Tür", wies mich Henri an.

„Kommst du nicht mit", fragte ich verdutzt.

„Nein, ich bleibe erst einmal hier. Wenn Isidor mich sieht, weiß er sofort, dass ich dir etwas gesagt habe und das wollen wir doch nicht. Ich werde hinzukommen, sobald ich merke, dass du Hilfe brauchst. Und jetzt geh. Los, sonst fangen sie die Verhandlung ohne dich an."

„Okay. Ich hoffe, dass alles gut geht."

„Das wird es", erwiderte Henri zuversichtlich und setzte sich auf einen der Sessel, die neben der Tür standen. Nervös ging ich auf die große dunkle Holztür zu. Ich atmete noch einmal tief durch, bevor ich sie öffnete und den nächsten Raum betrat. Na dann auf in den Kampf. Dieser Raum war genauso groß wie die Eingangshalle. In der Mitte stand ein großer dunkelbrauner Holztisch mit drei thronartigen Stühlen dahinter. Auf dem Tisch standen jeweils vor jedem Platz Namensschilder mit den Namen der Engelsratmitglieder. Sie waren wahrscheinlich da, damit Neuankömmlinge wussten, wie sie hießen. Da würde wahrscheinlich der Engelsrat sitzen. Auch in diesem Raum waren die Wände und der Boden mit Marmor ausgekleidet. Ich schloss die Tür und trat weiter in den Raum hinein.

„Jamie, was machst du hier und wie bist du hier hergekommen", fragte Sasha verwundert, die mit den anderen Schutzengeln an der linken Seite im Raum stand.

„Ich hatte jemanden, der mich hier hergebracht hat und ich bin hier um Sixt nach Hause zu holen", erwiderte ich. Ich wollte ihnen noch nicht verraten, wer derjenige gewesen war, der mich in den Himmel gebracht hatte. Das war im Moment eigentlich auch egal, denn das Einzige, was ich wollte, war Sixt auf die Erde zurückzuholen.

„Das darf doch nicht wahr sein. Das wird ärger geben", stöhnte Timothy.

169

„Keine Angst ich werde dem Engelsrat sagen, dass ihr damit nichts zu tun habt. Die Schuld werde ich alleine auf mich nehmen", sagte ich.

„Jamie, das geht nicht. Menschen dürfen nicht einfach so in den Himmel. Komm, ich bringe dich schnell wieder nach Hause, bevor sie dich noch bemerken", kam es von Sasha.

„Nein, ich bleibe hier", erwiderte ich und ging einen Schritt zurück, als sie auf mich zukommen wollte.

„Das wird unseren Plan zunichtemachen", sagte Nathan.

„Nein, wird es nicht. Ich habe wichtige Informationen, womit Sixt auf jeden Fall wieder nach Hause darf."

„Dann sage uns die Informationen. Wir werden sie dem Engelsrat mitteilen. Komm, du musst jetzt nach Hause", versuchte es Sasha noch einmal und schaute sich nervös um. Ich konnte sie verstehen. Sie hatte Angst. Der Engelsrat würde denken, dass sie mich mit in den Himmel genommen hatten. Aber so war es nicht und ich würde es dem Engelsrat schon erklären. Zur Not war Henri noch da, der mir helfen würde. Zumindest hoffte ich das.

„Nein. Ich werde es ihnen selbst sagen", sagte ich und verschränkte die Arme vor der Brust. Ich hörte hinter mir jemanden den Raum betreten, aber ich schaute mich nicht um. Ich hatte Angst, dass die Schutzengel diesen Moment nutzen würden, um mich nach Hause zu bringen.

„Jamie, schau mal", sagte Nathan und deutete mit der Hand auf etwas hinter mir.

„Nein, darauf falle ich nicht herein. Ihr wollt nur, dass ich mich umdrehe, damit ihr mich nach Hause bringen könnt. Vergisst es", erwiderte ich und blieb stehen.

„Jamie", hörte ich eine mir allzu bekannte Stimme hinter mir fragen und ich erstarrte. Sollte er es wirklich sein? Vorsichtig drehte ich mich zu dieser Stimme um und da stand er. Sixt! Er stand an der rechten Seite des Raumes mit zwei Wachen, wie ich annahm. Sixt sah sehr mitgenommen aus und hatte unter den Augen dunkle Ringe.

„Sixt", kam es von mir und schon setzten sich meine Beine in Bewegung. Ich lief zu ihm und fiel ihm um den Hals. Sofort schloss er seine Arme um meinen Körper.

„Jamie. Aber wie kann das sein? Was machst du hier? Du bist doch nicht etwa …", fragte er sprach es aber nicht aus.

„Nein, sie ist nicht tot. Wie sie hier in den Himmel gekommen ist, wissen wir nicht", kam es von Sasha.

„Ich will dich nach Hause holen. Ich habe wichtige Informationen, die dir helfen werden", schluchzte ich und drückte mich eng an ihn. Tränen rannen meine Wangen entlang. Es tat so gut ihn zu spüren und seinen Geruch wieder einatmen zu können. Am liebsten hätte ich ihn nie wieder losgelassen.

„Was ist hier los? Warum ist ein Mensch, der noch nicht gestorben ist, hier im Himmel", hörte ich hinter mir eine aufgebrachte männliche Stimme fragen. Ich löste mich von Sixt, wischte mir meine Tränen weg und drehte mich zu dieser Stimme um. Am Tisch saßen nun drei Herren, die schätzungsweise um die vierzig Jahre alt gewesen sein mussten, als sie gestorben waren. Das war also der berühmte Engelsrat. Ich hatte gar nicht mitbekommen, dass sie den Raum betreten hatten.

„Hallo zusammen. Ich bin Jamie, aber ihr müsstet mich eigentlich mittlerweile kennen und ich bin hier um meinen Verlobten nach Hause zu holen, den ihr hier ohne Grund festhaltet", sagte ich und ging ein Stück auf den Engelsrat zu. Wut stieg in mir auf, als ich sah, wie die Engelsratmitglieder mich in einer arroganten Haltung ansahen.

„Wer hat dich hier in den Himmel gebracht. Sag uns den Namen und dieser Schutzengel wird sofort ins Himmelreich geschickt", forderte mich ein Mann mit kurzen schwarzen Haaren und einen Schnauzbart auf. Er trug, wie auch die anderen beiden Engelsratmitglieder, eine weiße Robe. Da er auf dem Platz saß, wo Isidors Namensschild stand, nahm ich an, dass er Isidor war.

„Ich werde euch den Namen nicht verraten. Dieser Schutzengel ist allerdings auch nicht in diesem Raum. Wenn ihr aber jemanden bestrafen müsst, dann tut es. Ich nehme die ganze Schuld auf mich, also werdet ihr wohl oder übel mich bestrafen müssen."

„Das können wir nicht. Wir dürfen keine Menschen bestrafen. Aber wir werden schon herausfinden, welcher Schutzengel dich in den Himmel gebracht hat", sagte er.

„Viel Spaß dabei. Ich gebe euch einen Tipp. Es ist kein Schutzengel aus meinem Freundeskreis. Na dann sucht mal schön. Ihr könnt schließlich nicht alle Schutzengel ins Himmelreich schicken, nur weil Ihr vermutet, dass dieser es gewesen ist", erwiderte ich.

„Jamie", ermahnte mich Sixt.

„Ich dulde nicht, dass du in so einem Ton mit uns sprichst. Weißt du eigentlich, wen du vor dir hast", wollte Isidor von mir wissen.

„Ja, natürlich weiß ich das. Ihr seid die Mitglieder des Engelsrates, die Dreck am Stecken haben", erwiderte ich leichthin. Oh war ich wütend und es tat gut dieser Wut mal Luft machen zu können.

„Jamie", ermahnte mich dieses Mal Sasha.

„Wie bitte. Das ist doch wohl die Höhe. Was glaubst du eigentlich, wer du bist? Du bist nur ein kleiner erbärmlicher Mensch", schrie Isidor, stand auf und wollte gerade auf mich zukommen, als sich Sixt und Nathan schützend vor mich stellten.

„Du beleidigst meine Verlobte nicht", knurrte Sixt ihn an.

„Und du wirst dein Leben im Himmelreich verbringen. Die Entscheidung ist gefallen", zischte Isidor.

„Nein, das ist sie noch lange nicht", sagte ich und quetsche mich an Nathan und Sixt vorbei, sodass ich nun direkt vor dem Tisch stand.

„Was ist hier los", fragte ein großer Mann mit grauen kurzen Haaren und einem kleinen Bauchansatz. Vom Alter her hätte ich sein Sterbealter auf Mitte fünfzig geschätzt. Auch er trug eine weiße Robe, die allerdings goldene Ränder an den Ärmeln und am Halsausschnitt besaß.

„Oh Präsident Eoghan. Wir wollten Sie nicht stören", sagte Elias entschuldigend.

„Das habt ihr allerdings mit eurer Lautstärke. Also? Ich warte auf eine Erklärung."

„Eure Eminenz dieser Mensch wurde von einem dieser Schutzengel hier in diesem Saal mit in den Himmel gebracht, obwohl es verboten ist", kam es von Isidor.

„Das stimmt nicht. Ich wurde zwar von einem Schutzengel hier hochgebracht, aber es war niemand der hier anwesenden", sagte ich.

„Und wer war es dann", wollte nun Eoghan wissen.

„Das möchte ich im Moment nicht sagen. Wichtig ist allerdings, dass mein Verlobter von dem Engelsrat zu Unrecht hier im Himmel festgehalten wird und ich bin gekommen, um ihn wieder nach Hause zu holen", erwiderte ich und erzählte dem Engelspräsidenten kurz, weshalb Sixt im Himmel festgehalten wurde.

„Ich habe nie verstanden, warum es dieses Gesetz eigentlich gibt, dass Schutzengel nicht mit Menschen eine Beziehung führen

dürfen. Aber ich bin auf die Informationen gespannt, die du hast",
sagte Eoghan, nahm sich einen Stuhl und setzte sich neben Isidor.
„Nun gut. Als Erstes sollten Sie wissen, warum Elias so versessen
darauf ist, dass Sixt im Himmel bleibt. Er schuldet seinem Bruder
nämlich einen Gefallen und dieser ist hier im Himmel sehr bekannt.
Ich glaube, Sie wissen gar nicht, dass Elias und Tobin verwandt
sind. Sie sind nämlich Brüder. Elias soll Sixt im Himmel behalten,
damit Tobin freie Bahn bei mir hat."

„Das stimmt doch überhaupt nicht. Sie lügt", schrie Elias und
sprang von seinem Stuhl auf.

„Und ob das stimmt. Interessant ist auch, mit wem du gemeinsame
Sache machst. Möchtest du es dem Engelspräsidenten sagen, wer
den gefallenen Engeln aus der Hölle geholfen hat oder soll ich das
tun", fragte ich ihn.

„Du kleine Lügnerin", schrie Elias.

„Genug jetzt", rief Eoghan und wandte sich dann an mich. „Jamie,
erzähl uns, was du weißt." Hatte er mich gerade bei meinem
Namen genannt? Woher wusste er ihn? Ich hatte mich ihm doch
gar nicht vorgestellt.

„Sie kennen meinen Namen", fragte ich verdutzt nach.

„Ja natürlich. Ich kenne jeden Menschen mit Namen. Also bitte
erzähl uns nun, was es mit Tobin und Elias auf sich hat."

„Okay. Elias hat eine Freundin. Sie heißt Cassandra und ist eine
Dämonin. Sie kennen sie bestimmt. Sie hat Elias geholfen seinen
Bruder, Luzia und Gregory aus der Hölle zu befreien. Elias
schuldet Tobin noch einen Gefallen, als er ihn damals aus dem
Himmel verbannt und zu einem gefallenen Engel gemacht hat.
Dieser Gefallen soll nun sein, dass er dafür sorgt, dass Sixt im
Himmel bleibt. Tobin will mich in seiner Gewalt haben. Er
akzeptiert einfach nicht, dass ich ihn nicht liebe und versucht alles,
um an mich heranzukommen. Elias hilft ihm im Moment dabei und
versucht nicht nur Sixt im Himmel zu behalten, sondern er hat
auch wahrscheinlich, ohne das Wissen der anderen
Engelsratsmitglieder, mir einen neuen Schutzengel zugewiesen und
den Entscheidungstermin hat er auch noch unnötig in die Länge
gezogen."

„Das stimmt doch alles gar nicht", rief Elias wieder dazwischen.

„Jamie, woher weißt du das", fragte Eoghan mich und ignorierte
Elias.

„Ich habe ein Gespräch im Einkaufszentrum, eher gesagt war es der Hinterhof, zwischen ihm und Cassandra mitbekommen. Vorher wurde er zusammen mit Tobin gesehen", antwortete ich.

„So so. Das ist sehr interessant. Elias, du weißt, dass es Engeln verboten ist, Beziehungen mit Höllenwesen zu führen und erst recht Abkommen mit ihnen zu schließen. Dabei ist es egal, ob es sich um deinen Bruder handelt", erinnerte ihn Eoghan.

„Ich weiß. Aber es stimmt doch überhaupt nicht. Dieser Mensch lügt", verteidigte sich Elias.

„Ich lüge nicht. Wir können gerne mal deinen Bruder fragen beziehungsweise hat er mir schon erzählt, wer ihm geholfen hat und das dafür gesorgt wird, dass Sixt nicht mehr zurück auf die Erde darf"

„Das wird Konsequenzen haben, Elias", sagte Eoghan.

„Aber … aber", stotterte Elias.

„Nichts aber. Ich dulde keine Machenschaften mit Höllenwesen, auch wenn Tobin dein Bruder ist", erwiderte Eoghan streng.

„Eure Eminenz, nur weil ein Mensch sagt, dass sie ihn gesehen und ein Gespräch mitbekommen hätte, muss es doch nicht der Wahrheit entsprechen", kam es von Agron, der bis zu diesem Zeitpunkt geschwiegen hatte. Agron war ein schlanker Mann mit hellblonden raspelkurzen Haaren.

„Sollen wir mit dir weitermachen? Nicht nur Elias hat Dreck am Stecken", fragte ich provozierend.

„Na da bin ich ja mal gespannt, was du mir vorwerfen willst", grinste er hämisch und lehnte sich mit vor der Brust verschränkten Armen in seinem Stuhl zurück. Ich griff hinter mir nach Sixts Hand und drehte meinen Kopf zu ihm, sodass ich ihn ansehen konnte. Das würde jetzt nicht leicht für ihn werden.

„Es tut mir so leid. Was jetzt kommt, wird nicht schön", sagte ich zu Sixt und wandte mich dann wieder Agron zu. „Wie geht es denn deiner Bekannten Terina in der Hölle oder wie geht es Cynthia? Sie ist bestimmt wieder glücklich mit Danny vereint. Danny ist bestimmt die bessere Partie für sie, als so ein skrupelloser Mistkerl wie du einer bist."

„Du kleines Miststück. Cynthia gehört mir und sie wird es auch noch merken, dass ich besser für sie bin als dieser Dreckskerl", schrie Agron mich an.

„Hast du ihn deswegen umbringen lassen", wollte ich nun von ihm wissen.

174

„Er hat was", fragte Sixt und sein Griff um meine Hand wurde fester.

„Es tut mir so leid, Sixt. Aber es ist die Wahrheit. Agrons große Liebe Cynthia hat sich damals von ihm getrennt, weil sie sich in Danny verliebt hat. Agron konnte es nicht ertragen und hat Terina beauftragt ihn umzubringen. Sie hat ihn nicht getötet, weil er mir geholfen hat und meinen Wagen gestoppt hat. Sie sollte ihn umbringen. Agron erhoffte sich, dass Cynthia zu ihm zurückkommen würde, da Danny ins Himmelreich musste. Cynthia allerdings starb einen Monat später bei einem Unfall und entschied sich, anstatt ein Schutzengel zu werden, lieber für das Himmelreich, wo sie mit Danny zusammen sein konnte", erzählte ich und sah dabei Sixt an. Anschließend wandte ich mich wieder Agron zu.

„Das muss ein harter Schlag für dich gewesen sein, dass dein Plan nicht aufging und deine große Liebe sich für einen anderen entschieden hat."

„Halt deine Schnauze", fuhr er mich an.

„Woher willst du diese Information haben? Hast du auch wieder ein Gespräch belauscht", höhnte Isidor.

„Nein, es wurde mir von jemandem berichtet, der allerdings das Gespräch zwischen Agron und Terina belauscht hat. Apropos belauschen! Du kennst dich damit doch am besten aus."

„Wie meinst du das", hakte Isidor nach.

„Als ob du das nicht wüsstest. Du hast doch die Schutzengel ausspionieren lassen, nur um sie dann wegen Vergehen ins Himmelreich schicken zu können. Ganz besonders diejenigen, die sich nicht an dein Gesetz, welches du aufgestellt hast, dass Schutzengel keine Beziehung mit Menschen haben dürfen, gehalten haben. Das Gesetz hast du doch nur aus Frust aufgestellt. Nur weil eine Menschenfrau dich betrogen und belogen hat."

„Das kann dir doch nur dieser Mistkerl erzählt haben", schrie Isidor aufgebracht. In dem Moment ging die Tür auf und Henri kam grinsend herein.

„Richtig. Ich war es. Ich habe Jamie erzählt was du getan hast. Aber da fehlt noch etwas", sagte Henri und stellte sich neben mich.

„Isidor hat mich damals erpresst. Er wollte, dass ich für ihn die Schutzengel ausspioniere und dafür dürfte meine Freundin wieder auf die Erde, die damals einen Fehler begannen und sich einmal ihrer Schwester gezeigt hatte. Aber er hat sein Versprechen nicht gehalten und wollte mich für seine Zwecke ausnutzen. Durch meine Tätigkeit als Spion allerdings habe ich das Gespräch von Agron und Terina mitbekommen, indem es darum ging, dass sie Danny töten sollte."

„Das ist alles eine Lüge. Ich habe niemanden dazu gezwungen für mich den Spion zu spielen", rief Isidor empört.

„Oh doch, das hast du. Soll ich die Namen derjenigen aufzählen, die durch mich ins Himmelreich mussten, weil du wolltest, dass ich sie ausspioniere", fragte Henri.

„Henri, wegen welchen Vergehen mussten die Schutzengel denn ins Himmelreich", fragte Eoghan.

„Die meisten von ihnen, weil sie mit einem Menschen eine Beziehung hatten. Es gab auch welche, die andere Regeln verletzt hatten, aber das waren wenige. Es tut mir so leid, dass ich die Schutzengel ausspioniert habe. Ich habe es nur getan, weil mir versprochen wurde, dass meine Freundin wieder auf die Erde dürfte. Ich liebe sie über alles und wollte sie doch einfach nur wieder bei mir haben. Ich hatte vorher schon einige Anträge gestellt, dass ich ins Himmelreich dürfte, aber sie wurden alle abgelehnt. Und so kam Isidor auf mich zu und hat mir dieses Angebot gemacht beziehungsweise hat er mich mit Lisas Rückkehr auf die Erde erpresst. Ich wollte zuerst diesen Job nicht tun, aber mir blieb nichts anderes übrig, wenn ich sie wiedersehen wollte."

„Das ist alles wirklich unglaublich. Der Engelsrat soll eigentlich für die Schutzengel da sein, ihnen helfen, aber auch aufpassen, dass sie ihre Arbeit richtig machen und nicht die Macht des Rates für eigene Zwecke ausnutzen. Das wird Konsequenzen haben. Ich werde mit sofortiger Wirksamkeit den Engelsrat auflösen. Ihr werdet für eure Taten mit der Verbannung bestraft und werdet nun gefallene Engel sein", sagte Eoghan streng zu den Engelsratmitgliedern.

„Was? Aber Eure Eminenz, bitte das dürfen Sie nicht tun. Ich habe doch gar nichts Schlimmes getan", flehte Elias entsetzt.

„Du hast nichts Schlimmes getan? Du hast Abkommen mit deinem Bruder und der Dämonin Cassandra getroffen. Von deiner Liebschaft ganz zu schweigen. So etwas kann ich nicht tolerieren. Ich kann auch nicht tolerieren, dass Agron einen Mord an einem Schutzengel in Auftrag gegeben hat oder, dass Isidor seine Macht ausnutzt, um Schutzengel zu erpressen. Das Urteil ist gefallen. Ihr werdet verbannt. Wachen führt sie ab", rief Eoghan und sofort eilten Wachleute herbei, die Isidor, Elias und Agron aus dem Raum führten. Natürlich nicht, ohne dass die Drei sich wehrten und schrien, sie sollten sie loslassen.

„Das werdet ihr noch bereuen", schrie Agron und sah mich mit einem wütenden Blick an, als er mit zwei Wachleuten den Raum verließ.

„Nun zu dir Henri. Auch du musst für deine Tat bestraft werden", sagte Eoghan und wandte sich zu ihm.

„Bitte verbannen Sie ihn nicht. Er hat doch schließlich geholfen die Machenschaften des Engelsrates aufzudecken", flehte ich, denn ich wollte nicht, dass Henri für seine eigentlich gute Tat bestraft wurde.

„Nein, das werde ich nicht. Bestraft wird er trotzdem", erwiderte Eoghan und wandte sich dann an Henri. „Du wirst mir zuerst eine Liste der Schutzengel erstellen, die du ausspioniert hast und die deswegen ins Himmelreich mussten. Des Weiteren wirst du einige Aufgaben für mich erledigen. Ich kann deine Freundin nicht aus dem Himmelreich lassen, denn sie hat nun mal die Regel gebrochen, sich ihrer Schwester zu zeigen. Aber ich kann dich dafür ins Himmelreich schicken und du darfst nicht zurück auf die Erde. Nimmst du deine Strafe an", fragte er Henri.

„Ja, ich werde meine Strafe annehmen", erwiderte dieser lächelnd.

„Ach und weil du Jamie hier in den Himmel gebracht hast, wirst du nachher den Hof kehren", fügte Eoghan noch hinzu.

„Woher wissen Sie das", fragte ich verdutzt.

„Ich weiß vieles und bekomme sehr viel mit, was in diesem Palast geschieht", grinste er.

„Außerhalb leider weniger, sonst hätten Sie viel eher mitbekommen, was der Engelsrat so treibt", sagte ich.

„Ja, da hast du recht. So und nun zu euch. Also Sixt es gibt für mich keinen Grund dich weiterhin hier im Himmel zu behalten. Wenn du möchtest, darfst du zurück auf die Erde. Außerdem werde ich das Gesetz aufheben, dass Schutzengel keine Beziehung zu Menschen haben dürfen. Es sollte sich dabei allerdings an ein paar Regeln gehalten werden, damit es kein Chaos auf der Erde gibt, wie zum Beispiel, dass nicht verraten werden darf, dass es Schutzengel gibt", lächelte Eoghan.

„Du darfst nach Hause", rief ich, drehte mich dabei zu Sixt um und fiel ihm um den Hals. Sofort schlang Sixt seine Arme um meinen Körper und drückte mich eng an sich.

„Du hast mir so gefehlt", flüsterte Sixt an meinem Ohr.

„Du mir auch", erwiderte ich.

„Was wird denn nun aus dem Engelsrat? Werden Sie eine Wahl für neue Mitglieder machen", hörte ich Timothy hinter mir fragen.

„Wieso willst du dich als Kandidat für die Wahl aufstellen lassen", fragte Nathan grinsend.

„Nein, ich glaube, da hätte Maya etwas dagegen, wenn ich die meiste Zeit im Himmel wäre, weil ich arbeiten müsste. Aber du könntest dich doch aufstellen lassen."

„Na sicher und dann wird hier im Himmel mehr Computerspiele gespielt als gearbeitet", lachte Sasha.

„Ich werde erst einmal die Aufgaben des Engelsrates selbst übernehmen. Im Moment habe ich einen Helfer", sagte Eoghan und deutete auf Henri.

„Ach Henri, vielen Dank für deine Hilfe", bedankte sich Sixt bei ihm.

„Du brauchst mir nicht danken. Ich habe dir noch einen Gefallen geschuldet. Du hast mir schließlich auch damals geholfen."

„Das war etwas anderes. Du hast heute in Kauf genommen, dass du verbannt wirst und das nur, weil du uns helfen wolltest."

„Dafür wurden aber auch die Machenschaften des Engelsrates aufgedeckt, was wirklich mal Zeit wurde. Abgesehen davon gefällt mir meine Strafe, die ich für meine Taten bekommen habe", grinste Henri.

„Das glaube ich", erwiderte ich. „Sehen wir uns wieder?"

„Bestimmt, wenn du mal wieder hier im Himmel auftauchst", lächelte Henri.

„Naja so schnell wird das wohl nicht der Fall sein, denn Menschen dürfen doch gar nicht in den Himmel."

„Da hast du recht und diese Regel wird auch weiterhin bestehen bleiben", sagte Eoghan, der zu uns gekommen war. „Ihr wollt also heiraten? Wann soll es denn soweit sein?"

„Am zwanzigsten April", antwortete Sixt.

„Sie sind herzlich dazu eingeladen", sagte ich, denn ich war diesem Mann dankbar dafür, dass er Sixt wieder auf die Erde zurückließ und ich fand ihn sehr sympathisch.

„Danke schön. Ich nehme die Einladung gerne an", erwiderte er.

„Wenn ihr wollt, könnt ihr jetzt gehen. Es ist soweit alles geklärt. Ach und Sixt, du bekommst natürlich deine Fähigkeiten zurück und wirst wieder Jamies Schutzengel. Schick mir doch bitte nachher Sebastian in den Himmel, damit ich ihm einen neuen Schützling zuweisen kann."

„Danke Euer Ehren. Ja, das werde ich tun. Ich werde dann mal eben meine Sachen holen gehen", sagte Sixt und wandte sich dann zu mir. „Ich komme gleich wieder, Süße. Versprochen." Er gab mir einen kleinen Kuss und verließ den Saal.

„Kann ich Sie noch etwas fragen", wandte ich mich an den Engelspräsidenten.

„Natürlich", erwiderte er freundlich.

„Was ist denn mit Danny? Er ist schließlich von Terina ermordet worden, die den Auftrag von Agron dafür bekommen hat. Gibt es für ihn eine Chance wieder als Schutzengel auf die Erde zu dürfen?"

„Normalerweise hat jeder Schutzengel nur ein Leben auf der Erde. Aber du hast recht. Er ist weder durch einen Unfall noch durch einen Regelbruch ins Himmelreich gekommen. Ich werde darüber nachdenken und auch mit ihm darüber sprechen, ob er noch einmal als Schutzengel auf die Erde möchte."

„Danke sehr. Das würde Sixt sehr viel bedeuten. Die beiden waren auf der Erde beste Freunde und er hat, so wie ich es mitbekommen habe, sehr gelitten, als Danny gestorben war."

„So ich wäre soweit", sagte Sixt, der mit einer Reisetasche zu uns kam.

„Nun gut, dann werde ich dir jetzt deine Fähigkeiten wiedergeben", kam es von Eoghan. Er trat an Sixt heran und legte ihm eine Hand auf die Schulter. Im nächsten Moment durchströmte Sixt ein hellweißes Licht und sein Körper begann zu strahlen. Ich schaute fasziniert zu, denn so etwas hatte ich noch nie gesehen. Okay, wann bekam man auch schon zu sehen, dass ein Schutzengel seine Fähigkeiten wiederbekam? In einer normalen Mensch-Mensch-Beziehung nie.

„So nun hast du deine Fähigkeiten zurück", sagte Eoghan und nahm die Hand von Sixts Schulter.

„Danke sehr Euer Ehren", erwiderte Sixt.

„Das ist doch selbstverständlich. Eigentlich hätten sie dir nie genommen werden dürfen. Ich muss mich bei Jamie bedanken. Ohne sie wären die Taten des Engelsrates nie ans Licht gekommen."

„Das war aber nicht alleine mein Verdienst. Ich hatte Hilfe. Ohne die Schutzengel hätte ich nie diese Informationen gehabt. Besonders ohne Henri", wandte ich ein, denn ich wollte die

Anerkennung für die Aufklärung der Taten nicht alleine bekommen.

„Na gut. Dann möchte ich mich bei euch allen für die Hilfe bedanken", wandte sich Eoghan an die Schutzengel. „Ohne euch hätte ich von den Machenschaften des Engelsrates nichts erfahren. Ich hätte ihnen nicht soviel Freiheiten lassen dürfen und ihre Arbeit mehr kontrollieren müssen. Aber das wird sich jetzt ändern. Ich werde nun erst einmal alleine die Schutzengel regieren und leiten. Das heißt für mich mehr Arbeit. Deshalb muss ich mich jetzt auch leider von euch verabschieden. Ich habe noch einiges zu tun. Ich wünsche euch alles Gute, besonders dir, Jamie."

„Danke schön. Das wünsche ich Ihnen auch", erwiderte ich.

„So dann lasst uns mal nach Hause gehen", kam es von Nathan.

„Tschüss Henri und noch einmal Danke", verabschiedete ich mich von ihm und umarmte ihn kurz.

„Mach es gut, Jamie und pass auf dich auf", erwiderte er.

„Das mache ich. Viele Grüße an Lisa", grinste ich.

„Werde ich ihr ausrichten", grinste er zurück und wandte sich dann an Sixt. „Grüße mir die Erde. Ich werde sie ja von nun an nur noch von hier oben sehen."

„Das werde ich. Bis dann", verabschiedete sich Sixt von ihm und Henri verließ den Saal. „Dann lass uns mal nach Hause springen."

Sixt nahm mich in den Arm und sprang mit mir zusammen nach Hause. Im Flur des Schutzengelhauses tauchten wir sowie unsere Freunde wieder auf.

„Wir sind wieder da und wir haben jemanden mitgebracht", rief Nathan und ging ins Wohnzimmer.

„Habt ihr Jamie gesehen? Sie ist verschwunden", kam es von Jesse aufgeregt. Oh hatten sie mich etwa gesucht?

„Ich bin hier", sagte ich und ging zusammen mit Sixt ebenfalls ins Wohnzimmer.

„Wo warst du? Wir haben schon das ganze Haus nach dir abgesucht", fragte Jesse.

„Ich war im Himmel", antwortete ich.

„Du warst wo? Wie bist du dort hingekommen? Die anderen haben dich doch gar nicht mitgenommen", fragte Maya irritiert.

„Das würden wir auch alles gerne wissen. Jamie hat uns noch einiges zu erklären", kam es von Sasha, die mich streng aber auch neugierig ansah.

„Das kann warten. Ich muss jetzt erst einmal duschen gehen und du kommst mit", sagte Sixt und sah mich an.

„Macht nicht zu lange, ich bestelle uns etwas zu essen. Ach und seid nicht zu laut", lachte Nathan und schnappte sich das Telefon.

„Komm, lass uns hochgehen", sagte Sixt, als ich wegen Nathans Kommentar rot im Gesicht wurde. „Ach Sebastian, du sollst zum Engelspräsidenten, er möchte dir einen neuen Schützling zuweisen. Und danke, dass du auf Jamie aufgepasst hast. Es war bestimmt nicht so einfach", bedankte sich Sixt grinsend.

„So schlimm war es gar nicht. Sie hat sich recht gut benommen", grinste er zurück und wandte sich dann mir zu. „Also, du willst mich nicht mehr als Schutzengel. Warum? Habe ich etwas falsch gemacht?" In seiner Stimme klang Enttäuschung mit. Hatte ich ihn etwa verletzt? Aber Sixt war doch vorher schon mein Schutzengel gewesen und natürlich sollte er es wieder werden.

„Äh nein, das hast du nicht. Aber …", stotterte ich und bekam ein schlechtes Gewissen.

„Es ist alles gut, Jamie. Es war nur ein Scherz. Ich habe mir schon gedacht, dass Sixt wieder dein Schutzengel wird, wenn er zurückkommt. So ich werde dann mal in den Himmel springen und mal schauen, welchen Schützling ich bekomme."

„Du bist wirklich nicht böse", hakte ich nach.

„Nein, mach dir darüber keine Sorgen. Ich freue mich für euch, dass ihr wieder zusammen sein dürft. Und jetzt werde ich verschwinden. Ich will ja schließlich nicht, dass der Engelspräsident auf mich warten muss", sagte er und verschwand vor unseren Augen.

„Und wir gehen jetzt duschen", hauchte Sixt an meinem Ohr, nahm mich in den Arm und sprang mit mir in unser Zimmer. Ja, jetzt war es wieder unser Zimmer, denn Sixt war wieder Zuhause. Ich war überglücklich, dass er wieder bei mir war. Wir kamen gerade in unserem Zimmer an, als Sixt seine Reisetasche auf den Boden fallen ließ und seine Lippen auf meine krachten. Sofort vertiefte ich den Kuss und schlang meine Arme um seinen Hals. Sixt bat mit seiner Zunge an meinen Lippen um Einlass, den ich ihm sofort gewährte. Während unsere Zungen wild miteinander spielten, dirigierte mich Sixt ins Badezimmer.

„Ich brauche dich. Jetzt", raunte er an meinem Ohr, als er den Kuss kurz unterbrach. Seine Hände strichen über meinen Körper und zogen mir kurzerhand das Shirt aus. Er schien es eilig zu haben, denn er machte sich gleich darauf an meinem BH zu schaffen. Mir ging es allerdings nicht anders. Ich wollte ihn so schnell es ging in mir spüren. Ich zog ihm seinen Pullover aus und strich mit meinen Händen über seine nackte Brust, was ihn zum Stöhnen brachte. Ungeduldig machte ich mich an seinem Gürtel zu schaffen und Sixt half mir dabei seine Hose auszuziehen. Gleich darauf zog er mir die Hose aus. Das dauerte mir irgendwie alles zu lange und so entledigte ich mich meinem Slip und meinen Socken. „Na so ungeduldig", lachte Sixt, zog sich aber ebenfalls seine Socken und die Boxershorts aus.

„Du scheinst auch nicht lange warten zu wollen", entgegnete ich. „Da hast du recht." Sixt drehte in der Dusche das Wasser an, half mir in die Duschkabine und folgte mir. Das warme Wasser prasselte auf unsere Haut. Schwer atmend schauten wir uns tief in die Augen, bevor unsere Lippen aufeinander krachten und wir in einen leidenschaftlichen Kuss verfielen. Sixt ließ von mir ab und küsste sich nun meinen Hals entlang hinunter zu meinen Brüsten, die er beide nacheinander liebkoste. Ich stöhnte auf und strich mit meinen Händen seinen Rücken entlang. Seine Hand ließ er zwischen meine Beine gleiten und streichelte dort meine heiße Mitte. Wieder entkam mir ein Stöhnen.

„Sixt bitte. Ich kann nicht mehr warten", keuchte ich. Gleich darauf packte er mich an meinen Hüften und hob mich hoch. Ich legte meine Beine um seine Taille und meine Arme um seinen Nacken, damit ich nicht herunterfiel. Sixt drückte mich gegen die kalten Fliesen und drang in mich ein. Mich überkam eine wunderbare Hitze.

„Wie habe ich das vermisst", stöhnte er, während er immer wieder zustieß.

„Und ich erst", keuchte ich. Unsere Lippen legten sich wieder aufeinander und sofort begann ein wildes Spiel mit unseren Zungen. Sixts Stöße wurden schneller. Wir stöhnten in den Mund des Anderen und es dauerte nicht lange, bis wir zusammen über die Klippe sprangen.

„Ich liebe dich", sagte ich.

„Ich liebe dich auch und ich habe dich so vermisst", erwiderte Sixt und half mir mich wieder auf den Boden zu stellen.

„Und ich dich erst. Die letzten Wochen waren die Hölle für mich. Immer wieder diese Angst, dass du vielleicht gar nicht mehr zurückkommen würdest." Eine Träne lief meine Wange entlang, als ich an die letzten Wochen zurückdachte.

„Hey Süße, ich bin da und ich werde auch nie wieder gehen, versprochen", sagte er, strich mir mit dem Daumen die Träne weg und gab mir einen süßen Kuss. „Lass uns lieber schnell zu Ende duschen, bevor ich gleich noch einmal über dich herfalle", schmunzelte er.

„Ich hätte nichts dagegen", grinste ich.

„Ich auch nicht. Aber du bist den anderen noch eine Erklärung schuldig, wegen der Sache mit Henri vorhin im Himmel und ich möchte es auch gerne wissen. Außerdem musst du etwas essen. Du bist so dünn geworden. Ich werde dich jetzt erst einmal wieder aufpäppeln."

„Schade. Mir hätte das andere besser gefallen."

„Wir haben ab jetzt wieder jede Menge Zeit und die Nacht ist lang", erwiderte Sixt, nahm das Duschgel und begann es auf meinem Körper zu verteilen.

Nach dem Essen setzten wir uns ins Wohnzimmer. Die anderen wollten genau wissen, wie ich an die Informationen gekommen war und ich erzählte ihnen von Freitagnacht und wie Henri im Zimmer aufgetaucht war. Anschließend musste ich ihnen noch erzählen, wie ich in den Himmel gekommen war. Dabei entschuldigte ich mich bei Sebastian, Jesse und Bradley, dass ich ihnen wegen meines Verschwindens Sorgen bereitet hatte. Ihnen musste ich, genauso wie Maya noch erzählen, was Agron und Isidor getan hatten.

„Wie du dich mit dem Engelsrat angelegt hast, war einfach klasse", grinste Nathan.

„Ich war einfach nur wütend darauf, was sie getan hatten und dieses arrogante Verhalten von Isidor hat mich aufgeregt."

„Sei froh, dass du kein Schutzengel bist, denn sie hätten dich sofort für dein Verhalten ihnen gegenüber ins Himmelreich geschickt", kam es von Anastasia.

„Das können sie ja nun nicht mehr", erwiderte ich.

„Da hast du recht. Du hast sie ja auch mit den Informationen aus dem Himmel verbannt", sagte Brian.

„Hey, das war ich gar nicht. Das war euer Engelspräsident. Ich muss sagen, er ist ein sehr netter Engel."

„Du findest ihn sogar so nett, dass du ihn zu unserer Hochzeit eingeladen hast", schmunzelte Sixt.

„War das etwa falsch", fragte ich und bekam ein schlechtes Gewissen, weil ich Sixt nicht vorher gefragt hatte, ob er etwas dagegen hätte, wenn ich ihn einladen würde. Schließlich war es doch auch seine Hochzeit.

„Nein, das ist schon in Ordnung. Er ist herzlich eingeladen", beruhigte mich Sixt. „Was ist denn hier so alles passiert, als ich weg war", wollte er nun von uns wissen.

„Eigentlich gar nicht so viel. Ach warte. Leslie weiß, dass ihr Schutzengel seid", sagte ich.

„Was? Wie das denn", fragte Sixt.

„Naja Sasha und Anastasia hatten es so eilig Jamie zu erzählen, dass Elias Tobins Bruder ist, dass sie einfach ins Zimmer gesprungen sind. Leslie war dort und hat sie gesehen", seufzte Nathan.

„Aber sie wird nichts sagen", fügte ich schnell hinzu.

„Das denke ich auch nicht. Naja zumindest brauchst du ihr gegenüber nicht mehr lügen."

„Darüber bin ich auch wirklich froh. Ach übrigens hat dich Monika sehr vermisst. Sie hat ständig nach dir gefragt und wollte wissen, wo du bist."

„Wir haben ihr gesagt, dass du eine familiäre Sache in Florida erledigen müsstest, und weißt du was? Sie ist tatsächlich nach Florida geflogen, um dich dort zu besuchen", lachte Nathan.

„Oh mein Gott. Das gibt es doch nicht. Ihr hättet ihr sagen sollen, dass ich im Himmel war. Ich wäre gespannt gewesen, wie sie dort hinkommen wollte", grinste Sixt.

„Stimmt, das hätten wir eigentlich tun sollen. Ihr Gesicht hätte ich zu gerne gesehen", lachte Nathan.

„Ihr habt mir gar nicht erzählt, dass Danny eine Freundin hat. Das habe ich von Henri erfahren", fiel mir ein.

„Stimmt, von Cynthia hatten wir dir noch gar nichts erzählt. Allerdings kannten wir sie auch nur flüchtig. Danny hatte sie zwei Monate, bevor er, wie wir nun wissen, umgebracht worden ist kennengelernt und sie hatten sich ineinander verliebt. Sie war eine sehr nette junge Frau. Als Danny dann ins Himmelreich kam, haben wir sie nicht mehr gesehen. Ich habe heute einen ganz schönen Schreck bekommen, als ich hörte, dass sie bei einem Unfall ums Leben gekommen ist", sagte Sasha.

„Das hatte ich auch nicht gewusst", kam es von Sixt und wandte sich dann an mich. „Entschuldige Süße, mir ist es total entfallen dir von Cynthia zu erzählen."

„Es ist schon gut. Ihr scheint sie ja auch nicht so gut gekannt zu haben."

„Sie war nicht so oft bei uns. Danny ist meistens mit ihr ausgegangen oder war bei ihr in der Wohnung", erklärte mir Sixt.

„Aber sie hat auf jeden Fall die richtige Wahl getroffen. Ich habe Danny zwar nicht gekannt, aber ich glaube, dass er kein arrogantes Arschloch, wie Agron war."

„Nein, das war er auf gar keinen Fall", bestätigte mir Sasha.

„Oh das muss ihn ganz schön gewurmt haben, dass Cynthia lieber das Himmelreich gewählt hat, als zu ihm zurückzukehren", grinste Nathan.

„So wie Agron reagiert hat, wo Jamie ihn darauf angesprochen hat, auf jeden Fall", erwiderte Sixt.

„Jetzt ist mir allerdings auch klar, warum Agron so erpicht darauf war, dass wir Terina töten. Er wollte sie aus dem Weg schaffen, damit sie niemanden von seiner Tat erzählen konnte", meinte Timothy.

„Das stimmt. Er wollte unbedingt, dass wir sie töten", stimmte Sasha ihm zu.

„Natürlich, er hatte Angst, dass sie irgendwann jemanden von seiner Tat erzählen würde. Wobei ich sie wirklich nur töten wollte, damit sie Jamie nichts mehr tun konnte", entgegnete Sixt. „Was ich mich aber frage ist, warum der Engelsrat angeordnet hat, dass wir Luzia, Gregory und Tobin töten, wenn Elias doch erst dafür gesorgt hatte, dass Cassandra sie aus der Hölle holt?"

„Naja, eigentlich haben es doch nur Isidor und Agron angeordnet. Elias war doch die ganze Zeit dagegen und meinte, dass es nicht nötig wäre, sie zu töten. Der Engelsrat sollte doch mit ihnen reden und es würde sich doch ein Kompromiss finden lassen, wenn sie Jamie und uns in Ruhe ließen, dass sie weiterleben dürften", wandte Timothy ein.

„Natürlich hat er diesen Vorschlag gemacht. Schließlich wollte er nicht, dass sein Bruder getötet wird und wieder in die Hölle muss. Aber Agron und Isidor hatten schlussendlich auf den Tisch gehauen und angeordnet, dass wir die Drei töten", sagte Nathan.

„Meint ihr, Elias hat damals in Vancouver Tobin zur Flucht verholfen", fragte Sasha.

„Wie soll er das denn getan haben? Niemand von uns hat ihn dort gesehen", entgegnete Brian.

„Na, gerade als Jamie ihn gepfählt hatte, kam doch noch eine Gruppe von Dämonen auf uns zugerannt. Vielleicht war Elias mit ihnen vor Ort und hat sie erst geschickt, als es für seinen Bruder brenzlig wurde", mutmaßte sie.

„Das kann natürlich möglich sein. Denn dadurch waren wir so abgelenkt, dass Tobin entkommen konnte", überlegte Timothy.

„Was ist eigentlich mit den Ex-Engelsratsmitgliedern? Meint ihr, sie werden sich wirklich rächen, so wie Agron es angedroht hat", fragte ich die Schutzengel, als mir Agrons Worte wieder eingefallen waren.

„Das glaube ich nicht. Sie bekommen von dem Herrn der Hölle nur eine Chance auf der Erde, und ob sie diese aufgrund von Rachegedanken verspielen wollen, kann ich mir nicht vorstellen. Wichtiger ist jetzt erst einmal, dass wir Tobin zu fassen bekommen, damit du wieder in Ruhe leben kannst", sagte Sixt zu mir und wandte sich dann an die anderen. „Wie sieht es denn mit Tobin aus? Gibt es schon etwas Neues", fragte Sixt in die Runde.

„Nein, bis jetzt leider noch nichts. Er hat sich die letzten Tage nicht blicken lassen", sagte Sasha.

„Er heckt wahrscheinlich seinen nächsten Plan aus. Ob er schon weiß, dass sein Bruder aus dem Himmel verbannt wurde, und dass Sixt wieder da ist", fragte Timothy.

„Bestimmt. Elias wird sich sicherlich sofort mit ihm getroffen und ihm die Neuigkeiten berichtet haben", sagte Brian.

„Na das wird ihm wohl nicht gefallen. Jetzt muss er sich etwas anderes überlegen, wie er Sixt aus dem Weg schaffen und an Jamie herankommen kann", kam es von Anastasia.

„Wahrscheinlich kocht er gerade vor Wut, weil sein Plan durchkreuzt wurde", grinste Nathan.

„Soll er ruhig. Ich bin froh, dass sein Plan nicht aufgegangen ist", sagte ich und schmiegte mich eng an Sixt.

„Und ich erst", hauchte dieser mir ins Ohr.

„Wenn ihr uns nicht mehr braucht, würden wir jetzt verschwinden", sagte Jesse und stand von der Couch auf. Bradley tat es ihm gleich.

„Nein, ihr könnt gehen. Danke, dass ihr auf die beiden aufgepasst habt. Naja eigentlich nur auf Maya", bedankte sich Sasha bei ihnen.

„Kein Problem. Das machen wir doch gerne. Das nächste Mal nehmen wir Jamie an die Leine, damit sie uns nicht wieder abhauen kann", lachte Jesse.

„Hey, das ist unfair. Ich bin doch nur für einen guten Zweck abgehauen", protestierte ich.

„Das wissen wir doch. Dein Verschwinden hatte ja auch etwas Gutes. Sixt ist wieder da", kam es von Bradley.

„Ja genau und ich lasse ihn nie wieder los", erwiderte ich und schlank meine Arme um Sixts Körper.

„Das sollst du auch gar nicht mehr", sagte dieser und strich mir mit einer Hand sanft über das Haar.

„Okay, dann werden wir jetzt mal verschwinden. Wir sehen uns dann morgen in der Uni", entgegnete Jesse.

„Ich glaube, unsere Turteltauben hier werden wir morgen nicht in der Uni sehen", grinste Nathan und deutete auf Sixt und mich.

„Nein, werdet ihr nicht", kam es von Sixt und mir wie aus einem Mund und lachten.

„Das habe ich mir gedacht. Lasst das Haus heile und seid nicht zu laut. Nicht, dass sich die Nachbarn noch beschweren", grinste Nathan breit. Ich wurde rot bei seiner Bemerkung und vergrub mein Gesicht in Sixts Pullover.

„Keine Sorge, lauter als dein Geschnarche können wir gar nicht sein", konterte Sixt lachend.

„Ich schnarche nicht", wehrte sich Nathan.

„Oh doch das tust du. Ab und an bebt sogar das Haus", mischte Timothy sich ein.

„Das stimmt doch gar nicht", rief Nathan.

„Wie gut, dass wir nicht in diesem Haus wohnen. Komm lass uns verschwinden", lachte Jesse und verschwand zusammen mit Bradley.

„Und wir gehen jetzt nach oben und feiern unser Wiedersehen", flüsterte Sixt mir ins Ohr. „Viel Spaß morgen in der Uni", rief er den anderen zu, nahm mich in den Arm und sprang mit mir in unser Zimmer.

Kapitel 11

Die nächsten Tage waren die schönsten, die ich in den letzten Wochen erlebt hatte. Sixt und ich waren jede Minute zusammen und genossen unsere gemeinsame Zeit. Meine Eltern waren froh, dass Sixt wieder da war, denn sie hatten mir angemerkt, dass es mir nicht gut ging, als Sixt weg gewesen war. Sie wussten nicht, wo Sixt wirklich gewesen war und er musste ihnen bei einem gemeinsamen Essen alles von seinem Studienausflug erzählen. Natürlich hatte ich ihn vorgewarnt und ihm erzählt, was ich meinen Eltern gesagt hatte, wo er war und warum. So konnte Sixt sich eine schöne Geschichte zurechtlegen. Nur Leslie hatte mich dabei wissend angesehen. Sie war ebenfalls froh, dass Sixt wieder da war und bei einem Besuch von ihr bei mir, musste Sixt mit ihr springen, weil sie es selbst einmal erleben wollte. Natürlich hatte sie niemandem, auch Greg nicht, von unserem Geheimnis erzählt. Sie fand es, wie sie es ausdrückte, cool einen Schutzengel als Schwager zu bekommen, wenn wir heirateten. Ich konnte sie verstehen. Es gab nicht viele Menschen, die einen Schutzengel kannten.

„Los Süße, pack deine Badesachen. Wir gehen heute schwimmen", sagte Sixt, als er am Samstagvormittag in unser Zimmer kam.
„Das hört sich gut an. Wo gehen wir denn schwimmen", fragte ich.
„Wir wollen alle zusammen ins Spaß- und Erholungsbad. Du kennst doch Nathan, er liebt die Rutschen."
„Ach stimmt ja. Gut, dann werde ich mal meine Sachen packen gehen", sagte ich und ging ins Ankleidezimmer. Ich nahm eine Sporttasche und packte dort meinen dunkelblauen Bikini und frische Unterwäsche hinein. Sixt reichte mir zwei Badetücher, die er aus dem Badezimmer geholt hatte und zwei Strandlaken, die in einem Regal im Ankleidezimmer gelegen hatten. Auch diese packte ich in die Sporttasche. Während Sixt seine Sachen zusammenpackte, holte ich die Strandtasche heraus, die mit in die Schwimmhalle kommen würde und ging in den Wohnraum, wo ich

mir ein Buch, welches ich lesen wollte, aus dem Regal nahm und es in die Tasche tat.

„Kannst du mir bitte mein Buch mit einpacken", fragte Sixt, der mit der Sporttasche aus dem Ankleidezimmer kam.

„Ja, mache ich. Brauchen wir sonst noch etwas", fragte ich und nahm sein Buch, welches er zurzeit las, aus dem Regal.

„Ja, den Wasserball. Sasha fragte, ob wir ihn mitnehmen könnten", erwiderte er, verschwand kurz und kam mit dem Wasserball wieder. Beides kam ebenfalls in die Strandtasche. Sixt nahm mich in den Arm und sprang mit mir in den Flur im Erdgeschoss, wo schon Timothy und Maya warteten. Nach etwa zehn Minuten und drei Mal rufen kamen dann auch Nathan und Sasha die Treppe herunter.

„Entschuldigt, meine Freundin konnte sich nicht entscheiden, welchen Bikini sie mitnehmen soll", stöhnte Nathan.

„Ich muss doch gut aussehen im Schwimmbad", konterte sie.

„Für mich siehst du in jedem Bikini gut aus und andere Männer haben dich gar nicht erst anzusehen", erwiderte Nathan besitzergreifend.

„Können wir dann endlich los", kam es von Timothy.

„Ja, auf geht' s. Die Rutschen warten schon", rief Nathan und verließ als Erster das Haus. Wir folgten ihm und verteilten uns auf die Wagen auf. Sixt und ich fuhren in seinem Wagen und nahmen Timothy und Maya mit. Sasha fuhr mit Nathan in seinem Wagen hinter uns her. Sixt parkte auf den Parkplatz vom Schwimmbad und wir gingen nachdem auch Sasha und Nathan angekommen waren zusammen ins Bad. Wir kauften die Eintrittskarten und gingen zu den Umkleidekabinen. Sixt und ich teilten uns eine und zogen uns um.

„Du siehst so sexy aus in diesem Bikini. Ich könnte dich auf der Stelle vernaschen", sagte Sixt leise und gab mir einen langen Kuss, den ich vertiefte.

„Hey, keinen Sex in Umkleidekabinen", rief Nathan lachend. Vor lauter Schreck löste ich mich von Sixt und wurde rot im Gesicht.

„Lass ihn, Süße", sagte Sixt und packte die Strand- und die Badetücher in die Strandtasche. Wir verließen die Kabine und schlossen die Sporttasche mit unseren Sachen in ein Schließfach ein. Sixt band sich den Schlüssel, der sich an einem Armband befand vom Schließfach um den Arm. Die anderen waren ebenfalls fertig und so konnten wir in die Schwimmhalle gehen. Natürlich mussten wir uns dafür vorher erst abduschen. So waren die Regeln des Schwimmbades. Wir suchten uns freie Liegen in der Nähe des großen Schwimmbeckens und breiteten unsere Strandtücher darüber aus.

„Wer als Letztes im Becken ist, hat verloren", rief Nathan und sprang ins Becken. Wie ein Kind planschte er vergnügt darin herum. „Hey, wo bleibt ihr denn", fragte er.

„Wir kommen doch schon", sagte Timothy und ging über die Treppe ins Becken. Maya folgte ihm.

„Und was ist mit euch drei", wollte Nathan wissen.

„Wir sind doch schon auf dem Weg", erwiderte ich. „Soll ich den Wasserball mitnehmen?"

„Ja, lasst uns Wasserball spielen", schlug Sasha vor. Ich nahm den Ball aus der Tasche und wollte ihn gerade aufpusten, als Sixt die Hand ausstreckte.

„Lass mich das machen", lächelte er. Ich gab ihm den Ball und Sixt pustete ihn auf. Ich beobachtete ihn dabei. Na gut ich schaute eher seine starke muskulöse Brust an.

„Na, hast du dich sattgesehen", fragte er schmunzelnd, als er den Ball fertig aufgepustet hatte.

„Ich kann doch nichts dafür, wenn ich so einen atemberaubend gutaussehenden Verlobten habe." Mir war es peinlich, dass er mich beim Starren erwischt hatte und wurde rot im Gesicht.

„Du bist so süß, wenn du rot wirst", flüsterte er und gab mir einen Kuss.

„Kommt jetzt endlich. Wir wollen spielen", rief Nathan ungeduldig.

„Manchmal ist er wie ein kleines Kind", flüsterte Sixt.

„Da hast du recht", stimmte ich ihm zu. „Komm, lass uns ins Wasser gehen. Ich habe jetzt Lust auf ein Wasserballspiel."

Nachdem wir eine Runde Wasserball gespielt hatten, legte ich mich auf die Liege. Sixt setzte sich zu mir und reichte mir einen Becher Cola.

„Danke", sagte ich und setzte mich auf, um einen Schluck zu trinken. Dabei sah ich drei Mädchen, die bestimmt nicht älter als sechzehn Jahre alt waren und einige Meter von unserer Liege entfernt standen, und Sixt regelrecht anstarrten. Ich stellte meinen Becher auf einen kleinen Tisch, der neben der Liege stand, zog Sixt zu mir und küsste ihn.

„Was war das denn", fragte er überrascht, als ich mich wieder von ihm löste.

„Ich habe mein Revier markiert", erwiderte ich und sah, wie die drei Mädchen enttäuscht weitergingen.

„Bist du etwa eifersüchtig", fragte er schmunzelnd.

„Vielleicht ein bisschen."

„Das brauchst du nicht, denn du weißt, dass ich nur dir gehöre." Er zog mich wieder zu sich und legte seine Lippen auf meine. Wir verfielen in einen langen Kuss und ich vergaß dabei, dass wir in einem Schwimmbad waren. Mein knurrender Magen unterbrach unseren Kuss und wir lösten uns voneinander.

„Hat da etwa jemand Hunger", fragte Sixt grinsend.

„Ja, das hört sich so an."

„Dann lass uns etwas Essen gehen", schlug er vor und wandte sich an die anderen, die gerade zur Liege kamen.

„Kommt ihr mit etwas Essen?"

„Ja, das hört sich gut an", kam es von Nathan.

„Ich hätte auch so langsam Hunger", sagte Maya.

„Na dann lasst uns zur Snack-Bar gehen", entgegnete Timothy. Wir gingen auf die andere Seite der Schwimmhalle, wo sich die Snack-Bar befand. Während Sasha, Maya und ich einen freien Tisch suchten, besorgten die Jungs etwas zu essen.

„Wollten Anastasia und Brian eigentlich nicht mit", fragte ich die beiden, als wir einen Tisch gefunden hatten und uns setzten.

„Nein, sie sind das Wochenende in Deutschland in Berlin. Sie wollen sich die Stadt ansehen", erklärte mir Sasha.

„Oh das ist natürlich auch toll. Deutschland möchte ich mir irgendwann auch noch mal ansehen", erwiderte ich. „Wieso ist Sebastian denn nicht mitgekommen?"

„Er hat keine Zeit. Jesse und Bradley wollen ihm heute das Kämpfen beibringen", sagte Sasha. Die Jungs kamen mit dem Essen wieder, stellten die Tabletts auf den Tisch und setzten sich zu uns.

„Bitte sehr my Lady. Einmal Pommes mit Ketchup, wie Sie es gewünscht haben", lächelte Sixt und deutete auf eine Schale, die auf dem Tablett stand.

„Danke sehr, der Herr."

„Willst du das alles essen", fragte Sasha ihren Freund und deutete auf das Tablett.

„Na sicher doch. Schwimmen macht schließlich hungrig."

„Ob du danach noch schwimmen kannst, ist die Frage", lachte Maya und biss in ihren Hamburger.
„Schutzengel verdauen schnell", erwiderte er leise und begann zu essen.

Als wir mit dem Essen fertig waren, gingen wir zurück zu unseren Liegen und ruhten uns etwas aus, denn schließlich sollte man nicht mit vollem Magen schwimmen gehen. Bei Schutzengel zählte diese Regel nicht, denn wie Nathan schon sagte, sie verdauten Essen schneller und bei ihnen verwandelte sich das Essen gleich in Energie. Aber da Maya und ich Menschen waren, wollten wir uns etwas ausruhen. Sixt schob unsere beiden Liegen zusammen, legte sich hin und zog mich in seine Arme. Ich genoss die Zärtlichkeiten, da er abwechselnd meinen Arm und meine Haare streichelte.
„Hast du Lust rutschen zu gehen", fragte Sixt mich, nachdem wir eine halbe Stunde auf der Liege gelegen hatten.
„Ja, lass uns rutschen gehen."
„Kommt ihr beiden mit", fragte ich Timothy und Maya.
„Ja wir kommen mit", sagte Maya und stand auf. Timothy tat es ihr gleich und zusammen gingen wir zu der Rutschanlage, die aus drei verschiedenen Rutschen bestand. Sasha und Nathan waren schon dort und kamen gerade aus dem Becken, in dem die Rutschen endeten, als wir bei der Anlage ankamen.
„Na wollt ihr jetzt auch rutschen", fragte Sasha.
„Ja, wir haben uns jetzt lange genug ausgeruht", antwortete Maya.
„Ihr müsst unbedingt die blaue Rutsche ausprobieren. Sie ist sehr schnell", rief Nathan. „Die Grüne dagegen ist eher für Kinder."
Wir gingen die Treppen nach oben. Ich wollte mit Sixt zusammen rutschen und wir wählten auf Nathans Empfehlung hin, die blaue Rutsche aus. Ich setzte mich zuerst auf die Rutschbahn und hielt mich fest, damit ich nicht schon hinunterrutschte. Sixt setzte sich hinter mich und legte seine Arme um meinen Bauch. Ich ließ los und wir rutschten die Wasserrutsche hinunter. Nathan hatte recht. Sie war wirklich schnell. Wir sausten durch verschiedene Kurven und platschten dann ins Wasser.
„Wollen wir noch mal", fragte Sixt, als wir aus dem Becken stiegen.
„Ja sehr gerne." Wir rutschten noch einige Male. Es machte wirklich Spaß. Anschließend gingen wir zurück in das große Becken, schwammen dort etwas und ärgerten uns gegenseitig.

Gegen sechs Uhr machten wir uns wieder auf den Heimweg. Es war ein sehr schöner Tag gewesen und ich hatte es sehr genossen, Zeit mit Sixt und unseren Freunden zu verbringen. Ich wünschte mir, dass wir nur solche unbeschwerten Tage hätten, ohne die Sorge, dass Tobin jederzeit auftauchen könnte.

Am Sonntagnachmittag saß ich mit Sasha zusammen im Esszimmer am Tisch und wir lernten für die Uni. Eigentlich hätte ich die Zeit lieber mit Sixt zusammen verbracht, aber ich schrieb am nächsten Tag eine wichtige Klausur, wofür ich lernen musste. Die Jungs waren im Fitnessraum und trainierten wieder mit Sebastian, damit er sich gegen Dämonen und gefallenen Engeln verteidigen konnte. Schließlich wollte er am Abend mit auf die Suche nach Tobin und dafür wollte er vorbereitet sein. Natürlich wollte Sixt sich mit auf die Suche machen. Ich war allerdings dagegen. Ich wollte nicht, dass ihm etwas passierte und schon gar nicht wollte ich die letzten Wochen ohne ihn noch einmal erleben. Sixt sprach den ganzen Vormittag auf mich ein, dass nichts passieren würde, und versprach mir mehrmals, dass er wieder zurückkommen würde.

„Na wie läuft es denn bei euch beiden? Kommt ihr mit dem Lernen voran", fragte Sixt, der ins Esszimmer kam und sich neben mir auf einen Stuhl setzte.

„Naja, es geht so einigermaßen. Kannst du uns vielleicht helfen", fragte Sasha. Sixt hatte schon ein Wirtschaftswissenschaftsstudium hinter sich und half uns ab und an beim Lernen. Er war wirklich ein sehr guter Lehrer und bei ihm verstand ich den Lernstoff sofort. Sixt hatte nach der Highschool Wirtschaftswissenschaften studiert gehabt und das Studium nach seinem tragischen Tod beendet.

„Na dann lasst uns loslegen", sagte Sixt und begann mit uns zu lernen.

„Und habt ihr alles verstanden", fragte Sixt am Abend.

„Ja, soweit schon. Ich glaube, dass ich für die Klausur morgen gut vorbereitet bin", erwiderte ich und packte meine Lehrbücher und die Unterlagen zusammen.

„Ich auch", kam es von Sasha.

„Gut, wenn ihr noch Fragen habt, ich bin hier."

„Naja, nicht mehr lange. Ihr geht doch gleich auf die Suche nach Tobin", murmelte ich.

„Ach Süße, ich weiß, dass du nicht möchtest, dass ich mit auf die Suche gehe. Aber es wird nichts passieren und ich werde wieder zurückkommen. Das habe ich dir doch versprochen. Außerdem möchtest du doch auch, dass wir Tobin schnappen, damit du wieder in Ruhe leben kannst", redete Sixt auf mich ein.

„Ja, natürlich möchte ich, dass Tobin endlich geschnappt und erledigt wird", erwiderte ich. In dem Moment klingelte mein Handy. Ich schaute auf das Display und sah, dass ich eine SMS bekommen hatte. Die Handynummer des Absenders kannte ich nicht, trotzdem öffnete ich die SMS und las die Nachricht.

-Hallo Jamie,
ich weiß, dein Schutzengel ist zurück, aber ich werde dich kriegen und töten. Denn wenn ich dich nicht haben kann, dann auch niemand anderes!
Tobin-

Ich starrte auf das Handy. Tobin wollte mich töten. Ein eiskalter Schauer lief mir über den Rücken und ich begann zu zittern.

„Jamie, was ist los", hörte ich Sixt fragen, doch ich reagierte nicht. Immer wieder las ich den Satz in der Nachricht. Tobin wollte mich wirklich töten. Er wollte wirklich soweit gehen, nur weil er mich nicht haben konnte.

„Jamie, was hast du", fragte Sixt, aber ich reagierte immer noch nicht. Ich konnte einfach nicht. Erst als Sixt mir das Handy aus der Hand nahm, schaute ich auf.

„Jetzt wird es wirklich Zeit, dass wir Tobin finden und erledigen", sagte er, nachdem er die Nachricht gelesen hatte und das Handy auf den Tisch legte.

„Was ist denn los", fragte Sasha.

„Tobin droht Jamie sie zu töten, weil er sie nicht haben kann", berichtete Sixt ihr und wandte sich dann mir zu. „Du brauchst keine Angst zu haben. Dir wird nichts passieren. Wir werden uns diesen Kerl schnappen und töten."

„Er … er will mich töten", brachte ich zitternd heraus.

„Das wird er aber nicht schaffen. Tobin wird nicht an dich herankommen", versuchte mich Sixt zu beruhigen und nahm mich in den Arm.

„Wieso lässt mich dieser Kerl nicht einfach in Ruhe", fragte ich leise.

„Weil er krank und besessen von dir ist", kam es von Nathan, der mein Handy in der Hand hielt und mich ansah, nachdem er die Nachricht gelesen hatte. Ich hatte gar nicht mitbekommen, dass er ins Esszimmer gekommen war. „Wir kriegen diesen Kerl und dann hast du deine Ruhe.“

„Ich werde mal Jesse anrufen, ob er gleich mit Bradley vorbeikommen kann, damit sie zusätzlich auf Jamie und Maya aufpassen können. Wer weiß, was Tobin im Schilde führt und so habt ihr Verstärkung, wenn wir auf der Suche nach ihm sind“, sagte Sixt und nahm sein Handy aus der Tasche.

„Und was ist, wenn Tobin Leslie etwas antut“, fragte ich ängstlich.

„Jesse hat sie doch im Blick und kann sofort reagieren, wenn etwas sein sollte. Außerdem ist sie doch bestimmt bei Greg und sein Schutzengel beschützt sie doch zusätzlich“, beruhigte mich Sixt und wählte Jesses Handynummer.

„So ihr beiden, was wollen wir denn an diesem schönen Abend tun“, fragte Jesse, als Maya und ich von Timothy und Sixt bei ihm und Bradley Zuhause abgesetzt wurden. Jesse war auf die Idee gekommen, dass wir zu ihm kommen sollten, da Tobin nicht wusste, wo er und Bradley wohnten. So waren Sasha und Anastasia mit auf die Suche gegangen. Jesse und Bradley hatten eine schöne drei Zimmer Wohnung in Beaverton in Oregon und sie hatten sie modern eingerichtet.

„Ich weiß es nicht“, kam es von Maya.

„Ich hätte schon eine Idee, aber ich weiß nicht, ob ihr das möchtet“, sagte ich und schaute die beiden Männer an.

„Was ist es denn für eine Idee“, fragte Bradley neugierig.

„Naja, ich höre gerne die Geschichten der Schutzengel, wie sie vor ihrem Tod gelebt haben und wie sie dann zu Schutzengeln wurden. Eure kenne ich noch gar nicht.“

„Ich auch noch nicht“, sagte Maya.

„Na gut, wenn ihr sie hören wollt, erzählen wir sie euch“, meinte Jesse.

„Aber nur, wenn ihr sie auch erzählen wollt. Ihr müsst nicht, wenn ihr darüber nicht reden möchtet“, wandte ich ein.

„Natürlich erzählen wir sie euch. Es macht uns nichts aus“, lächelte Bradley. „Wer will anfangen, ich oder du“, wandte er sich an Jesse.

„Fang du ruhig an“, erwiderte dieser.

„Also gut. Es war vor fünfzehn Jahren. Ich war sechsundzwanzig Jahre alt gewesen. Ich lebte in Afrika in Kapstadt. Hatte einen relativ gut bezahlten Job in einem Bauunternehmen und eine schöne kleine Wohnung. Eine Woche zuvor hatte ich mich von meinem Freund getrennt, weil er mich einengte. Er war so besitzergreifend und eifersüchtig und wollte mir alles verbieten. Ich hatte darauf keine Lust und habe Schluss gemacht."

„Also so wie Tobin", unterbrach ich ihn.

„Ja, genauso war er, nur dass er kein gefallener Engel war", grinste Bradley. „Etwa eine Woche später kam ich abends aus einem Club in dem ich mit Freunden gefeiert hatte. Ich ging zu Fuß nach Hause, weil der Club nur fünf Straßen von meiner Wohnung entfernt lag. Ich ging an einer Seitengasse vorbei und wurde plötzlich mit einem harten Gegenstand auf dem Kopf niedergeschlagen. Ich weiß bis heute noch nicht genau, was es gewesen ist. Als ich zu mir kam, lag ich in der Gasse auf den Boden und Howard, so hieß mein Ex-Freund, stand mit einer Pistole auf mich gerichtet über mir. Er schrie mich an, ob ich mal wieder mit anderen Typen herumgemacht hätte und dass er es nicht wollen würde, dass ich mit anderen Männern ausginge. Ich sagte ihm, dass ich ausgehen könnte, mit wem ich wollte, da wir schließlich nicht mehr zusammen wären. Ich wollte aufstehen, doch der trat mir gegen die Schulter, sodass ich auf den Boden knallte. Er schrie mich wieder an und drohte mir mich zu erschießen. Ich flehte ihn an es nicht zu tun, aber er hörte nicht auf mich. Er sagte, wenn er mich nicht haben könnte, dann dürfte das auch niemand anderes und drückte ab. Ich wurde von drei Schüssen getroffen und starb."

„Das ist genauso gewesen wie bei mir jetzt. Tobin will mich auch umbringen, weil er mich nicht haben kann", sagte ich und ein kalter Schauer lief mir über den Rücken.

„Oh da hast du recht. Entschuldige. Daran habe ich gar nicht gedacht, sonst hätte ich dir die Geschichte doch gar nicht erzählt.

„Es ist schon gut. Ich wollte doch, dass du deine Geschichte erzählst", tat ich es ab.

„Ja schon, aber ich habe nicht mehr daran gedacht, dass du im Moment das Gleiche durchmachst."

„Jamie, bei dir wird es aber anders sein. Wir sind da und passen auf dich auf, damit er dir nichts tun kann. Abgesehen davon glaube ich, dass er bald geschnappt wird. Er kann sich nicht ewig vor uns verstecken", sagte Jesse zuversichtlich.

„Das hoffe ich wirklich, denn ich möchte einfach nur meine Freiheit und mein Leben wiederhaben. Für Maya wünsche ich es mir natürlich auch. Sie darf meinetwegen ebenfalls nicht alleine das Haus verlassen."

„Ihr werdet beide bald wieder eure Freiheit haben. Wollt ihr denn noch das Ende der Geschichte hören", fragte Bradley.

„Ja, auf jeden Fall", erwiderte Maya und ich nickte zustimmend.

„Okay, das Ende wird auch erfreulicher. Nachdem ich gestorben war, kam ich in den Himmel, wo mich der Engelsrat vor die Wahl gestellt hat und für mich war klar, dass ich wieder auf die Erde zurückwollte. Also wurde ich ein Schutzengel. Im Nachhinein habe ich gehört, dass Howard sich noch am gleichen Abend der Polizei gestellt hat. Er müsste jetzt immer noch im Gefängnis sitzen. Naja das ist mir auch egal, denn vor zwei Jahren habe ich dann Jesse kennengelernt und mich sofort in ihn verliebt", endete Bradley mit seiner Geschichte und sah zum Schluss Jesse liebevoll an.

„Und hat vor einem Jahr meine Wohnung in Beschlag genommen", lachte Jesse.

„Das musste sein", grinste Bradley.

„Möchtet ihr nun meine Geschichte hören", fragte Jesse.

„Ja, sehr gerne", erwiderte ich.

„Okay, also ich war vierundzwanzig, als ich vor neunzehn Jahren ein Schutzengel wurde."

„Heißt das, dass du schon von Leslies Geburt an ihr Schutzengel bist", unterbrach ich ihn.

„Ja genau. Ich kenne deine Schwester schon von der Geburt an", lächelte er. „Normalerweise begleitet ein Schutzengel seinen Schützling auch von der Geburt an bis zu seinem Tod. Ab und zu gibt es aber auch einen Schützlingswechsel, wie es bei Sixt der Fall war, der nach dem Tod seines Schützlings und nach Dannys Tod dann dir zugewiesen wurde. Oder wie auch bei Maya, wo ihr Schutzengel nach einem Regelverstoß ins Himmelreich musste und sie Timothy zugewiesen wurde. Kann ich jetzt weitererzählen", fragte er grinsend.

„Ja, das darfst du", erlaubte ich ihm ebenfalls grinsend.

„Ich lebte damals in Spanien. Ich war beruflich dort hingezogen. Eigentlich stamme ich aus England. Aber ich hatte in einem Hotel in Spanien einen Job als Animateur angenommen. Es war ein toller Job. Sonne, Strand und das Meer. Ich habe den Job geliebt. Meistens bin ich im Winter für drei Monate zurück nach Hause zu meinen Eltern geflogen. Ich saß in dem Flieger und hatte schon ein eigenartiges Gefühl, als ob etwas passieren würde. Das Flugzeug hob ab, alles schien normal zu sein, bis es plötzlich einen lauten Knall gab. Ich weiß nicht, was genau passiert ist. Es ging alles so schnell. Das Flugzeug wackelte, die Sauerstoffmasken kamen aus der Decke. Ich schaute aus dem Fenster und sah Rauch am hinteren Teil des Flugzeuges. Das Flugzeug sank und kurz darauf prallten wir schon auf der Erde auf."

„Das muss schrecklich sein. Man weiß, man kommt nicht aus dem Flugzeug und wird den Aufprall mit sehr hoher Wahrscheinlichkeit nicht überleben", sagte ich.

„Es war auch schrecklich. Die Leute schrien, Sachen flogen durch die Gegend und man konnte nichts tun. Ich habe nur noch meine Augen geschlossen und gehofft, dass es schnell vorbei ist", erwiderte Jesse.

„Das glaube ich", kam es von Maya. „Ich bin immer froh, wenn ich heil unten wieder ankomme, wenn ich fliege."

„Aber trotzdem ist das Flugzeug, eines der sichersten Verkehrsmittel. Es gibt wesentlich mehr Auto- und Busunfälle, als Flugzeugabstürze", wandte ich ein.

„Das stimmt auch wieder", stimmte Maya mir zu.

„Oh entschuldige Jesse, du wolltest bestimmt noch deine Geschichte zu Ende erzählen", entschuldigte ich mich, da ich ihn schon wieder unterbrochen hatte.

„Das ist nicht schlimm. Du brauchst dich nicht zu entschuldigen. Ich bin nach meinem Tod, wie alle Schutzengel, vom Engelsrat zur Wahl gestellt worden. Ich entschied mich für ein Leben als Schutzengel auf der Erde und wohnte erst in Brasilien. Anschließend bin ich, nachdem ich Bradley kennengelernt und mich ebenfalls in ihn verliebt hatte, hier her nach Beaverton gezogen", erzählte Jesse uns.

„Klopf, klopf, wir sind wieder da", rief Timothy und tauchte mit Sixt zusammen im Wohnzimmer auf.

„Hallo ihr beiden. Und wie sieht es aus? Habt ihr Tobin schon in die Hölle geschickt", fragte Jesse.

„Nein, leider noch nicht. Aber dafür ist etwas anderes passiert", sagte Sixt und setzte sich neben mir auf die Couch.

„Was ist denn los", wollte ich von ihm wissen, wobei ich das Gefühl hatte, dass es nichts Gutes sein konnte.

„Irgendjemand hat unser Haus verwüstet. Wir nehmen an, dass es Tobin gewesen ist und dass er dich wahrscheinlich aus dem Haus herausholen wollte. Vielleicht hat er uns auch beobachtet und gewartet, bis wir weg waren. Er wusste ja nicht, dass wir euch beiden vorher hier hergebracht haben und ich bin froh darüber, dass wir es getan haben."

„Wir wären schon eher hier gewesen, aber wir wollten erst einmal sicher sein, dass niemand mehr im Haus ist, bevor wir euch abholen", sagte Timothy.

„Er hat was getan? Warum tut dieser Typ das? Wieso kann er uns denn nicht endlich in Ruhe lassen", seufzte ich.

„Ach Süße, bald kriegen wir ihn, das schwöre ich dir und dann wird er für all das büßen, was er dir angetan hat." Sixt nahm mich tröstend in den Arm und gab mir einen Kuss auf die Stirn.

„Können wir nach Hause? Ich möchte gucken, was der Typ alles von meinen Sachen zerstört hat", fragte Maya.

„Wir kommen mit. Ihr werdet mit Sicherheit Hilfe brauchen, wenn etwas zu reparieren ist", sagte Jesse und stand vom Sessel, auf dem er gesessen hatte, auf.

„Danke, ich glaube, Hilfe können wir gut gebrauchen", entgegnete Sixt und wandte sich dann zu mir. „Komm Süße, wir springen jetzt nach Hause." Kaum hatte er das gesagt, standen wir auch schon im Flur des Schutzengelhauses. Kurz nach uns trafen auch Maya und Timothy sowie Bradley und Jesse ein.

„Oh mein Gott, wie sieht es denn hier aus" entkam es mir, als ich mich umschaute. Das komplette Erdgeschoss war total verwüstet. Die Möbel waren alle zerstört und die Teile lagen im Erdgeschoss zerstreut herum. Die Türen der Räume waren herausgerissen worden und die Fenster waren eingeschlagen.

„Das war doch nicht Tobin alleine", kam es von Jesse, der sich ebenfalls umgesehen hatte.

„Das haben wir auch schon gesagt. Wir nehmen an, dass ihm gefallene Engel geholfen haben müssen, denn Dämonen können nicht unser Grundstück geschweige denn das Haus betreten, da es geweiht ist und Menschen haben nicht die Kraft Türen inklusive Türrahmen aus der Wand zu reißen", sagte Sixt.

„Stimmt, also konnten es nur gefallene Engel sein, die ihm geholfen haben. Vielleicht waren es auch die ehemaligen Engelratsmitglieder", vermutete Bradley.

„Chocolate und Paulchen", fielen mir unsere Kaninchen ein. Ich hoffte, Tobin hatte die beiden in Ruhe gelassen. „Ich muss sofort schauen, ob es ihnen gut geht." Ich lief zur Treppe, da ich sofort nach den beiden sehen wollte.

„Warte Süße. Komm wir springen, das geht etwas schneller", sagte er, nahm mich in den Arm und sprang mit mir in unser Zimmer. Auch hier war die Tür mitsamt dem Türrahmen herausgerissen worden. Das Zimmer selbst war komplett verwüstet. Tobin und seine Leute hatten hier ganze Arbeit geleistet. Ich löste mich aus Sixt Armen und lief in die Ecke, wo der Käfig der beiden stand. Der Käfig war offen und lag auf der Seite.

„Sixt, sie sind nicht hier. Wir müssen sie suchen", rief ich ihm zu und Panik kam in mir auf. Ich hoffte nur, dass den beiden nichts passiert war.

„Keine Sorge, Süße. Sie werden sich bestimmt nur versteckt haben", versuchte Sixt mich zu beruhigen und begann das Zimmer abzusuchen. Ich tat es ihm gleich und begann die Zimmerecke, wo der Käfig stand und die Umgebung nach ihnen abzusuchen. Ich schaute unter den Trümmern von den Schränken und Regalen, aber auch dort waren sie nicht. Die Panik stieg in mir immer höher und ich suchte hektischer nach ihnen, da die Angst zunahm, dass Tobin ihnen etwas angetan hatte.

„Ich habe sie, Süße", rief Sixt aus dem Ankleidezimmer heraus. „Sie haben sich hier drin versteckt." Ich lief ins Ankleidezimmer, wo Sixt bereits beide auf den Arm genommen hatte. Ich nahm ihm Chocolate ab und streichelte sie.

„Alles ist gut. Euch wird nie wieder jemand etwas tun", sprach ich beruhigend auf Chocolate ein, die in meinen Armen zitterte. „Sie scheint nicht verletzt zu sein", sagte ich, als ich mir Chocolate näher ansah.

„Paulchen ebenfalls nicht. Die beiden müssen gleich geflüchtet sein, als Tobin und seine Leute hier hereingekommen sind."

„Ich bin so froh, dass den beiden nichts passiert ist. Nicht auszudenken, was Tobin ihnen vielleicht angetan hätte, wenn er sie erwischt hätte."

„Komm Süße. Wir stellen den Käfig wieder auf und setzen die beiden dort erst einmal hinein, damit sie sich von dem Schrecken erholen können", schlug Sixt vor.

„Ja, das machen wir und anschließend werden wir hier im Haus wohl aufräumen müssen." Sixt gab mir Paulchen, damit er den Käfig wieder aufstellen und wieder mit Heu und Streu herrichten konnte. Anschließend setzte ich die beiden in den Käfig und verschloss ihn erst einmal, bis wir alles aufgeräumt hatten. Ich hatte gesehen, dass Glasscherben von einer zerbrochenen Vase auf dem

Boden lagen, und wollte nicht, dass sie sich daran verletzten, wenn sie im Zimmer herumliefen. Den Rest des Abends verbrachten wir damit im Haus Ordnung zu schaffen. Dabei trugen die Jungs die kaputten Möbel aus dem Haus und stellten sie erst einmal vor die Garage. Ich hatte ihnen angeboten, die zerstörten Sachen alle zu bezahlen, denn schließlich war Tobin meinetwegen ins Haus eingebrochen und hatte es verwüstet. Also war es meine Schuld, dass die Sachen kaputtgegangen waren. Doch weder Maja noch die Schutzengel wollten mein Geld annehmen. Sie sagten nur, dass ich nicht daran schuld wäre und somit auch nicht die Sachen bezahlen müsste. Trotzdem fühlte ich mich schlecht, denn Tobin und seine Leute hatten auch die Privatsachen von den anderen durchwühlt und zum Teil kaputt gemacht. Deshalb beschloss ich, jedem wenigstens etwas zu ersetzen. Bei Maya wusste ich, dass Tobin einen sehr schönen Spiegel zerstört hatte. Ich würde einfach mal schauen, ob ich diesen Spiegel irgendwo herbekommen konnte, und würde ihn ihr schenken. Auch den nächsten Tag verbrachten wir damit unser Haus wieder herzurichten, wobei Sasha und ich vormittags für die Klausur, die wir schrieben, in die Uni mussten. Da die Fenster und Türen wieder repariert werden mussten, kamen Handwerker vorbei, die wir gerufen hatten. Am Abend sah das Haus auch wieder wohnlich aus. Darüber war ich auch froh, denn ich hatte die Nacht nicht wirklich gut geschlafen und hatte bei jedem Geräusch Angst, dass Tobin vielleicht wieder im Haus war. Schließlich hatten die Jungs die Haustür nur provisorisch wieder eingebaut, die aber jederzeit von außen geöffnet werden konnte. Sixt musste mich immer wieder beruhigen und redete ständig auf mich ein, dass Schutzengel doch ein sehr gutes Gehör hatten und sofort mitbekommen würden, wenn jemand im Haus herumschleichen würde. Nun waren unsere Fenster zumindest im Erdgeschoss aus bruchsicherem Glas und die Haustür war nun auch einbruchsicher. Zudem hatten die Jungs Kameras ans Haus angebracht, über die man nun über den Computer schauen konnte, wer vor der Tür stand und wer um das Haus schlich. Zusätzlich hatten wir nun eine Alarmanlage. Die war vor allem für Maya und mich, damit wir beruhigt schlafen konnten.

201

„Ach Sixt da bist du ja. Die Woche mit dir in Orlando war einfach traumhaft. Hast du Jamie schon gesagt, dass du sie nicht mehr liebst und nun mit mir zusammen bist", fragte ihn Monika am Dienstagmittag in der Mensa, als wir gerade mit unseren Tabletts zu unserem Tisch gehen wollten. Mich sah sie dabei provozierend an. „Ich weiß nicht, was du meinst", erwiderte Sixt, ging unbeirrt an ihr vorbei und stellte sein Tablett auf unseren Stammtisch ab.

„Na die letzte Woche. Ich habe dich doch in Orlando besucht, als du wegen einer Familiensache dort warst und wir haben die Zeit zusammen verbracht. Dort hast du mir auch gesagt, dass du mich liebst", sagte sie und versuchte dabei überzeugend zu wirken. Ich musste mir das Lachen verkneifen. Sie war wirklich in Orlando gewesen und hatte nach Sixt gesucht. Sasha und Nathan waren einen Nachmittag kurz da gewesen, nachdem Brian, der Monicas Schutzengel war, ihnen gesagt hatte, wo sie sich aufhielt und hatten sie beobachtet, wie sie durch die Straßen von Orlando lief und nach Sixt gesucht hatte.

„Du hast mich also in Orlando besucht. Das ist sehr interessant. Ich frage mich, wie ich an zwei Orten gleichzeitig gewesen sein soll, wenn ich doch hier in Portland bei meiner Verlobten gewesen bin", entgegnete Sixt und musste sich ebenfalls das Lachen verkneifen.

„Aber … aber das warst du doch gar nicht. Du warst mit mir in Orlando. Das sagst du doch jetzt nur, weil du Jamie nicht verletzen willst", versuchte sie ihre Lüge aufrechtzuerhalten und wandte sich dann mir zu. „Siehe es ein. Er liebt dich nicht mehr. Wir hatten eine schöne Zeit zusammen in Florida."

„Wirklich? Das ist ja interessant. Wie kann er denn zur gleichen Zeit bei dir gewesen sein, wenn er doch bei mir war? Siehe du es endlich ein, Monica. Sixt will nichts von dir und er wird auch nie etwas von dir wollen. Er liebt mich und niemand wird uns je trennen. Auch du nicht mit deinen Lügen. Ich kann wirklich nur mit dem Kopf über dich schütteln, wie dumm du bist und extra nach Orlando fliegst, um dort Sixt zu suchen, der gar nicht da war.

Er war die ganze Zeit hier in Portland. Wir haben dich nur verarscht und du bist so dumm und bist darauf hereingefallen", erwiderte ich.

„Ihr seid so gemein und spielt mit meinen Gefühlen. Ich liebe Sixt und er wird es auch noch einsehen und diese Schlampe verlassen, um zu mir zu kommen", rief sie gekränkt.

„Niemals Monica. Ich liebe Jamie und das werde ich immer tun. Ach und hör gefälligst auf meine Verlobte zu beleidigen. Du bist so armselig", zischte Sixt. „Und jetzt lass uns endlich in Ruhe."

„Ich bin nicht armselig, sondern ihr seid es. Mich so hinterhältig hereinzulegen und mit meinen Gefühlen zu spielen. Aber ihr werdet noch sehen, was ihr davon habt", schrie sie, drehte sich um und stolzierte aus der Mensa. Sixt und ich setzten uns zu den anderen an den Tisch und ich stellte mein Tablett darauf ab.

„Oh, wie armselig wir doch sind", lachte Timothy.

„Und wir spielen mit ihren Gefühlen", stimmte Nathan in sein Lachen ein.

„Welche Gefühle? Mir kam es immer so vor, als ob diese Frau gar keine hätte", grinste Timothy.

„Du bist doch daran schuld, dass sie jetzt seelisch verletzt ist, denn schließlich hast du ihr gesagt, dass Sixt in Orlando wäre", schmunzelte ich.

„Ach was bin ich doch für ein böser Junge. Dabei kann ich doch nichts dafür, dass sie wirklich nach Florida fliegt, um Sixt dort zu suchen", lachte er.

„Ihr hättet sie sehen sollen, wie sie dort mit ihrem Stadtplan herumgelaufen ist und nach Sixt gesucht hatte", kam es von Nathan.

„Das war aber auch echt gemein, dass ihr sie belogen habt", sagte Maya grinsend.

„Na dann hoffen wir mal, dass sie uns nun endlich in Ruhe lässt", entgegnete Sixt.

„Ich habe daran so meine Zweifel. Diese Frau lernt es irgendwie nie", kam es von mir.

Sonntagnachmittag saß ich in unserem Zimmer auf der Couch und las ein Buch. Die Jungs hatten Tobin immer noch nicht gefunden. Er schien wie vom Erdboden verschluckt zu sein. Nach dieser einen SMS, die ich von ihm bekommen hatte, hörte ich auch nichts mehr von Tobin. Ich hatte Angst, vor dem, was er wohl planen würde. Immerhin wollte er mich töten.

„Hey Süße, los komm, wir gehen jetzt etwas raus", sagte Sixt, der neben mir auf der Couch aufgetaucht war. Mittlerweile hatte ich mich daran gewöhnt, dass die Schutzengel einfach irgendwo aus dem Nichts auftauchen konnten. Deshalb erschrak ich auch nicht mehr so oft, wenn das passierte.

„Wie wir gehen raus? Das ist doch viel zu gefährlich. Was ist, wenn Tobin auf einmal aufkreuzt", fragte ich und legte mein Buch zur Seite.

„Du brauchst keine Angst haben. Die anderen kommen mit. Außerdem weiß Tobin nicht, wo wir hinwollen und wir werden dorthin springen."

„Wohin wollen wir denn", fragte ich nun neugierig.

„Das verrate ich dir nicht. Du wirst es sehen, wenn wir da sind. Und nun ziehe dir deine Schuhe und Jacke an und komm", lächelte Sixt. Ich tat, was er sagte und stand nach wenigen Minuten fertig angezogen mit den anderen im Flur im Erdgeschoss.

„Seid ihr fertig? Dann können wir los. Ihr wisst ja wohin", sagte Sixt zu den anderen verschwörerisch. Es war unfair, dass alle anderen wussten, wohin wir nun springen würden, nur ich nicht. Aber mir blieb auch nichts anderes übrig, als abzuwarten, denn ich wusste, dass mir die anderen nichts verraten würden, wenn ich sie fragen würde, wohin es ging. Sixt nahm mich in den Arm und sprang mit mir. Im nächsten Moment tauchten wir auf einer Baustelle auf. Was wollten wir denn hier? Ich schaute mich um. Vor uns befand sich ein Haus, welches noch in der Bauphase war. Es stand mitten auf einem großen Grundstück, welches von Bäumen umgeben war.

„Warum sind wir hier", fragte ich Sixt.

„Ich wollte dir unser neues Zuhause zeigen", lächelte Sixt.

„Unser neues Zuhause", fragte ich überrascht.

„Ja. Es ist eigentlich dein Hochzeitsgeschenk von mir und ich wollte es dir an unserer Hochzeit zeigen, aber da du in den letzten Tagen eher zurückstecken und Zuhause bleiben musstest, dachte ich mir, ich zeige es dir schon jetzt. Es ist noch in der Bauphase, aber zu unserer Hochzeit sollte es fertig sein, damit wir direkt einziehen können."

„Wirklich? Das ist ja toll", sagte ich und freute mich sehr darüber, dass Sixt ein Haus für uns bauen ließ.

„Ihr zieht weg und ich verliere meine Kochhilfe", kam es von Nathan gespielt traurig.

„Hey, wir werden euch oft besuchen kommen. Außerdem könnt ihr doch auch immer vorbeikommen", erwiderte ich und wandte mich dann an Sixt. „Sind wir noch in Portland?"

„Ja, das sind wir. Und eigentlich sind es nur ein paar Straßen vom Schutzengelhaus entfernt. Um genau zu sein, sind es fünf Straßen", erklärte er mir.

„Ach so. Dann ist es doch gar nicht so weit. Siehst du Nathan, dann brauchst du gar nicht soweit bis zu uns springen und kannst vorbeikommen."

„Oh das werde ich auch. Sixt, ich hoffe, du hast den Männerraum mit eingeplant", grinste Nathan.

„Ja, an den habe ich gedacht. Aber er wird sich im Keller befinden."

„Ach das macht nichts. Aber wir müssen ihn noch einrichten. Ich habe schon einige Ideen, was wir alles hineinstellen könnten", sagte Nathan.

„Das glaube ich. Aber wie wäre es, wenn Sixt uns erst einmal das Haus zeigen würde", kam es von Sasha.

„Sehr gerne. Dann mal los", sagte Sixt, schlank einen Arm um meine Schulter und führte mich zu dem Hauseingang.

„Dürfen wir denn eigentlich in das Haus hinein? Es ist doch noch gar nicht fertig", fragte ich zweifelnd.

„Natürlich dürfen wir hinein. Schließlich ist es unser Haus. Aber wir müssen etwas vorsichtig sein, denn es ist ja noch nicht fertig. Im Haus wird noch jede Menge Baumaterial herumliegen." Wir betraten das Haus und kamen in einem großen Flur von dem vier Türen, die in verschiedene Räume führten, abgingen. Auf der linken Seite befanden sich Treppen, wovon die eine in den Keller und die andere in die obere Etage führte.

„Willkommen in unserem neuen Zuhause", flüsterte Sixt und nahm meine Hand. „Komm, ich zeige dir die einzelnen Räume." Er führte mich in den ersten Raum auf der rechten Seite.

„Dieser Raum wird die Küche."

„Da haben wir ja viel Platz zum Kochen", sagte ich und besah mir den großen Raum.

„Das habe ich mir bei der Planung auch gedacht. Einen Zugang zum Esszimmer hat die Küche auch." Er deutete auf den Durchgang, der zu einem weiteren Raum führte.

„Oh, das ist gut. Dann brauchen wir nicht mit dem Essen durch den Flur laufen."

„Genau deswegen wollte ich einen Zugang zum Esszimmer. Komm, ich zeige dir die anderen Räume." Wir verließen die Küche und Sixt zeigte mir nun die beiden Räume auf der anderen Seite des Hauseinganges. Der erste Raum würde das Gästebad werden. Den Raum daneben hatte Sixt als Büro geplant. Als Nächstes zeigte er mir den Raum gegenüber des Hauseinganges.

„Und das wird das Wohnzimmer mit einem Durchgang zum Essbereich", sagte er, als wir in der Mitte des Zimmers standen.

„"Das Wohnzimmer ist ja riesig", staunte ich und drehte mich einmal im Kreis, um es zu betrachten.

„Warte mal ab, bis du das Schlafzimmer siehst", grinste Sixt. „Nur leider können wir nicht in die erste Etage. Ich weiß nicht, ob die Decke schon stabil genug ist." Er deutete auf die Stützpfeiler, die in jedem Raum standen und die Decke stützten.

„Das ist nicht schlimm. Ich werde es ja sehen, wenn das Haus fertig ist. Ich freue mich aber auf jeden Fall schon darauf, hier mit dir zu wohnen", sagte ich, schlang meine Arme um seinen Hals und küsste ihn.

„Es ist ein schönes Haus. Hier würde ich auch einziehen", kam es von Sasha, die aus dem Essbereich zu uns kam.

„Stimmt. Sixt lässt uns wirklich ein schönes Haus bauen", grinste Nathan.

„Eigentlich ist das Haus nur für Jamie und mich", stellte Sixt klar.

„Ach so. Ich dachte, wir ziehen hier alle zusammen ein", entgegnete Nathan gespielt enttäuscht.

„Ich glaube, das Haus ist zu klein für uns alle", wandte ich ein.

„Das stimmt. Sashas Klamotten würden schon die Hälfte des Hauses einnehmen", sagte Nathan und fing sich dafür einen Seitenhieb in die Rippen von Sashas Ellenbogen ein. „Aua, das stimmt doch."

„Das stimmt überhaupt nicht. So viele Klamotten habe ich gar nicht", verteidigte sich Sasha und setzte sich schmollend auf einen Stahlträger, der auf dem Boden lag.

„Oh, doch", lachten die Jungs.

„Ach schmoll doch nicht. Das war doch nur ein Spaß", sagte Nathan und ging zu seiner Freundin. „Wie wäre es, wenn ich dich auf ein Eis einlade", schlug er ihr zur Versöhnung vor.

„Oh auf ein Eis hätte ich auch Lust", sagte ich an Sixt gewandt.

„Na dann auf in die Eisdiele", entgegnete er. Wir wollten gerade das Wohnzimmer verlassen, als plötzlich das Haus zu beben begann.

„Was ist denn jetzt los", fragte Sasha verwundert und sprang vom Stahlträger auf.

„Ein Erdbeben. Los alle raus hier, bevor das Haus einstürzt „, rief Timothy. Die Wände des Haus wackelten bedrohlich, als würden sie jeden Moment zusammenbrechen. Im oberen Stockwerk hörte man etwas laut auf den Boden krachen. Wir liefen in den Flur. Überall um uns herum fielen die Stützpfeiler zu Boden.

„Komm Jamie, wir springen", rief Sixt mir über das Getöse im Haus zu. Er wollte gerade meine Hand nehmen, als ich über einen Holzbalken stolperte und hart auf den Boden aufschlug. Ich stöhnte schmerzvoll auf, als ein Schmerz durch mein Knie zog. Ich schaute zu meinem Bein und sah, dass ich auf einen Nagel gefallen war, der sich in mein Knie gebohrt hatte. Na super, auch das noch. Das hieß auf jeden Fall wieder Notaufnahme.

„Jamie", rief Sixt und wollte gerade zu mir kommen, als ein Teil der Decke über uns einbrach und Trümmer aus Beton zwischen uns landeten. Etwas Hartes traf mich am Kopf und ich schrie auf.

„Jamie", hörte ich Sixt rufen. „Jamie, wo bist du?"

„Sixt, wir müssen hier raus", schrie Sasha.

„Ich muss erst Jamie finden. Ich kann sie nur nicht sehen. Warum kann ich sie nicht sehen", fragte er und ich konnte Panik in seiner Stimme hören. Das Beben hatte noch nicht aufgehört. Über mir krachte es und im nächsten Moment fiel etwas auf meinen Rücken. Ich stöhnte vor Schmerzen auf. Mir wurde schwindelig und die Dunkelheit versuchte mich zu überkommen. Nein, ich durfte jetzt nicht ohnmächtig werden. Ich musste zuerst aus dem Haus heraus, bevor es komplett zusammenbrechen würde. Ich versuchte aufzustehen, aber es ging nicht. Ein Teil einer Betonplatte lag auf meinem Rücken und ich konnte mich dadurch nicht bewegen.

„Hilfe", rief ich so laut ich konnte. „Hilfe Sixt."

„Jamie, wo bist du", schrie er panisch.

„Ich bin hier." Meine Stimme brach am Ende vor Schmerzen, die mir durch den ganzen Körper zogen. Mein Kopf dröhnte und ich kämpfte gegen die Dunkelheit an, die mich immer noch verschlingen wollte.

„Jamie", rief Sixt wieder. „Verdammt warum kann ich sie nicht sehen?"

„Ich habe sie", hörte ich Nathan direkt über mir sagen. „Sixt hilf mir mal, Sie ist eingeklemmt." Im nächsten Moment spürte ich keinen Druck mehr auf meinem Rücken. Sie hatten die Betonplatte von meinem Rücken entfernt.

„Jamie", kam es von Sixt erleichtert. Er half mir mich umzudrehen und nahm mich auf den Arm.

„Und jetzt raus hier", rief Nathan und kurz darauf standen wir draußen vor dem Haus auf der Wiese. Das Beben musste nachgelassen haben. Zumindest spürte ich nichts mehr davon. Sixt kniete sich mit mir auf den Boden, hielt meinen Oberkörper noch weiterhin im Arm, wobei meine Beine auf dem Rasen lagen.

„Wir brauchen sofort einen Krankenwagen", rief er den anderen zu und wandte sich dann mir zu. „Es wird alles gut, Süße. Bleib bei mir."

„Da hinten ist Tobin mit einer Frau", rief Maya und die anderen drehten sich in die Richtung, in die sie zeigte. Ich blieb einfach liegen. Die Schmerzen lähmten mich und ich konnte mich nicht bewegen. Ich bekam Angst. Sollte es das jetzt gewesen sein? Würde ich jetzt sterben? Ich war doch noch so jung und hatte mein Leben noch vor mir.

„Die Frau ist Cassandra. Sie hat das Haus zum Beben gebracht und mich blind gemacht, damit ich Jamie nicht mehr sehe. Es muss von ihnen geplant gewesen sein", hörte ich Sixt sagen und er holte mich somit aus meinen Gedanken heraus. Mir war es gerade egal, wer es war oder was sie getan hatten. Ich hatte genug mit mir selbst zu tun. Die Dunkelheit versuchte immer noch die Oberhand zu gewinnen und mich zu verschlingen und ich merkte, wie eine Kälte in mir hochkroch.

„Sixt", wisperte ich und musste all meine Kraft zusammennehmen, um überhaupt sprechen zu können.

„Ganz ruhig, Süße. Gleich kommt Hilfe", sprach er auf mich ein.

„Ich habe Angst. Ich will nicht sterben."

„Das wirst du auch nicht. Alles wird gut."

„Mir tut alles weh und mir ist so kalt. Fühlt sich so etwa sterben an", fragte ich.

„Süße, du wirst nicht sterben", sagte Sixt und schaute sich nun panisch um. Ich merkte, wie mir immer mehr die Kraft entwich und ich der Dunkelheit immer näherkam.

„Ich habe Angst."

„Du brauchst keine Angst haben. Ich bin bei dir."

„Ich liebe dich", flüsterte ich mit letzter Kraft.

„Ich liebe dich auch, Süße", sagte Sixt und das Letzte, was ich sah, war eine Träne, die an Sixts Wange entlanglief, bevor mich die Dunkelheit komplett umfing.

„Hab keine Angst. Ich bin bei dir. Ich lasse dich nicht alleine", hörte ich Sixt noch sagen, bevor mein Herz stehen blieb und ich starb.

Ich hatte keine Schmerzen mehr und fühlte mich frei, als ich meine Augen öffnete und meinen Körper im nächsten Augenblick verließ.

„Ich bin da, Süße", hörte ich Sixts Stimme neben mir. Ich drehte mich zu ihm um und bemerkte, dass wir schwebten.

„Bin ich ... tot", fragte ich und schaute nach unten. Ich sah meinen Körper, wie er ausgestreckt auf dem Boden lag. Vor ihm knieten Sasha und Maya, die beide am Weinen waren.

„Ja Süße, das bist du. Schau nicht hin. Du sollst dir das nicht ansehen", sagte Sixt und hob mit einer Hand mein Kinn hoch, sodass ich ihn ansah. Ich war also wirklich tot. Oh mein Gott. Was würde aus meiner Familie werden? Sie würden sicher sehr unter dem Verlust leiden. Das wollte ich nicht. Ich wollte nicht, dass sie leiden mussten. Mom! Würde sie meinen Tod verkraften? Und was war mit Dad und Leslie? Ich würde meine Familie erst wiedersehen, wenn sie sterben würden. Ich wischte mir eine Träne, die an meiner Wange herunterlief weg.

„Was passiert jetzt", fragte ich Sixt.

„Wir sind gerade auf dem Weg in den Himmel. Dort wirst du mit dem Engelspräsidenten sprechen."

„Bleibst du bei mir", wollte ich von ihm wissen, denn ich wollte nicht alleine sein.

„Ja, ich werde die ganze Zeit bei dir bleiben", versicherte er mir.

Wir kamen im Himmel an. Sixt nahm meine Hand und führte mich in einen Palast. Ich kannte die Vorhalle. Hier her hatte Henry mich an dem Tag der Verhandlung gebracht. Wir gingen in den Saal, indem der Engelsrat gesessen hatte. Statt ihnen saß nun der Engelspräsident dort.

„Hallo Sixt", begrüßte der Engelspräsident ihn.

„Guten Tag Euer Ehren", erwiderte Sixt höflich.

„Jamie Miller. Willkommen im Himmel. Es tut mir so leid, dass dein Leben so quallvoll geendet hat", sagte Eoghan.

„Hallo", kam es von mir noch immer geschockt, dass ich wirklich tot war.

„Euer Ehren, darf ich während des Gespräches bei Jamie bleiben", fragte Sixt.

„Ja, selbstverständlich", sagte Eoghan und wandte sich dann wieder mir zu. „Also Jamie, Sixt hat dir bestimmt schon einmal erzählt, was nach dem Tod passiert. Du hast die Wahl entweder ins Himmelreich zu gehen oder ein Schutzengel zu werden. Diese Entscheidung solltest du dir gut überlegen. Wenn du das Himmelreich wählst, darfst du nicht mehr zurück auf die Erde und du kannst dich dann auch nicht mehr umentscheiden doch lieber ein Schutzengel werden zu wollen. Wenn du dich entscheidest ein Schutzengel zu werden, hast du Regeln einzuhalten, die du bestimmt schon kennst. Ausführlich werden wir darüber aber noch sprechen, wenn du dich dafür entscheidest. Auf jeden Fall darfst du dann aber dich nicht umentscheiden und ins Himmelreich wollen. Dort kommst du erst hin, wenn du als Schutzengel sterben solltest oder eine Regel brichst."

„Ja ist gut", sagte ich.

„Du gehst allerdings erst einmal für eine Woche ins Himmelreich, weil du über deine Entscheidung gut nachdenken sollst und somit auch das Himmelreich kennenlernst", kam es von Eoghan.

„Muss das sein", fragte ich.

„Ja, so sind die Regeln."

„Darf Sixt mitkommen", fragte ich, denn ich wollte nicht von ihm getrennt sein.

„Nein. Er ist ein Schutzengel und bekommt gleich von mir einen neuen Schützling zugeteilt."

„Darf ich sie denn zur Himmelspforte bringen", fragte Sixt.

„Ja, das darfst du", antwortete Eoghan und wandte sich dann noch einmal mir zu. „Geh nun. Denke gut über deine Entscheidung nach. Wir sehen uns dann in einer Woche wieder."

„Auf Wiedersehen, bis in einer Woche", verabschiedete ich mich etwas genervt, da ich eigentlich gar keine Lust hatte ins Himmelreich zu gehen.

„Na komm, Süße. Ich bringe dich jetzt zur Himmelspforte", sagte Sixt und legte mir einen Arm um die Taille. Wir verließen den Saal und Sixt führte mich aus dem Palast.

„Muss ich wirklich ins Himmelreich", fragte ich ihn, als wir einen Kiesweg entlanggingen. Ich hatte mir den Himmel irgendwie anders vorgestellt. Ich dachte immer, der Himmel würde nur aus Wolken bestehen und man würde auf ihnen auch laufen. Doch er war eigentlich mit der Erde zu vergleichen. Es gab gepflasterte sowie Kieswege. Um den Palast herum gab es Wiesenflächen und verschiedene Blumen und Bäume. Die Wolken schwebten tiefer als auf der Erde über unseren Köpfen und in der Ferne sah ich Wolkenfelder, die an den Wiesen angrenzten.

„Ja Süße, so sind leider die Regeln. Jeder Mensch muss nach seinem Tod zuerst ins Himmelreich, um über seine Entscheidung nachzudenken."

„Aber ich weiß doch schon, was ich will und du weißt es auch."

„Trotzdem sollst du über deine Entscheidung nachdenken. Du weißt ja schon, wie das Leben als Schutzengel sein wird und welche Aufgaben du hättest. Das hast du ja bei mir und den anderen Schutzengeln mitbekommen. Aber du sollst dir auch mal das Leben im Himmelreich ansehen." Wir waren an der Himmelspforte angekommen und blieben stehen. Die Himmelspforte war ein riesiges goldenes Tor, vor dem zwei Engel als Wachposten standen. Links und rechts vom Tor standen Mauern aus Wolken, die das Himmelreich umgaben.

„Süße, bitte denke über beide Möglichkeiten nach. Ich möchte nicht, dass du eine Entscheidung fällst, die du hinterher bereust. Vor allem musst du die Wahl für dich treffen. Wenn du dich dafür entscheidest, ein Schutzengel zu werden, können wir zwar für die Ewigkeit zusammenbleiben, aber solltest du das Himmelreich wählen, würde ich deine Entscheidung genauso akzeptieren und würde warten, bis wir uns wiedersehen", sagte Sixt.

„Aber ich habe mich doch schon entschieden", erwiderte ich.

„Ich weiß, aber bitte überlege dir, ob es für dich die richtige Entscheidung ist."

„Na gut, wobei ich jetzt schon weiß, dass ich meine Entscheidung nicht ändern werde."

„Das weiß ich. Süße, tu mir noch einen Gefallen. Bitte schaue dir nicht deine Beerdigung an. Ich habe damals den Fehler gemacht und habe es getan. Bitte mache nicht den gleichen Fehler. Es wird dir nicht guttun", bat er mich und schaute mir fest in die Augen.

„Ich verspreche es."

„Gut. Mach dir bitte nicht so viele Sorgen um deine Familie. Ich werde mich um sie kümmern und ihnen bei der Trauerbewältigung helfen."

„Danke. Das ist meine größte Sorge, dass sie mit dem Verlust nicht klarkommen", sagte ich.

„Du brauchst mir nicht zu danken. Das mache ich doch gerne", erwiderte Sixt und strich mir sanft mit dem Handrücken über die Wange. „Es tut mir so leid. Wenn ich dir nicht das Haus gezeigt hätte, hättest du jetzt noch dein Leben", entschuldigte er sich und sah mich traurig an.

„Nein, denk so etwas gar nicht erst. Du bist nicht Schuld daran, was passiert ist. Ich habe mich sehr über den Ausflug gefreut. Niemand konnte wissen, was Tobin geplant hatte und dass Cassandra das Haus einstürzen ließ. Nur die beiden haben daran Schuld und niemand anderes. Versprich mir, dass du dir nicht die Schuld daran gibst."

„Ich verspreche es", erwiderte er. „Es wird jetzt Zeit. Du musst jetzt ins Himmelreich gehen und ich muss zum Engelspräsidenten. Er wartet bestimmt schon auf mich. Wir sehen uns in einer Woche. Ich werde dich hier wieder abholen."

„Versprochen?"

„Versprochen, Süße. Ich liebe dich."

„Ich liebe dich auch", erwiderte ich. Sixt zog mich zu sich und küsste mich. Ich schlang meine Arme um seinen Hals und erwiderte den Kuss. Seufzend löste er sich von mir und ich wusste, dass es Zeit war zu gehen.

„In einer Woche."

„Okay, dann gehe ich jetzt. Ich vermisse dich jetzt schon. Ich liebe dich."

„Ich dich auch, Süße." Ich drehte mich schweren Herzens um, denn eigentlich wollte ich gar nicht von Sixt getrennt sein und ging durch die Pforte, die die Wächter mir aufhielten. Ich hoffte, diese Woche würde sehr schnell vergehen und ich würde Sixt wiedersehen. Ich brauchte nicht darüber nachdenken, was ich wollte. Das wusste ich schon lange. Ich hatte meine Entscheidung schon längst gefällt!

Kapitel 13

„Hallo Jamie. Es tut mir so leid, dass wir uns auf diesem Weg wiedersehen", begrüßte mich Henri, als ich ins Himmelreich hineingegangen war, und umarmte mich. Hinter mir hörte ich, wie sich die Pforte schloss. Nun war ich im Himmelreich und würde hier erst in einer Woche wieder herauskommen. Ich war froh, dass Henry hier war. Ich hatte schon befürchtet, ganz alleine zu sein.

„Hallo Henry", grüßte ich und erwiderte seine Umarmung. „So schnell hast du nicht damit gerechnet mich wiederzusehen."

„Du doch auch nicht, oder?" Er besah mich mit einem mitleidvollen Blick.

„Nein, da hast du recht."

„Was ist passiert", wollte er nun wissen.

„Genau kann ich es dir auch nicht sagen. Sixt hat mir unser neues Haus gezeigt, welches er gerade bauen lässt und plötzlich bebte das Haus. So wie ich mitbekommen habe, haben wohl Tobin und Cassandra etwas damit zu tun", erzählte ich ihm. „Ich habe einige Trümmer von der Decke, als sie einbrach, abbekommen und nun bin ich hier."

„Es tut mir so leid. Wie geht es dir denn jetzt", fragte er.

„Naja, ich bin noch etwas durcheinander und muss erst einmal realisieren, was genau passiert ist."

„Das glaube ich dir. Komm ich bringe dich jetzt erst einmal zu deinen Großeltern. Dort kannst du dich ausruhen."

„Zu meinen Großeltern", hakte ich nach.

„Ja genau. Sie erwarten dich bereits", entgegnete Henri und führte mich zu einem Auto.

„Ihr habt hier Autos", fragte ich verwundert.

„Ja natürlich. Das Himmelreich ist sehr groß. Irgendwie müssen wir uns doch fortbewegen. Los steig ein." Ich tat, was er sagte und stieg in den Wagen ein. Henri startete den Motor und fuhr los. Während der Fahrt redeten wir nicht sonderlich viel. Ich schaute mir eher die Gegend an. Das Himmelreich war mit der Erde zu vergleichen. Es war wie eine große Stadt, mit Straßen, Häusern und Geschäften, so

wie man es von der Erde her kannte. Auf der Straße gab es auch
Ampeln und Verkehrsschilder, an die sich die Engel halten
mussten. Wir fuhren in eine Straße, wo mehrere Einfamilienhäuser
standen. Henri hielt am Straßenrand vor einem schönen
beigefarbenen Haus mit einem gepflegten Vorgarten.

„Wir sind da", sagte er und stellte den Motor ab. „Komm, ich
bringe dich noch bis zur Tür." Wir stiegen aus dem Wagen aus und
gingen zur Haustür. Ich war sehr nervös, denn ich hatte meine
Großeltern seit Jahren nicht mehr gesehen. Sie waren die Eltern
von meinem Vater gewesen. Mein Großvater Roy war gestorben,
als ich neun Jahre alt gewesen war. Meine Großmutter Abigail starb
fünf Jahre später. Ich war früher sehr gerne bei ihnen gewesen. Nie
hätte ich gedacht, dass ich sie nach ihrem Tod noch einmal
wiedersehen würde. Ich wollte gerade auf die Türklingel drücken,
als die Haustür geöffnet wurde.

„Jamie! Oh meine kleine Jamie", begrüßte mich meine Großmutter
und zog mich gleich in eine Umarmung. Sie sah wesentlich jünger
aus, als ich sie in Erinnerung hatte. Sixt hatte mir mal erzählt, dass
Menschen ihr Aussehen nach dem Tod im Himmelreich um viele
Jahre verjüngern konnten. Naja wer wollte denn schon ewig mit
Falten im Gesicht herumlaufen. Schon auf der Erde taten die Leute
alles, um im Alter jung auszusehen. Nur brauchten sie im
Himmelreich dafür keine Creme oder Operationen. Sie bekamen
die Verjüngung durch den Engelspräsidenten, wenn sie sich
entschlossen im Himmelreich zu bleiben.

„Roy, sie ist da", rief sie ihrem Mann zu. Mein Großvater kam in
den Flur und lächelte, als er mich sah. Auch er war um Jahre jünger
geworden.

„Jamie, mein Schatz", sagte er und nun wurde ich von ihm umarmt,
nachdem meine Großmutter mich losgelassen hatte.

„Du bist bestimmt hungrig. Ich habe essen gekocht", kam es von
meiner Großmutter, als ich mich von meinem Großvater löste.

„Henri, möchten Sie mitessen? Es ist genug da", fragte sie ihn.

„Vielen Dank, aber ich muss los. Ich habe noch eine Menge zu
tun", antwortete er und wandte sich dann mir zu. „Jamie, ich hole
dich in einer Woche wieder ab und bringe dich zur
Himmelspforte."

„Ja ist gut und danke, dass du mich zu meinen Großeltern gebracht
hast", sagte ich und umarmte ihn kurz.

„Das habe ich doch gerne gemacht. Wir sehen uns in einer Woche", entgegnete er und ging zu seinem Wagen.

„Und du kommst jetzt erst einmal herein. Das Essen ist fertig und du möchtest dich bestimmt ausruhen", sagte meine Großmutter. Ich ging ins Haus und folgte ihr, nachdem ich die Haustür geschlossen hatte, ins Esszimmer, wo sie den Tisch bereits gedeckt hatte. „Setz dich. Ich werde das Essen holen." Ich nahm an dem Esstisch platz, an dem bereits mein Großvater saß. Meine Großmutter brachte Schüsseln und eine Fleischplatte und stellte sie auf den Tisch.

„Greift zu. Es gibt Schweinebraten mit Klößen und Rotkohl", sagte sie und setzte sich zu uns. Ich war noch so aufgewühlt von den Geschehnissen am Nachmittag und hatte so viele Fragen, was das Himmelreich betraf, dass ich eigentlich gar keinen Hunger hatte. Aber meiner Großmutter zuliebe befüllte ich meinen Teller und aß. Abgesehen davon schmeckte das Essen, so wie man es von Großmüttern kennt, besonders gut. Von Sixt wusste ich bereits, dass bei Engeln die Nahrung in Energie umgewandelt wurde. Dementsprechend musste es bei mir genauso sein, denn ich nahm an, dass ich nun auch ein Engel war. Ich war schließlich tot, und wenn ich Sixt richtig verstanden hatte, dann wurde man nach seinem Tod ein Engel.

„Jamie, wir wissen, was passiert ist und es tut uns so leid. Wir haben uns für dich ein erfülltes glückliches Leben gewünscht", sagte mein Großvater, als wir mit dem Essen fertig waren.

„Woher wisst ihr das", fragte ich verwundert.

„Na wir beobachten gerne unsere Familie und schauen, ob es euch gut geht. Naja dabei haben wir das Unglück gesehen und Henri hat es uns vorhin noch einmal bestätigt, dass du in den Himmel kommst, als er uns gefragt hat, ob wir dich bis zu deinem Entscheidungstermin bei uns aufnehmen. Es ist für uns selbstverständlich, dass du bei uns wohnst. Das kannst du auch, wenn du dich entschließt, im Himmelreich zu bleiben", erklärte mir mein Großvater.

„Naja eigentlich steht meine Entscheidung schon fest. Ich möchte gerne ein Schutzengel werden, damit ich wieder auf die Erde darf", sagte ich und hoffte, dass ich sie nun nicht enttäuschte, falls sie dachten, dass ich bei ihnen bleiben würde.

„Das haben wir uns schon gedacht. Schließlich wartet dort ein wundervoller junger Mann auf dich", lächelte meine Großmutter. Natürlich wollte ich auf die Erde zurück, um bei Sixt sein zu können. Aber nicht nur wegen ihm. Ich wollte mein neues Leben auf der Erde verbringen. Ich wollte studieren, reisen und natürlich auf meinen Schützling, den ich zugeteilt bekommen würde, aufpassen.

„Ja, da hast du recht", stimmte ich ihr zu.

„Ich freue mich so für dich, dass du so einen liebenswerten Mann gefunden hast."

„Ja, er ist wirklich ein Traum von einem Mann. Schade, dass wir nun die Hochzeit absagen müssen", erwiderte ich traurig.

„Warum? Heiraten werdet ihr doch trotzdem können. Das ist Schutzengeln doch nicht verboten", entgegnete mein Großvater.

„Da hast du recht. Nur in Portland darf ich dann nicht mehr heiraten und Mom, Dad und Leslie werden nicht dabei sein können", sagte ich und Tränen bildeten sich in meinen Augen.

„Oh mein Schatz, komm mal her." Meine Großmutter beugte sich zu mir herüber und nahm mich in den Arm. Nun ließ ich meinen Tränen freien Lauf. So langsam realisierte ich, was eigentlich passiert war und was es für mich in Zukunft bedeutete.

„Ich werde sie nie wiedersehen", schluchzte ich.

„Ach Kleines", sagte meine Großmutter und strich mir tröstend über den Rücken. „Es wird leichter mit der Zeit und der Schmerz darüber, dass du sie nicht mehr wiedersehen wirst, wird nachlassen. Jeder Engel hat das schon durchgemacht. Denke immer daran, dass es ihnen gut gehen wird, und bewahre die schönen Erinnerungen in deinem Herzen auf." Die tröstenden Worte meiner Großmutter halfen mir, mich etwas zu beruhigen.

„Danke", sagte ich leise, löste mich aus ihren Armen und wischte mir die Tränen aus dem Gesicht.

„Komm leg dich etwas hin. Der Tag war sehr aufwühlend. Wir haben das Gästezimmer für dich hergerichtet", schlug meine Großmutter vor.

„Oh, ich habe gar keine Schlafsachen dabei. Eigentlich gar keine Anziehsachen", fiel mir ein. Ich hatte gar nichts mit in den Himmel genommen. Ich hatte nur die Sachen dabei, die ich trug.

„Deshalb werden wir morgen erst einmal für dich einkaufen gehen, damit du die Woche über etwas zum Anziehen hast. So und nun werde ich dir das Zimmer zeigen", sagte meine Großmutter und stand auf. Sie führte mich in Flur die Treppe hinauf in die obere Etage und zeigte mir, bevor wir in das Gästezimmer gingen, wo das Bad war.

„Du möchtest bestimmt erst einmal duschen gehen. Die Handtücher findest du im Badezimmerschrank. Ich bringe dir noch ein Nachthemd von mir für diese Nacht", sagte sie.

„Danke. Auch dafür, dass ihr mich aufgenommen habt."

„Du brauchst dich nicht zu bedanken. Das haben wir doch gerne gemacht. Außerdem freuen wir uns dich bei uns zu haben, auch wenn der Grund nicht erfreulich ist. Und nun ruhe dich aus und schlafe etwas. Du wirst sehen, morgen sieht die Welt schon anders aus. Gute Nacht, mein Schatz. Schlaf gut."

„Gute Nacht, Grandma", erwiderte ich. Sie ging aus dem Zimmer und ließ mich allein. Ich verließ ebenfalls das Zimmer und ging als Erstes ins Bad, wo ich mich unter die Dusche stellte und den Dreck und Staub vom eingestürzten Haus abwusch. Als ich fertig war, trocknete ich mich ab und zog mich an. Meine Großmutter hatte mir, bevor ich ins Bad gegangen war, ein Nachthemd auf den Badhocker gelegt, welches ich anziehen sollte. Ich wollte auf die Toilette gehen. Es war eine Angewohnheit von mir immer kurz vor dem zu Bett gehen noch einmal zur Toilette zu gehen, damit ich nachts nicht musste. Ich drehte mich im Bad einmal im Kreis und suchte die Toilette, doch ich fand keine. Das gab es doch nicht. Wieso hatte dieses Bad denn keine Toilette, oder hatten sie dafür einen extra Raum? Ich wollte gerade meine Großmutter fragen gehen, da fiel mir erst einmal wieder ein, dass Sixt mir mal erzählt, dass Schutzengel nicht auf die Toilette mussten. Es war schon ein komisches Gefühl zu wissen, dass ich nun nie wieder auf die Toilette gehen brauchte. Ich hatte auch gar keinen Harndrang. Ich ging ins Gästezimmer und legte mich ins Bett. Es dauerte auch nicht lange, bis ich in einen traumlosen Schlaf glitt.

Am nächsten Tag machte ich mit meinen Großeltern eine kleine Einkaufstour. Im Himmelreich gab es mehrere große Shoppingzentren mit vielen verschiedenen Geschäften. Das wäre etwas für Sasha. Sie würde so schnell nicht mehr aus den Läden kommen. Das Beste war, dass man für nichts bezahlen musste. Man suchte sich die Sachen aus, die man haben wollte, ging zur Kasse und dort wurde es nur registriert, welche Sachen genommen wurden, damit die dort arbeitenden Engel wussten, was nachbestellt werden musste. Meine Großeltern erzählten mir viel über das Himmelreich. Viele Engel gingen arbeiten, um etwas zu tun zu haben. Sie bekamen dafür zwar kein Geld, aber das brauchten sie im Himmelreich auch nicht. Sie taten es einfach freiwillig und das System funktionierte. Dadurch, dass die Engel kein Geld zum Bezahlen brauchten und kaufen konnten, was sie wollten, lebten sie viel entspannter und ohne Neid oder Überlebensdruck. Jeder Engel hatte etwas zu essen und niemand musste sich sorgen machen, wie er die Familie durch den Monat bekam. Kriminalität gab es dadurch im Himmel auch nicht. Warum sollte auch jemand etwas klauen, wenn er es genauso gut im Geschäft kostenlos bekam. Eine Himmelspolizei gab es trotzdem. Natürlich gab es im Himmel keinen Mord. Engel konnten nicht getötet werden. Sie waren schließlich schon tot. Aber Schlägereien, Autounfälle, oder Straßenverkehrsdelikte gab es trotzdem und dafür wurde eine Engelspolizei gebraucht. Ich erfuhr, dass Kinder, wenn sie starben im Himmel in den Kindergarten und zur Schule gingen, damit sie etwas lernten und nicht den anderen Engeln gegenüber benachteiligt waren, was das Wissen anging. Genauso wuchsen sie noch und alterten, bis sie ihr einundzwanzigstes Lebensjahr erreichten, wo sie als volljährig galten. Sie sollten keine Nachteile den anderen Engeln gegenüber haben und sollten unabhängig ihr Leben im Himmel genießen können. Wenn sie wollten, konnten sie sogar einen Beruf erlernen, damit sie arbeiten gehen konnten.

Ich genoss die Zeit mit meinen Großeltern, denn ich wusste, dass ich sie erst wiedersehen würde, falls ich als Schutzengel starb oder eine Regel brach. Vorher würde ich nicht mehr ins Himmelreich kommen. Ich wurde von ihnen verwöhnt, so wie es Großeltern halt bei ihren Enkeln taten.

Am Donnerstagvormittag saß ich auf der Couch im Wohnzimmer und wollte über den großen Bildschirm, der an der Wand hing, auf die Erde schauen. Ja, die Engel taten so etwas über Bildschirme. Jeder Haushalt hatte einen Bildschirm im Wohnzimmer hängen. Ich hatte mir immer vorgestellt, dass die Engel durch die Wolken hindurch auf die Erde schauten. Allerdings hatte ich mir den Himmel auch ganz anders vorgestellt. Den Bildschirm benutzten die Engel ebenfalls zum Fernsehen. Sie konnten alle Fernsehkanäle schauen, die es auch auf der Erde gab.

Meine Großeltern hatten mir gezeigt, wie ich auf die Erde schauen konnte. Auf dem Bildschirm gab es ein eigenes Programm, indem man Ort und Straße eingab. Dann wurde die Straße gezeigt, die man sehen wollte. Man konnte das Bild heranzoomen und sogar hören was Personen, die draußen standen, sagten, solange sie laut sprachen und nicht flüsterten. Allerdings konnte man nicht ins Haus hineinsehen. Etwas Privatsphäre sollten die Menschen auf der Erde dann doch haben. Ich hatte Montagabend schon einmal mir das Schutzengelhaus angesehen und war ganz überrascht, als ich sah, was Sixt getan hatte. Er hatte auf dem Balkon Blätter Papier ausgelegt, worauf er „Ich liebe, dich, Jamie" geschrieben hatte. Ich war so gerührt von der Geste gewesen und hätte ihm am liebsten geantwortet, doch es ging leider nicht. Ich musste meinen Großeltern versprechen nicht nach meiner Familie zu schauen, damit ich nicht noch mehr litt. Ich gab den Ort und die Straße in das Programm ein, und nachdem ich auf der Fernbedienung auf Play gedrückt hatte, erschien die Straße, in der das Schutzengelhaus stand. Ich zoomte gerade zum Haus, als meine Großmutter ins Wohnzimmer kam.

„Jamie, bitte schau heute nicht auf die Erde. Tu dir das nicht an", bat sie.

„Wieso? Was ist denn los", fragte ich irritiert.

„Heute ist deine Beerdigung. Bitte schau sie dir nicht an. Das wird dir nicht guttun."

„Oh, das wusste ich nicht. Ich wollte einfach nur mal schauen, was Sixt so tut. Ich werde sie mir nicht ansehen. Sixt musste ich es auch versprechen, dass ich es nicht tue. Aber woher weißt du das", wollte ich nun wissen.

„Ich habe gestern Abend nach deinen Eltern geschaut. Deine Mutter hat draußen mit der Nachbarin gesprochen und ihr gesagt, dass deine Beerdigung heute ist. Daher weiß ich es."

„Wie geht es denn meiner Mutter?"

„Ach Jamie", seufzte sie. „Ihr scheint es den Umständen gut zu gehen."

„Ich hoffe, sie kommt über meinen Tod hinweg."

„Das wird sie. Und du wirst auch über den Verlust deiner Familie hinwegkommen. Die Zeit heilt alles und bald wirst du nicht mehr so traurig über den Verlust sein."

„Danke Grandma." Ich wollte gerade das Programm beenden, als ich Monica sah, die zur Haustür des Schutzengelhauses ging. Was

wollte sie denn dort? „Das darf doch nicht wahr sein", stieß ich
ungläubig hervor.

„Was ist denn los", fragte meine Großmutter.

„Das ist Monica eine Mitstudentin, die uns nicht in Ruhe lässt und
sich ständig an Sixt heranmacht. Das will ich eben noch sehen, was
sie an dem Haus zu suchen hat. Ich habe da schon einen
Verdacht", antwortete ich und sah gespannt auf den Bildschirm.
Meine Großmutter setzte sich neben mir auf die Couch und
schaute ebenfalls auf den Bildschirm. Ja auf die Erde schauen
konnte spannender sein, als ein Krimi im Fernsehen. Sixt öffnete
die Haustür und schaute etwas genervt aus, als er sah, dass Monica
vor der Tür stand. Er trug einen schwarzen Anzug und ich hatte
einen Kloß im Hals, als ich an den Grund dafür dachte.

„Was willst du hier", fragte er genervt.

„Ich wollte dir mein Beileid aussprechen. Es tut mir so leid, was
passiert ist. Das muss sicher sehr schlimm für dich sein. Wenn du
jemanden zum Reden brauchst, ich bin für dich da. Wir können
morgen Nachmittag einen Kaffee trinken gehen. Vielleicht lenkt
dich das etwas von dem Verlust ab", sagte sie. Das konnte doch
nicht wahr sein. Ich war gerade mal ein paar Tage tot und sie
machte sich schon an Sixt heran. Diese Frau war wirklich
unglaublich. Schade, dass ich keinen Stein auf die Erde werfen oder
einen Blitz losschicken konnte, der sie traf, denn das hätte ich jetzt
am liebsten getan.

„Das ist jetzt nicht dein ernst. Jamie, die Liebe meines Lebens, ist
gestorben. Heute ist ihre Beerdigung und du hast nichts anderes zu
tun, als mich anzugraben? Was bist du nur für eine Person? Lass
mich endlich in Ruhe. Ich habe kein Interesse an dir", schrie Sixt
sie an und seine Augen funkelten wütend. „Ach und wage es dich
nicht auf der Beerdigung zu erscheinen. Jamie hätte nicht gewollt,
dass so hinterhältige Personen, wie du es bist, ihr die letzte Ehre
erweisen." Bevor Monica etwas sagen konnte, hatte Sixt auch schon
die Haustür zugeknallt. Ich liebte diesen Mann. Er hatte ganz recht.
Solche hinterhältigen Personen wie Monica wollte ich wirklich nicht
auf meiner Beerdigung haben. Monica war anscheinend geschockt
von Sixts Reaktion. Zumindest konnte ich es in ihrem Gesicht
sehen. Was hatte sie erwartet? Hatte sie wirklich gedacht Sixt
würde, kaum dass ich tot bin, mit ihr ausgehen? Ich sah noch, wie
sie sich umdrehte und zu ihrem Wagen ging, bevor ich das
Programm beendete und den Bildschirm ausschaltete.

„Was ist diese Monica nur für eine schreckliche Person, dass sie sich am Tag deiner Beerdigung an Sixt heranmachen will", fragte meine Großmutter kopfschüttelnd.

„Das ist halt Monica", erwiderte ich und erzählte ihr so einige Dinge, die sich Monica schon geleistet hatte einschließlich der Schwangerschaft, wo sie mir weiß machen wollte, dass Sixt der Vater sei.

„Das ist wirklich unglaublich. Ich hoffe, sie lässt euch jetzt endlich in Ruhe", sagte meine Großmutter, nachdem ich mit meiner Erzählung geendet hatte.

„Ja, das hoffe ich auch." Es klingelte an der Haustür.

„Ich mache schon auf", rief mein Großvater aus dem Flur. „Oh guten Tag", hörte ich ihn sagen. „Jamie, besuch für dich", rief er und wandte sich dann wieder dem Gast zu. „Kommen Sie doch herein." Besuch für mich? Wer kam mich denn besuchen? Ich kannte doch sonst niemandem im Himmelreich.

„Danke. Wir wollen nicht lange stören", erkannte ich Henris Stimme. Ich stand von der Couch auf und ging in den Flur.

„Hallo Henri", begrüßte ich ihn und umarmte ihn kurz.

„Hallo Jamie. Wie geht es dir", fragte er.

„Mir geht es gut. Ich werde von meinen Großeltern verwöhnt", grinste ich.

„Das ist schön zu hören", lächelte er. „Ich wollte dir jemanden vorstellen. Das ist Lisa", sagte er und deutete auf die junge Frau, die neben ihm stand. Lisa war so groß wie ich, schlank und hatte braune gelockte Haare, die ihr bis zur Mitte des Rückens gingen. „Lisa, das ist Jamie."

„Hallo, es freut mich dich kennenzulernen", kam es von ihr und reichte mir die Hand. Ich nahm sie und schüttelte sie kurz.

„Mich freut es auch", erwiderte ich.

„Setzt euch doch auf die Terrasse. Das Wetter ist so schön. Ich bringe euch gleich etwas zu trinken", schlug meine Großmutter vor, die in den Flur gekommen war.

„Ja, das machen wir. Kommt mit", sagte ich und führte die beiden durch das Wohnzimmer nach draußen auf die Terrasse, wo wir uns auf die Gartenstühle setzten. Das Wetter war heute wirklich sehr schön. Die Sonne schien und es war für März sehr warm, sodass man kurze Kleidung tragen konnte. Im Himmelreich gab es das gleiche Wetter wie auf der Erde. Die Jahreszeiten waren ebenfalls gleich.

„Du lässt es dir aber richtig gut gehen", grinste Henri und deutete mit der Hand auf die Hängematte, die im Garten zwischen zwei Bäumen gespannt war.

„Mein Großvater hat sie mir aufgehängt. Früher, als ich noch klein war, musste er mir immer eine Hängematte im Garten aufhängen, wenn ich bei ihnen war. Naja daran hat er sich erinnert und hat gestern eine für mich gekauft", erklärte ich ihm.

„Du genießt die Verwöhnung in vollen Zügen", stellte er fest.

„Ja, auf jeden Fall", grinste ich.

„Das würde ich auch tun", erwiderte er.

„Jamie, ich wollte mich bei dir bedanken, dass du dich eingesetzt hast, damit Henri nicht verbannt wird", kam es von Lisa.

„Du brauchst dich nicht zu bedanken. Ich habe den Engelspräsidenten lediglich darum gebeten, ihn nicht zu verbannen. Ohne Henris Hilfe hätte ich die entscheidenden Informationen nicht gehabt, um Sixt wieder auf die Erde holen zu können. Und ohne ihn wären die Machenschaften des Engelsrates nicht ans Licht gekommen", erwiderte ich.

„So ich habe hier für euch Limonade", sagte meine Großmutter, die mit einem Tablett aus dem Haus kam und es auf den Tisch stellte.

„Das wäre doch nicht nötig gewesen", entgegnete Henri.

„Ach das ist doch selbstverständlich", tat meine Großmutter ab. Sie goss jedem ein Glas Limonade ein und stellte die Gläser vor uns auf den Tisch.

„Vielen Dank", bedankte sich Lisa.

„Wenn ihr noch etwas braucht, ihr findet mich im Haus", sagte meine Großmutter und ging wieder hinein.

„Wie gefällt dir denn das Himmelreich", fragte mich Lisa.

„Es ist schön hier. Mir gefällt es gut. Es gleicht sich sehr der Erde", antwortete ich.

„Aber du möchtest nicht hierbleiben", mutmaßte sie.

„Nein, ich möchte lieber wieder auf die Erde zurück", gestand ich.

„Das habe ich mir schon gedacht", grinste Henri.

„Aber es ist nicht nur wegen Sixt. Ich möchte einfach mein Leben auf der Erde verbringen und auf einen Schützling aufpassen."

„So ist es richtig, dass du die Entscheidung für dich triffst und nicht nur auf die Erde willst, weil Sixt dort lebt. Du hast ja noch zwei Tage, bevor du dich endgültig entscheiden musst", sagte Henri.

„Ich weiß, dass ich meine Entscheidung nicht mehr ändern werde, aber ich möchte die Zeit noch mit meinen Großeltern verbringen, die ich, wenn ich wieder auf der Erde bin, nicht mehr wiedersehe", erklärte ich ihnen.

„Das kann ich verstehen. Das habe ich damals auch gemacht", sagte Lisa. Wir unterhielten uns noch eine ganze Weile über verschiedene Sachen und die beiden erzählten mir noch einiges über das Himmelreich.

„Wir sehen uns dann Sonntag. Ich hole dich gegen 12 Uhr ab. Genieße die Zeit noch und denke noch einmal über deine Entscheidung nach, ob es die Richtige für dich ist", sagte Henri, als ich die beiden zur Haustür begleitete.

„Das werde ich."

„Es war schön dich kennenzulernen. Falls wir uns vorher nicht mehr sehen wünsche ich dir alles Gute und grüße die Erde von mir", sagte Lisa und umarmte mich kurz.

„Das werde ich. Ich fand es auch sehr schön dich kennengelernt zu haben."

„Bis Sonntag. Mach es gut", verabschiedete sich Henri und auch er umarmte mich kurz.

„Ja, bis dann", erwiderte ich und schloss die Haustür.

Der Rest der Woche verging wie im Flug, und ehe ich mich versah, war es auch schon Sonntag. Ich war schon etwas traurig gehen zu müssen, da ich meine Großeltern vermissen würde. Aber ich freute mich, Sixt endlich wiederzusehen. Ich packte meine Sachen in eine Reisetasche, die meine Großeltern besorgt hatten, und ging mit ihr die Treppe hinunter, wo ich sie in den Flur stellte. Henri musste jeden Augenblick kommen, um mich abzuholen.

„Jamie, ich habe dir die Hängematte eingepackt. Wir benutzen sie sowieso nicht. Deswegen kannst du sie gerne mitnehmen", sagte mein Großvater, der in den Flur gekommen war, und reichte mir einen Stoffbeutel, in dem sich die Hängematte befand.

„Danke."

„Ich habe hier noch selbst gebackene Plätzchen, die du so gerne isst. Ich habe sie extra für dich heute Morgen noch gebacken." Meine Großmutter, die ebenfalls in den Flur gekommen war, reichte mir einen großen Beutel mit gut duftenden Plätzchen.

„Danke. Das hättest du doch nicht extra machen müssen. Die muss ich gut vor Nathan verstecken. Wenn er sie sieht, dann habe ich keine mehr", lachte ich.

„Ach Schatz, wir werden dich vermissen", kam es von meiner Großmutter.

„Ich werde euch auch vermissen und es war so schön euch wiederzusehen."

„Wir haben uns auch gefreut, dich wiederzusehen, auch wenn es kein erfreulicher Grund war", sagte mein Großvater. Es klingelte an der Haustür.

„Hallo Henri", begrüßte ich ihn, nachdem ich die Tür geöffnet hatte.

„Hallo Jamie", erwiderte er und grüßte anschließend meine Großeltern.

„Dann wird es jetzt Zeit Abschied zu nehmen", kam es traurig von meiner Großmutter. „Ich wünsche dir alles Gute und mach dir keine Sorgen wegen deiner Eltern und Leslie. Es wird ihnen gut gehen."

„Das hoffe ich", seufzte ich und umarmte sie. „Danke für alles."

„Das haben wir doch gerne gemacht. Grüße Sixt von uns."

„Das werde ich." Ich löste mich von ihr und umarmte meinen Großvater.

„Viel Spaß auf der Erde. Du hast die richtige Entscheidung getroffen. Du bist zu jung um dein Leben im Himmel zu verbringen", sagte er.

„Es war aber eine schöne Zeit bei euch. Danke." Henri nahm die Reisetasche sowie die beiden Beutel und brachte sie zum Auto. Er verstaute die Sachen im Kofferraum und wartete auf mich.

„Macht es gut. Tschüss", verabschiedete ich mich und ging ebenfalls zum Wagen.

„Tschüss Jamie", riefen meine Großeltern und ich stieg ein. Nachdem auch Henri eingestiegen war, startete er den Motor und fuhr los. Ich winkte meinen Großeltern noch zum Abschied, bis ich sie nicht mehr sehen konnte, da wir in eine andere Straße abbogen. Henri brachte mich zur Himmelspforte und ich war sehr aufgeregt, da ich nicht wusste, wie mein neues Leben denn nun aussehen würde. Ich wusste ja noch nicht einmal, wo ich wohnen würde. Der Engelspräsident wies den Schutzengeln schließlich den Wohnort und das Haus zu. Würde ich mit Sixt dann überhaupt zusammenwohnen oder würde ich in ein Schutzengelhaus mit anderen Schutzengeln kommen? Henri parkte den Wagen, als wir an der Himmelspforte ankamen. Wir stiegen aus und nachdem er mein Gepäck aus dem Kofferraum geholt hatte, brachte er mich noch zur Himmelspforte.

„Mach es gut, Jamie. Ich hoffe, du hast dir deine Entscheidung gut überlegt."

„Ja, das habe ich. Mach du es auch gut. Ich hoffe, unser nächstes Wiedersehen ist aus einem erfreulicheren Grund."

„Ja, das hoffe ich auch. Tschüss Jamie", sagte er und umarmte mich.

„Tschüss und grüße Lisa von mir."

„Das mache ich." ich löste mich von ihm, nahm mein Gepäck und ging zur Pforte, die mir von zwei Wächtern geöffnet wurde. Ich winkte Henri zum Abschied und ging hindurch. Vor der Pforte stand Sixt und lächelte, als er mich sah. Ich eilte zu ihm, ließ die Reisetasche und die Beutel fallen und sprang ihm regelrecht in die Arme.

„Hallo meine Süße", sagte er und schlang seine Arme um meinen Körper.

„Hi", erwiderte ich strahlend und küsste ihn. Sofort erwiderte Sixt den Kuss.

„Du hast mir so gefehlt", kam es von ihm, als wir uns voneinander lösten und er mich auf den Boden abstellte.

„Du mir auch. Danke übrigens für deine Botschaft. Das war so süß von dir. Ich hätte dir gerne geantwortet, aber es ging leider nicht. Aber das kann ich jetzt nachholen. Also, ich liebe dich auch."

„Du hast sie also gelesen."

„Ja, meine Großeltern, bei denen ich die Woche über war, haben mir gezeigt, wie man auf die Erde schaut. Übrigens fand ich deine Ansage an Monica richtig gut. Ich hoffe, es hilft und sie lässt dich jetzt in Ruhe."

„Du hast dir aber nicht die Beerdigung angesehen", wollte er wissen und schaute mich mit einem ernsten Gesichtsausdruck an.

„Nein, das habe ich nicht. Das hatte ich dir doch versprochen. Meine Großmutter hat mir auch davon abgeraten. War Monica denn da?"

„Nein, sie ist nicht bei der Beerdigung gewesen."

„Das ist gut. Du hattest nämlich recht. Ich wollte sie auch nicht dort haben. Wie geht es denn meiner Familie", fragte ich.

„Den Umständen entsprechend gut. Ich helfe ihnen so gut es geht."

„Danke."

„Nicht dafür. Das mache ich doch gerne. Wir sollten langsam los. Der Engelspräsident wartet auf dich."

„Oh stimmt. Ich muss ihm doch meine Entscheidung mitteilen", sagte ich. Sixt nahm mein Gepäck, legte einen Arm um meine Taille und zusammen gingen wir in den Palast zum Engelspräsidenten.

„Guten Tag, ihr beiden", begrüßte uns der Engelspräsident.

„Guten Tag, Euer Ehren", kam es von Sixt und mir wie aus einem Mund.

„Jamie, wie geht es dir?"

„Mir geht es soweit gut. Danke", erwiderte ich.

„Das freut mich. Nun hast du dich entschieden, ob du im Himmelreich leben oder ein Schutzengel werden möchtest", fragte er.

„Ja, ich möchte ein Schutzengel werden."

„Das freut mich. Nun gut, du weißt sicherlich, dass du dann als Schutzengel die Pflicht hast auf deinen zugewiesenen Schützling sehr gut aufzupassen und ihn aus gefährlichen Situationen zu retten."

„Ja, das weiß ich."

„Du hast auch Regeln, die du einhalten musst. Als Erstes darfst du deine Fähigkeiten den Menschen nicht zeigen. Du sollst dich auch nicht als Schutzengel zu erkennen geben und es den Menschen erzählen. Und nun die zwei wichtigsten Regeln, die auch am härtesten bestraft werden. Du darfst keinen Menschen töten, auch nicht, wenn er dich angreift und es Notwehr wäre. Und nun zu der anderen wichtigen Regel. Du darfst deine Familie weder sehen, noch dich ihnen zeigen oder mit ihnen reden. Deshalb darfst du auch nicht mehr nach Portland", erklärte Eoghan mir.

„Darf ich Sie etwas fragen, Euer Ehren", fragte Sixt.

„Ja, natürlich."

„Jamies Schwester Leslie weiß, dass es Schutzengel gibt. Sie hat es durch einen Vorfall herausbekommen. Nun wollte ich fragen, ob Jamie zumindest ihre Schwester sehen darf? Sie kennen Leslie sicher. Sie hat mich die ganze Woche über gefragt, ob und wann sie ihre Schwester sehen dürfte, wenn Jamie sich dazu entschließt, ein Schutzengel zu werden." Stimmt, daran hatte ich gar nicht gedacht. Leslie wusste doch, dass es Schutzengel gab und sie konnte sich denken, dass ich einer werden wollte, um wieder auf die Erde zu können. Es wäre so schön, wenn ich wenigstens meine Schwester ab und zu mal sehen könnte.

„Nun, das ist eine andere Sachlage. Wenn ich es erlaube, dürfen die Treffen nicht in Portland stattfinden und es muss stillschweigen darüber bewahrt werden. Das heißt, ihr dürft es nicht herumerzählen und Leslie darf es auch nicht, sonst verbiete ich den Kontakt sofort wieder. Ist das klar", wollte Eoghan wissen.

„Ja natürlich. Oh vielen Dank. Dürfen unsere Schutzengelfreunde, also wie Sasha oder Nathan es denn wissen", fragte ich vorsichtig.

„Ja, aber nur, wenn sie es ebenfalls nicht weitererzählen."

„Das werden sie nicht. Vielen vielen Dank." Ich freute mich so sehr, dass ich meine Schwester sehen durfte. Das hatte er doch gesagt, oder? „Das heißt, ich darf Leslie sehen", hakte ich vorsichtig nach.

„Ja, das darfst du, solange ihr euch an die Regel haltet. Tu mir und dir selbst einen Gefallen und gewöhn dich erst einmal in dein neues Leben ein. Verarbeite deinen Tod und den Verlust deiner Familie und deines alten Lebens, bevor ihr euch trefft."

„Das werde ich. Vielen Dank noch mal. Wir werden uns auf jeden Fall an die Regel halten."

„Und nun kommen wir zu deinem neuen Wohnort. Ich habe mit Sixt schon darüber gesprochen, da du sicherlich mit ihm zusammenwohnen möchtest und er meinte, dass dir Australien gefallen würde. Wir haben in Sidney gerade erst eine neue Schutzengelsiedlung errichtet, wo du und Sixt ein Haus bekommt. Was hältst du davon", fragte Eoghan.

„Sidney hört sich gut an. Ich wollte schon immer mal nach Australien."

„Das ist gut. Sixt hat schon angefangen das Haus dort einzurichten", lächelte Eoghan. Überrascht sah ich zu Sixt.

„Ich habe mir schon gedacht, dass du Sidney wählst. Es standen noch China, Russland und Afrika zur Auswahl", grinste Sixt.

„Nein, Australien ist schon gut. So brauche ich wenigstens keine andere Sprache zu lernen. In die anderen Länder kann ich doch noch immer noch reisen und sie mir anschauen."

„Ich habe noch eine Überraschung für euch beziehungsweise für alle Engel. Und zwar habe ich mir auf mehreren Anfragen von Engeln im Himmelreich und auf der Erde überlegt, dass Schutzengel nun ihre Angehörigen im Himmelreich besuchen dürfen. Natürlich wird es dazu noch ein paar Regeln geben. Ich werde es im nächsten Monat bei der nächsten Schutzengelbesprechung noch näher erklären. Bis dahin habe ich auch die Regeln festgesetzt."

„Oh das ist ja toll. Dann kann ich meine Großeltern besuchen gehen", freute ich mich.

„So ist es auch angedacht. Und nun bekommst du von mir erst einmal einen neuen Nachnamen. Miller darfst du jetzt nicht mehr heißen. Ich habe dir einen schönen ausgesucht. Wie wäre es mit Baker", fragte Eoghan.

„Baker klingt gut. Den nehme ich."

„Nun, dann ist das ja geregelt. Dann werde ich dir nun deine Schutzengelfähigkeiten verleihen", sagte Eoghan, stand von seinem Stuhl auf und kam zu mir. Er legte mir die Hand auf die Schulter und im nächsten Moment durchströmte mich etwas Warmes. Ich sah auf meine Hände und sah, dass sie schimmerten, so wie ich es bei Sixt gesehen hatte, als er seine Kräfte wiederbekommen hatte.

„Wahnsinn", entkam es mir, als Eoghan seine Hand von meiner Schulter nahm und ich eine Kraft in mir spürte, die zuvor nicht da gewesen war.

„Du bekommst jetzt noch deinen Schützling zugewiesen." Eoghan deutete mit der Hand auf einen Bildschirm an der Wand, auf dem nun ein Säugling zu sehen war. „Das ist Marie Bauer. Sie ist heute Morgen geboren und wohnt in Deutschland."

„Sie ist so süß", sagte ich entzückt von diesem kleinen Geschöpf.

„Ja, das ist sie und du musst gut auf sie aufpassen", entgegnete Eoghan.

„Das werde ich."

„Sixt, ich nehme an, dass du Jamie zeigen wirst, wie man die Fähigkeiten anwendet", wandte sich Eoghan an ihn.

„Ja, das werde ich tun", erwiderte dieser.

„Gut. Dann wünsche ich euch beiden alles Gute. Bei Fragen oder Anliegen könnt ihr jederzeit zu mir kommen. Ach und Jamie, gehe doch bitte im Büro vorbei. Wir brauchen noch Passbilder von dir für deine neuen Pässe."

„Danke, ja das werde ich tun. Auf Wiedersehen", verabschiedeten wir uns und verließen den Saal.

„Wo muss ich denn jetzt hin", fragte ich Sixt und schaute mich in der Vorhalle um.

228

„Hier entlang", sagte er und führte mich zu einem Raum auf der linken Seite.

„Guten Tag. Ich soll hier Passbilder machen lassen", sagte ich zu einer nett aussehenden Dame, die an einem Tisch saß.

„Ja natürlich. Du musst Jamie sein. Ich habe deine Unterlagen schon da und brauche jetzt nur noch ein paar Bilder", erwiderte sie freundlich und stand von ihrem Stuhl auf. „Stell dich bitte dort an die Wand." Ich tat, was sie sagte und wartete auf neue Anweisungen. „Okay und jetzt einmal freundlich lächeln", wies sie mich an und schoss einige Bilder. „So das war es schon. Vielen Dank, jetzt kann ich deine Pässe fertigmachen. Du bekommst sie dann auf die Erde gebracht", sagte sie und setzte sich wieder an ihren Schreibtisch.

„Danke schön. Tschüss", verabschiedeten wir uns und verließen den Raum.

„Und wir beide springen jetzt zu unserem neuen Zuhause", sagte Sixt, nahm mich in den Arm und sprang.

Kapitel 14

„Willkommen in deinem neuen Zuhause", hauchte Sixt an meinem Ohr, als wir vor einem Haus auftauchten. Das Haus war sehr schön. Es war in einem Champagnerton gestrichen. Vor dem Haus befand sich ein großer Vorgarten, der zur Straße hin mit einem weißen Lattenzaun abgegrenzt war. Eine Auffahrt führte zur großen Garage. Von der Auffahrt ging ein Weg zur Eingangstür des Hauses ab.

„Danke. Das Haus ist sehr schön."

„Warte ab, bis du es von drinnen siehst", sagte Sixt, führte mich zum Haus und schloss die Haustür auf. Wir gingen hinein und Sixt machte mit mir eine kleine Hausbesichtigung. Das Haus hatte ungefähr die gleiche Raumaufteilung, wie das, welches Sixt in Portland bauen gelassen hatte. Neben einer Küche, einem Esszimmer, einem großen Wohnzimmer und einem Büro gab es noch zwei Bäder, ein Schlafzimmer mit einem Ankleideraum und zwei Gästezimmer. Der Keller bot mit drei Räumen genug platz, um Sachen unterzubringen und natürlich für das Männerzimmer, welches Sixt mir grinsend präsentiert hatte. Das Haus war noch nicht ganz fertig eingerichtet. Es fehlten noch einige Möbel, die wir uns noch kaufen mussten.

„Sind meine Sachen auch schon hier", fragte ich Sixt und deutete dabei auf Kartons, die im Flur standen.

„Noch nicht alle. Ich weiß nicht, ob deine Eltern etwas von den Sachen als Erinnerung haben möchten. Ich habe ihnen schon erzählt, dass ich aus der Stadt wegziehen werde und in Australien weiterstudieren will, weil die Erinnerung an dich zu stark in Portland ist."

„Oh und was haben sie dazu gesagt", wollte ich wissen.

„Sie könnten es verstehen. Ich habe ihnen allerdings versprochen, dass wir in Kontakt bleiben würden. Also bist du schon einmal vorgewarnt, falls sie hier anrufen sollten und du die Nummer auf dem Telefon siehst, dass du nicht herangehst."

„Das werde ich nicht. Es wäre auch ein zu großer Schock für sie, wenn sie meine Stimme hören würden. Das will ich nicht. Apropos telefonieren. Wo ist eigentlich mein Handy?" Mir war aufgefallen, dass ich es gar nicht bei mir hatte, als ich in den Himmel gekommen war.

„Es muss dir beim Einsturz des Hauses aus der Tasche gefallen sein. Ich habe es gefunden, aber es ist kaputt. Du brauchst sowieso ein Neues, weil du mit der alten Nummer nicht mehr telefonieren darfst."

„Da hast du recht. Dann muss ich mir ein neues Handy kaufen. Da fällt mir ein, ich habe doch gar kein Geld. Bekommt ein Schutzengel nicht ein gut gefülltes Konto", fragte ich.

„Ja, das bekommt ein Schutzengel. Eigentlich müsstest du darüber heute auch noch die Bankunterlagen bekommen." Es klingelte an der Haustür. Wer war denn das? Sixt ging zur Tür und öffnete sie.

„Hallo Antony", begrüßte Sixt einen jungen Mann, der vor der Tür stand.

„Hallo Sixt. Ich soll hier etwas für Miss Jamie Baker abgeben", sagte er. Es war sehr komisch für mich meinen neuen Nachnamen zu hören. Aber ich würde mich schon daran gewöhnen. Abgesehen davon würde ich ihn sowieso nicht lange haben, denn, wenn Sixt und ich heirateten, würde ich seinen Namen annehmen.

„Das bin ich. Hallo", entgegnete ich und ging zur Haustür.

„Hallo Jamie. Ich bin Antony", stellte er sich vor. „Den Umschlag soll ich dir vom Engelspräsidenten geben. Dort sind alle wichtigen Unterlagen drin, die du brauchst." Antony reichte mir einen großen dicken Din A 4 Umschlag. Ich war gespannt, was dort alles drin war.

„Danke", erwiderte ich und nahm den Umschlag entgegen.

„So ich muss weiter. Also macht es gut", verabschiedete sich Antony von uns und verschwand.

„Antony ist ein Bote vom Engelspräsidenten. Er überbringt wichtige Dokumente oder auch Nachrichten für ihn", erklärte mir Sixt, als er die Haustür schloss.

„Da hat er bestimmt viel zu tun", überlegte ich und öffnete den Umschlag. Ich holte den Inhalt heraus und staunte nicht schlecht, als ich meine neuen Pässe und den Führerschein sah. In einer Dokumentenmappe fand ich Unterlagen zu meinem neuen Konto und die Bankkarte war ebenfalls mit dabei. „Na das ging aber schnell", brachte ich staunend heraus.

„Im Himmel geht alles etwas schneller, was Bürokram angeht."

„Das heißt, ich kann jetzt shoppen gehen", grinste ich.

„Ja, eigentlich schon, aber darf ich dir zuerst noch das Haus zu Ende zeigen", schmunzelte Sixt.

„Na gut. Ausnahmsweise", lachte ich.

„Das Beste habe ich dir nämlich noch gar nicht gezeigt. Komm mit in den Garten", sagte Sixt und führte mich, nachdem ich den Umschlag auf eine Kiste im Flur abgelegt hatte, durch das Wohnzimmer und durch die große aufschiebbare Terrassentür in den Garten, der noch nicht ganz fertig war. Ein weißer Gartenzaun stand zwar schon um das große Grundstück herum, aber die Pflanzen fehlten noch. Da würde ich mit Sixt noch welche besorgen müssen. Dafür war der Rasen schon gesät und gewachsen. Ich entdeckte auf der linken Seite des Gartens etwas und musste grinsen.

„Wir haben einen Pool", fragte ich erfreut.

„Ja, den haben hier alle Gärten", grinste Sixt. „Aber wir haben noch etwas anderes." Sixt nahm meine Hand und führte mich zum Ende des Gartens. Ich hatte noch gar nicht darauf geachtet, aber nun sah ich es. Wir hatten vom Haus aus eine wunderbare Aussicht auf das Meer. Die Häuser der Schutzengelsiedlung waren auf einem Hang gebaut worden und so konnten wir direkt auf das Meer schauen.

„Das ist traumhaft schön", sagte ich.

„Ich wusste, dass es dir gefallen würde. Als ich das Haus und die Aussicht gesehen habe, wusste ich, dass es das Richtige für uns ist. Du kannst ja jetzt leider nicht mehr zu deinem Lieblingsplatz an den Klippen. Deswegen dachte ich mir, dass das hier ein geeigneter Ersatz für dich ist."

„Danke. Das ist sogar mehr, als nur ein Ersatz. Wie viele Leute können schon sagen, dass sie am Meer wohnen."

„Na wir", hörte ich eine männliche Stimme sagen. Ich drehte mich zur rechten Seite um und sah einen jungen Mann mit blonden kurzen Haaren und um die ein Meter neunzig groß. Neben ihm stand eine junge Frau mit schwarzen kinnlangen Haaren und einer schlanken Figur. Sie war einen Kopf kleiner, als der Mann. „Hallo Jamie. Schön dich wiederzusehen", grüßte er mich. Etwas verwirrt schaute ich ihn an. Ich kannte weder ihn noch die Frau, aber er schien mich zu kennen. Panik kam in mir auf. War das etwa Tobin, der sein Aussehen geändert hatte? Ich schaute Sixt an, aber er grinste den Mann nur an. Also musste er ihn kennen.

„Wer bist du und woher kennst du meinen Namen", fragte ich vorsichtig.

„Jamie, darf ich dir vorstellen? Das sind Danny und Cynthia", kam es von Sixt.

„Oh, Okay. Ähm hallo", grüßte ich zurück und ging mit Sixt zu ihnen.

„Geht es dir gut", fragte Sixt besorgt und schaute mich an.

„Ja. Ich habe mich nur gefragt, wer mich hier mit Namen kennt. Aber es ist alles gut."

„Wirklich", hakte er nach.

„Ja. Mir geht es gut", bestätigte ich ihm und wandte mich dann an Danny. „Also du warst mal mein Schutzengel."

„Ja genau. Und ich hatte es nicht leicht mir dir", grinste er.

„So schlimm war ich doch gar nicht", verteidigte ich mich.

„Nein nur nicht", lachten Danny und Sixt.

„Stolpert Jamie immer noch so oft", fragte Danny Sixt.

„Ja, zumindest als sie noch ein Mensch war. Ich bin gespannt, ob sie es als Schutzengel immer noch tut. Genauso hat sie immer die Türrahmen mitgenommen."

„Das hat sie schon bei mir immer getan", lachte Danny.

„Hey, ich kann nichts dafür, wenn sie immer im Weg stehen", sagte ich. „Aber jetzt braucht ja niemand mehr auf mich aufpassen."

„Stimmt, jetzt musst du auf deinen Schützling achten", kam es von Sixt.

„Na wen hast du denn bekommen", wollte Danny wissen.

„Ein kleines neugeborenes Mädchen. Sie ist so süß", schwärmte ich.

„Typisch Frauen", grinste Danny.

„Ein Neugeborenes ist doch auch süß. Du bist ja nur neidisch, weil du einen zehnjährigen Rabauken bekommen hast", lachte Cynthia.

„Er ist sogar schlimmer als Jamie es war", jammerte Danny.

„Noch schlimmer? Geht das denn überhaupt", lachte Sixt. Ich versetzte ihm mit dem Ellenbogen einen Seitenhieb in die Rippen.

„Wen hast du denn als Schützling bekommen", fragte ich Sixt.

„Ich habe einen kleinen Jungen, der auch gerade erst geboren war, bekommen. Er heißt Nico."

„Tauschen wir? Raphael ist echt schlimm. Ständig stellt er irgendetwas an oder bringt sich in Gefahr", fragte Danny.

„Nein, ich tausche nicht", sagte Sixt.

„Ich auch nicht", kam es schnell von mir.

„Und ich sowieso nicht. Ich habe nämlich Raphaels Zwillingsschwester Ariana. Sie ist das absolute Gegenteil von ihrem Bruder und ein sehr liebes Mädchen", grinste Cynthia.

„Du hattest wirklich Glück mit deinem Schützling. Ich glaube, Eoghan wollte mich ärgern, dass er mir Raphael aufgedrängt hat", sagte Danny zu seiner Freundin und wandte sich dann an mich.

„Übrigens danke, dass du mit ihm geredet hast. Ohne dich wären wir jetzt nicht hier."

„Ich habe ihn nur gefragt, ob du nicht wieder auf die Erde darfst, weil du doch durch Terina ins Himmelreich kamst. Er wollte es sich überlegen. Oh Cynthia, es tut mir leid. Dich habe ich dabei ganz vergessen zu erwähnen", entschuldigte ich mich bei ihr.

„Das macht doch nichts", tat sie mein Vergessen ab.

„Eoghan hatte mit mir gesprochen, ob ich zurück auf die Erde möchte. Ich hatte aber eine Bedingung. Ich wollte nur zurück, wenn Cynthia mitdurfte. Naja er hat es dann erlaubt", erzählte Danny.

„Das freut mich für euch."

„Oh nein, ich muss los. Raphael balanciert auf einem Geländer. Kann der Junge nicht einmal still sitzen bleiben", fragte Danny genervt und verschwand.

„Du musst mir auch noch zeigen, wie ich das mit meinen Fähigkeiten machen", erinnerte ich Sixt.

„Stimmt. Das zeige ich dir nachher alles."

„Jamie, kommst du mal bitte herunter? Wir haben Besuch", rief Sixt am Nachmittag. Ich war gerade im Ankleidezimmer und sortierte meine wenigen Anziehsachen ein. Ich musste unbedingt noch einmal shoppen gehen. Meine Großmutter hatte alle Sachen, die ich in der Woche getragen hatte, gewaschen und als sie trocken waren gebügelt, damit ich sie wieder anziehen konnte. Ich könnte doch mal ausprobieren zu springen. Sixt hatte es mir zwar noch nicht gezeigt, aber er hatte damals es mir mal erklärt. Ich müsste mir nur den Ort vorstellen, wo ich hinwollte. Okay. So schwer konnte es doch nicht sein. Ich stellte mir den Flur im Erdgeschoss vor.

„Jamie", hörte ich von unten Sasha rufen.

„Konzentriere dich, Jamie", sagte ich zu mir selbst. Ich schloss die Augen und sprang. Ich tauchte wieder auf, aber ich war nicht da, wo ich eigentlich hinwollte. Wo war ich? Es war zwar dunkel, doch ich konnte dank meiner Schutzengelfähigkeit gut sehen. Na toll. Ich war zwar im Flur gelandet, allerdings war es der im Keller.

„Hier oben ist sie nicht", hörte ich Sasha rufen.

„Jamie, wo bist du", fragte Sixt.

„Ich komme", rief ich und ging die Kellertreppe hinauf.

„Warst du nicht gerade noch oben im Schlafzimmer", fragte Sixt verdutzt.

„Ja, war ich", murmelte ich.

„Ha ha ha, Jamie hat versucht zu springen und ist im Keller gelandet", lachte Nathan.

„Mach dir nichts daraus, Süße. So etwas ist jedem am Anfang passiert. Auch Nathan", tröstete mich Sixt und nahm mich in den Arm.

„Ich verstehe es nur nicht. Ich habe mir doch diesen Flur vorgestellt. Wieso bin ich dann woanders gelandet", fragte ich frustriert.

„So etwas kann besonders am Anfang passieren, wenn man abgelenkt wird. War denn irgendetwas, als du springen wolltest", fragte Timothy.

„Ja, Sasha hatte gerufen und ich wollte mich beeilen", fiel mir ein.

„Siehst du, daran hat es gelegen. Aber Übung macht den Meister", machte mir Timothy Mut.

„Jamie, da bist du ja", rief Sasha und im nächsten Moment fielen Maya und sie mir um den Hals. „Du hast uns so gefehlt."

„Ihr mir auch", erwiderte ich.

„Wie gefällt dir denn das Haus", fragte Sasha, nachdem die beiden sich von mir gelöst hatten.

„Es ist einfach toll. Der Ausblick gefällt mir am besten. Lass mich raten, du hast Sixt bei der Inneneinrichtung geholfen."

„Ja, aber alles haben wir in der kurzen Zeit nicht geschafft."

„Das ist nicht schlimm. Den Rest können wir ja noch diese Woche besorgen. Wie habt ihr es eigentlich hinbekommen, dass die Küche so schnell geliefert wurde? Normalerweise dauert es doch ein paar Wochen", wollte ich wissen.

„Die Küche war zum Glück schon eingebaut, als ich das Haus zugewiesen bekommen habe. Ein Vorteil für uns, dass wir uns keine mehr kaufen brauchen", erklärte mir Sixt.

„Stimmt und gefallen tut sie mir auch."

„Jamie, du musst mir unbedingt erzählen, wie es im Himmelreich ist", sagte Maya neugierig.

„Lasst uns doch ins Wohnzimmer setzen, dann kann Jamie in Ruhe erzählen, was sie in der Woche im Himmel getan hat. Ich weiß es nämlich auch noch nicht", schlug Sixt vor. Wir gingen alle zusammen ins Wohnzimmer und setzten uns auf die Couch, die Sixt bereits gekauft hatte und sehr gemütlich war, wie ich mittags festgestellt hatte, als ich probe saß. Maya sah mich gespannt an und ich begann zu erzählen, wie das Himmelreich war und was ich alles erlebt hatte. Zwischendurch kamen noch Brian, Anastasia, Danny und Cynthia zu Besuch und setzten sich dazu.

„Und in den Läden gibt es alles kostenlos", fragte Maya, als ich mit der Erzählung fertig war.

„Ja, aber auch nur, weil es im Himmelreich kein Geld gibt und die Engel dort auch nichts verdienen. Sie arbeiten alle freiwillig damit sie etwas zu tun haben", erklärte ich ihr.

„Ob so etwas hier auf der Erde auch möglich wäre", fragte sie.

„Möglich wäre es schon. Aber da müsste es Regeln geben, wie zum Beispiel, dass sich jeder Mensch verpflichtet arbeiten zu gehen, damit die Betriebe weiterlaufen. Dann würde es auch kein Arm und Reich mehr geben, denn alle Menschen wären gleichgestellt. Das System, wie es das im Himmelreich gibt, hätte hier auf der Erde sehr viele Vorteile", sagte Brian und er hatte recht.

„Stimmt. Diese Statussymbole wie zum Beispiel „ Ich habe den teuersten Wagen" oder „Schau mal hier ist mein teures Handy" gäbe es nicht mehr, da es jeder haben könnte. Niemand müsste mehr hungern oder schauen, wie er mit einem Minilohn seine Familie durchbringt", stimmte ich ihm zu.

„Ich glaube aber nicht, dass es dieses System je auf der Erde geben wird. Dafür gibt es zu viele machthungrige Politiker auf der Welt, die das nicht zulassen würden", kam es von Timothy.

„Ja leider", erwiderte ich.

„Oh ich würde so gerne mal das Himmelreich sehen. Ihr ward alle schon dort", sagte Maya.

„Sei froh, dass du es noch nicht sehen musst. Wir alle hier wären froh gewesen, wenn wir es noch gar nicht gesehen hätten", entgegnete Timothy mit einem wütenden Unterton. Ich konnte ihn verstehen, dass er so reagierte. Niemand von uns war freiwillig gestorben und ich glaube alle hätten gut darauf verzichten können das Himmelreich zu sehen, wenn sie dafür ihr Leben hätten behalten können.

„Ist ja gut", sagte Maya kleinlaut und sie tat mir irgendwie leid.

„Maya, ganz ehrlich. Genieße dein Leben und vor allem, dass du deine Familie und Freunde sehen kannst. Ich wäre wirklich froh darüber, wenn ich noch am Leben wäre, wenn ich meiner Familie nicht so ein Leid zugefügt hätte, dass sie nun um mich trauern. Das Himmelreich kannst du immer noch sehen, wenn du mit hundert Jahren oder später stirbst. Aber so interessant ist es eigentlich gar nicht", sprach ich zu ihr.

„Es tut mir leid. Ihr habt ja recht. Ich habe nicht nachgedacht, als ich das gesagt habe", entschuldigte sie sich.

„Es ist schon gut", tat ich es ab.

„Glaubst du wirklich, dass ich über hundert werde", fragte sie mich und grinste leicht.

„Ja warum denn nicht", grinste ich.

„Jamie, komm ich bringe dir jetzt das Springen bei", schlug Sasha vor und stand auf.

„Aber nicht, dass sie wieder im Keller landet", lachte Nathan.

„Du meinst so wie du damals, als du eigentlich in den Garten wolltest? Oder wo du versucht hast unsichtbar zu bleiben, aber wieder sichtbar wurdest und die Nachbarn dadurch erschreckt hast, als du plötzlich hinter ihnen standest", grinste Danny.

„Verräter", murrte Nathan.

„Ach schau mal einer an. Über mich lachen, aber selbst warst du nicht besser", sagte ich und verschränkte die Arme vor der Brust.

„Lass dich nicht ärgern, Jamie. Jeder hatte seine Startschwierigkeiten", kam es von Danny.

„Los Jamie, ich zeig dir jetzt, wie es geht", sagte Sasha. Ich stand von der Couch auf und ging zu ihr. „Fangen wir mit etwas Leichtem an. Wir nehmen dieses Mal das Esszimmer. Stell dir den Ort vor. Konzentriere dich nur auf diesen Ort und jetzt spring." Ich tat, was sie sagte und landete wirklich im Esszimmer.

„Das war sehr gut", lobte mich Sixt.

„Okay, und nun spring in den Garten", wies mich Sasha an. Ich stellte mir den Garten vor und sprang. Als ich dieses Mal auftauchte, platschte es und ich musste erst an die Wasseroberfläche schwimmen. Ich hustete das Wasser, welches ich beim Untertauchen geschluckt hatte, nach dem Auftauchen aus. Ich war zwar im Garten gelandet, allerdings war der Pool beim Auftauchen im Weg gewesen.

„So ein Mist", schimpfte ich und kletterte aus dem Pool heraus. Da ich keine Lust hatte ins Haus zu gehen und mir Nathans Witze darüber, dass ich in den Pool gefallen war, anhören wollte, setzte ich mich einfach im Schneidersitz auf den Rasen und legte meinen Kopf auf meine auf die Knie aufgestützten Arme. Warum wollte es denn bei mir nicht richtig funktionieren. Erst tauchte ich im Keller auf und dann im Pool. Was wäre denn, wenn ich versuchen würde, in eine andere Stadt zu springen? Wer wusste schon, wo ich dann herauskommen würde. Aber wie sollte ich denn meinen Schützling helfen, wenn ich noch nicht einmal zu ihm springen konnte. Ich meine, wenn Marie in Gefahr wäre, würde es um Sekunden gehen. Da hätte ich keine Zeit mehrmals zu springen, bis ich endlich bei ihr wäre.

„Hey Süße, geht es dir gut", fragte Sixt neben mir und legte mir ein Handtuch über die Schultern.

„Ich verstehe das nicht. Warum funktioniert es bei mir denn nicht? Was mache ich denn falsch? Wie soll ich denn Marie beschützen, wenn ich nicht zu ihr springen kann?"

„Das wird schon. Vielleicht machst du dir selbst nur zu viel Druck. Pass auf, ich bringe dich nach oben, da ziehst du dir etwas Trockenes an und dann üben wir, okay", schlug er vor.

„Und Nathan lacht und macht die ganze Zeit Witze über mich. Nein danke. Darauf habe ich keine Lust."

„Nein, das wird er nicht tun. Sasha hat ihm Sexverbot angedroht, wenn er auch nur einen Ton von sich gibt."

„Oh das wird ihn dann schwer treffen. Na gut. Aber wenn auch nur einer über mich lacht, war es das mit dem Üben", drohte ich ihm.

„Gut. Einverstanden. Na komm, ich bringe dich nach oben ins Bad." Ich stand auf, nahm Sixts Hand und er sprang mit mir ins Badezimmer. Dort zog ich mir erst einmal die nassen Sachen aus und trocknete mich ab.

„Hier, ich habe dir etwas zum Anziehen geholt", sagte Sixt und reichte mir die Anziehsachen.

„Danke. Eigentlich wollte ich schnell duschen gehen, aber wer weiß, wie oft ich heute noch im Pool lande. Also gehe ich lieber heute Abend."

„Die Idee gefällt mir. Dann komme ich mit", raunte Sixt an meinem Ohr und begann meinen Hals zu küssen.

„Unser Besuch ist noch da", wandte ich keuchend ein.

„Ich weiß", nuschelte er an meinem Hals, hörte aber nicht auf ihn zu küssen.

„Es wäre unhöflich sie warten zu lassen", brachte ich mühevoll heraus, denn die Erregung in mir wuchs.

„Da hast du recht. Na gut, heute Abend bist du dann aber fällig. Du hast mir so gefehlt", sagte er und ließ von meinem Hals ab.

„Du mir auch", erwiderte ich, stellte mich auf Zehenspitzen und gab ihm einen Kuss auf seine wundervollen Lippen. Ich zog mich schnell an und verließ mit Sixt das Badezimmer.

„Ich würde es gerne noch einmal probieren", sagte ich.

„Natürlich. Fangen wir langsam an", schlug er vor und ging ein paar Schritte zurück. „Spring zu mir."

„Hast du mir nicht mal gesagt, dass man nur an Orte springen kann", fragte ich verwundert.

„Stimmt, aber du kannst zu diesem Ort hier springen. Also konzentriere dich nun genau auf diesen Ort", sagte Sixt und zeigte vor ihm auf den Boden. Ich tat, was er sagte und konzentrierte mich. Als ich soweit war, sprang ich und landete bei Sixt genau auf der Stelle, wohin er gezeigt hatte.

„Das war super, Süße. So und jetzt noch einmal. Dieses Mal stelle ich mich ins Schlafzimmer", meinte er und ging in den Raum. Wieder konzentrierte ich mich und stellte mir das Schlafzimmer vor. Ich sprang und tauchte tatsächlich im Schlafzimmer vor Sixt wieder auf.

„Na siehst du. Es geht doch. So und jetzt versuchen wir mal, ob du mit mir nach unten ins Wohnzimmer springen kannst."

„Und wie mache ich das", fragte ich und wurde nervös. Ich hatte Angst, dass wir irgendwo anders nur nicht im Wohnzimmer wieder auftauchen würden.

„Du nimmst meine Hand und stellst dir das Wohnzimmer vor", erklärte er mir. Na gut. Er wollte es so. Ich würde nicht die Verantwortung übernehmen, wenn wir im Pool oder irgendwo anders landen würden. Ich nahm seine Hand und stellte mir, wie er es gesagt hatte, das Wohnzimmer vor.

„Ganz ruhig, Süße. Du schaffst das", beruhigte mich Sixt. Er musste gemerkt haben, dass ich nervös war. Beruhigend strich er mit dem Daumen über meinen Handrücken. Ich konzentriere mich und sprang los. Als wir wieder auftauchten, standen wir mitten im Wohnzimmer. Ich hatte es wirklich geschafft.

„Es geht doch und mit ein bisschen Übung kannst du bald überall hinspringen", lächelte Sixt.

„Bei so einem guten Lehrer musste es ja funktionieren", erwiderte ich.

„Na siehst du, es klappt doch", kam es von Danny. „Jetzt heißt es fleißig weiterüben und die anderen Fähigkeiten musst du auch noch lernen."

„Stimmt, ein Schutzengel kann ja nicht nur springen", fiel mir ein.

„Ich zeige dir, wie man sich unsichtbar macht", kam es von Nathan. Er stand auf und kam zu mir.

„In Ordnung, aber nur, wenn du nicht lachst, falls etwas schief geht", wandte ich ein.

„Versprochen. Es tut mir auch leid, dass ich vorhin gelacht habe. Ich erzähle dir nachher mal, was bei mir damals alles schiefgegangen ist", entschuldigte er sich.

„Entschuldigung angenommen. Na dann mal los." Ich war so froh solche tollen Freunde zu haben. Eigentlich waren sie sogar die besten Freunde, die man haben konnte. An diesem Nachmittag brachten sie mir geduldig alle Schutzengelfähigkeiten bei. Ich war so stolz auf mich, denn ich lernte die Fähigkeiten schnell, auch wenn ich sie noch perfektionieren musste. Aber ich war doch nicht so schlecht, wie ich zuerst gedacht hatte.

„Süße, kommst du bitte mal nach oben ins Bad", rief Sixt am Abend, nachdem unser Besuch gegangen war.

„Ja, ich komme", erwiderte ich und konzentrierte mich auf das Badezimmer. Kurz darauf tauchte ich, nachdem ich gesprungen war, im Bad auf.

„Ich bin so stolz auf dich, Süße. Aber nun ist erst einmal Schluss mit dem Üben. Jetzt wird sich entspannt", sagte Sixt und deutete auf die große Badewanne, die natürlich eine Whirlpoolfunktion besaß, wie es unsere Alte in Portland hatte. Sixt liebte diese Funktion und ich musste zugeben, dass sie mir auch sehr gefiel. Das Wasser war schon eingelassen. Sixt hatte zudem Kerzen um die Wanne herum aufgestellt und angezündet.

„Das hört sich sehr gut an", erwiderte ich. Wir zogen unsere Anziehsachen aus und Sixt half mir gentlemanmäßig in die Badewanne, bevor er selbst hineinstieg. Die Wanne war groß genug, sodass wir nebeneinandersitzen konnten. Sixt stellte die Whirlpoolfunktion an und das Wasser begann angenehm zu blubbern. Ich lehnte mich wollig seufzend an den Wannenrand und genoss das sprudelnde Bad.

„Das gefällt dir", grinste Sixt.

„Ja, auf jeden Fall." Ich lehnte mich an Sixt an, der einen Arm um mich legte, und genoss einfach nur das entspannende Bad und Sixt Nähe. Wie sehr ich das vermisst hatte.

„Darf ich dich etwas fragen"?

„Natürlich Süße, das weißt du doch", erwiderte Sixt. Ich setzte mich auf und drehte mich zu ihm um.

„Naja unsere Hochzeit werden wir ja nun nicht feiern können, denn ich darf doch nicht mehr nach Portland. Werden wir denn trotzdem heiraten?" Diese Frage hatte ich mir in den letzten Tagen öfter gestellt. Ich wusste nicht, ob er mich denn überhaupt noch heiraten wollte.

„Na sicher werden wir heiraten. Allerdings nicht in Portland. Ich habe die Hochzeit schon abgesagt. Wir müssen uns also einen neuen Ort für unsere Hochzeit suchen. Oder möchtest du nicht mehr", wollte er wissen.

„Doch natürlich möchte ich dich heiraten. Ich kann mir nichts Schöneres vorstellen, als deine Frau zu werden."

„Und ich kann es kaum erwarten dich zu meiner Frau zu nehmen. Du glaubst gar nicht, wie sehr du mir die Woche, in der du im Himmel gewesen bist, gefehlt hast", sagte Sixt nach einer ganzen Weile, in der wir einfach nur in der Wanne gesessen und nichts gesagt hatten.

„Und du mir erst", erwiderte ich.

„Komm her", raunte er an meinem Ohr und zog mich auf seinen Schoß. Unsere Lippen krachten aufeinander und wir verfielen in einem langen leidenschaftlichen Kuss. Sixts Hände gingen dabei auf Wanderschaft. Er strich sanft über meinem Rücken und ich keuchte auf. Sixt löste sich von mir und begann meinen Hals zu küssen. Ich stöhnte und strich mit meinen Händen über seine muskulöse Brust. Sixts Lippen glitten hinunter zu meinen Brüsten, die er nun abwechselnd liebkoste. Stöhnend ließ ich meine Hand zu seinem besten Stück gleiten und begann ihn zu streicheln. Sixt stöhnte auf und wanderte mit einer Hand zu meiner heißen Mitte, die er nun mit seinen Fingern liebkoste.

„Sixt, bitte. Ich brauche dich jetzt", flehte ich. Er hob mich hoch und ließ mich auf seinem steifen Glied herab, sodass er in mich eindrang. Wir stöhnten beide auf und ich begann mich auf und ab zu bewegen. Unsere Lippen krachten wieder aufeinander und sofort bat Sixts Zunge an meiner Unterlippe um Einlass, den ich ihr sofort gewährte. Unsere Zungen verfielen in ein wildes Spiel während ich auf und ab gleitete. Die Erregung in mir nahm zu und ich merkte, dass der Höhepunkt immer näherkam. Auch bei Sixt schien es nicht mehr lange zu dauern, denn er übernahm die Führung und stieß schneller in mich hinein. Der Orgasmus baute sich in mir auf und ich kam mit einem lauten Stöhnen. Sixt folgte mir kurz darauf. Erschöpft fiel ich in Sixts Arme und kuschelte mich an seine Brust.

„Ich liebe dich", brachte ich schwer atmend heraus.

„Ich liebe dich auch, Süße." Langsam erholten wir uns und stiegen aus der Wanne. Wir stellten uns unter die ebenerdige Dusche und wuschen uns ab. Sixt stieg zuerst aus der Dusche, als wir fertig waren, und reichte mir ein Badetuch, womit ich mich abtrocknete.

„Ich hätte jetzt noch Lust mit dir das Schlafzimmer einzuweihen", sagte Sixt verführerisch und nahm mich in den Arm.

„Dann lass mich uns doch dahin bringen. Ich muss doch schließlich üben", grinste ich.

„Na dann los." Sixt warf mein Badetuch zur Seite, welches ich über den Schultern liegen hatte, und küsste meinen Hals.

„Ich kann mich so aber nicht konzentrieren", keuchte ich.

„Du bist halt so verführerisch", hauchte er an meinem Ohr und attackierte wieder meinen Hals.

„Wenn du das nicht lässt, kommen wir nie ins Schlafzimmer."

„Du musst lernen zu springen, wenn du abgelenkt wirst", grinste Sixt. Ich versuchte es. Ich konzentrierte mich auf das Schlafzimmer, was gar nicht so leicht war, denn Sixt Hände strichen nun über meinen Rücken. Aber ich schaffte es und wir sprangen. Allerdings kamen wir im Schlafzimmer nicht so an, wie ich es wollte. Wir tauchten auf und Sixt fiel mit mir auf das Bett.

„Hey, nicht so stürmisch", lachte er.

„Aber du wolltest doch das Schlafzimmer einweihen", erwiderte ich ebenfalls lachend.

„Da hast du recht. Und genau das werden wir jetzt auch tun", sagte er und küsste mich.

Am nächsten Tag machte ich mich daran schon einmal ein paar Kartons auszuräumen, die Sixt aus unserem alten Zimmer geholt hatte. Er selbst war in Portland und klärte mit meiner

Familie, welche Sachen sie von mir als Erinnerung haben wollten. Ich vermisste meine Familie sehr und wäre am liebsten mit in unser altes Zuhause gesprungen. Aber ich durfte nicht.

„Süße, ich bin wieder da und ich habe eine Überraschung für dich", rief Sixt. Ich ging in den Flur, wo Sixt mit Nathan und Sasha stand.

„Hey, ihr beiden", begrüßte ich sie.

„Hallo Jamie. Wir haben eure Mitbewohner mitgebracht", sagte Sasha und deutete auf den Hasenkäfig, der im Flur stand.

„Chocolate und Paulchen. Wie habt ihr sie denn hierher bekommen? Ich dachte, man soll mit Tieren nicht springen", fragte ich überrascht.

„Eigentlich soll man das auch nicht, da man nicht weiß, wie die Tiere reagieren, aber Sasha und ich hatten jeweils ein Kaninchen auf dem Arm und haben ihnen die Augen zugehalten, während wir gesprungen sind, damit sie es nicht so mitbekommen", erklärte mir Sixt.

„Anscheinend haben die beiden es gut überstanden. Zumindest springen sie vergnügt im Käfig herum", meinte Sasha und deutete auf den Käfig.

„Im Übrigen habe ich den Käfig hergebracht", mischte sich Nathan ein.

„Das hast du gut gemacht", lobte ich ihn grinsend.

„Endlich mal jemand, der meine Arbeit schätzt", sagte Nathan.

„Ich schätze immer deine Arbeit", kam es von Sasha.

„Aber du lobst mich nie", beschwerte sich Nathan.

„Soll ich dir etwa jedes Mal, wenn du etwas getan hast über den Kopf streicheln und sagen, dass du es gut gemacht hast", fragte Sasha.

„Beim Sex sagt du auch immer, dass es gut war", konterte Nathan. Okay, das war das Zeichen für mich, dass ich nicht mehr zuhören wollte. Ihr Sexleben interessierte mich überhaupt nicht.

„Wie geht es meiner Familie", wollte ich von Sixt wissen und versuchte die Diskussion von Nathan und Sasha zu ignorieren.

„Ihnen geht es soweit gut. Sie haben sich ein paar Sachen als Erinnerung ausgesucht. Ach und Leslie hat sich einige Anziehsachen genommen. Das war doch nicht schlimm, oder", fragte Sixt.

„Nein, ist schon gut. Ich kaufe mir einfach etwas Neues. Weiß Leslie denn schon, dass wir uns sehen dürfen?"

„Ja, ich habe vorhin, nachdem deine Eltern gegangen sind, mit ihr gesprochen. Sie freut sich schon sehr darauf dich wiederzusehen. Ich soll dir ausrichten, dass du ihr sehr fehlst."

„Sie fehlt mir auch. Wann darf ich sie denn sehen", fragte ich.

„Naja Süße, ich würde den Rat von Eoghan schon befolgen und erst einmal das Geschehene verarbeiten. Es ist gerade mal eine Woche her und ich merke, wie sehr es dir zu schaffen macht, dass du deine Familie nicht mehr sehen darfst. Lebt dich erst einmal in deinem neuen Leben als Schutzengel und in deinem neuen Zuhause ein", meinte Sixt.

„Wenn du meinst", sagte ich und war ein klein wenig enttäuscht darüber, dass ich noch warten sollte, bis ich meine Schwester wiedersehen konnte. Ich wollte eigentlich nicht warten.

„Es ist nur ein gut gemeinter Ratschlag. Nicht jeder Schutzengel hat das Glück ein Familienmitglied sehen zu dürfen. Die meisten müssen damit zurechtkommen, dass sie ihre Familie gar nicht mehr sehen dürfen. Nimm dir doch bitte erst einmal etwas Zeit alles zu verarbeiten. Es wird dir guttun."

„Vielleicht sollte ich wirklich erst einmal meinen Tod verarbeiten und damit zurechtkommen, dass ich meine Eltern nicht mehr sehen darf. Es setzt mir schon sehr zu", gab ich zu.

„Das glaube ich dir, Süße. Aber du wirst sehen, mit der Zeit wird es besser. Und damit du es verarbeiten kannst, werde ich dir einen Monat lang nichts über sie erzählen."

„Was? Aber …"

„Du wirst sehen, so wirst du es besser verarbeiten können", unterbrach mich Sixt.

„Na gut", gab ich nach. Den einen Monat würde ich schon überstehen. Vielleicht half es mir wirklich über den Verlust hinwegzukommen. Ich hatte es doch eigentlich recht gut. Ich durfte Leslie sehen und erfuhr von ihr und auch von Sixt, wie es meinen Eltern ging. Bei anderen Schutzengeln war das nicht der Fall. Sie erfuhren nicht so einfach, wie es ihrer Familie ging. Dafür mussten sie schon die für die Familie zuständigen Schutzengel fragen. Und jemanden aus der Familie wiedersehen durften auch nur die wenigsten. „Wann holst du denn die restlichen Sachen", wollte ich nun von ihm wissen, um das Thema zu wechseln.

„Die hole ich gleich mit Nathan. Übrigens brauchst du ein neues Auto. Deine Eltern haben den Wagen ebenfalls mitgenommen. Mir stand er nicht zu und ich konnte ihnen schließlich nicht sagen, dass du deinen Wagen hier in Australien brauchst."

„Das stimmt. Also brauche ich ein neues Auto, ein neues Handy und neue Klamotten. Das wird morgen eine lange Shoppingtour. Haben meine Eltern eigentlich gefragt, was mit unseren Kaninchen ist."

„Ja, das haben sie. Ich habe ihnen gesagt, dass ich sie mitnehmen werde. Übrigens, offiziell ziehe ich morgen um. Dann bin ich offiziell dein Mitbewohner", grinste Sixt.

„Ich weiß nicht, ob das Haus groß genug für einen Mitbewohner ist", lachte ich.

„Na soviel Platz brauche ich doch nicht. Ansonsten frage ich Chocolate und Paulchen, ob ich bei ihnen einziehen darf."

„Ich glaube, da wirst du bei den beiden keinen Erfolg haben. Sie wollen keinen Mitbewohner. Aber in meinem Bett ist noch etwas platz."

„Das Angebot nehme ich gerne an", grinste er.

„Wollen wir dann los", fragte Nathan.

„Ja, wir können", erwiderte Sixt und wandte sich dann wieder mir zu. „Bis gleich." Er gab mir einen Kuss und verschwand mit Nathan.

„Wollen wir beide im Wohnzimmer schauen, wo der Hasenkäfig am besten platz hat", fragte ich Sasha.

„Ja natürlich. Komm wir suchen ihnen ein schönes Plätzchen."

Die ganze Woche verbrachte ich mit einkaufen und das Haus einrichten. Nun besaß ich endlich wieder ein Handy und ein neues Auto hatten wir auch für mich gekauft. Sixt ließ seinen Wagen nach Australien verschicken. Er wollte sich keinen Neuen kaufen.

„Jamie, kommst du bitte mal in den Garten", rief Sixt am Samstagnachmittag. Ich war gerade in der Küche beschäftigt die Lebensmittel vom Einkauf in die Schränke zu räumen. Ich stellte noch die Müslipackung in den Schrank und machte mich dann auf den Weg in den Garten. Sixt stand mit Danny auf der Wiese und unterhielt sich mit ihm, als ich zu ihnen trat.

„Jamie, bist du bereit für dein Kampftraining", fragte Danny.

„Kampftraining", fragte ich verdutzt.

„Ja, jeder Schutzengel muss auch kämpfen können, um den Schützling zu beschützen. Und da Tobin noch nicht erledigt ist, wäre es ratsam, wenn du kampftechnisch vorbereitet bist, wenn er das nächste Mal wieder auftaucht. Außerdem möchtest du ihm doch bestimmt so richtig in den Arsch treten für das, was er dir alles angetan hat", grinste Danny.

„Da hast du recht", erwiderte ich und grinste ebenfalls. „Habt ihr eigentlich etwas von ihm gehört?"

„Nein, gar nichts. Es ist verdächtig, dass er sich nirgends blicken lässt", sagte Sixt.

„Vielleicht heckt er auch irgendeinen Plan aus", überlegte ich.

„Wir können im Moment nur Augen und Ohren offenhalten und abwarten", sagte Sixt und sah darüber gar nicht glücklich aus. Es wäre besser gewesen, wenn wir gewusst hätten, ob er etwas vorhätte, denn so hätten wir uns darauf einstellen können.

„Und in der Zeit machen wir aus dir eine gute Kämpferin. Na los. Fangen wir an", kam es von Danny.

In den ersten Tagen, an denen ich mit Danny trainierte, taten mir am Abend regelmäßig die Muskeln und Knochen weh. Danny forderte mich allerdings auch sehr. Sixt hielt sich weitestgehend aus dem Training heraus. Er wollte mir beim Kämpfen nicht wehtun und deshalb hatte er Danny gebeten mich zu trainieren. Er war halt zu fürsorglich und auch jetzt, wo ich ein Schutzengel war, um mein Wohlergehen besorgt, aber genau das war eine Eigenschaft von ihm, die ich so an ihm liebte. Sixt war der Meinung, dass Danny ein sehr guter Kampftrainer war. Sixt selbst wurde damals, nachdem er zum Schutzengel geworden war, ebenfalls von ihm trainiert. Ich konnte Sixt nur zustimmen. Danny war wirklich ein guter Trainer und ich wurde von Tag zu Tag immer besser, was das Kämpfen anging.

„Darf ich dich etwas fragen", fragte ich Danny in einer Trainingspause. Wir saßen auf dem Rasen und verschnauften von einem anstrengenden Training. Sixt war mit den anderen Schutzengeln unterwegs und suchte Tobin.

„Natürlich darfst du", erwiderte er lächelnd.

„Wie bist du zum Schutzengel geworden?"

„Oh das ist schon lange her. Ich war damals zwanzig, lebte in Kanada, bei meinen Eltern und meinen zwei jüngeren Schwestern und studierte an der Universität Jura. Ich wollte immer Anwalt werden. Nebenbei machte ich Kampftraining, also Kickboxen und

Karate und trainierte Kinder darin. Deshalb kann ich euch auch gut als Kämpfer ausbilden", grinste er und wurde dann ernst.

„Ich bekam einen Herzinfarkt und das schon in meinen jungen Jahren. Die Ärzte im Krankenhaus stellten fest, dass mein Herz nicht mehr richtig funktionierte. Es hatte immer mal wieder kurze Aussetzer. Ich hatte vorher schon einige Male bemerkt, dass ich beim Sport schnell außer Atem war oder dass ich beim Treppensteigen keine Kraft mehr hatte und erst einmal Pause machen musste, bevor ich weitergehen konnte. Nach dem Herzinfarkt verschlechterte sich mein Gesundheitszustand rapide und ich musste wieder ins Krankenhaus. Die Ärzte teilten mir mit, dass ich so schnell wie möglich ein Spenderherz bräuchte, sonst würde ich sterben. Ich bekam kein Spenderherz und starb nur drei Monate später im Krankenhaus. Meine Entscheidung stand eigentlich sehr schnell fest. Für mich war klar, dass ich als Schutzengel wieder auf die Erde wollte, denn ich hatte doch noch so viel in meinem Leben vor. Ich wollte reisen und die Welt sehen", beendete er seine Erzählung.

„Das kann ich verstehen. Es muss schrecklich sein auf ein Spenderorgan warten zu müssen und zu wissen, wenn man keines bekommt, dass man dann stirbt. Vor allem das Wissen, dass erst ein Mensch sterben muss, damit man sein Organ bekommt."

„Das ist wirklich schrecklich. Ich wollte nie daran denken, dass ein Mensch für mich sterben muss, damit ich sein Herz bekommen kann, um weiterleben zu können. Aber leider ist es so", sagte er.

„Naja ich bin zwar kein Mensch mehr, aber mein Leben als Schutzengel gefällt mir sehr gut. Der einzige Nachteil ist, dass ich meine Familie nicht sehen darf. Dafür habe ich die Liebe meines Daseins gefunden", lächelte er und schaute zu Cynthia herüber, die gerade mit einem Tablett aus dem Haus zu uns kam.

„Und ich meine. Ich dachte mir, ihr möchtet vielleicht nach dem harten Training etwas trinken", sagte sie und reichte uns jeder ein Glas Limo.

„Danke", bedankte ich mich und nahm das Glas.

„Worüber habt ihr gesprochen", fragte sie und setzte sich zu uns.

„Ich habe Jamie gerade erzählt, wie ich zum Schutzengel geworden bin", antwortete Danny.

„Mich interessieren diese Geschichten und ich höre sie gerne", erklärte ich ihr.

„Oh, möchtest du auch meine hören", fragte sie lächelnd.

„Gerne. Aber nur, wenn du sie erzählen möchtest."

„Ja natürlich. Also als ich noch ein Mensch war, studierte ich in Portland Geschichte. Wie du weißt, war ich kurzzeitig mit Agron zusammen. Wir hatten uns auf einem Festival kennengelernt und uns dort ineinander verliebt. Naja bei ihm war es Liebe. Ich habe gemerkt, dass meine Gefühle für ihn doch nicht so stark waren, wie ich gedacht hatte. Ich habe dann Danny beim Einkaufen kennengelernt und mich direkt in ihn verliebt. Agron hat es nicht verkraftet, dass ich ihn wegen eines anderen Mannes verlassen hatte. Was er dann getan hat, weißt du ja. Ich wusste nicht mehr, was ich tun sollte, als Danny im Himmelreich war, versuchte aber trotzdem irgendwie weiterzuleben. Dann kam der besagte Tag, an dem ich mein Leben verlor. Ich fuhr mit meinem Wagen gerade über den Freeway. Ich wollte meine Eltern besuchen, die in Beaverton wohnen, als mir ein Geisterfahrer entgegenkam. Ich konnte ihm nicht mehr ausweichen und knallte mit ihm zusammen. Ich war sofort tot. Soweit ich weiß, hat der Falschfahrer überlebt. Ich frage mich, wie er weiterleben kann mit dem Wissen, dass er durch sein Handeln einen Menschen getötet hat. Ich frage mich sowieso, wie er auf der falschen Seite des Freeways fahren konnte. Es hätte ihm doch auffallen müssen, dass er auf der falschen Seite ist."

„So etwas frage ich mich auch immer wieder", sagte ich.

„Naja, im Himmelreich habe ich dann Danny wiedergesehen und für mich stand fest, dass ich bei ihm im Himmel bleiben wollte. Als das Angebot von Eoghan kam, haben wir es uns überlegt und uns entschlossen doch wieder auf die Erde zu kommen. Wann bekommt man denn schon die Chance dafür."

„Na ihr drei", begrüßte uns Sixt, der gerade im Garten aufgetaucht war, und setzte sich zu uns.

„Habt ihr Tobin gefunden", wollte Danny wissen.

„Nein, leider nicht. Es ist echt zum Verzweifeln. Es kann doch nicht sein, dass er nicht aufzufinden ist. Wir haben wirklich schon alles abgesucht. Sogar in Nachbarorten haben wir nach ihm gesucht. Aber auch dort hält er sich nicht auf. Wir haben jeden Schutzengel, der uns begegnet ist, gefragt, aber niemand hat ihn gesehen", seufzte Sixt.

„Wahrscheinlich versteckt er sich irgendwo und brütet gerade seinen nächsten Plan aus", kam es von Danny.

„Das befürchte ich auch. Seid ihr fertig mit dem Training? Ich würde gerne meine wunderschöne Verlobte entführen", wollte Sixt wissen und lächelte mich liebevoll an.

„Ja, wir sind für heute fertig", bestätigte ihm Danny.

„Wohin willst du mich denn entführen", fragte ich neugierig.

„Zuerst will ich dich in ein Restaurant zum Essen ausführen und anschließend dachte ich mir, dass wir vielleicht ins Kino gehen könnten."

„Das hört sich gut an. Okay, du darfst mich gerne entführen", grinste ich und stand auf. Sixt tat es mir gleich.

„Viel Spaß euch beiden", sagte Cynthia.

„Danke. Schönen Abend euch beiden", erwiderte ich und sprang mit Sixt ins Haus. „Ich will noch kurz duschen gehen. Ich bin vom Training dreckig und so möchte ich nicht mit dir ausgehen." Nein, Schutzengel konnten nicht schwitzen, aber der Schmutz vom Boden, auf dem ich oft während des Trainings gelandet war, klebte an mir.

„Ja ist gut, Süße. Ich werde mich in der Zeit etwas frisch machen", sagte er und folgte mir ins Badezimmer. Ich zog mich schnell aus und stieg unter die Dusche, während Sixt ans Waschbecken ging. Ich wusch mich schnell und duschte mich anschließend ab. Sixt reichte mir ein Badetuch, als ich aus der Dusche stieg und ich trocknete mich ab. Ich band mir das Badetuch über der Brust zusammen und ging ins Ankleidezimmer, wo ich mir etwas zum Anziehen heraussuchte. Ich entschied mich für ein dunkelgraues Shirt und einen schwarzen knielangen Rock. Dazu zog ich mir meine schwarzen Ballerinas an. Ich ging zurück ins Bad, wo ich mich fertigmachte. Eine halbe Stunde später stand ich komplett fertig im Flur.

„Von mir aus können wir los", sagte ich.

„Gut, dann lass uns fahren", erwiderte Sixt und führte mich aus dem Haus zu seinem Wagen, der diese Woche von Portland aus hier in Sidney angekommen war. Wir stiegen ein und Sixt fuhr los. Er führte mich in ein italienisches Restaurant aus.

„Guten Abend. Möchten Sie einen Tisch für zwei", fragte ein Kellner, der auf uns zu kam.

„Ja bitte", erwiderte Sixt. Der Kellner führte uns zu einem Zweipersonentisch, der an einer großen Fensterfront stand mit einem Blick auf einen schönen Park.

„Darf ich Ihnen schon einmal etwas zu trinken bringen", fragte der Kellner, nachdem wir uns an den Tisch gesetzt hatten.

„Wie wäre es mit einem Glas Wein", fragte mich Sixt.

„Ja ausnahmsweise", sagte ich.

„Gut, dann zwei Gläser von Ihrem besten Wein", bestellte Sixt.

„Sehr gerne. Ich gebe Ihnen schon einmal die Speisekarte, damit Sie schon einmal schauen können", sagte dieser und reichte uns, bevor er ging, die Speisekarte. Ich schaute in die Karte und entschied mich für Spaghetti Bolognese und einem kleinen Salat.

„Hast du schon etwas ausgewählt, fragte mich Sixt.

„Ja, ich nehme die Spaghetti Bolognese", erwiderte ich.

„Was auch sonst", schmunzelte er über meine Gerichtsauswahl, denn ich hatte mein Leibgericht ausgewählt.

„Und was nimmst du", wollte ich von ihm wissen.

„Ich glaube, ich nehme die Spaghetti Carbonara." Der Kellner kam und brachte den Wein. Er stellte die Gläser auf den Tisch und nahm unsere Essensbestellung auf.

„Lass uns anstoßen. Auf uns und einen schönen Abend", sagte Sixt, als der Kellner gegangen war, und erhob sein Glas. Ich nahm meines ebenfalls und wir stießen an. Ich trank einen Schluck und stellte das Glas wieder auf den Tisch.

„Der Wein schmeckt richtig gut", musste ich zugeben, obwohl ich Alkohol eigentlich nicht so gerne mochte.

„Ja, das finde ich auch", stimmte er mir zu. Es dauerte nicht lange und unser Essen kam.

„Guten Appetit", sagte ich, nachdem der Kellner wieder gegangen war.

„Danke, dir auch einen guten Appetit, Süße." Wir begannen zu essen und schauten uns dabei immer wieder verliebt in die Augen. Ich war wirklich noch genauso verliebt in ihn, wie am ersten Tag und ich hoffte, dass es auch nie vergehen würde. Nachdem wir aufgegessen hatten, bestellte Sixt noch zum Nachtisch einen großen Eisbecher mit zwei Löffeln, womit wir uns gegenseitig fütterten. Als wir fertig waren, bezahlte Sixt die Rechnung und wir verließen das Restaurant. Wir gingen zu Fuß zum Kino, welches nur eine Straße von dem Restaurant entfernt war.

„Du darfst den Film aussuchen", sagte Sixt, als wir vor dem Kino ankamen.

„Welche Filme stehen denn zur Wahl", wollte ich wissen und schaute auf die Anzeigetafel, auf der die Filme angeschlagen waren.

„Wir haben die Wahl zwischen einem Liebesfilm, einen Actionfilm und einem Horrorfilm", erwiderte Sixt.
„Wie wäre es dann mit dem Actionfilm. Ich weiß doch, dass du lieber solche Filme gerne schaust."
„Aber nur, wenn du ihn auch schauen möchtest."
„Ja, das möchte ich."
„Gut, dann den Actionfilm." Wir gingen zur Kinokasse und kauften die Karten für den Film. Wir kauften uns zwei Becher Cola und gingen in den Kinosaal, der sehr leer war. Ich ließ meinen Blick durch den Saal schweifen und zählte gerade mal zwanzig Personen. Naja wir hatten auch schon zehn Uhr und es war mitten in der Woche, wo die meisten Menschen den nächsten Tag wieder arbeiten mussten. Da gingen so spät nicht mehr viele Leute ins Kino. Wir suchten uns Plätze in der hintersten Reihe, die noch komplett leer war und ich stellte meine Cola in den Becherhalter, der an der Armlehne angebracht war, bevor ich mich hinsetzte. Sixt legte einen Arm um meine Schulter und ich lehnte mich an ihn. Er beugte sich zu mir herüber und gab mir einen langen Kuss. Es wurde dunkel im Kino und die Werbung wurde auf der Leinwand abgespielt.
„Möchtest du Popcorn", fragte Sixt.
„Nein, ich bin noch so satt vom Essen und dem Nachtisch", erwiderte ich und legte zur Untermalung meine Hand auf den Bauch. Der Film begann und ich kuschelte mich noch enger an Sixt.

In der Mitte des Filmes begann er, meinen Hals zu küssen. Mein Körper begann dabei zu kribbeln. Seine Lippen wanderten nun hoch zu meinem Ohr.
„Irgendwie ist der Film nicht so interessant. Mir fällt da etwas Besseres ein, was wir tun könnten", flüsterte er mir ins Ohr. Ich drehte mich zur Seite und schon lagen seine Lippen auf Meinen. Ich schlang meine Arme um seinen Nacken, zog ihn näher zu mir heran und vertiefte den Kuss. Seine Zunge bat an meinen Lippen um Einlass, dem ich ihm sofort gewährte. Die Armlehne zwischen uns störte. Ich stand auf und setzte mich auf seinen Schoß.
„So ist es besser", flüsterte ich.
„Da hast du recht. Warte, ich weiß noch etwas Besseres", raunte er an meinem Ohr und ich sah, wie er eine Blase um uns bildete. „So jetzt kann uns keiner stören." Sofort legte er seine Lippen wieder

auf meine und seine Hände strichen sanft über meine Seiten und er ließ sie unter mein Shirt gleiten. Ich stöhnte leise auf, als ich seine starken Hände auf meiner nackten Haut spürte. Sixt glitt mit einer Hand unter meinen Rock, schob meinen Slip zur Seite und begann mich an meiner heißen Mitte zu streicheln. Wieder stöhnte ich leise auf.

„Du brauchst nicht so leise zu sein. Durch die Blase kann dich keiner hören", hauchte Sixt an meinem Ohr. „Sex im Kino wollte ich schon immer mal mit dir ausprobieren."

„Es hat auf jeden Fall seinen Reiz", erwiderte ich keuchend und machte mich an Sixts Hose zu schaffen, um sie zu öffnen. Ich schob sie zusammen mit seiner Boxershorts ein Stück herunter und nahm sein steifes Glied in die Hand. Ich bewegte sie auf und ab. Sixt stöhnte und schob zwei Finger in mich, die er kreisen ließ. Er schob mein Shirt zusammen mit dem BH hoch und begann meine Brüste abwechselnd zu liebkosen.

„Ich brauche dich jetzt", knurrte er und nahm seine Finger aus mir heraus. Er hob mich hoch und ließ mich auf seinem Glied wieder herab. Wir stöhnten beide auf und ich begann mich auf und ab zu bewegen. Schon bald merkte ich, dass sich der Orgasmus in mir aufbaute, Sixt schien es genauso zu gehen, denn er übernahm die Führung und stieß schneller in mich hinein. Wir kamen zur gleichen Zeit und stöhnten laut, als uns die Höhepunkte übermannten. Kraftlos und schwer atmend fiel ich Sixt in die Arme.

„Ich liebe dich", brachte ich nach Luft schnappend heraus.

„Ich liebe dich auch, Süße." Ich stand vorsichtig auf, ließ dabei sein Glied aus mir herausgleiten und richtete wieder meine Sachen. Ich schaute mich um, ob uns wirklich niemand gesehen und gehört hatte, aber die wenigen Leute, die im Kino saßen, schauten alle gebannt auf die Leinwand. Ich setzte mich auf meinen Platz und Sixt ließ die Blase verschwinden, nachdem er sich ebenfalls wieder angezogen hatte. So als ob nichts gewesen wäre, legte er seinen Arm um meine Schulter und ich kuschelte mich an ihn.

Es war ein sehr schöner aber auch interessanter Abend", sagte ich, nachdem der Film vorbei war und wir wieder zu Sixts Wagen zurückgingen.

„Das finde ich auch. Besonders hat mir der interessante Teil gefallen", grinst er.

„Meinst du, es ist jemanden aufgefallen, dass wir kurze Zeit nicht da waren", fragte ich ihn.

„Nein, das ist niemanden aufgefallen."

„Und was ist, wenn der Saal videoüberwacht war und es aufgenommen wurde, wie wir erst da waren, dann verschwunden sind und dann wieder aufgetaucht sind", fiel mir ein.

„Darauf habe ich vorher schon geachtet. Der Saal hatte keine Videokameras und es wurde auch nicht gefilmt, sonst hätte ich es auch nicht gemacht, denn ich möchte schließlich nicht schon wieder eine Regel brechen, dass wir unsere Schutzengelfähigkeiten zeigen. Du kannst ganz beruhigt sein", versicherte er mir.

„Na dann ist gut. Gefallen hat es mir auf jeden Fall", grinste ich.

„Mir auch, Süße. Und wie." Wir waren an seinem Wagen angekommen und blieben stehen. Sixt zog mich zu sich und gab mir einen langen Kuss. „Lass uns nach Hause fahren", sagte er, als er sich wieder von mir löste.

Kapitel 15

Eine Woche später saßen Sixt und ich nachmittags im Wohnzimmer auf der Couch und schauten uns einen Film an. Draußen regnete es wie in Strömen und wir hatten es uns auf der Couch gemütlich gemacht.

„Hallo ihr beiden. Entschuldigt bitte, dass ich hier einfach so hereinplatze, aber es ist wichtig", kam es von Jesse, der im Wohnzimmer plötzlich aufgetaucht war.

„Hallo Jesse. Was ist denn los", fragte Sixt verwundert.

„Habt ihr Leslie gesehen oder ist sie vielleicht sogar hier? Jamie und Leslie dürfen sich doch vom Engelspräsidenten aus sehen. Ich kann sie nicht sehen und bei ihr Zuhause ist sie auch nicht", entgegnete Jesse aufgeregt.

„Was", fragte ich und sprang von der Couch auf. „Nein, hier ist sie nicht. Aber das kann doch nicht sein. Wieso kannst du sie nicht mehr sehen?"

„Ganz ruhig, Süße. Ihr wird nichts passiert sein," versuchte Sixt mich zu beruhigen und nahm mich in den Arm, nachdem er ebenfalls von der Couch aufgestanden war. „Hast du schon bei Greg Zuhause nachgeschaut? Vielleicht ist sie ja auch bei ihm", wandte sich Sixt Jesse zu.

„Ja, das habe ich. Greg ist auch verschwunden. Ich habe mit seinem Schutzengel gesprochen. Er kann ihn auch nicht mehr sehen und sucht ihn überall." Leslie und Greg waren verschwunden und ihre Schutzengel konnten sie nicht mehr sehen. Mir lief es eiskalt den Rücken herunter, als mir klar wurde, was das bedeutete.

„Tobin hat die beiden entführt und Cassandra sorgt dafür, dass ihr sie nicht sehen könnt", sagte ich und begann zu zittern.

„Hm, zumindest wäre es eine Erklärung, dass wir sie nicht mehr sehen können, wenn Cassandra ihre Fähigkeit einsetzt. Aber ob Tobin sie wirklich entführt hat, oder ob sie irgendwo hingefahren sind und Cassandra uns nur mit ihrer Fähigkeit verwirren will, ist jetzt die Frage", überlegte Jesse.

„Wir müssen die anderen anrufen. Sie sollen herkommen damit wir besprechen können, was wir tun werden", sagte Sixt, nahm sein Handy vom Wohnzimmertisch und wählte eine Nummer. „Nathan, kommt bitte sofort zu uns. Es ist wichtig und sag bitte auch Anastasia und Brian bescheid", sprach Sixt in sein Handy. Auch Jesse war am Telefonieren. Ich nahm an, dass er mit Bradley sprach. Ich wollte nicht untätig herumstehen. Ich nahm mein Handy und wählte Leslies Nummer. Eigentlich wollte ich mich an Eoghans Ratschlag halten und mich erst einmal in mein neues Leben eingewöhnen, bevor ich Leslie wiedersah, aber das hier war ein Notfall. Meine Schwester war, so wie es aussah in Gefahr und ich musste wissen, ob es ihr gut ging. Ich ließ es lange klingeln, bevor ich frustriert auflegte. Ich probierte es gleich darauf noch einmal. Vielleicht hatte Leslie es auch nicht gehört, hatte das Handy in der Tasche oder den Ton ausgestellt. Ich musste es einfach probieren. Wieder ging sie nicht ans Handy. Ich probierte es immer weiter und die Angst wuchs in mir, dass ihr doch etwas passiert sein könnte.

„Jamie, wen rufst du an", fragte Sixt, nachdem ich meine Schwester nach dem x-ten Anruf immer noch nicht erreicht hatte.

„Ich versuche Leslie zu erreichen, aber sie geht nicht an ihr Handy", erwiderte ich und Tränen stiegen mir in die Augen.

„Hey Süße, komm her", sagte Sixt und nahm mich in den Arm.

„Ich habe Angst. Was ist, wenn Leslie und Greg etwas passiert ist?"

„Das wird es nicht."

„Da sind wir. Was ist los", rief Nathan, als er mit Sasha, Timothy und Maya bei uns im Wohnzimmer auftauchte. Ihnen folgten Bradley, Brian und Anastasia sowie Danny und Cynthia. Jesse erklärte ihnen, was genau vorgefallen war, und erzählte ihnen auch von meinem Verdacht, dass Tobin meine Schwester und ihren Freund entführt hätte.

„Ich muss sie suchen gehen", sagte ich und löste mich aus Sixts Armen.

„Süße, das geht nicht. Du darfst nicht nach Portland", erwiderte Sixt.

„Aber ich muss es tun. Leslie und Greg sind, so wie es aussieht in Gefahr und ich muss sie finden. Tobin wird sie sonst umbringen."

„Das würde er nicht tun. Wenn Tobin sie wirklich entführt haben sollte, wird er sie nicht umbringen, sondern eher als Druckmittel gegen dich einsetzen", erklärte er mir.

„Jamie, mach dir keine Sorgen. Wir werden sie suchen gehen und sie finden. Das verspreche ich dir“, sagte Nathan. Mein Handy klingelte. Ich schaute auf das Display und hoffte, dass es Leslie war. Aber statt ihrer Nummer stand dort nur „Unbekannt“.

„Ja“, meldete ich mich, als ich den Anruf angenommen hatte.

„Hallo Jamie, na genießt du dein Leben als Schutzengel“, grüßte Tobin mich. Der Kerl kam mir gerade recht.

„Was hast du mit meiner Schwester und ihrem Freund gemacht? Wo sind sie“, schrie ich ins Handy. Spätestens in diesem Moment wussten Sixt und die anderen, wer am Handy war. Sixt gab mir ein Zeichen, dass ich den Lautsprecher einschalten sollte. Ich tat es und hielt das Handy so, dass alle mithören konnten.

„Wo sie sind, werde ich dir nicht verraten. Aber wenn du tust, was ich dir sage, dann werde ich sie freilassen“, erwiderte er.

„Und das wäre“, fragte ich, obwohl ich es mir schon denken konnte.

„Eigentlich will ich, dass du zu mir zurückkommst.“

„Das kannst du vergessen“, zischte ich.

„Das habe ich mir schon gedacht.“

„Was willst du“, fragte ich und wurde ungeduldig.

„Ich will, dass du morgen Nachmittag in die leer stehende Lagerhalle im Gewerbegebiet hier in Portland kommst. Ach und deine Freunde kannst du ruhig mitbringen. Mit denen habe nicht nur ich noch ein Hühnchen zu rupfen.“

„Du weißt genau, dass ich nicht nach Portland darf“, sagte ich.

„Das ist mir egal. Wenn du nicht willst, dass deine Schwester und ihr Freund sterben, dann kommst du morgen nach Portland“, erwiderte er.

„Warum tust du das? Warum hast du mich ermorden lassen? Du wusstest doch ganz genau, dass ich mich für das Leben als Schutzengel entscheide, um auf der Erde bleiben zu können“, wollte ich von ihm wissen.

„Ja, um bei deinem Kerl zu sein. Natürlich habe ich das gewusst. Aber ich habe dir dein Leben genommen. Ich habe dir das Wichtigste in deinem Leben genommen, nämlich deine Familie. Du darfst sie nicht mehr sehen und ich weiß, wie schwer das für dich ist. Aber wie schlimm ist es für deine Eltern eine Tochter verloren zu haben? Und wie schlimm wird es für sie, wenn sie ihre andere Tochter auch noch verlieren? Willst du das“, fragte er provozierend.

„Nein, das will ich nicht", sagte ich leise und hatte einen Kloß im Hals, als ich daran dachte, wie sehr meine Eltern leiden würden, wenn Leslie auch noch sterben würde. Nein, das durfte nicht passieren. Mir war es egal, ob ich ins Himmelreich kommen würde, wenn ich nach Portland springen würde. Meine Schwester war mir wichtiger und ich musste Leslie retten.

„Siehst du, dann komm morgen nach Portland."

„Ich möchte einen Beweis, dass es Leslie und Greg gut geht", entgegnete ich. Es war einerseits ein Test, denn ich wollte wissen, ob Tobin die beiden wirklich in seiner Gewalt hatte. Aber wenn es so war, musste ich einfach wissen, ob es ihnen wirklich gut ging, oder ob er ihnen bereits etwas angetan hatte.

„Du willst einen Beweis", fragte er und ich konnte aus seiner Stimme sein hämisches Grinsen hören.

„Ja. Woher soll ich wissen, ob du die Wahrheit sagst. Vielleicht leben die beiden gar nicht mehr oder du hast sie gar nicht in deiner Gewalt. Und verwandel jetzt bloß niemand in einen von ihnen, nur um mir etwas vorzuspielen", sagte ich und provozierte ihn damit.

„Ich brauche hier niemanden zu verwandeln. Ich habe sie in meiner Gewalt. Warte einen Moment", erwiderte er bissig. „Sag etwas", forderte er jemanden auf. „Jamie? Jamie bitte hilf uns", rief meine Schwester panisch.

„Leslie! Geht es euch gut", fragte ich und Tränen bildeten sich in meinen Augen.

„Ja, uns geht es gut."

„Wir holen euch da raus. Das verspreche ich dir."

„So, das reicht jetzt. Wenn du sie lebend wiedersehen willst, sei morgen um fünfzehn Uhr in der Lagerhalle, sonst werden sie sterben", kam es von Tobin, und noch bevor ich noch etwas sagen konnte, legte er auf. Ich sackte auf die Knie und ließ meinen Tränen freien Lauf. Leslies panische Stimme und wie sie mich um Hilfe bat, ging mir nicht aus dem Kopf. Meine größte Angst, dass Tobin meiner Schwester etwas antun würde, war Wirklichkeit geworden.

„Hey Süße, komm her", sagte Sixt, kniete sich zu mir und nahm mich in den Arm. Ich drückte mich eng an ihn und schluchzte an seiner Brust.

„Sie darf nicht sterben. Leslie darf einfach nicht sterben", schluchzte ich.

„Das wird sie auch nicht. Wir werden sie retten. Das verspreche ich dir", kam es von Sixt und strich mir beruhigend über den Rücken.

„Ich muss die beiden da herausholen. Ich muss morgen zu der Lagerhalle", sagte ich, als ich mich etwas beruhigt hatte.

„Jamie, du weißt, dass das nicht geht. Sollte dich jemand in Portland sehen, musst du ins Himmelreich", entgegnete Sasha. Ich löste mich von Sixt und wischte mir die Tränen aus dem Gesicht.

„Das ist mir egal. Hier geht es um das Leben von meiner Schwester und ich muss sie und Greg retten", erwiderte ich und wandte mich dann an Sixt. „Es tut mir so leid. Du weißt, dass ich dich über alles liebe, aber ich muss es tun. Leslie darf nicht sterben."

„Ich weiß, Süße und ich verstehe es. Ich weiß auch, dass ich dich nicht davon abbringen kann. An deiner Stelle würde ich genauso handeln. Ich würde ebenfalls meine Familie retten, wenn sie in Gefahr wäre. Ganz gleich, ob ich dafür eine Regel brechen würde. Und genau deshalb werde ich dich nicht davon abhalten. Aber vielleicht brauchst du gar keine Regel brechen", überlegte Sixt.

„Wie meinst du das", fragte ich.

„Wir werden zu Eoghan gehen und ihn um eine Ausnahme bitten. Er wird es sicherlich verstehen, dass du deine Schwester retten willst."

„Meinst du, er wird es erlauben?"

„Ich weiß es nicht. Andererseits geht es hier um ein Menschenleben und deshalb glaube ich schon, dass er es erlauben wird. Mit seiner Erlaubnis wirst du gegen keine Regel verstoßen und wirst auch nicht ins Himmelreich müssen."

„Das stimmt. Ich weiß, warum Tobin das tut. Er will, dass ich eine Regel breche und dafür ins Himmelreich muss. Somit wären wir getrennt", sagte ich.

„Den Sinn des Ganzen verstehe ich nicht so recht. Warum Jamie nach Portland kommen soll, ist mir schon klar, damit sie die Regel bricht. Aber Tobin lässt doch nicht dann so einfach Leslie und Greg wieder frei. Irgendetwas hat er doch vor, sonst würde er nicht wollen, dass wir mitkommen", überlegte Sasha.

„Er sagte, er will noch ein Hühnchen mit uns rupfen. Das heißt, dass er sich noch an uns rächen will", schlussfolgerte Timothy.

„Er wird sicherlich nicht alleine zur Lagerhalle kommen. Bestimmt hat er ein paar Dämonen dabei, sagte Nathan und hatte schon einen kampflustigen Gesichtsausdruck.

„Aber nicht nur Tobin will Rache. Agron hat es doch ebenfalls angedroht, als er mit Isidor und Elias aus dem Himmel verbannt wurde. Sie könnten sich zusammengeschlossen haben", mutmaßte ich.

„Dann sollten wir uns auf einen Kampf vorbereiten", sagte Danny.

„Du willst uns helfen", fragte ich, denn schließlich hatte Danny nichts mit der Rache zu tun.

„Natürlich helfe ich euch. Schließlich habe ich noch mit Agron ein Hühnchen zu rupfen."

„Ich ebenfalls", kam es von Cynthia.

„Jamie, wir beide springen jetzt eben in den Himmel und fragen Eoghan um Erlaubnis, dass du nach Portland darfst", sagte Sixt.

„Ja ist gut." Sixt nahm meine Hand und zusammen sprangen wir in den Himmel. In der Vorhalle des Palastes tauchten wir wieder auf. Wir gingen zur Tür, die zum Saal des Engelspräsidenten führte, und klopften an.

„Herein", rief Eoghan und Sixt öffnete die Tür. „Jamie, Sixt was führt euch zu mir", fragte Eoghan freundlich, als wir in den Saal traten.

„Ich habe ein Anliegen. Ich möchte Sie bitten mir die Erlaubnis zu erteilen morgen Nachmittag in Portland sein zu dürfen. Tobin hat meine Schwester und ihren Freund Greg entführt und droht damit die beiden umzubringen, wenn ich morgen nicht in der Lagerhalle in Portland erscheine. Ich muss sie retten", erklärte ich die Situation.

„Wir nehmen an, dass Tobin höchstwahrscheinlich mit den früheren Engelsratsmitgliedern einen Kampf gegen uns geplant hat, da wir anderen Schutzengel mitkommen sollen. Wir fragen Sie deswegen um Erlaubnis, damit Jamie keine Regel bricht. Tobin spekuliert darauf und will uns somit versuchen zu trennen, wenn Jamie ins Himmelreich kommen würde", fügte Sixt hinzu.

„Es wird wirklich Zeit, dass Tobin in die Hölle verbannt wird. Langsam geht mir dieser gefallene Engel auf die Nerven", entgegnete Eoghan genervt und ich konnte ihn voll und ganz verstehen. Mich nervte Tobin schon seit Jahren. „Jamie, ich erlaube dir morgen ausnahmsweise nach Portland zu dieser Lagerhalle zu springen, um Leslie und Greg zu retten. Aber du musst mir versprechen, dass du dich niemanden in der Stadt zeigst und dich nur in der Lagerhalle aufhältst."

„Das verspreche ich. Ich möchte auch einfach nur die beiden retten. Vielen vielen Dank Euer Ehren", bedankte ich mich bei ihm und war so froh, dass er mir die Erlaubnis gegeben hatte. Ich wäre allerdings auch ohne eine Erlaubnis zur Lagerhalle gesprungen. Schließlich ging es um das Leben meiner Schwester.

„Tut mir bitte nur einen Gefallen und schickt Tobin endlich in die Hölle", bat uns Eoghan.

„Das werden wir. Vielen Dank und auf Wiedersehen", erwiderte Sixt und wir verließen den Saal.

„Siehst du, er hat dir die Erlaubnis gegeben", sagte Sixt, als wir in der Vorhalle standen.

„Ja, darüber bin ich sehr froh. Ich hoffe nur, dass wir die beiden retten können."

„Das werden wir, Süße."

„Seid ihr soweit", fragte Nathan am nächsten Tag. Wir wollten in den nächsten Minuten aufbrechen. Maya würde bei uns Zuhause bleiben, wo Sebastian auf sie aufpassen würde. Wir wussten nämlich nicht, ob Tobin herausbekommen hatte, wo wir nun wohnten und ob er jemanden vorbei schicken würde, da er sich denken konnte, dass wir Maya aus der Stadt gebracht hatten. Außerdem sollte sie nicht alleine sein, während wir kämpften. Sie würde sich sonst zu viele Gedanken machen. So würde sie Sebastian etwas vom Kampf ablenken. Ich hatte in der Nacht nicht richtig geschlafen, weil ich mir große Sorgen um meine Schwester gemacht hatte. Wie ging es ihr? War sie verletzt? Hatte Tobin ihr etwas angetan? Sixt versuchte mich immer wieder zu beruhigen und es tat mir so leid, dass er meinetwegen kaum Schlaf bekommen hatte.

„Ja sind wir. Na dann lasst uns los", sagte ich nervös.

„Warte Süße. Nicht so schnell. Ich würde vorschlagen, dass wir erst einmal unsichtbar in die Halle springen. Wir wissen schließlich nicht, was uns dort erwartet", hielt Sixt mich zurück, als ich gerade losspringen wollte.

„Oh, da hast du recht."

„Alles klar, dann lasst uns los", rief Nathan. Sixt nahm mich in den Arm und schaute mir fest in die Augen.

„Wir holen sie daraus, Süße. Das verspreche ich dir", sagte er und gab mir einen Kuss auf die Stirn.

„Danke. Für alles, was du für mich tust und das du immer für mich da bist", bedankte ich mich bei ihm, denn ich sah es nicht als selbstverständlich an, was er für mich tat.

„Du brauchst dich nicht zu bedanken. Das tue ich gerne. Ich liebe dich."

„Ich liebe dich auch." Ich reckte mich zu ihm hoch und gab ihm einen Kuss.

„Dann lasst uns mal los und Leslie und Greg befreien", sagte Sixt und wir sprangen los. In der Mitte der Lagerhalle tauchten wir wieder auf, blieben allerdings unsichtbar. Wir verschafften uns erst einmal einen Überblick. Ich entdeckte Leslie und Greg, die gefesselt in einer Ecke der Lagerhalle auf dem Boden saßen. Von Tobin oder einen seiner Leute war nichts zu sehen.

„Leslie", rief ich, wurde sichtbar und rannte zu ihr.

„Jamie warte", sagte Sixt, doch ich war schon bei ihr.

„Jamie", rief Leslie.

„Geht es euch gut", fragte ich.

„Ja, soweit schon", antwortete meine Schwester. Greg sagte gar nichts und schaute mich nur ungläubig an. Klar, er hatte gedacht, ich wäre tot beziehungsweise war ich das ja auch. Er wusste schließlich nichts von Schutzengeln und dass sie auf der Erde lebten. Ich würde ihm einiges erklären müssen, wenn wir den Kampf und vor allem Tobin erledigt hatten. Wir hatten schließlich dem Engelspräsidenten versprochen Tobin in die Hölle zu schicken und genau das würden wir auch tun. Ich machte mich daran die beiden, die an Händen und Füßen gefesselt waren zu befreien. Sixt kam zu mir und half mir dabei die Seile zu lösen. Kaum hatte ich Leslie von den Seilen befreit, fiel sie mir auch schon um den Hals.

„Jamie, ich hatte so eine Angst", schluchzte sie.

„Ich auch. Ich dachte, ich sehe dich nicht mehr lebend wieder." Auch ich schluchzte und zog meine Schwester noch fester an mich.

„Ach ist das süß. Die beiden Schwestern wieder vereint", hörte ich Tobin spöttisch sagen. Ich drehte mich zu ihm um. Er stand mitten in der Halle mit grob geschätzt zwanzig weiteren Leuten. Unter ihnen waren die ehemaligen Engelsratmitglieder sowie Cassandra.

„Tötet sie", wies Tobin seine Armee an. „Außer die da. Sie brauche ich lebend", sagte er und zeigte dabei mit seiner Hand auf mich. Jetzt musste ich schnell reagieren. Der Kampf würde gleich beginnen und ich musste Leslie und Greg in Sicherheit bringen.

„Ich bringe die beiden schnell weg", sagte Sixt. Ich war ihm dankbar dafür. Ich wusste nicht, ob ich es schaffen würde, mit zwei Personen zu springen, denn ich hatte es noch nie gemacht.

„Danke", erwiderte ich.

„Das mache ich doch gerne. Ich bin gleich wieder da. Pass solange auf dich auf." Er packte Leslie und Greg am Arm und sprang. Er verschwand mit ihnen gerade rechtzeitig, denn zwei von Tobins Handlangern kamen gerade auf uns zugerannt. Ich musste mich bereit machen. Tobin würde mich nicht bekommen. Ich musste um mein Leben kämpfen.

„Na Schätzchen. Keine Angst. Wir tun dir nichts. Wir haben nur den Auftrag dich zu Tobin zu bringen", sagte einer dieser Typen. Er war ein gutes Stück größer als ich, muskulös, hatte hellbraune kurze Haare und trug einen Vollbart.

„Das könnt ihr vergessen. Ich werde ganz sicher nicht freiwillig mit euch mitgehen", erwiderte ich kampfbereit.

„Gut, dann werden wir dich eben dazu zwingen", drohte der andere Typ mit rötlichen schulterlangen Haaren und Sommersprossen im Gesicht. Er war etwa einen halben Kopf größer wie ich. Von der Statur her wirkte er eher schmächtig, wobei es auch täuschen konnte. Ich wusste nicht, ob er ein Dämon oder ein gefallener Engel war. Aber ich wusste, egal welches Wesen er war, dass ich ihn nicht unterschätzen durfte. Auch schmächtig aussehende Wesen konnten eine enorme Kraft besitzen.

„Dann versucht es doch", sagte ich provozierend. Der Rothaarige, den ich gedanklich Red nannte, kam hämisch grinsend auf mich zu. Er wollte nach meinem Arm greifen, doch ich schlug ihm den Arm weg.

„Oh etwas zickig die Kleine", lachte er und versuchte es noch einmal. Dieses Mal bekam er meinen Arm auch zu packen und zog mich in einer Drehung zu sich, sodass ich mit dem Rücken zu ihm stand und mein Arm nach hinten auf den Rücken gedreht war.

„So und nun kommst du mit", sagte er und wollte mich gerade mit sich schleifen, als ich mit meinem Bein ausholte und ihm zwischen die Beine trat. Red schrie auf und ließ mich los. Ich nutzte meine Chance, drehte mich um und verpasste ihm einen Tritt in den Bauch, der ihn rückwärts zu Boden beförderte.

„Du kleines Miststück", stöhnte er. „Schnapp sie dir", wies er den Braunhaarigen an, dem ich gedanklich den Namen Browni verpasst hatte. Noch bevor dieser reagieren konnte, drehte ich mich um und verpasste ihm einen Schlag mit der Faust gegen den Kopf, der ihn ins Wanken brachte. Das Kampftraining mit Danny hatte mir sehr viel gebracht. Er war ein sehr guter Lehrer und hatte mir viele Techniken und Tricks beigebracht. Ich war sehr stolz auf mich selbst, wie gut ich mich verteidigen konnte. Ich wollte gerade zutreten, als mir die Beine weggezogen wurden und ich auf den Boden knallte. Als Nächstes bekam ich einen Schlag gegen den Kopf und Red beugte sich über mich.

„Das war für den Tritt und jetzt kommst mit mir", knurrte er.

„Nein, das wird sie nicht", hörte ich Sixt sagen und im nächsten Moment war Red von mir verschwunden. Ich raffte mich auf, wobei ich beim Aufstehen etwas wankte. Ich schaute zu Sixt herüber, der auf Red einschlug. Dabei bekam ich einen Hieb in die Rippen, der mich wieder zu Boden beförderte. Ich hatte Browni ganz vergessen. Er war ja auch noch da gewesen. Ich reagierte allerdings schnell und trat ihm die Beine weg, sodass er ebenfalls auf dem Boden knallte. Ich hievte mich wieder auf die Beine, wobei mir ein Schmerz durch die Rippen zog. Ich trat meinen Angreifer, der immer noch am Boden lag, in die Rippen und verpasste ihm gleich darauf einen Tritt gegen den Kopf, was ihn zum Aufstöhnen brachte. Ich drehte mich um und entdeckte eine Holzkiste, die auf dem Boden stand. Als Mensch hätte ich nicht die Kraft gehabt, diese Kiste hochzuheben. Nun als Schutzengel schaffte ich es. Ich ging mit der Kiste auf dem Armen zu Browni herüber und ließ sie ihm auf den Kopf fallen. Die Kiste fiel bei dem Aufprall auseinander und ich hatte es geschafft meinen Angreifer außer Gefecht zu setzen, denn er rührte sich nicht mehr.

„Jamie, nimm die hier", rief Sixt und warf mir eine Eisenstange zu. Ich fing sie auf und positionierte mich neben Browni. Ich wollte ihm gerade die Stange ins Herz stoßen, als mir etwas einfiel.

„Er ist doch ein Wesen und kein Mensch, oder", fragte ich Sixt, denn schließlich war es Schutzengeln verboten Menschen zu töten.

„Er ist ein Dämon", antwortete Sixt. Ich holte aus und versetzte Browni den Todesstoß. Dieser bäumte sich kurz auf, als die Stange sein Herz durchbohrte, und sackte dann tot auf den Boden,

„Das hast du gut gemacht", lobte mich Sixt und kam zu mir. „Geht es dir gut", fragte er besorgt.

„Ja soweit schon. Es scheint schon wieder alles heil zu sein, denn mir tut nichts mehr weh. Geht es Leslie und Greg gut", wollte ich wissen.

„Ja, ihnen geht es gut. Sie sind bei Maya und Sebastian", erwiderte er.

„Dann bin ich beruhigt. Sag mal, wie erkenne ich, ob es ein Dämon, ein gefallener Engel oder ein Mensch ist", wollte ich wissen, damit ich nicht jedes Mal fragen musste, ob ich den Angreifer töten durfte. Eigentlich hätte ich das schon vor dem Kampf fragen sollen, aber daran hatte ich gar nicht gedacht.

„Als Schutzengel erkennst du einen Dämon nicht nur an den roten Augen, sondern sie umgibt auch ein rötlicher Schein, so wie es bei Schutzengeln der Weiße ist.

Bei den gefallenen Engeln ist der Schein grau. Achte gleich einfach mal darauf", erklärte mir Sixt. „Anscheinend kann Tobin allerdings wenn er sich in einen Menschen verwandelt seinen Schein verbergen. Zumindest hatte er keinen, als er Matt war und als er dich in der Uni auf der Damentoilette angegriffen hat, muss er auch keinen gehabt haben, sonst hätte Sasha gleich gemerkt, dass etwas nicht stimmt. Du musst also bei einem Menschen trotzdem etwas vorsichtig sein, solange Tobin noch am Leben ist, denn er kann sich jederzeit in einen verwandeln."

„Lange wird er nicht mehr leben. Ich habe mit ihm ein Hühnchen zu rupfen."

„Dann schnapp ihn dir, Süße. Tobin steht da hinten am Halleneingang und kommandiert seine Handlanger herum", sagte Sixt.

„Danke. Der wird jetzt sein blaues Wunder erleben." Ich zog die Eisenstange aus dem leblosen Körper des Dämons und wollte mich gerade auf den Weg zu Tobin machen, als wir gleich von drei seiner Handlanger angegriffen wurden. Einer von ihnen wollte mir einen Hieb verpassen, doch ich konnte ihn abwehren. Stattdessen verpasste ich ihm einen Tritt in den Brustkorb, sodass er durch die Wucht zu Boden krachte. Ich sprang neben ihn und stieß ihm, bevor er reagieren konnte, die Eisenstange ins Herz. Er schrie auf, bevor er starb. Ich drehte mich um und wollte Sixt helfen, der gegen die anderen beiden Dämonen kämpfte, als etwas um meine Arme und meinen Körper geschlungen wurde. Ich schaute kurz an mir herab und sah, dass es eine Eisenkette war. Ich versuchte mich zu befreien und bekam dabei kleine Stromschläge. So fühlte es sich also an, wenn man in einer Eisenkette aus der Hölle gefangen war.

„Eigentlich wollte ich mich an dir rächen, weil du mich aus dem Himmel verbannt hast, aber mein Bruder möchte dich leider lebend haben und ich soll dich zu ihm bringen. Ich weiß allerdings nicht, was er an dir findet. Du wärst mir viel zu zickig", sagte Elias, der hinter mir stand. Auch wenn ich durch die Stromschläge Schmerzen hatte, so drehte ich mich doch zu ihm um. Ich versuchte mich wieder von der Kette zu befreien, doch durch die Schmerzen, die sie verursachte, musste ich aufgeben.

„Vergiss es. Du kommst da nicht raus. Und jetzt bringe ich dich zu meinem Bruder", lachte Elias hämisch und zog an der Kette, sodass ich zu ihm gezogen wurde.

„Lass sie los", knurrte Sixt, der einen der Dämonen bereits erledigt hatte und noch mit dem anderen beschäftigt war. „Nathan", rief er, da er mir im Moment nicht selbst helfen konnte. Als Elias Nathans Namen hörte, schaute er sich erschrocken um. Na hatte da etwa jemand Angst vor ihm? Nathan konnte einem aber auch schon Angst einjagen, wenn er sich wütend vor einem aufbaute. Hektisch zog Elias nun an der Kette und wollte, dass ich mit ihm ging, aber ich hielt energisch dagegen und schaffte es sogar einen Arm aus der Kette zu befreien. Ich biss die Zähne zusammen, packte unter höllischen Schmerzen die Kette und schlüpfte aus ihr heraus. Elias schaute ganz irritiert, als die Eisenkette auf den Boden vor seinen Füßen fiel. Ich nutzte die Gelegenheit in der Zeit, wo Elias abgelenkt war und verpasste ihm einen Schlag mitten ins Gesicht, der ihn einige Schritte nach hinten wanken ließ. Ich folgte ihm und verpasste ihm gleich noch einen Schlag. Danny hatte mir beigebracht nicht lange zwischen meinen Schlägen und Tritten zu warten, damit sich mein Gegner gar nicht erst erholen konnte. Daran versuchte ich mich so gut es ging zu halten. Elias taumelte weiter rückwärts und fiel dabei über einen Holzbalken, der auf dem Boden lag.

„Hey Sixt, ich weiß gar nicht, was ich hier soll. Jamie erledigt Elias ganz alleine. Aber du scheinst Hilfe gebrauchen zu können", sagte Nathan und ging an mir vorbei. Ich drehte mich irritiert zu Sixt um. Warum brauchte er Hilfe? Ich schaute zu ihm und sah, was los war. Zwei weitere Dämonen waren nun bei ihm und er musste nun gegen drei von Tobins Leuten kämpfen. Nathan ging zu ihm und schlug gleich auf den ersten Dämon ein, der ihm in die Quere kam. Ich drehte mich wieder zu Elias um, der gerade aufstehen wollte. Ich ging zu ihm und trat ihm mit voller Wucht in die Seite. Elias stöhnte auf und kippte zur Seite. Ich verpasste ihm noch einen Tritt, in die andere Seite und hörte es knacken. Ich musste ihm eine

Rippe gebrochen haben, aber das war mir egal. Ich schnappte mir eine Holzlatte vom Boden, holte aus und schlug sie Elias auf den Kopf. Dieser sackte benommen auf den Boden. Ich lief um ihn herum, trat ihm gegen die Schulter, sodass er nun auf dem Rücken lag. Schnell schnappte ich mir die Eisenstange, die immer noch in dem Dämon gesteckt hatte, den ich vor Elias getötet hatte, stellte mich neben ihm und verpasste ihm den Todesstoß.

„Viel Spaß in der Hölle", zischte ich und zog die Stange aus seiner Brust heraus.

Kapitel 16

„Ach da seid ihr ja. Wie schön, dass ihr es einrichten konntet, hierher zu kommen", rief Tobin jemanden zu.
„Du hast uns hier herschleppen lassen", hörte ich die Stimme von meinem Vater sagen. Moment mal! Mein Vater? Ich drehte mich um und sah meine Eltern, die neben Tobin standen und von zwei seiner Handlanger von hinten bewacht wurden, damit sie nicht abhauten. Das durfte nicht wahr sein. Reichte es ihm denn nicht, dass er Leslie entführt hatte? Musste er nun auch meine Eltern in seiner Gewalt haben?
„Da hast du recht. Aber ich wollte euch etwas zeigen. Schaut mal dort hinten. Ich habe euch doch gesagt, dass eure Tochter noch lebt", sagte er und schaute hämisch grinsend zu mir herüber. Zum Glück hatten Schutzengel ein sehr gutes Gehör, denn so konnte ich verstehen, was er zu ihnen sagte.
„Jamie? Aber wie kann das sein? Sie ist doch gestorben", fragte meine Mutter verwirrt.
„Sie hat euch ihren Tod nur vorgetäuscht", log Tobin.
„Scheiße", hörte ich Sixt neben mir fluchen.
„Das kannst du laut sagen. Was machen wir denn jetzt", fragte ich ihn.
„Erst einmal werden wir deine Eltern in Sicherheit bringen und dann sehen wir weiter."
„Na dann los", sagte ich und ich lief zu Tobin herüber. „Was soll das Tobin? Reichte es dir nicht meine Schwester zu entführen? Musstest du jetzt auch noch meine Eltern hier herschleppen", schrie ich ihn wütend an.
„Er hat was? Oh mein Gott. Wo ist Leslie", fragte meine Mutter und sah sich panisch nach ihr um.
„Ihr geht es gut, Mom. Mach dir keine Sorgen. Leslie und Greg sind in Sicherheit", versicherte ich ihr und wandte mich dann wieder Tobin zu. „Ich warte noch auf eine Antwort."

„Ich dachte mir, dass du sie vielleicht wiedersehen möchtest." Er tat so, als ob er sie nur meinetwegen ins Lagerhaus gebracht hatte, dabei wusste ich ganz genau, was er eigentlich vorhatte.

„Natürlich möchte ich sie wiedersehen. Aber du weißt ganz genau, dass ich es nicht darf. Du versuchst mich mit allen Mitteln ins Himmelreich zu bekommen", knurrte ich.

„Und das werde ich auch schaffen. Wenn ich dich nicht haben kann, dann darf dich auch dieser Typ nicht haben."

„Dieser Typ ist zufälligerweise mein Verlobter. Du musst endlich kapieren, dass ich dich nicht liebe. Wie oft soll ich es dir eigentlich noch sagen."

„Jetzt", hörte ich Sixt rufen und in dem Moment schnappte er sich meine Mutter und verschwand mit ihr. Mein Vater wurde von Jesse am Arm gepackt, der mit ihm sprang. Ich war froh, dass die beiden nun in Sicherheit gebracht wurden. So waren sie aus der Gefahrenzone.

„Was ist denn hier los", fragte Tobin und schaute sich verwirrt um.

„Tja, damit hast du wohl nicht gerechnet. Wen willst du denn als Nächstes aus meinem Umfeld in deine Gewalt bringen", fragte ich mit einem spöttischen Grinsen.

„Aus deinem Umfeld niemanden. Jetzt bist du dran. Los schnapt sie euch und dann nix wie weg hier", wies er die zwei Handlanger an, die eben noch hinter meinen Eltern gestanden hatten. Sofort stürmten die beiden auf mich zu, doch ich sprang ihnen davon und tauchte in der Mitte der Halle wieder auf. Die beiden schauten sich erst irritiert um und stürmten gleich auf mich zu, als sie mich entdeckten. Einer von ihnen wurde allerdings gleich von Sixt abgefangen, der zurück in die Lagerhalle gekommen war. Der andere allerdings griff mich an. Er wollte gerade zuschlagen, als ich ihm auswich. Stattdessen verpasste ich ihm einen Tritt in den Magen. Er stöhnte kurz auf, fasste sich allerdings wieder schnell. Oh das war ein harter Brocken. So sah er allerdings auch aus. Dieser Typ, ein Dämon, wie ich an seinem Schein sehen konnte, war zwei Köpfe größer als ich und war nur so mit Muskeln bepackt. Ich wusste nicht, ob ich ihn alleine schaffen würde. Er strich sich seine blonden schulterlangen Haare aus dem Gesicht und schlug gleich wieder zu. Auch diesen Schlag konnte ich geschickt ausweichen, indem ich mich duckte, allerdings traf mich der nächste Schlag direkt am Kopf und ich fiel zu Boden. Mein Schädel brummte und ich konnte nicht richtig sehen.

„Jamie", rief Sixt und kam zu mir.

„Es geht schon", sagte ich und schüttelte kurz meinen Kopf, damit ich wieder klarsehen konnte. „Pass auf", warnte ich ihn, als ich sah, dass dieser Typ ihm gerade einen Schlag verpassen wollte. Sixt reagierte sofort. Er verschwand und tauchte hinter ihm wieder auf. Sixt trat ihm die Beine weg, was ihn zu Fall brachte. Ich raffte mich wieder auf und trat dem Dämon gegen die Schulter, was ihn zum Wanken brachte. Sixt nahm eine Holzlatte vom Boden und schlug sie ihm auf den Kopf. Der Dämon sackte stöhnend zu Boden. Ich nahm die Eisenstange, die ich bei dem Schlag von dem Dämon aus der Hand verloren hatte, vom Boden auf und stellte mich neben ihn. Ich wollte gerade mit der Stange ausholen, als die Halle zu beben begann. Was war denn nun los? Ich schaute verwirrt zur Seite und entdeckte Cassandra, die das Beben durch ihre Fähigkeit verursachte. Sie versuchte damit Anastasia und Sasha von sich fernzuhalten, die gegen sie kämpften.

„Jamie, Vorsicht", rief Sixt und zog mich gerade noch rechtzeitig zur Seite, als ein Eisenträger von der Decke fiel und neben mir landete.

„Danke", sagte ich, heilfroh, dass mich der Träger nicht erwischt hatte, denn ob ich den überlebt hätte, wusste ich nicht.

„Nicht dafür, Süße", erwiderte Sixt.

„Sind meine Eltern in Sicherheit", fragte ich und wich gerade einer Holzlatte aus, die nun mit anderen Gegenständen durch die Halle flog.

„Ja, das sind sie. Mach dir keine Sorgen. Ihnen geht es gut. Tobin hat ihnen nichts getan", versicherte er mir und auch er musste sich nun ducken, da eine Holzkiste auf ihn zugeflogen kam. Ich sah zu Cassandra hinüber, die nun von Anastasia einen Tritt in den Rücken bekam. Den Nächsten verpasste ihr Sasha gegen den Kopf und sofort hörte das Beben auf und die Gegenstände fielen zu Boden. Ich stöhnte auf, als ich einen Schraubenzieher abbekam, der sich in meine Schulter bohrte.

„Süße, ist alles in Ordnung", fragte Sixt sofort besorgt nach.

„Ja, es geht schon."

„Warte, ich ziehe dir den Schraubenzieher heraus." Sixt kam zu mir herüber und nahm den Griff des Schraubenziehers in die Hand.

„Es kann jetzt etwas wehtun", warnte er mich vor. Mit einem Ruck zog er den Schraubenzieher heraus und ich schrie auf. Er ließ den Schraubenzieher auf den Boden fallen und nahm mich in den Arm.

„Geht es dir gut", fragte er und sah mich an.

„Ja, der Schmerz ist weg. Ich kann meinen Arm auch bewegen", erwiderte ich und hob den Arm hoch. Ich hörte hinter mir ein Stöhnen. Schnell löste ich mich von Sixt und drehte mich zu dem Dämon um, der immer noch auf dem Boden lag. Er kam gerade zu sich und regte sich. Nun musste ich schnell reagieren, bevor er es schaffte, wieder auf die Beine zu kommen. Ich hob die Eisenstange hoch und rammte diese in die Brust des Dämons. Er schrie auf und sackte kurz darauf tot in sich zusammen.

„Meine kleine Killerin", grinste Sixt und strich mir sanft mit dem Handrücken über die Wange. Im nächsten Moment jedoch wurde er von mir weggezogen. Schnell drehte er sich um und kämpfte gegen den nächsten Dämon, der zu uns gekommen war.

„Jamie, komm mal her", rief Sasha, die mit Anastasia neben Cassandra stand, die auf dem Boden lag. Sie war anscheinend bewusstlos, denn sie bewegte sich nicht mehr.

„Du darfst deiner Mörderin den Todesstoß geben", sagte Anastasia.

„Ich werde hier langsam noch zur Massenmörderin", entgegnete ich und deutete auf die toten Dämonen, die ich bereits erledigt hatte.

„Na dann kommt es doch auf einen Dämon mehr auch nicht mehr an", grinste Sasha.

„Da hast du recht." Ich positionierte mich neben Cassandra und wollte gerade zustoßen, als sie sich rührte. Ich verpasste ihr einen Tritt gegen den Kopf und sie jaulte auf. Ich holte mit der Eisenstange aus und stieß sie Cassandra ins Herz. Ihr Körper bäumte sich auf und sackte dann tot zu Boden.

„Schmor in der Hölle, du Miststück", sagte ich und drehte mich dann zu Sasha und Anastasia um. „Erledigt", grinste ich.

„Du bist echt eine Killerin", lachte Sasha.

„Das hast du gut gemacht", hörte ich Sixts Stimme hinter mir und wandte mich zu ihm um.

„Ich werde immer besser", grinste ich.

„Oh Scheiße", hörte ich Sasha hinter mir fluchen. Was war denn nun los? „Jamie, hier stimmt etwas nicht", meinte sie und zog mich an der Schulter von Sixt weg.

„Was ist denn los", fragte ich sie und drehte mich zu ihr um.

„Schau mal da", sagte sie und deutete mit der Hand nach rechts. Ich schaute dort hin und traute meinen Augen nicht. Nur zwei Meter von uns entfernt stand eine Person, die aussah wie Sixt. Oder war er es sogar? Ich drehte mich wieder um und sah Sixt. Ich schaute noch einmal zur Seite und auch dort stand Sixt. Das konnte doch nicht sein. Hatte ich etwa einen Schlag an den Kopf bekommen und halluzinierte jetzt? Wieder zur Seite blickend sah ich, dass nun zwei Sixts dort standen. Ich schaute wieder nach vorne und wo gerade noch der eine Sixt gestanden hatte, mit dem ich zuvor noch gesprochen hatte, standen nun zwei. Ein weiterer gesellte sich gerade zu ihnen. Das war Tobins Werk. Er hatte seine Handlanger und wahrscheinlich sich selbst ebenfalls in Sixt-Duplikate verwandelt. Wie sollte ich denn nun herausfinden, welcher der richtige Sixt war? Ich schaute sie mir alle nacheinander an auf der Suche nach dem hellen Schutzengelschein, denn Sixt, also der Echte, zumindest nahm ich an, es der Echte gewesen war, hatte mir doch erklärt, wie ich Dämonen und gefallene Engel erkannte. Aber jeder dieser Sixt-Duplikate hatte den gleichen hellen Schein, wie ein Schutzengel. Tobin musste es geplant haben, damit höchstwahrscheinlich der echte Sixt getötet werden würde und er freie Bahn bei mir hätte. Er hatte immer noch nicht aufgegeben und wollte mich unbedingt in seiner Gewalt haben. Da es mir zu viel wurde jeden Sixt zu nennen, benannte sie gedanklich nur noch mit Nummer. Nummer eins, war der, mit dem ich zuerst gesprochen hatte. Er stand vor mir ganz links. Die nach ihm folgenden Sixts bekamen die fortlaufenden Nummern.

„Was machen wir denn jetzt", fragte ich Sasha und Anastasia, die sich genauso ungläubig wie ich die Sixt-Duplikate ansahen.

„Wir müssen herausfinden, wer der echte Sixt ist", sagte Anastasia leise.

„Also der hier ist es nicht", kam es von Danny, der gerade einer Person von hinten den Todesstoß versetzte. Es war Nummer drei.

„Woher weißt du das", fragte ich geschockt, denn es hätte genauso gut der echte Sixt sein können. In dem Moment sah ich, wie sich der tote Sixt in einen stämmigen Mann mit blonden Haaren zurückverwandelte,

„Ich habe gesehen, wie er sich in Sixt verwandelt hat", erklärte er. Gut dann waren es nur noch vier von diesen Sixts da.

„Was ist denn hier los", fragte noch ein Sixt und kam zu uns. „Ach du scheiße. Das gibt es doch nicht."

„Und da ist Nummer sechs", sagte ich.

„Jamie, ich bin der echte Sixt", kam es von ihm und er sah mich eindringlich an.

„Nein, ich bin der echte Sixt", sagte nun dieser, der zuerst mit mir gesprochen hatte.

„Glaub ihnen nicht. Oh mein Gott, was ist das denn? Jamie, ich bin der Echte", rief ein weiterer, der aus der gleichen Richtung kam, wie der Sixt zuvor. Nummer sieben!

„Das ist doch Quatsch. Ich bin der echte Sixt", sagte wieder ein anderer.

Ungläubig schaute ich von einem Sixt zum anderen.

„Schnuckiputz, ich bin der richtige Sixt. Komm her zu mir", kam es von Nummer vier. Schnuckiputz? So würde mich Sixt nie nennen.

„Das ist nicht Sixt", rief ich und deutete auf diese Person. Ehe dieser Typ sich versah, stieß Danny ihm eine Eisenstange von hinten ins Herz und er kippte tot zu Boden. Auch dieser falsche Sixt verwandelte sich zurück.

„Süße, glaube ihnen nicht. Ich bin der richtige Sixt", versuchte mich Sixt Nummer sechs zu überzeugen. Er hatte zwar seinen richtigen Kosenamen für mich genannt, aber woher sollte ich wissen, ob er wirklich der Echte war?

„Glaube ihm nicht, Schätzchen. Er lügt. Ich bin der Echte", rief Sixt Nummer zwei.

„Nein, das bist du nicht", entgegnete ich, denn Schätzchen nannte mich Sixt auch nie. Dieses Mal war es Nathan, der dem Sixt-Doppelgänger ruckzuck den Gar ausmachte. In dem Moment wurden gleich zwei Duplikate hintereinander getötet nämlich die, Nummer fünf und sieben, von Sixt Nummer sechs. Nun gab es nur noch zwei, die aussahen wie Sixt und einer von ihnen war der Echte.

„Süße, bitte glaube mir. Ich bin der echte Sixt", versuchte mich Sixt Nummer sechs zu überzeugen. Mein Gefühl sagte mir, dass er die Wahrheit sagte. Er hatte gerade zwei Sixt-Duplikate getötet und das hätte er doch nicht getan, wenn er nicht der echte Sixt wäre. Er hätte doch nicht seine Freunde getötet, oder?

„Nein, ich bin der richtige Sixt. Glaube ihm kein Wort. Er versucht dich nur zu täuschen", kam es von Sixt Nummer eins.

„Es gibt nur eine Möglichkeit herauszufinden, wer der Echte ist und darauf hätte ich eigentlich schon eher kommen müssen. Der echte Sixt ist ein Schutzengel. Das heißt, er hat Fähigkeiten, die nur Schutzengel haben. Also möchte ich, dass ihr beide euch kurz unsichtbar macht", wies ich die beiden an.

„Das ist doch Quatsch. Ich bin der echte Sixt", kam es von
Nummer eins und wollte gerade zu mir kommen, als er von Danny
von hinten an der Schulter gepackt wurde.

„Du bleibst hier. Hast du nicht gehört? Du sollst dich unsichtbar
machen", zischte Danny.

„Und wenn ich es nicht tue? Was willst du dann machen", fragte
dieser Sixt ihn provozierend. Das musste Tobin sein. Sixt würde nie
so reagieren. Ich schaute zu dem wahren Sixt, denn ich war mir nun
absolut sicher, dass er es war und sah, wie er für mich unsichtbar
und kurz danach wieder sichtbar wurde.

„Sixt", rief ich, lief zu ihm und fiel ihm um den Hals. Sofort
schlossen sich seine Arme fest um mich. „Ich habe es gewusst, dass
du der Echte bist. Ich wollte mir aber ganz sicher sein. Es tut mir
so leid."

„Süße, es ist alles gut. Du brauchst dich nicht zu entschuldigen. Ich
hätte genauso reagiert, wie du es getan hast, wenn vor mir sieben
Jamies gestanden hätten", sagte er und gab mir einen Kuss.

„Lass mich los", knurrte Tobin und ich sah, dass er sich nun wieder
zurückverwandelt hatte.

„Auf keinen Fall", erwiderte Danny.

„Na Tobin, was machst du nun? Dieses Mal werden wir dich
wirklich töten. Verabschiede dich schon einmal von deinem Leben
auf der Erde, denn nun wirst du in der Hölle schmoren",
entgegnete Nathan und verpasste ihm einen Schlag mit der Faust
ins Gesicht. Tobin versuchte sich aus Dannys Griff zu befreien, der
nun seine Arme fest gepackt hatte und ihn nicht losließ. Wieder
schlug Nathan zu. Dieses Mal versetzte er ihm einen Schlag in den
Magen. Als Tobin sich stöhnend nach vorne beugte, schlug Nathan
ihm mit voller Wucht auf den Kopf. Tobin sackte in sich
zusammen.

„Hey Killerin. Komm mal her. Du hast hier etwas zu tun", rief
Nathan mir grinsend zu.

„Ich würde ja gerne noch hier mit dir stehen, aber mein Typ wird
verlangt", grinste ich Sixt an und löste mich von ihm. „Ich hoffe
wirklich, dass der Herr im Himmel mich nicht doch dafür in die
Hölle schickt."

„Keine Angst, Süße. Das wird nicht passieren, schließlich befreist
du die Welt von dem Bösen, wenn du Tobin tötest und du kannst
dein Leben wieder ohne Angst genießen."

„Da hast du auch wieder recht. Ich werde mal eben Tobin in die Hölle schicken gehen." Ich schnappte mir eine Eisenstange, die auf dem Boden lag und ging zu Nathan herüber. Danny legte Tobin auf den Boden ab, trat aber auf dessen Schulter, damit er nicht abhauen konnte, denn Tobin war noch bei Bewusstsein. Ich stellte mich neben ihn und zielte mit der Stange auf Tobins Herz.

„Das werdet ihr noch bereuen. Tötet mich nur, aber ich werde wiederkommen", drohte Tobin leise.

„Ja, ja, erzähl du ruhig", kam es von Nathan und trat ihm gegen den Kopf. Ich holte mit der Eisenstange aus und stieß zu. Tobin heulte kurz auf und sackte dann tot auf den Boden.

„Meine Killerin. Ich bin stolz auf dich", sagte Sixt und zog mich in seine Arme.

„Ist er denn jetzt auch wirklich tot? Nicht dass ich schon wieder das Herz verfehlt habe. Das hatten wir schon einmal", fragte ich skeptisch.

„Dieses Mal ist er wirklich tot", versicherte mir Nathan, der noch einmal die Eisenstange in Tobins Herz rammte.

„Ab jetzt wird er dich für immer in Ruhe lassen. Er wird nicht mehr aus der Hölle entkommen, dafür wird der Herrscher der Hölle schon sorgen", versicherte mir Sixt.

„Das hoffe ich", erwiderte ich und schaute mich um. Die Lagerhalle war ein reines Schlachtfeld. Überall lagen tote Körper von Dämonen und gefallenen Engeln herum.

„Lasst uns hier aufräumen und dann nach Hause springen", schlug Timothy vor.

„Jamie", rief Leslie, als ich zusammen mit den anderen Schutzengeln in unserem Wohnzimmer auftauchte, und fiel mir um den Hals. Sofort schlang ich meine Arme um sie und drückte sie an mich.

„Geht es dir gut", fragte ich sie besorgt.

„Ja, tut es. Habt ihr diese Typen und vor allem Tobin erledigen können", wollte sie wissen und löste sich von mir.

„Ja, sie schmoren alle in der Hölle und ich hoffe, sie werden dort auch bleiben."

„Da bin ich aber froh. Ist einem von euch etwas passiert", fragte sie und schaute in die Runde.

„Nein, uns geht es allen gut", grinste Nathan.

„Jamie, oh mein Gott. Bist du es wirklich", fragte meine Mutter und kam mit Tränen in den Augen auf mich zu. Ich lief ihr entgegen und fiel ihr in die Arme. Wie hatte ich meine Mutter vermisst.

„Ja, ich bin es", bestätigte ich ihr schluchzend. „Es tut mir so leid, dass ihr das alles durchmachen musstet. Aber ich durfte nicht zu euch. Ich erklär euch gleich alles", versprach ich ihr, löste mich von ihr und fiel nun meinem Vater in die Arme, der zu uns gekommen war.

„Mein kleiner Schatz. Ich kann es nicht glauben, dass du lebst", flüsterte er und wischte sich die Tränen aus dem Gesicht, als er sich von mir löste.

„Wie hat Tobin euch in die Lagerhalle bekommen? Hat er euch etwas getan", fragte ich die beiden.

„Nein, uns geht es gut. Dieser Typ kam einen Tag zuvor zu uns und wollte uns weismachen, dass du noch lebst. Wir haben ihm nicht geglaubt. Vorhin kamen dann diese beiden Typen, haben uns gepackt und wir konnten nichts tun. Wir sind, ohne dass wir es wollten, einfach mit ihnen mitgegangen", erklärte mir mein Vater.

„Das war der Einfluss von diesen Dämonen", sagte ich.

„Dämonen", fragte mein Vater irritiert.

„Ja, ich erkläre euch gleich alles."

„Das will ich aber auch hoffen", erwiderte mein Vater.

„Sag mal Leslie, wie hat Tobin es denn eigentlich geschafft euch zu entführen", wollte Sixt von ihr wissen.

„Wir waren im Supermarkt etwas einkaufen. Als wir fertig waren und die Einkäufe ins Auto gepackt hatten, kam Tobin zu uns. Er sah aus wie du", erzählte sie Sixt. „Er sagte, wir sollten mit ihm mitkommen, er hätte eine Überraschung für uns. Wir haben uns nichts dabei gedacht, denn schließlich dachten wir, du wärst es. Wir gingen mit ihm hinter den Supermarkt. Dort stand ein Van. Wir kamen bei dem Van an und dann ging alles ganz schnell. Die Türen öffneten sich und wir wurden von Tobins Handlangern in den Van hineingezogen. Im Wagen hat sich Tobin dann zu erkennen gegeben, wer er wirklich ist."

„Es tut mir so leid. Es ist alles meine Schuld. Nur meinetwegen seid ihr entführt worden", sagte ich.

„Nein Jamie, es ist nicht deine Schuld. Dieser Typ ist ein kranker Dreckskerl und nun schmort er endlich in der Hölle", versuchte Leslie mir die Schuldgefühle zu nehmen, doch ich wusste, dass ich mich immer schuldig fühlen würde, für das was passiert war, auch wenn Tobin der eigentliche Täter war.

„Genau so ist es. Tobin ist derjenige, der uns entführt hat und dich trifft keine Schuld", kam es von Greg. „So und jetzt wird es Zeit, dass ihr uns langsam mal aufklärt, was hier los ist. Was seid ihr und was waren das für Typen? Warum kann Sixt teleportieren und Jamie, warum lebst du? Du bist doch gestorben, oder etwa nicht? Wir waren doch auf deiner Beerdigung", fragte er irritiert.

„Hast du ihm noch nichts erzählt", wollte ich von meiner Schwester wissen.

„Nein, ich kam noch nicht dazu. Bis kurz bevor ihr in die Lagerhalle kamt, waren wir geknebelt, damit wir nicht um Hilfe rufen konnten. Als Sixt uns hierher gebracht hatte, war ich nicht wirklich in der Lage ihm alles zu erklären. Ich hatte Angst, dass euch etwas passiert. Dass dir etwas passiert", sagte sie mit Tränen in den Augen.

„Uns ist nichts passiert. Allen geht es gut", beruhigte ich sie und nahm sie in den Arm.

„Ich bin so froh dich wieder zu haben. Ich hatte solche Angst, dass ich dich nie wiedersehen würde."

„Mir ging es genauso."

„Hallo, könntet ihr uns jetzt endlich mal erklären, was hier los ist", rief Greg leicht genervt.

„Ist ja gut. Lass uns auf die Couch setzen und dann erklären wir euch alles", schlug ich vor und löste mich von Leslie.

„Nicht so schnell, Süße", hielt mich Sixt zurück. Verdutzt schaute ich ihn an. „Lass die anderen es deiner Familie erklären und wir beide springen jetzt zu Eoghan und erklären ihm, was passiert ist, bevor du bei ihm verpetzt wirst und er dich zur Strafe ins Himmelreich schickt."

„Oh da hast du recht. Sasha kannst du es ihnen bitte erklären", fragte ich sie.

„Ja natürlich, das mache ich und ihr springt jetzt eben in den Himmel. Sixt hat recht. Vielleicht hat Tobin einen Engel beauftragt Eoghan zu erzählen, dass du deine Eltern wiedergesehen hast. Es ist besser, wenn ihr beiden es sofort klärt, was passiert ist."

„Na dann las uns los", sagte ich zu Sixt nervös. Ich hatte Angst, dass Eoghan mich zur Strafe ins Himmelreich schicken würde, da ich eigentlich eine Regel gebrochen hatte und meine Eltern wiedergesehen hatte. Anderseits konnte ich doch nichts dafür, wenn Tobin sie entführen und sie in die Lagerhalle bringen ließ. Dabei hatte er mich ihnen regelrecht vorgeführt. Sixt nahm meine Hand und zusammen sprangen wir in den Himmel.

„Keine Sorge, Süße. Eoghan wird dich ganz sicher nicht in den Himmel schicken", beruhigte mich Sixt, als wir in der Vorhalle ankamen. Er musste meine Angst gespürt haben.

„Das hoffe ich, denn ich habe doch eigentlich keine Regel gebrochen. Ich kann doch nichts dafür, wenn Tobin meine Eltern in die Halle bringen lässt."

„Nein, dafür kannst du auch nichts. Das wird Eoghan auch einsehen. Komm, lass es uns hinter uns bringen." Sixt klopfte an die Tür und nach einem herein von Eoghan, traten wir in den Saal.

„Jamie, Sixt und wie ist es gelaufen? Habt ihr Tobin in die Hölle geschickt", fragte Eoghan.

„Ja, das haben wir. Allerdings ist etwas passiert", antwortete ich.

„Was ist denn passiert", wollte Eoghan wissen.

„Tobin hat meine Eltern von Dämonen in die Lagerhalle bringen lassen und hat mich ihnen vorgeführt. Ich konnte gar nicht reagieren, weil ich gerade mit Elias beschäftigt gewesen war, der mich angegriffen hatte. Sixt hat sie in Sicherheit gebracht. Sie sind jetzt gerade mit Leslie und Greg bei uns Zuhause und ihnen wird erklärt, was wir sind", erzählte ich ihm. „Bitte schicken Sie mich nicht ins Himmelreich. Ich weiß, dass ich Regeln gebrochen habe, weil ich mich meinen Eltern gezeigt und auch mit ihnen geredet habe, aber ich konnte nicht wissen, dass Tobin bereits geplant hatte, sie in die Halle zu bringen, damit ich die Regeln breche. Er hat alles versucht, um mich ins Himmelreich zu bekommen."

„Mach dir keine Sorgen, Jamie. Ich werde dich nicht ins Himmelreich schicken. Wie du bereits gesagt hast, trifft dich keine Schuld. Du hast die Regeln nicht mit Absicht gebrochen. Ich bin jetzt auch nicht wütend darüber, dass gerade deiner Familie erklärt wird, dass es Schutzengel gibt, denn natürlich möchten sie eine Erklärung dafür haben, warum sie entführt worden sind. Die Erklärung würde jedes Wesen haben wollen."

„Sie schicken mich nicht ins Himmelreich", hakte ich nach.

„Nein, das werde ich nicht. Du darfst weiterhin auf der Erde als Schutzengel leben."

„Vielen Dank. Ich hatte Angst, dass ich nun nicht mehr auf die Erde zurückdürfte", gestand ich ihm.

„Es war Tobins Plan und du wusstest nicht, dass er deine Eltern in die Lagerhalle bringen lässt. Deshalb werde ich dich für sein Tun auch nicht bestrafen. Geht es deinen Eltern und deiner Schwester und ihrem Freunde denn gut oder hat er sie verletzt", fragte Eoghan.

„Nein, ihnen geht es allen gut. Sie haben nur einen kleinen Schock und außer Leslie sind sie verwirrt, über das was geschehen ist und das ich noch lebe."

„Das glaube ich. Waren Agron und Isidor ebenfalls in der Halle", wollte er nun wissen.

„Ja, das waren sie. Aber auch sie, sowie Cassandra und unzählige Dämonen sind nun alle in der Hölle. Wir haben sie alle erledigt."

„Das ist eine erfreuliche Nachricht. So können sie der Welt nichts mehr anhaben. Sind denn alle Schutzengel unverletzt?"

„Ja, soweit schon. Ein paar kleine Verletzungen, die schon wieder verheilt sind, aber es hat niemand einen größeren Schaden abbekommen", sagte Sixt.

„Darf ich jetzt eigentlich meine Eltern auch regelmäßig sehen, so wie ich Leslie sehen darf", fragte ich vorsichtig nach.

„Da deine Eltern nun wissen, dass du ein Schutzengel bist und unter den Umständen, dass Tobin dich hereingelegt hat und dich regelrecht deinen Eltern präsentiert hat, darfst du deine Eltern auch weiterhin sehen. Aber nicht bei ihnen Zuhause, da du weiterhin nicht nach Portland darfst. Außerdem müssen deine Eltern es für sich behalten. Also sie dürfen es niemanden, also Familie, Freunde, Bekannte erzählen."

„Das werden sie nicht. Das verspreche ich. Und ich werde auch nie wieder in Portland sein. Also darf ich meine Eltern sehen", hakte ich vorsichtshalber noch einmal nach.

„Ja, das darfst du", bestätigte mir Eoghan.

„Oh vielen vielen Dank", sagte ich, lief um den Tisch herum und umarmte ihn vor lauter Dankbarkeit. Aus den Augenwinkeln sah ich, dass Sixt über meine Tat schmunzelte.

„So hat mir auch noch nie jemand gedankt", lachte Eoghan, als ich mich wieder von ihm löste.

„Oh entschuldigen Sie bitte", entschuldigte ich mich und wurde vor Scham darüber, was ich getan hatte, rot im Gesicht. Ja auch als Schutzengel konnte man noch erröten.

„Du brauchst dich dafür nicht zu entschuldigen. Allerdings muss ich euch jetzt leider schon verabschieden. Ich muss noch etwas mit Henri besprechen", sagte er.

„Grüßen Sie ihn bitte ganz herzlich von mir", entgegnete ich und ging zu Sixt zurück.

„Das werde ich. Ich wünsche euch alles Gute und ab jetzt ein ruhiges Leben ohne störende gefallene Engel und Dämonen."

„Danke. Ihnen wünschen wir auch alles Gute. Und vielen Dank noch einmal", erwiderte ich. Sixt nahm meine Hand und zusammen wollten wir gerade den Saal verlassen, als ein Engel hereinkam.

„Hallo Angelus", begrüßte ihn Sixt.

„Oh hallo." Er eilte an uns vorbei und blieb vor dem Tisch des Engelspräsidenten stehen. Verwundert schauten wir ihm nach.

„Euer Ehren, ich muss euch etwas Wichtiges sagen", begann er und schien nervös zu sein. „Ein Schutzengel namens Jamie, hat sich in ihrem ehemaligen Heimatort Portland ihrer Schwester und ihren Eltern gezeigt und hat zusätzlich mit ihnen gesprochen." Oh nein, das durfte doch nicht sein. Tobin hatte wirklich einen Schutzengel beauftragt mein Vergehen dem Engelspräsidenten zu melden. Sixt und ich drehten uns beide um und gingen zu ihm.

„Ich weiß, dass sie es getan hat. Jamie ist gerade zu mir gekommen und hat es mir erzählt. Tobin, der gefallene Engel, hat sie hereingelegt und sie wurde ihrer Familie regelrecht präsentiert", erklärte Eoghan ihm und deutete mit der Hand auf mich.

„Oh, das habe ich nicht gewusst. Ich sollte es Ihnen nur berichten."

„Angelus, ich hätte nie gedacht, dass du ein Verräter bist und gemeinsame Sache mit Tobin machst", sagte Sixt.

„Nein, das bin ich doch gar nicht. Tobin hat mich dazu gezwungen. Er hat gesagt, wenn ich es nicht tu, wird er meine Freundin Swetlana töten, die ebenfalls ein Schutzengel ist. Und wenn sie ins Himmelreich kommt, kann ich sie doch nicht mehr sehen", berichtete er.

„Darüber brauchst du dir keine Gedanken mehr zu machen. Tobin ist in der Hölle und wird deiner Freundin nichts mehr tun", kam es von Eoghan.

„Wirklich nicht? Oh da bin ich aber beruhigt. Ich hatte große Angst, dass er sie töten würde. Es tut mir wirklich leid, dass ich gepetzt habe", entschuldigte er sich an mich gewandt.

„Es ist schon gut. Du wurdest erpresst und da kann ich es verstehen, dass du es getan hast. Du wolltest nur deine Freundin beschützen", erwiderte ich.

„Gut, dann hätten wir das ja geklärt. Ich muss euch jetzt alle herausschmeißen, weil ich noch etwas zu tun habe. Macht es gut, meine Engel", verabschiedete Eoghan uns.

„Noch einmal Entschuldigung", sagte Angelus zu mir und verschwand. Sixt und ich verließen zusammen nun endgültig den Saal.

„Na siehst du. Es ist doch alles gut gegangen und du darfst deine Eltern sehen", sagte Sixt, als wir im Vorraum standen.

„Da hast du recht. Meinst du, es war falsch ihn zu umarmen. Ich habe gar nicht darüber nachgedacht. Ich war ihm einfach so dankbar, dass ich nicht ins Himmelreich muss und ich meine Eltern sehen darf."

„Nein, das war nicht falsch. Ich glaube, es hat ihn gefreut, dass ihn jemand so überschwänglich für etwas gedankt hat", schmunzelte Sixt. „So und jetzt lass uns nach Hause springen. Die anderen warten bestimmt schon auf uns", sagte er, nahm meine Hand und sprang mit mir nach Hause.

„Wie fühlst du dich? Geht es dir gut", fragte mich Sixt, als alle gegangen waren. Sasha und Nathan hatten meine Eltern, Leslie und Greg nach Hause gebracht, damit Sixt nicht noch einmal weg musste. Als Sixt und ich Zuhause ankamen, waren Sasha und Anastasia noch dabei meinen Eltern und Greg alles zu erklären. Ich war so froh, meine Eltern weiterhin sehen zu dürfen und es fiel mir regelrecht ein Felsbrocken von der Seele, da ich sehr daran zu nagen gehabt hatte, dass ich sie nach meinem Tod nie wiedersehen durfte. Meine Eltern sowie auch Greg hatten die Nachricht, dass es Schutzengel und auch andere Wesen gab, sehr gut aufgenommen und sie hatten es glücklicherweise verstanden, dass ich ihnen nicht sagen durfte, dass ich immer noch am Leben war, auch wenn ich kein Mensch mehr war.

„Mir geht es gut und ich bin so froh, dass wir Leslie, Greg und meine Eltern retten konnten und das Tobin nun endlich erledigt ist. Es tut mir so leid, dass ich nicht sofort gewusst habe, welcher Sixt der Echte ist. Ich hätte es doch eigentlich wissen müssen. Du bist doch die Liebe meines Daseins."

„Du brauchst dich dafür nicht zu entschuldigen. Tobin hat bei der Verwandlung an alles gedacht. Sogar an die Stimme und an den Schutzengelschein. Wie er den allerdings gemacht hat, weiß ich nicht. Normalerweise hätte das nicht möglich sein können, da er den eigentlich nicht mitkopieren kann. Ich hätte genauso wie du reagiert und systematisch die falschen Personen ausgeschlossen."

„Zum Glück fiel mir das mit den Schutzengelfähigkeiten ein."

„Jetzt hast du auf jeden Fall deine Ruhe und kannst dein Leben genießen", sagte Sixt.

„Ja mit dir", erwiderte ich und begann zu grinsen, als ich mir vorstellte, wie es gewesen wäre, wenn ich nicht herausgefunden hätte, wer der echte Sixt war.

„Was grinst du denn so", fragte Sixt lächelnd.

„Ich musste gerade daran denken, wie es gewesen wäre mit sieben Sixts zusammenzuwohnen. Es wäre hier ziemlich voll geworden. Aber sie hätten mich bestimmt alle bedient. Ach wäre das schön. Einer macht den Haushalt, ein anderer pflegt den Garten, einer geht einkaufen und ich liege auf der Couch und brauche nichts zu tun", lachte ich.

„Das wäre klar", stimmte Sixt in mein Lachen mit ein. „Und wo würden sie alle schlafen?"

„Stimmt, das Bett wäre zu klein für alle", überlegte ich.

„Eben, aber abgesehen davon würde ich dich mit niemanden teilen. Das Bett gehört nur uns beiden und genau dahin werde ich dich jetzt bringen. Ich habe noch etwas mit dir vor", raunte er nah an meinem Ohr.

„Ich müsste erst duschen. Ich habe noch den Dreck von der Lagerhalle an mir kleben", wandte ich ein.

„Das ist kein Problem. Dann werden wir vorher einen Abstecher ins Bad machen", erwiderte er mit einem lustvollen Blick, nahm mich in den Arm und sprang mit mir ins Bad.

Kapitel 17

Zwei Monate war es nun her, dass wir bei dem großen Kampf Tobin und seine Armee besiegt hatten. Seitdem gab es auch keine Vorfälle mehr und wir konnten unser Leben genießen. Und das taten wir auch. Ich hatte mich recht gut mit meinen neuen Leben als Schutzengel arrangiert. Natürlich hätte ich gerne mein altes Leben zurückgehabt, aber es ging leider nicht. Auch wenn ich Leslie und meine Eltern sehen durfte, so vermisste ich doch den Rest meiner Familie. Besonders meine Großeltern mütterlicherseits, die noch am Leben waren.

Ich war so aufgeregt. Heute war es endlich soweit. Es war der 22.06.2013 und genau an diesem Tag, also heute würde ich endlich meine große Liebe heiraten. Sasha und Maya waren vor zwei Tagen hergekommen und hatten bei den letzten Vorbereitungen geholfen. Die Trauung sowie die nachfolgende Feier fand in unserem Garten statt. Er war schließlich groß genug, wobei wir nicht viele Gäste hatten. Meine Familie abgesehen von meinen Eltern fehlte und dadurch war unsere Gästeliste kürzer geworden. Aber all unsere Freunde waren da, um mit uns zu feiern. Abgesehen davon gab es nichts Schöneres als vor so einer wundervollen Kulisse zu heiraten, wie wir sie hatten. Schließlich hatten wir hinter unserem Garten das Meer. Die Jungs hatten die Tage zuvor uns einen Pavillon aus Holz gebaut, den wir nun als Traualtar benutzten. Maya und Sasha hatten ganze Arbeit geleistet und hatten den Garten festlich geschmückt.

„Jamie, darf ich kurz reinkommen? Ich habe eine Überraschung für dich", fragte Sixt und klopfte an die Tür vom Gästezimmer, in welchen Maya und Sasha mich für die Hochzeit fertigmachen.

„Du bleibst draußen. Du darfst doch die Braut nicht vor der Hochzeit sehen", rief Sasha und rannte zur Tür, um sie wieder zu schließen, als er gerade hereinkommen wollte.

„Sasha bitte. Ich gucke auch nicht."

„Ist schon in Ordnung. Ich habe das Kleid doch noch gar nicht an", sagte ich stand vom Stuhl auf und ging im Bademantel zur Tür.

„Hey Süße, ich habe dir deine Trauzeugin und deine Mutter mitgebracht", lächelte Sixt und trat zur Seite.

„Leslie, Mom", rief ich überrascht und fiel ihnen nacheinander um den Hals.

„Jamie, ich habe dich so vermisst", sagte Leslie.

„Ihr habt euch doch erst vor zwei Tagen gesehen", schmunzelte Sixt.

„Das ist eine ganz schön lange Zeit. Musst du dich nicht langsam fertigmachen? Schließlich heiratest du heute", fragte Leslie ihn.

„Ich gehe ja schon", lachte Sixt. „Bis später", sagte er und verschwand.

„Leslie, komm rein. Dein Kleid habe ich hier", rief Sasha hinter mir.

„Sind Dad und Greg auch da", fragte ich meine Mutter, als wir ins Zimmer gingen und die Tür hinter uns schlossen.

„Ja, sie sind bei den Jungs drüben sich fertigmachen."

„Genug gequatscht. Jamie, komm her wir müssen deine Haare machen", rief Sasha und trommelte schon mit der Haarbürste auf den Tisch.

„Ich komme doch schon", erwiderte ich und ging zu ihr.

Drei Stunden später war es endlich soweit und ich stand in meinem Brautkleid neben meinem baldigen Ehemann vor dem Altar in unserem Garten. Sixt sah in seinem dunkelgrauen Anzug mit dem roten Hemd und der dazu passenden grauen Krawatte atemberaubend gut aus. Ich selbst hatte mein Hochzeitskleid an, welches ich mir im Dezember ausgesucht hatte. Sasha hatte es an diesem Morgen von meiner Mutter abgeholt und mitgebracht, als sie mit Maya zu uns gekommen war.

„Du siehst wunderschön aus", flüsterte Sixt mir zu.

„Danke", erwiderte ich etwas nervös. Natürlich war ich nervös. Ich würde gleich heiraten und wer wusste schon, was während der Trauung alles passieren konnte. Bei uns war schließlich alles möglich. Sixt nahm meine Hand in seine und streichelte mir beruhigend mit dem Daumen über den Handrücken.

„Ich liebe dich", flüsterte er.

„Ich liebe dich auch."

„Liebes Brautpaar, liebe Gäste", begann der Pfarrer. „Wir sind hier heute zusammengekommen, um mit diesen beiden Menschen den schönsten Tag ihres Lebens zu feiern, an dem sie den Bund der

Ehe schließen." Ich schaute zu Sixt, der ebenfalls zu mir sah und mich mit seinen wundervollen eisblauen Augen voller Liebe anblickte. Ich versank in seinem Blick. Er zog mich wieder einmal in seinem Bann.

„Möchten Sie Sixt Summers die hier anwesende Jamie Baker zu Ihrer angetrauten Ehefrau nehmen? Sie lieben und ehren, bis das der Tod Sie scheidet", wurde er von dem Pfarrer gefragt und ich wurde damit in die Realität zurückgeholt. Hatte ich etwa die ganze Ansprache von Pfarrer Jones verpasst? Was für ein Glück, das Jesse für uns die Trauung mit der Videokamera filmte. So konnte ich sie mir noch einmal ansehen und dann würde ich erfahren, was ich verpasst hatte.

„Ja, ich will", antwortete Sixt lächelnd.

„Und möchten Sie Jamie Baker den hier anwesenden Sixt Summers zu Ihrem angetrauten Ehemann nehmen? Ihn lieben und ehren, bis das der Tod Sie scheidet", fragte Pfarrer Jones nun mich.

„Ja, ich will", erwiderte ich und schaute Sixt überglücklich an. Nathan, der als Sixt Trauzeuge die Eheringe in der Tasche hatte, holte sie heraus und überreichte sie uns.

„Mit diesem Ring nehme ich dich zu meiner Ehefrau", sagte Sixt und steckte mir den Ring auf den rechten Ringfinger. Nun war ich an der Reihe.

„Mit diesem Ring nehme ich dich zu meinem Ehemann." Ich nahm den Ring und steckte ihn auf Sixts Ringfinger.

„Hiermit erkläre ich Sie Kraft meines Amtes zu Mann und Frau", sagte Pfarrer Jones und wandte sich dann zu Sixt. „Sie dürfen die Braut jetzt küssen." Sixt zog mich zu sich und schon lagen unsere Lippen aufeinander und wir küssten uns. Ich hörte, wie die Gäste applaudierten, und löste mich von Sixt. Ich wusste, wenn wir uns noch länger geküsst hätten, wäre von Nathan bestimmt ein Kommentar dazu gekommen und das wollte ich vermeiden. Ich würde Sixt noch sehr oft und auch lange küssen können, denn schließlich hatten wir die Ewigkeit Zeit dafür.

„Ich liebe dich, Mrs. Summers", flüsterte Sixt.

„Ich liebe dich auch Mr. Summers", erwiderte ich. Nun gratulierte uns Pfarrer Jones herzlich und wünschte uns alles Gute. Im Anschluss folgten unsere Gäste, die uns alle beglückwünschten.

„Herzlichen Glückwunsch. Ich wünsche euch beiden alles Gute", sagte Eoghan, der uns als Letzter gratulierte.

„Vielen Dank. Ich freue mich, dass Sie zu unserer Hochzeit kommen konnten", erwiderte ich. Nachdem Sixt und ich den neuen Hochzeitstermin beim Standesamt ausgemacht hatten, lud ich Präsident Eoghan noch einmal zu unserer Hochzeit ein, schließlich war er so nett zu mir gewesen und hatte mir erlaubt meine Schwester und meine Eltern wiederzusehen. Abgesehen davon hatte ich ihn bereits zu dem alten Hochzeitstermin eingeladen, also war es für mich klar, dass er auch zu diesem Termin eingeladen wurde.

„Ich kann allerdings nicht lange bleiben. Auf mich wartet noch eine Menge Arbeit. Aber ich wollte zumindest bei der Trauung dabei sein und euch euer Geschenk überreichen. Ich habe lange überlegt, was ich euch schenken könnte und ich glaube, ich habe das Richtige gefunden." Eoghan drehte sich um und winkte jemanden zu sich. Ich traute meinen Augen nicht, als ich sah, wer da auf uns zukam.

„Grandma, Grandpa", rief ich lief zu den beiden herüber und fiel ihnen in die Arme. Aus den Augenwinkeln sah ich, dass auch Sixt ein älteres Paar umarmte. Das mussten seine Großeltern sein.

„Herzlichen Glückwunsch mein Schatz. Es war eine sehr schöne Trauung", sagte meine Großmutter lächelnd.

„Herzlichen Glückwunsch", kam es von meinem Großvater.

„Ich kann es kaum glauben, dass ihr hier seid", entkam es mir.

„Da habe ich wohl das perfekte Geschenk ausgesucht", lächelte Eoghan.

„Auf jeden Fall. Vielen vielen Dank", bedankte ich mich bei ihm und auch Sixt bedankte sich.

„Das habe ich gerne gemacht. So ich muss jetzt leider wieder gehen. Eure Großeltern allerdings dürfen mit euch weiterfeiern. Sie müssen erst zurück in den Himmel kommen, wenn die Feier zu Ende ist", sagte er. „Ich wünsche euch noch eine schöne Feier."

„Danke. Schade, dass Sie nicht noch bleiben können. Ich werde meiner Großmutter ein Stück von der Hochzeitstorte für Sie mitgeben", entgegnete Sixt.

„Leider ruft die Arbeit. Aber auf das Stück Torte freue ich mich schon. Auf Wiedersehen", verabschiedete er sich und verschwand.

„Jamie, darf ich dir meine Großeltern vorstellen? Das sind Evelyn und Albert Johnson."

„Hallo, es freut mich Sie kennenzulernen", sagte ich und reichte beiden die Hand.

„Ach du kannst uns gerne duzen", meinte Evelyn freundlich. „Erst
einmal herzlichen Glückwunsch zur Hochzeit. Mein Enkel hat sich
wirklich eine sehr schöne Braut ausgesucht."

„Danke schön", sagte ich und errötete von ihrem Kompliment.

Nun war ich an der Reihe, Sixt meine Großeltern vorzustellen.

„Jetzt bin ich dran. Darf ich dir meine Großeltern vorstellen? Das
sind Abigail und Roy Miller", grinste ich.

„Hallo Sixt. Auch dir erst einmal herzlichen Glückwunsch zur
Hochzeit. Jamie hat uns schon soviel von dir erzählt, als sie bei uns
im Himmelreich war", sagte meine Großmutter.

„Ich hoffe nur Gutes", lächelte Sixt.

„Ja natürlich."

„Ich habe eine Überraschung für euch", kam es von mir und drehte
mich um. Ich winkte meine Schwester und meine Eltern zu mir, die
noch gar nicht wussten, wer zu Besuch hier war. Sie würden sich
wahrscheinlich riesig über diesen Besuch freuen. Vor allem mein
Vater, da es schließlich seine Eltern waren „Hey Leslie, schau mal,
wer hier ist. Kennst du die beiden noch", fragte ich sie, nachdem
sie zu mir herübergekommen war.

„Das gibt es doch nicht. Grandma, Grandpa! Aber wie … ihr seid
doch eigentlich im Himmel." genauso wie ich es getan hatte, fiel sie
den beiden in die Arme.

„Oh mein Gott. Das kann doch nicht sein", rief meine Mutter, die
mit meinem Vater ebenfalls zu uns gekommen war.

„Doch das gibt es", grinste mein Großvater und erklärte ihnen,
dass es ein Geschenk vom Engelspräsidenten war und sie auch nur
für diesen Tag auf die Erde durften. Leslie war wie ich auch
überglücklich unsere Großeltern wiedersehen zu können und stellte
ihnen gleich ihren Freund Greg vor.

Als Nächstes wurden Fotos gemacht und das waren nicht
wenige. Sixt und ich wurden im Garten vor verschiedenen
Hintergründen herumgescheucht. Dazu wurden die Fotos mal nur
mit Sixt und mir, mal mit den Trauzeugen und mal mit den Gästen
gemacht. Ich fand es nicht so schlimm, denn die Fotos waren
Erinnerungen an den schönsten Tag in meinem Dasein. In der Zeit,
in der die Fotos gemacht wurden, kümmerte sich Sasha nebenbei
darum, dass der Garten für die Hochzeitsfeier umgestaltet wurde.
Tische wurden zusammen mit den Stühlen aufgestellt. Maya
kümmerte sich neben den Fotos, auf die sie ebenfalls mit drauf

musste, um die Dekoration der Tische. Ich war den beiden so dankbar, dass sie mir bei den Vorbereitungen halfen und vor allem an diesem Tag mir die Arbeit abnahmen.

Nachdem wir mit der Fotosession fertig waren und unsere Gäste an den Tischen platz genommen hatten, wurde es für Sixt und mich Zeit das Buffet zu eröffnen. Wir gingen zusammen zu dem Holzpavillon, der zuvor noch als Altar gedient hatte, damit uns auch alle Gäste sahen.

„Wir möchten uns herzlich bei euch dafür bedanken, dass ihr den schönsten Tag in unserem Leben mit uns zusammen feiern wollt. Vielen Dank noch einmal für eure Glückwünsche und für die Geschenke. Genießt die Feier. Übrigens ist das Buffet hiermit eröffnet. Bedient euch. Es ist genug da", wandte Sixt das Wort an unsere Gäste. Natürlich musste man das Nathan nicht zwei Mal sagen, denn er war der Erste am Buffet und lud sich den Teller voll.

Nach dem Essen war es für Sixt und mich Zeit für den Hochzeitstanz. Sasha hatte extra für unsere Hochzeit eine Band organisiert, die neben dem Holzpavillion mit ihren Instrumenten standen und auf Sixts Zeichen hin ein ruhiges Lied spielten, zu dem wir tanzten.

„Gefällt dir die Feier", fragte Sixt.

„Ja, sie ist einfach toll. Nur schade, dass deine Familie nicht mit dabei sein kann", erwiderte ich und wurde etwas traurig, dass sie nicht mit uns diesen schönen Tag feiern konnten.

„Ich weiß, Süße. Ich finde es auch sehr schade. Dafür feiern unsere guten Freunde mit uns und deine Familie ist auch da. Deine Eltern sind doch für mich so etwas wie Zieheltern. Abgesehen davon feiern hier Leute mit uns, von denen wir gedacht haben, dass wir sie nie mehr wiedersehen. Unsere Großeltern und das ist doch auch sehr schön."

„Da hast du recht. Damit habe ich nie im Leben gerechnet."

„Weißt du eigentlich, wie schön du bist", hauchte er an meinem Ohr.

„Nein, ich habe keine Ahnung", ärgerte ich ihn, um meine Verlegenheit zu überspielen.

„Habe ich dir das nicht schon oft gesagt", fragte er schmunzelnd.

„Nein, ich glaube nicht", grinste ich.

„Du bist wunderschön", sagte er, beugte zu mir herunter und küsste mich. Ich erwiderte den Kuss und vertiefte ihn.

„Hey, rumknutschen könnt ihr noch genug. Jetzt wird gefeiert", rief Nathan, der mit Sasha angetanzt kam. Ich hatte gar nicht mitbekommen, dass nun auch unsere Gäste auf der Tanzfläche waren und um uns herum tanzten. Da konnte man mal sehen, wie abgelenkt ich gewesen war.

„Darf ich mit meiner wunderschönen Tochter tanzen", fragte mein Vater.

„Selbstverständlich. Ich werde mal meine Schwiegermutter zu einem Tanz auffordern", grinste Sixt, übergab mich meinen Vater und ging zu meiner Mutter.

„Ich bin so froh, dass wir dich wiederhaben und dass wir nun doch deine Hochzeit miterleben können."

„Ich bin auch so froh darüber, dass ich euch sehen darf. Das darf ein Schutzengel ja eigentlich nicht."

„Kommst du denn mit deinem neuen Leben klar", wollte er wissen.

„Ja, ich habe mich gut eingelebt. Das Einzige, was mich stört ist, dass ich euch nicht sehen kann, wann ich will. Ich muss immer gucken, dass jemand anderes Zeit hat, um euch zu mir zu bringen, da ich nicht nach Portland darf."

„Das ist doch nicht so schlimm. Hauptsache wir können dich sehen. Außerdem telefonieren wir doch öfter." Das stimmte. Ich brauchte nun nicht darauf achten, wer uns anrief, denn mit meinen Eltern durfte ich nun auch telefonieren.

„Tauschen wir", fragte Sixt, der mit meiner Mutter angetanzt kam.

„Natürlich. Ich muss doch auch mal mit meiner wunderbaren Frau tanzen", grinste mein Vater und wir tauschten die Partner.

„So jetzt bin ich wieder da", lächelte Sixt. „Deine Mutter sagt, ich wäre der perfekte Schwiegersohn", grinste er.

„Wirklich", lachte ich.

„Ja, das hat sie gesagt", versuchte er mich grinsend zu überzeugen.

„So so. Auf jeden Fall bist du der perfekte Ehemann. Mein Ehemann", erwiderte ich, zog seinen Kopf zu mir herunter und küsste ihn.

„Darf ich auch mal mit deiner schönen Braut tanzen", fragte Danny an Sixt gewandt, als wir uns voneinander gelöst hatten.

„Ja natürlich", erwiderte Sixt und übergab mich an Danny. Er wollte gerade von der Tanzfläche gehen, als Leslie angerannt kam.

„Du bleibst hier. Ich muss doch mal mit meinem Schwager tanzen", sagte sie.

„Na dann los", lächelte Sixt und begann mit ihr zu tanzen.

„Es ist eine schöne Hochzeit", sagte Danny.

„Ja, das ist sie wirklich."

„Ich bin froh, dass Sixt so eine tolle Frau, wie dich, gefunden hat. Schon als er damals zu uns ins Schutzengelhaus kam, wusste ich, dass ihr beiden gut zusammenpassen würdet."

„Danke. Ich bin auch froh, dass ich ihn gefunden habe", gestand ich. „Wann ist es denn bei dir und Cynthia soweit?"

„Das weiß ich noch nicht. Der Antrag ist aber schon geplant", sagte er.

„Wirklich? Wann denn", fragte ich neugierig.

„Nächste Woche wollen wir nach Paris und dort möchte ich ihr einen Antrag machen. Aber sag es ihr bitte nicht. Es soll eine Überraschung werden", bat er leise.

„Das werde ich nicht. Versprochen. Oh da wird sie sich sicher freuen."

„Das hoffe ich."

„Das glaube ich schon."

„Darf ich abklatschen", fragte Nathan.

„Na sicher doch. Ich werde dann mal Sasha fragen, ob sie tanzen möchte", grinste ich.

„Äh eigentlich wollte ich mit dir tanzen und nicht mit Danny", kam es von Nathan.

„Ach mit mir? Na gut", lachte ich.

„Du bist echt ein kleines Biest. Los komm, lass uns tanzen", sagte er.

„Dann werde ich deine Freundin mal um einen Tanz bitten."

Danny übergab mich Nathan und machte sich auf den Weg zu Sasha, die an einem der Tische mit Anastasia und Brian saß und sich mit ihnen unterhielt. Nach Nathan war mein Vater wieder an der Reihe. So ging es gut eine Stunde weiter. So einige unserer Freunde wollten mit mir tanzen. Auch mein Großvater war mit unter meinen Tanzpartnern sowie auch Sixts Großvater. Ich war Eoghan so dankbar, dass er uns dieses wunderbare Geschenk gemacht hatte und unsere Großeltern erlaubt hatte, auf die Erde zu kommen und mit uns zu feiern.

Gegen zehn Uhr schnitten Sixt und ich zusammen die Hochzeitstorte an. Natürlich wurde das auf Film und auch auf Fotos festgehalten. Die Torte bestand aus Buttercreme und war mit Vanille verfeinert. Verziert war sie mit Rosen und weißen Tauben aus Marzipan. Sie schmeckte allen richtig gut. Wie gut, dass ich nun als Schutzengel nicht mehr auf die Kalorien achten musste, denn die Torte hatte einige davon. Aber ich nahm nicht mehr zu. Im Anschluss daran sollte ich den Brautstrauß werfen. Alle ledigen Frauen versammelten sich auf der Tanzfläche. Ich drehte mich mit dem Rücken zu ihnen herum und warf den Strauß über meinen Kopf nach hinten. Ich drehte mich schnell wieder um, damit ich sehen konnte, wer ihn gefangen hatte. Leslie war die Glückliche. Sie hatte ihn gefangen und hielt ihn triumphierend in den Händen.

„Ich habe ihn. Ich habe ihn. Schau mal Greg, ich habe den Brautstrauß gefangen", rief sie freudig und hüpfte über die Tanzfläche zu ihm.

„Armer Greg. Jetzt wird Leslie ihn wegen einer Hochzeit nerven", lachte Sixt neben mir.

„Sie soll damit ruhig noch etwas warten. Die beiden sind noch jung und haben noch Zeit."

„Ja das sind sie. Möchtest du etwas trinken", fragte er.

„Ja bitte. Ich nehme noch ein Glas Sekt."

„Wie gut, dass Schutzengel nicht betrunken werden können, sonst würdest du nachher lallend die Treppen hochschwanken", grinste Sixt.

„Ja, das ist echt ein Vorteil, sonst wäre ich jetzt schon betrunken soviel Sekt, wie ich heute schon getrunken habe", lachte ich. Sixt und ich gingen zur Bar und bestellten beim Barkeeper, den wir für die Hochzeit arrangiert hatten, den Sekt.

Gegen zwei Uhr in der Nacht verabschiedeten sich unsere Gäste. Leslie und Greg sowie meine Eltern wurden von Nathan und Sasha nach Hause gebracht. Meine Mutter fand das Springen richtig toll und war ganz fasziniert von den Schutzengelfähigkeiten. Sie und mein Vater hatten sich sehr schnell daran gewöhnt, dass ich nun ein Schutzengel war und solche Fähigkeiten besaß. Sie waren wahrscheinlich einfach nur froh ihre Tochter wiederzuhaben. Das Einzige, was nervte, war, dass sie immer von Sixt oder einen anderen Schutzengel zu mir gebracht werden mussten, da ich nicht nach Portland durfte. Aber das war meckern auf hohem Niveau, denn ich war froh, dass ich meine Familie überhaupt wiedersehen durfte.

„Gute Nacht, mein Schatz. Es war eine sehr schöne Hochzeit. Ich bin froh, dass wir dabei sein durften. Kommt uns ja mal besuchen, jetzt wo Schutzengel ins Himmelreich dürfen", sagte meine Großmutter. Eoghan hatte, wie er uns schon angedeutet hatte nun den Schutzengeln erlaubt ins Himmelreich zu gehen, um die Verwandten oder auch Freunde dort zu besuchen. Natürlich gab es Regeln, wie zum Beispiel, dass man keinen Menschen mitnehmen durfte oder dass man dort nur zu Besuch bleiben durfte. Auch war es nicht erlaubt dort einzukaufen, was Sasha doch sehr schade fand, weil sie gerne einmal in die großen Shoppingcenter dort gehen wollte. Eoghan wollte damit verhindern, dass die Engel im Himmelreich mehr arbeiten mussten, um mehr Produkte zu produzieren, wenn die Schutzengel dort auch noch einkaufen gehen würden. Außerdem hatten Schutzengel genug Geld, um auf der Erde shoppen gehen zu können.

„Ja, das werden wir. Vielen Dank, dass ihr da wart. Ich habe mich wirklich sehr gefreut euch wiederzusehen und ich glaube Leslie, Mom und Dad auch."

„Das glaube ich auch. Sie waren fast den ganzen Abend bei uns." Ich konnte meine Familie verstehen. Wann hatte man schon die Chance die gestorbenen Großeltern wiederzusehen? Es war verständlich, dass sie dann soviel Zeit wie möglich mit ihnen verbringen wollten.

„So wir müssen dann jetzt auch mal gehen. Wir wollen ja auch die Gutmütigkeit von Eoghan nicht überstrapazieren", sagte mein Großvater.

„Da hast du recht. Es war ja schon sehr nett von ihm, dass ihr hier herkommen durftet."

„Gute Nacht ihr beiden", sagte meine Großmutter und wandte sich dann an Sixt, der gerade seine Großeltern verabschiedet hatte und seiner Großmutter wirklich ein Stück von der Hochzeitstorte für Eoghan mitgegeben hatte. „Pass mir gut auf Jamie auf."

„Das werde ich. Versprochen. Gute Nacht und kommt gut heim", erwiderte er.

„Gute Nacht", verabschiedete ich sie und meine Großeltern verschwanden.

„So und nun, wo alle weg sind, würde ich sagen feiern wir beide noch ein wenig. Aufräumen können wir morgen noch", sagte Sixt und hob mich auf seine Arme.

„Was machst du da", fragte ich schmunzelnd.

„Ich trage dich über die Schwelle. Das macht man doch so."

„Ja schon, aber macht man das nicht bei der Haustür? Das hier ist die Terrassentür", wandte ich ein.

„Das ist mir egal. Ich habe gerade keine Lust bis vor das Haus zu laufen. Die Terrassentür ist dafür auch gut geeignet." Sixt trug mich ins Haus. Kaum stand er jedoch im Wohnzimmer und hatte die Terrassentür geschlossen sprang er mit mir ins Schlafzimmer und setzte mich dort auf dem Bett ab. Auf dem Nachttisch stand ein Sektkühler mit einer Flasche Sekt und daneben standen zwei Gläser. Das musste er schon vorher alles bereitgestellt haben. Sixt nahm die Flasche, öffnete sie und befüllte die Gläser. Er reichte mir eines und setzte sich ebenfalls mit einem Glas Sekt zu mir auf das Bett.

„Auf die wunderschönste Frau auf der Welt", sagte er lächelnd.

„Und auf den wundervollsten und atemberaubendsten Mann auf der Welt", fügte ich hinzu und wir stießen an. Ich trank einen Schluck und stellte das Glas anschließend auf den Nachttisch ab.

„Ich habe ein Geschenk für dich", sagte ich und stand vom Bett auf. Ich ging zum Kleiderschrank und holte ein Päckchen heraus. Sasha hatte es mir einen Tag zuvor vorbeigebracht. Sie hatte für mich Sixts Geschenk bei sich versteckt, damit er es vorher nicht schon fand.

„Du brauchst mir doch nichts zu schenken", erwiderte er.

„Doch natürlich. Es ist dein Hochzeitsgeschenk." Ich ging zum Bett zurück und überreichte ihm das Päckchen. Gespannt, wie Sixt darauf reagieren würde, schaute ich zu, wie er das Paket öffnete. Sixt staunte nicht schlecht, als er das Fotoalbum sah. Anastasia und Sasha hatten es wirklich geschafft ein paar Fotos von Sixt Familie zu bekommen.

„Das gibt es doch nicht. Das sind ja Fotos von meiner Familie. Süße, danke. Das ist das schönste Geschenk, was du mir machen konntest", bedankte er sich und strahlte über das ganze Gesicht.

„Woher hast du sie?"

„Naja, ich hatte etwas Hilfe. Sasha und Anastasia haben sie für mich besorgt. Eigentlich müsstest du dich bei ihnen bedanken", gab ich zu.

„Das werde ich. Aber du hattest die Idee und hast mir das Fotoalbum geschenkt. Danke Süße." Er zog mich zu sich und gab mir einen langen Kuss. „So jetzt ist es Zeit für dein Geschenk", sagte er. Als er sich von mir gelöst hatte, und stand auf. Auch er ging zum Kleiderschrank und holte etwas heraus. Er kam zum Bett zurück und überreichte mir eine Schatulle und einen Umschlag. „Danke. Du hättest mir aber auch nichts schenken brauchen." „Das mache ich aber gerne. Außerdem ist es dein Hochzeitsgeschenk." Ich öffnete zuerst die Schatulle. In ihr lag eine wunderschöne Kette aus Weißgold mit einem Herzanhänger. In ihm befand sich ein Brillant.

„Die Kette ist wunderschön. Danke", sagte ich und nahm sie aus der Schatulle.

„Sie ist so wunderschön, wie du. Komm, ich lege sie dir um", erwiderte Sixt. Ich reichte ihm die Kette und er legte sie mir um den Hals. Als Nächstes öffnete ich den Umschlag. In ihm befand sich eine Karte, auf der das Wort Gutschein stand. Ich nahm die Karte heraus, drehte sie um und las, was dort geschrieben stand.

-Gutschein für einen abendlichen Helicopter-Rundflug über Australien mit einem anschließenden Candle-Light-Dinner-

„Ein Helicopter-Rundflug? Das ist ja Wahnsinn. Das habe ich ja noch nie gemacht. Danke schön", sagte ich und freute mich riesig über das Geschenk.

„Ich dachte mir, da wir schon alles haben, was wir brauchen, schenke ich dir mal etwas ganz anderes."

„Danke. Ein Rundflug über Australien bei Sonnenuntergang mit dir. Du kommst doch mit, oder hast du Flugangst", fragte ich ihn grinsend.

„Natürlich komme ich mit. So etwas lasse ich mir doch nicht entgehen", erwiderte er und grinste ebenfalls.

„Auf das Candle-Light-Dinner freue ich mich auch schon."

„Ich auch, Süße. Und jetzt feiern wir unsere Hochzeitsnacht." Er beugte sich zu mir herüber und legte seine Lippen auf meine. Es war ein langer leidenschaftlicher Kuss und ich bat mit meiner Zunge an seiner Unterlippe um Einlass, den er mir gleich gewährte. Unsere Zungen begannen ein wildes Spiel. Meine Hände zogen Sixt zuerst das Jackett aus und machten sich dann an seinem Hemd zu schaffen. Nach einer gefühlten Ewigkeit hatte ich endlich alle Knöpfe offen und ich konnte ihm das Hemd ausziehen. Seine wundervolle muskulöse Brust kam zum Vorschein und ich glitt mit meinen Händen darüber, was ihn zum Aufstöhnen brachte. Sixt begann, meinen Hals zu küssen. Seine Hände glitten zu meinem Rücken, wo er den Reißverschluss meines Kleides öffnete und es mir auszog. Langsam ließen wir uns auf das Bett sinken. Sixt war nun über mir und ließ seinen Blick über meinen Körper gleiten. „Du bist so wunderschön", flüsterte er und begann sich nun seinen Weg vom Schlüsselbein bis zum Dekolleté zu küssen. Ich keuchte auf. Seine Hände wanderten zu meinem Rücken und öffneten meinen BH, den er mir abstreifte und auf den Boden warf. Nun küsste er sich den Weg zu meinen Brüsten, die er abwechselnd liebkoste. Ich stöhnte auf und machte mich mit meinen Händen an seiner Hose zu schaffen. Sixt half mir dabei sie mitsamt seiner Boxershorts auszuziehen. Die Hosen landeten ebenfalls auf dem Boden. Nun zog mir Sixt meinen Slip aus. Er spreizte sanft meine Beine und begann meine heiße Mitte mit seiner Zunge zu liebkosen. Ich stöhnte auf und griff mit beiden Händen in die Bettdecke.

„Wenn du so weitermachst, dann komme ich gleich", stöhnte ich und griff in seine Haare, um ihn wieder zu mir hochzuziehen. Kaum waren wir wieder auf gleicher Höhe, krachten unsere Münder auch schon vor Verlangen aufeinander. Ich glitt mit meiner Hand seinen Bauch hinunter zu seinem Glied und streichelte ihn, was Sixt zum Aufstöhnen brachte. Sixt wollte wohl genauso wenig, wie ich, lange warten. Er positionierte sich zwischen meine Beine und drang in mich ein, was uns beide zum Stöhnen brachte. Er begann sich in mir zu bewegen und legte sogleich seine Lippen wieder auf meine. Unsere Zungen fanden gleich wieder zueinander und verfingen sich in ein wildes Spiel. Ich schlang meine Beine um Sixts Hüften, damit ich ihn tiefer in mir spüren konnte. Sixt legte an Tempo zu und wir stöhnten in den Mund des anderen. Ich merkte, dass ich bald soweit war und auch bei Sixt schien sich der Höhepunkt anzukündigen, denn er stieß noch etwas schneller zu. Mit einem lauten Stöhnen überrollte mich der Orgasmus und Sixt folgte mir gleich darauf. Erschöpft glitt er aus mir heraus und legte sich neben mich, wobei er zuvor noch die Decke über uns ausbreitete.

„Ich liebe dich Mrs. Summers", sagte er und zog mich in seine Arme.

„Ich liebe dich auch, Mr. Summers."

„Glaub ja nicht, dass ich schon mit dir fertig bin. Das ist unsere Hochzeitsnacht", drohte mir Sixt grinsend.

„Stimmt und die muss ausgiebig gefeiert werden", erwiderte ich, beugte mich zu ihm herüber und küsste ihn. Auf ging es in die nächste Runde.

Epilog

Zehn Jahre waren mittlerweile vergangen, die ich nun als Schutzengel verbrachte. Natürlich war Sixt immer noch an meiner Seite und wir waren sehr glücklich zusammen. Wir wohnten noch immer in unserem Haus in Australien in der Schutzengelsiedlung, in der nun auch Sasha und Nathan wohnten. Sie waren nach unserer Hochzeit ebenfalls nach Australien gezogen, weil ihnen das Land so gut gefiel. Auch bei den anderen hatte sich einiges getan. Sebastian wohnte noch immer in Portland im Schutzengelhaus mit anderen Schutzengeln und Sophie zusammen. Ja richtig Sophie. Sie war vor fünf Jahren an Brustkrebs gestorben, der zu spät entdeckt wurde und sich die Krebszellen dadurch schon in ihrem Körper ausgebreitet hatten. Sie hatte sich nach ihrem Tod ebenfalls dazu entschlossen ein Schutzengel zu werden und so hatten sich Sebastian und sie wiedergefunden. Jesse und Bradley wohnten immer noch in Beaverton und hatten sich dort ein schönes Haus mit einem großen Garten gekauft. Auch zu ihnen hatten wir noch einen guten Kontakt und sahen uns des Öfteren. Anastasia und Brian waren vor zwei Jahren nach Deutschland gezogen und wir besuchten uns gegenseitig regelmäßig. Zu Monica gab es auch noch etwas zu erzählen. Sie ließ uns beziehungsweise Sixt nun endlich in Ruhe. Das war auch gut so. Sie hatte sich einen reichen Mann an den Hals geworfen, der ihr Leben finanzierte. Ihr Studium hatte sie abgebrochen, nachdem sie ihr Kind bekommen hatte. Ihr Kind, ein kleines Mädchen, hatte sie zu ihren Eltern gegeben, da sie nicht mit ihr zurechtkam. Eher gesagt konnte sie so rein gar nicht mit Kindern umgehen und wusste auch nichts mit der Kleinen anzufangen. Es war für das kleine Mädchen auch besser, wenn es bei den Großeltern aufwuchs, als bei Monica, die sich rührend um ihre kleine Enkelin kümmerten. Monica selbst kümmerte sich immer noch lieber um sich, als um andere. Danny und Cynthia hatten ein Jahr nach uns geheiratet. Danny hatte ihr auf dem Eiffelturm einen Heiratsantrag gemacht, den sie angenommen hatte. Sie waren noch immer unsere Nachbarn in der

Schutzengelsiedlung. Maya und Timothy hatten vor drei Jahren geheiratete und waren nun Eltern von zwei kleinen Kindern. Timothy hatte, so wie Sixt es versucht hatte, bevor ich ein Schutzengel wurde, einen Antrag beim Engelspräsidenten gestellt um wieder ein Mensch werden zu können, der ihm genehmigt wurde. So konnten die beiden nun Kinder bekommen und zusammen alt werden. Etwas traurig war ich schon, da Sixt und mir Kinder verwehrt blieben. Auch adoptieren funktionierte nicht, denn wir hätten dem Amt erklären müssen, warum wir nicht altern. Aber es hatte sich eine andere Möglichkeit ergeben. Und so saßen Sixt und ich unsichtbar in einem Garten auf einer Bank, die zwischen zwei Kirschbäumen stand, und sahen unseren dreijährigen Schützlingen beim Spielen zu.

„Hey ihr beiden", sagte Leslie und setzte sich neben mir auf die Bank. Nein sie konnte uns nicht sehen. Aber sie wusste, dass wir da waren. Leslie und Greg wohnten in einem wunderschönen Haus in Los Angeles. Sie waren vor einigen Jahren dorthin gezogen, weil Leslie nach ihrem Studium ein tolles Jobangebot in einer der berühmtesten Anwaltskanzleien des Landes bekommen hatte. Als sie ihre Zwillinge Catherine und Colin bekommen hatte, stand für Leslie fest, dass Sixt und ich ihre Schutzengel werden sollten. Und so waren wir zumindest die Schutzengel von zwei süßen Kindern, wenn wir schon keine eigenen haben konnten. Meine Eltern hatten ihr Haus verkauft und waren ebenfalls nach Los Angeles gezogen. So konnten sie ihre Enkel öfter sehen, als wenn sie in Portland wohnen geblieben wären. Es hatte aber noch einen Vorteil, denn ich konnte nun meine Eltern besuchen und musste nicht mehr warten, bis ein Schutzengel Zeit hatte und sie zu uns nach Sidney bringen konnte. Denn nach Los Angeles durfte ich schließlich.

„Hey Leslie. Wie geht es euch", fragte ich sie leise, damit uns niemand hören konnte. Ich wollte nicht, dass Leslies Nachbarn glaubten, sie wäre verrückt, weil sie mit jemandem sprach, der nicht da war.

„Gut soweit. Greg ist bis morgen auf einer Geschäftsreise und den beiden Kleinen geht es prächtig", flüsterte Leslie. Auch Leslie und Greg waren mittlerweile verheiratet. Sie hatten eine traumhafte Hochzeit in einer kleinen Kapelle in Los Angeles. Leider durfte ich nicht zu dieser Hochzeit, weil ich als Schutzengel nicht meine restliche Familie sehen durfte, die allerdings alle zur Hochzeit gekommen waren. Genauso war Gregs Bruder Josh bei der

Hochzeit gewesen und auch ihn durfte ich mich nicht zeigen, denn er wusste weder etwas von Schutzengeln noch wusste er, dass ich noch lebte. Greg hütete das Geheimnis genauso wie meine Eltern und Leslie und sie verrieten niemanden etwas darüber. Leslie hatte mir allerdings Fotos und Videos von der Hochzeit gezeigt, sodass ich sie zumindest in ihrem wunderschönen Brautkleid sehen konnte.

„Ja das sehen wir, wie gut es ihnen geht."

„Wie geht es denn unseren Grandmas und Grandpas", wollte Leslie wissen. Meine Großeltern mütterlicherseits waren vor vier Jahren beide mit einem stolzen Alter von neunzig Jahren kurz hintereinander gestorben. Durch die Besuchsregelung von Engelspräsident Eoghan, der sich weiterhin alleine um die Schutzengel kümmerte, konnte ich meine Großeltern oft im Himmelreich besuchen gehen.

„Ihnen geht es gut. Ich war gestern bei ihnen und habe sie besucht. Ach ich soll dich auch von ihnen grüßen und du sollst den Kleinen doch eine Mütze aufsetzen, wenn du mit ihnen rausgehst. Sie kriegen doch sonst einen Sonnenstich", lachte ich.

„Dass sie auch alles aus dem Himmel sehen können. Ich habe ihnen vorgestern vergessen eine Mütze aufzusetzen. Sonst tragen die beiden immer ihre Mützen", kam es von Leslie leicht genervt.

„Grandma will den beiden im Übrigen für den Winter einen Schal und eine Bommelmütze stricken."

„Das kann sie gerne tun. Socken könnten sie auch gebrauchen", erwiderte Leslie.

„Das sage ich ihr, wenn ich sie das nächste Mal besuche."

„Süße, wir sollten so langsam mal los", sagte Sixt und stand von der Bank auf.

„Du hast recht. Nathan wartet mit dem Grill schon auf uns. Er ist bestimmt schon am Verhungern", lachte ich leise. Sasha und Nathan hatten uns an diesem Abend noch zum Grillen eingeladen.

„Tschüss Leslie. Und pass auf die beiden Kleinen auf", verabschiedete ich mich von ihr.

„Das ist doch eure Aufgabe", lachte sie.

„Ach stimmt ja", erwiderte ich grinsend.

„Viel Spaß euch beiden und grüßt die anderen von mir", sagte Leslie und ging zu ihren Kindern.

„Bist du bereit", fragte mich Sixt.

„Ja, das bin ich." Ich nahm Sixts Hand und zusammen sprangen wir zu uns nach Hause.

Ende

Ally Trust
The Hell – Hol mich hier raus!

ISBN: 9783744898553
E-Book ISBN: 9783746083063
416 Seiten
Verlag: BoD – Books on Demand

„Ich habe keine Angst vor der Hölle. Ich lebe in einer. Mein Leben ist die Hölle".

Cheyenne erlebt nach dem Tod ihrer Mutter regelrecht die Hölle zu Hause. Ihr Vormund Steve Bozman, ein angesehener Mann, macht ihr das Leben zur Hölle, missbraucht und schlägt sie. Cheyenne lernt den charmanten und gutaussehenden Nicolai kennen, der an der Universität als Player bekannt ist, in den sie sich verliebt. Kann er sie aus dieser Hölle retten? Wird sie ein ruhiges Leben haben, oder wird sie um ihr Leben fürchten müssen?